선감도
아리랑

선감도
아리랑

펴 낸 날 2023년 11월 13일

지 은 이 최건수
펴 낸 이 이기성
기획편집 서해주, 윤가영, 이지희
표지디자인 이윤숙
책임마케팅 강보현, 김성욱
펴 낸 곳 도서출판 생각나눔
출판등록 제 2018-000288호
주   소 경기도 고양시 덕양구 청초로 66 덕은리버워크 B동 1708호, 1709호
전   화 02-325-5100
팩   스 02-325-5101
홈페이지 www.생각나눔.kr
이 메 일 bookmain@think-book.com

• 책값은 표지 뒷면에 표기되어 있습니다.
  ISBN 979-11-7048-617-6(03810)

최건수 장편소설

선감도
아리랑

"소년들의 무덤, 선감학원의 진실"

드라마틱한 인생의 질곡을 딛고 일어선
한 휴머니스트의 충격과 감동 실화!

생각나눔

이 소설을 집필하면서 나는 열 번 이상을 울어야 했고, 세 번의 몸살을 앓아야 했다. 주인공과 내가 똑같이 전쟁의 와중에 태어난 세대라는 시대적 공감에서, 그리고 어린 남매를 거느린 한 부성(父性)의 양심에서 뼛속까지 할퀼 수밖에 없었던 비애의 감상 때문이었다.

이 소설을 쓰면서 실제 나는 여러 차례 내 아이들을 머릿속에 떠올리곤 했다. 만약 제 손으로 코조차 닦을 줄도 모르는 일곱 살짜리 내 자식이 부모에게 버림받고 눈보라 휘몰아치는 다리 밑을 전전하는 서러운 운명이 된다면…? 그럴 리가 없다.

내가 어린 자식을 유기한다는 것도 천부당만부당하거니와, 떠도는 내 아이를 그대로 수수방관할 만큼 이 사회의 복지체계 또한 그리 허술하고 야박하지만은 않으리라. 나의 결론은 언제나 세찬 부정의 도리질이었다.

그리고 얻은 의문 하나는 신(神)이란 과연 인간에게 얼마만큼의 존재가치가 있는가 하는 것이었다. 순수한 어린 영혼이 모두에게 버림받고 그 운명의 갈래가 이토록 잔인하고 잔혹한 것이라면, 살아가는 어느 것도 인간다움과는 거리가 멀다면 누구라도 이런 의문이 들 수밖에 없을 것이다.

처음 이 소설의 집필을 의뢰받았을 때 나는 다음 두 가지의 이유에서 망설였다. 그 하나는 주인공의 인생행로가 너무도 극적투성이어서 자칫 작위라는 오해의 누명을 쓸 수 있다는 점이고, 다른 하나는 후반부에 특정 종교를 다루어야 한다는 이유 때문이었다.

　그러나 이대로 역사 속에 묻어버리기에는 한 개인에 맺힌 한(恨)의 골이 너무 깊은 데다, 갈수록 삶의 가치관이 혼탁해지고 물질에 경도되는 시대에 작은 울림 하나 던지는 가치가 있으리란 생각에서, 그리고 문학이 종교적 색채에 물들어서도 안 되지만, 인간의 보편적 감성을 담은 소재라면 종교를 이유로 배제되어서도 안 된다는 생각으로 펜을 들기로 결심했다. 물론 이 땅에 두 번 다시 이런 운명이 잉태되지 말기를 진심으로 염원하면서였다.

　신의 존재가치를 따지게 할 만큼 가혹한 운명이었던 주인공의 증오와 저주는 아이러니하게도 신 앞에 귀의하면서 사랑과 용서라는 이름의 새 옷으로 갈아입는다. 그 속에서 혹독하게 치러야 했던 자신의 모든 고난과 역경 역시 신이 예비한, 단련을 위한 축복이었다는 깨달음은 그전에 가졌던 신 존재에 대한 의문을, 떠오르는 해가 어둠을 걷어내듯 자연스럽게 물리치게 한다. 이는 독자가 판단할 몫으로 남기며, 어떤 비판이라도 겸허히 수용할 수 있음을 밝힌다.

끝으로, 그동안 자료 발굴에 심혈을 기울여준 설야와 탈탈거리는 승합차에 필자를 태우고 선감도로, 의정부로, 혹은 이 땅의 끝 무안으로, 해남으로 취재 길을 도왔던 주명호 씨, 그리고 양찬주 형사님, 김준영 목사님, 기타 취재에 협조해 주신 모든 분에게 지면을 통하여 다시 한번 감사드린다.

　그해 겨울, 서해안 칼바람의 가슴 시린 추억은 내 기억에서 영원히 지워지지 않으리라.

갑술년 8월
최건수

|목 차|

제1부

회색의 섬

버림받은 영혼

1

　인간이 죽음에 직면했을 때 삶에 대한 애착과 욕망이란 과연 어느 정도까지 치사해질 수 있는 것인가? 내게 그걸 확연히 인식시켜 준 사람은 다름 아닌 아버지였다. 당시 경찰관이던 아버지는 삼십 대 초반의 젊은이답지 않게 점(占) 따위를 신봉하는 좀 별스러운 양반이었다.

　젊은 경찰관과 미신….

　아무리 생각해도 상호 연상관계가 생경스럽겠지만, 아버지가 그렇게 길들여진 첫째 원인은 당신의 어머니, 즉 나의 조모 때문이었다고 한다. 아무리 무속이 성행하고 점쟁이가 판을 치던 당시였다 해도 조모의 그것은 정도를 넘었다고 했다.

　우선 아버지의 잉태 과정부터가 그런 식이었단다. 조모께서는 딸만 무려 여덟을 내리 낳으시다가 아홉 번째 가서야 겨우 아들을 얻었는데, 그 아들이 바로 아버지라는 것이다. 아버지를 얻기 위한 조모의 무속적 노력은 참으로 눈물겨웠다고 했다. 서낭당에서의 백일기도는 물론이고, 아들바위, 삼신 바위, 귀두봉 등 전국의 영험하다는 기암괴석과 선돌을 모두 찾아다니며 손이 발이 되게 빌어도 보았단다. 사람을 놓아 사모관대 세 번 썼던 집을 수소문하여 조리를 훔쳐다 삶은 물을 마시기도 했고, 다남(多男)한 집에서 배냇저고리를 훔쳐다 차고 다니기도 했다는 것이다. 그러다가 마침내 소원을 이루게 된 것은 함경도 어딘가에 있다는 칠성 바위에 백일치성을 드리고서부터였단다.

정말로 신령한 효험 덕인지 어쩐지는 몰라도 조모는 그렇게 해서 아버지를 낳았던 것인데, 얼마 후 그 밑으로 또 하나의 아들, 다시 말해서 내 작은아버지까지 더 얻게 되면서 조모는 당신의 무속 행위에 절대적 신념이 붙게 된 것이었다.

그러다 보니 집에 환자라도 생길라치면 의원보다 먼저 무당을 찾았고, 그도 아니면 손수 마당에 바가지를 엎고 칼을 꽂은 다음 끓는 물을 뿌리며 객귀물림을 하곤 했던 것이다. 가벼운 횟배앓이 정도는 목에 지푸라기 한 올만 걸어두면 만사 해결이라는 것이었다.

"너는 칠성님이 점지해 주신 귀한 애란다. 암, 그렇구말구."

늘 그런 환경에서 그런 소리를 들으며 성장한 아버지고 보니 특별히 예외일 수는 없었던 모양이다. 단, 조모처럼 모든 무속에 무분별하게 맹종하기보다는 소위 역술이라는 점 쪽에만 치중한다는 게 그나마 신세대다운 진보로 착각하는 것이 차이라면 차이일까? 하기야, 해방 후 혼란기를 맞아 대충대충 무더기로 뽑아 제친 당시 제도로 그럭저럭 경찰관은 되었다지만, 원체 공부를 싫어한 탓에 소학교도 제대로 못 나온 무지한 사람이고, 보면 어떤 사고의 개혁을 기대한다는 게 무리였는지도 모를 일이었다. 그 무지의 엄청난 대가가 엉뚱하게도 훗날 내게로 떨어지게 되지만….

당시 우리 집은 경기도 양평군 양동면 쌍학리라는 곳이었다. 아버지의 고향은 평양이었고 대대로 천석꾼 집안이었지만, 할아버지의 사업 실패로 아버지가 어린 시절에 여기로 이사해 정착했다는 얘기를 전에 얼핏 들은 것 같다.

이곳은 앞뒤로 말미산(馬尾山)과 금왕산(金旺山)이 마을을 포옹하듯 에워싸고 있었고, 집 뒤편으로는 석곡천(石谷川)의 맑은 물이 쉴 새 없이 흐르는, 그야말로 산자수명(山紫水明)한, 아늑한 동네였다.

전쟁이 끝난 지 3, 4년밖에 안 되던 때였지만, 어쨌든 그곳에서의 내 유년은 그런대로 행복한 편이었다. 누구나와 마찬가지로 겨우 여섯 살인 내가 그때 할 일이란 진종일 마을을 들쑤시고 다니며 노는 게 전부였으니까.

아버지는 비번날이면 거의 노름방에서 살다시피 했다. 그러다가 밑천이 궁해지면 친구들과 트럭을 동원하여 강원도로 도벌을 하러 떠나곤 했다. 마침 우리가 사는 곳이 강원도와 경계를 이룰 만큼 가까운 곳이어서 하루 시간이면 예정량의 도벌은 충분했다. 아버지는 그것을 처분해서 분배한 돈으로 다시 노름판에 끼여 앉는 것이지만, 그 돈 역시 하루를 못 넘기고 날려버리기 일쑤였다. 그렇게 가족을 외면한 아버지의 도벽(盜癖)과 도벽(賭癖)으로 인하여 어머니의 얼굴엔 한시도 수심의 그림자가 걷힐 날이 없었다. 결국 아버지는 경찰관이란 직업이 무색하게 악습이란 악습은 고루 갖추고 있었던 셈이었다. 하지만 그런 것들은 내가 신경 쓸 바 아니었다. 나는 그저 해뜨기 무섭게 냇가로, 물레방앗간으로, 앞·뒷산 언덕배기로 콧구멍이 새카매지도록 쏘다니며 놀기만 하면 그뿐이었다. 그 정도 행복은 영원할 것 같았다. 한데 그게 아니었다. 엄청난 고난의 씨가 전혀 예기치 않던 곳에서 서서히 싹트고 있었음을 나는 까맣게 모르고 있었던 것이다.

그해 여름, 아버지는 기어코 파면을 당했다. 그예 도벌 행위가 말썽이 된 것이다. 알고 보니 아버지가 그 일로 말썽을 빚은 게 이번이 처음은 아니었다고 한다. 처음 강원도 어딘가에서 근무할 때에도 도벌을 일삼다가 지금의 이곳 양동지서로 좌천됐다는 것이었다. 아버지의 파면으로 공무원에게 주어지던 배급까지도 당연히 중단되었다. 당장 생계가 막막한 노릇이었다. 한데도 아버지의 도벽(賭癖)은 조금도 변함이 없었다. 변하기는커녕 그 일로 끝장을 보고 말겠다는 듯 아예 노름방에서 숙식까지 해결하려 들었다. 결국 생계비에 대한 책임까지도 어머니 몫이 될 수밖에 없었다.

어머니가 처음 구한 일자리는 목피를 벗기는 일이었다. 양평역 공터에다 트럭이 통나무를 쏟아놓고 가면 낫으로 그 껍질을 벗기는 일인데, 남자도 힘든 그 일을 동생 용운이까지 둘러업고 하자니 고생이 여간 아니었을 것이다.

엎친 데 덮친다고, 아버지의 발병은 그즈음부터였다. 어느 날, 아버지는 전에 없이 피곤한 기색을 하고 노름방에서 돌아왔다. 근 닷새만이었다.

"그렇지 않아도 되는 일이 없어 미칠 지경인데, 갓따가나 감기꺼정이 무스게 디랄이네. 걸려두 뒷쌔이 걸렛구만 기래."

아버지는 가래 끓는 소리로 쿨럭이며 자리에 누웠다. 식은땀까지 흘리고 있었다. 어머니가 여러 차례 감기약을 지어왔지만, 그 증세는 쉽게 가라앉지 않았다. 가라앉기는 고사하고 나중에는 흉통까지 호소하더니 급기야 다량의 객혈을 하기에 이르렀다. 폐결핵이었다.

"이 지경이 되도록 몰랐다니, 쯧쯧! 하기야 폐병이란 본시 감기 비슷한 게 여간 까다롭잖아서…"

의원이 난처하게 입맛을 다시는 순간 아버지의 얼굴색이라니…. 말 그대로 그건 흙빛이었다.

하지만 6·25의 전흔이 채 가시지도 않은 어수선하고 궁핍한 나라 상황으로 보나 당시의 의학 수준으로 보나, 또 노름에 골병든 경제력으로 보나 이래저래 아버지의 병은 절망이었다. 아버지는 이름난 점쟁이나 도승의 부적부터 소원했다. 원대로 어머니는 점쟁이와 절간 등을 찾아다니며 부적을 받아왔다. 그리고 점쟁이에게서 받은 건 북쪽에, 절에서 받은 건 출입문 상단에 붙였다. 아버지의 베개 밑에도 넣어놓았다. 그러면서 어머니는 어머니대로 민간요법에 한 가닥 희망을 걸고 동분서주했다. 그래 봐야 태반이 당신의 귀동냥에 의한 근거 모호하고 미심쩍은 처방들뿐이었지만….

제일 먼저 수난을 당한 건 인근의 뱀들이었다. 폐결핵에 뱀이 특효라는 얘기를 들은 어머니는 날만 새면 자루와 막대기 하나를 들고 온 산을 헤매기 시작한 것이다. 절박감에서 오는 정신력 때문일까? 신기하게도 어머니는 살무사며, 율모기며, 꽃뱀 따위를 적잖이 잡아들였고, 그렇게 잡힌 뱀들은 곧바로 약탕관에 들어가 미루나무 막대기로 휘저음을 당했다. 뱀은 꼭 미루나무로 저어야만 살이 골고루 풀린다든가 어쨌다든가? 그렇게 수십 마리의 뱀을 먹고 부적을 썼음에도 아버지의 병은 전혀 차도가 없었다. 어머니는 포기하지 않았다. 그러면 그럴수록 두 귀를 사냥개처럼 곧추세우고 신효의 비방을 수소문하러 다녔다.

고열에 좋다는 죽엽(竹葉)이나 객혈에 좋다는 황해산(黃解散) 같은 약재쯤은 어머니의 한나절 정성거리도 되지 못했다. 나중엔 어디서 어떻게 구했는지 사람의 뼈와 출산부의 태반까지 구해 오기도 했던 것이다. 인골(人骨)은 그냥 고아서 먹였지만, 태반은 날카로운 대꼬챙이로 수백, 수천 번 쑤셔서 피와 점액질을 뺀 후 참기름을 찍어 먹였다. 그래도 아버지의 병은 호전되지 않았다. 훼척골립(毁瘠骨立)…. 어머니의 정성을 조롱하듯 날이 갈수록 장작개비처럼 말라만 가는 것이었다.

2

그런 와중에서 그해 가을과 겨울을 보내고 이듬해, 나는 그곳 양동 국민학교에 입학하게 되었다. 그즈음 아버지는 다시 이름난 점쟁이의 한마디, 명쾌한 점사(占辭)를 갈망하고 있었다. 한데 아버지의 그 바람을 듣기라도 한 듯 어느 날 한 남자가 집으로 찾아왔던 모양이었다. 도포 차림에 염주를 걸고 卍(만) 표시의 머리띠까지 두른 기이한 복장의 오십 대 남자였다.

"허! 대명천지 밝은 하늘에 먹구름 아닌 먹구름 한 점이 웬일인고?"

그는 허락도 없이 툇마루에 걸터앉으며 그렇게 중얼거렸다. 마침 마당에서 무슨 약재를 달이고 있던 어머니가 눈을 동그랗게 뜨며 허리를 폈다.

"동지섣달 광풍에도, 춘삼월 화풍에도 꼼짝을 안 할 상이니 이 노릇을 어이할꼬?"

어머니가 다급하게 물었다.

"어, 어디서 오신 누구신가요?"

"나요? 허허! 남들은 나를 죽암선사라 부르기는 하오만 그깟 이름이 무슨 대수겠소? 그나저나 물이나 한 그릇 시주해 주셨으면 고맙겠소이다만…."

어머니는 부리나케 부엌으로 달려가 숭늉 한 대접을 떠 왔다.

"저, 좀 전에 하신 말씀은 무슨…?"

"아, 아무것도 아니오. 그냥 나도 모르게 튀어나온 넋두리니 괘념치

버림받은 영혼

마시오."

자칭 선사는 그러면서 천천히 물 마시는 여유를 부려 어머니의 조바심을 부채질했다. 처음부터 듣고 있었는지 아버지가 기신기신 방문을 열고 해골만 남은 얼굴을 내밀었다.

"이, 이보시라요. 내, 내레 압네다. 저를 살궈주실라구서리 하늘이 보내신 어른 맞디요? 길티요?"

"원, 별말씀을. 저 같은 땡추 돌팔이가 무슨 능력으로…."

"부, 부탁합네다. 내레 어드럭하문 살갔습네까? 데, 데발 좀 대주시라요. 나이 서른넷에 죽기는 너머 섧디 않습네까, 네? 선사 어른."

지푸라기라도 잡으려는 아버지의 필사적인 몸부림이었다. 어머니도 마찬가지였다.

"선사님, 저희 네 식구 살려주시는 셈 치고 방법이 있으면 알려주십시오. 그 은혜 뼈에 새겨두겠습니다. 네? 선사님."

"허, 글쎄 사정이 딱한 줄을 짐작하구만 인간사 길흉화복이 이미 천부에 정해 있는 일, 한낱 미물에 불과한 이 땡추가 무슨 수로 이 양반의 명도를 바꾼단 말이오? 그보다는 부처님께 불공이나 드려보는 게 나을 게요."

선사는 슬그머니 일어서려는 동작을 취했다. 아버지가 불에 덴 듯 다급하게 헐떡였다.

"가, 가시디 말라요. 다 죽어가는 사람을 보구서리 어드러케 기낭 가실라구 하십네까? 기거이 어드레 중생제도의 도를 구하는 수도자의 본분이라 기럴 수 있습네까? 가, 가시디 말라요, 선사 어른."

"허, 이것 참…."

선사는 난처한 얼굴로 입맛을 다셨다. 그러더니 곧 그 유치한 사이비들의 상투적 발언을 중얼거렸다.

"이거 원 숭늉 한 사발로 천기를 훔쳐 누설할 수도 없고…."

어머니가 급히 꼬깃꼬깃 감춰두었던 지폐 몇 장을 꺼내 그의 손에 쥐여주었다.

"하, 이거 이러자고 한 소리가 아닌데…. 좋소이다. 죽고 살고는 둘째치고 한 가지 물어나 봅시다. 선생 사주가 어떻게 되오?"

"예. 소, 소화 2년생입네다."

"정묘생이라…. 그리고?"

"팔월 스무아흐렛날 저녁 닐곱 시에 났습네다."

"으흠, 닭의 달에, 닭의 날에, 게다가 시간까지 닭의 시간이라…, 그랬군, 그랬었어. 내 예감이 틀림없었어."

한동안 육갑을 짚어가던 선사는 석고처럼 굳은 얼굴로 신음하듯 뇌까렸다.

"그, 그럼 어떻게 되는 건가요?"

어머니가 되물었지만, 그는 어둡게 침묵할 뿐 더 이상 대꾸가 없었다. 참다못한 어머니가 다시 몇 푼인가를 더 꺼내 주었다.

"선사님, 무슨 말씀을 하셔도 놀라지 않을 테니 제발 말씀해 주세요. 그게 어쨌다는 건가요?"

선사는 비로소 단단히 결심한 듯 고개를 들었다.

"내 말을 잘 들으시오. 나는 지금 당신들의 절실한 간구에 굴복하여 감히 천도를 어기고자 하는 바이니, 그에 따른 심적 고통이 실로 엄청나다 해도 행여 나를 원망치는 마시오. 알겠소?"

"그야 여부 있나요? 어서 말씀하세요."

"정말 후회 없겠지요?"

선사는 재차 다짐을 받고서야 말을 이었다.

"아까 여기를 지날 때였소이다. 갑자기 웬 서늘한 기운 한 줄기가 자르르 내 뒷덜미를 타고 지나가지 뭐겠소? 아차 싶어서 지붕을 올려다 보았더니 아니 다를까! 웬 시커먼 먹구름 한 덩어리가 이 집 지붕 위에 꼼짝 않고 머물러 있는 게 아니겠소?”

어머니가 흠칫 지붕 위를 올려다보았다.

“쯧쯧, 그게 아무 눈에나 보이나…? 한데 놀라지 마시오. 그 먹구름을 자세히 보아 한즉 그건 다름 아닌 지네, 바로 지네 떼의 운기더라 이 말이오.”

“예?”

“커다란 일곱 마리가 서로 뒤엉켜 있는 지네떼 형상의 운기, 지네와 닭이 어떤 관계란 건 잘 아실 거외다.”

어머니의 안색이 배춧속처럼 핼쑥해져 갔다.

“한데 그 수가 매년 한 마리씩 늘어나는 형세로 보아 이는 필시 나이를 가리킴이 분명한 터, 혹시 댁의 가족 중에 현재 일곱 수의 아이는 없는지요?”

“그, 그렇다면 우리 용, 용남이…?”

“용남이라…. 내 그럴 줄 알았지. 그 애가 태어난 건 언제요?”

“유, 유월인데요. 유월 스무이레….”

“흠, 지네가 가장 왕성하게 활동할 때로군. 바로 그 애요.”

“예에?”

“그 애가 바로 먼 조상의 업보를 받아 지네의 살을 품고 태어난 애라 이거요. 지붕 위의 운기도 그 애한테서 뿜어나오는 것이고, 그게 또한 저 양반의 기와 혈을 빠는 중이라 이 말이외다.”

“끄응!”

방 안의 아버지가 힘겹게 지탱하던 상체를 무너뜨리며 폐부 깊숙이에서 무거운 신음을 토해 냈다.

"허! 괴탄불경(怪誕不經). 두렵고도 두렵도다…."

선사의 탄식이 꼬리를 길게 끌자 넋 나간 듯 눈만 휑뎅그레 뜨고 있던 어머니가 떨리는 목소리로 물었다.

"그, 그럼 우리는 어, 어떻게 해야 하는 건가요?"

"어떡하긴, 닭과 지네 중 한쪽이 죽어야만 다른 한쪽이 살지."

아아! 이 천인공노할 요설(妖設)을…. 남의 부자(父子) 관계야 어찌 되건 말건, 아니 한 가정의 운명이야 어찌 되건 말건, 그 터무니없는 망설(妄說)을 눈 하나 깜짝 않고 내뱉을 수 있는 무책임한 배포는 과연 어디서 나오는 것이며, 또 인류의 양심이란 걸 눈곱만큼도 인지하지 못하는 그 무지한 의식 감각은 어떻게 생겨 먹은 것일까? 정말 자기 예지(叡智)에 그만큼 자신이 있어서였을까? 그렇다면 대체 어떠한 정신작용이 그런 황당무계한 예지에 그토록 자신감을 갖게 한 것일까? 어쨌건, 이러한 내막을 까맣게 모르는 나는— 이 사실은 거의 20여 년이 지나서야 확연히 알게 되지만 —그날 오후 아버지로부터 느닷없이 미음 세례를 받아야 했다. 그건 살의까지 엿보이는 행동이었다. 그날 학교를 마치고 돌아오자, 부엌의 어머니는 암운이 짙게 드리운 눈으로 나를 뚫어지게 바라보기만 했다.

"엄마, 왜 그렇게 쳐다봐?"

"아, 아니다. 어서 들어가 밥 먹어라. 배고프겠다."

어머니는 비로소 정신이 난 듯 벽에 걸린 밥상을 내렸다. 아버지의 표정은 더욱 괴이했다. 어머니가 부축을 하고 미음을 떠넣으려는데도 입은 안 벌리고 계속 밥상 앞의 나만을 노려보았던 것이다.

"쯧! 용남 아버지."

어머니가 나직이 제재를 가했다. 그 순간이었다.

"예에이. 이 쌍너무 새끼!"

송장과 다름없는 아버지가 믿기지 않을 동작으로 미음 그릇을 낚아채 내게 동댕이쳤다.

"엄마아!"

기겁을 하고 구석으로 피해 다행히 그릇에 맞지는 않았다. 하지만 벽을 맞고 박살이 나면서 튄 미음만은 감태기처럼 뒤집어쓸 수밖에 없었다.

"아니, 용남 아버지! 왜 그래요, 당신 미쳤어요?"

"왜라니? 님자두 듣잖았어? 저건 내 피를 빠는 요물이지, 새끼가 아니라지 않네?"

아버지는 그르렁 그르렁 가래 끓는 소리로 씨근거렸다. 움푹 꺼진 눈에서 살기가 무섭게 뻗쳐 나왔다.

"확실하게 알지도 못하면서 애 죽이려고 그래요? 누군지도 모르는 사람 말만 듣고 이럴 수가 있냐구요. 쟤가 왜 요물이에요? 쟤는 당신 자식이에요!"

"뭐가 어드레? 저, 저 쌍너머 간나 보라우. 선사 얘기를 빤히 듣고서도 그 새끼 감싸고 도는 걸 보니까니 저것두 똑같은 년 아니네?"

"왜, 내 말이 틀렸어요? 그렇잖아요. 그 사람이 누군지 알 게 뭐냔 말예요."

"이 소견 없는 에메네야. 거럼 그 사람은 우리랑 무스게 웬수가 졌다구서리 기딴 소리를 겁 없이 하갔네? 기건 생각 안 해봤네?"

"한 번 보고 말 사람 무슨 소린들 못 해요? 그리고 그 사람이 진짜 선사라고 쳐요. 하지만 그렇다고 그 사람 점이 꼭 맞는다는 보장이 있는 것도 아니잖아요."

어머니도 지지 않고 대들었다. 물론 어머니도 괴선사에게서 받은 충격이 작진 않았겠으나, 모성의 본능이 그것을 훨씬 능가했던 모양이다.

그러나 당사자인 아버지는 달랐다. 삼십 대 나이로 비명횡사하게 될 당신의 팔자가 나로 기인한 것임을 추호도 의심치 않는 듯, 그 후부터 내가 눈에 비치기만 하면 독기를 품고 이를 갈았다. 손에 잡히는 대로 집어 던지려고만 했다. 그 몸에 소멸되지 않는 일정량의 완력이 존재한다는 게 기이했다. 무서운 증오심의 발로였다. 간혹 의식이 깨인 몇 사람의 이웃이 이 사실을 알고 아버지를 설득하기도 했다.

"이봐, 임 순경. 도대체 왜 그러나? 아, 지금이 어떤 세상인데 그래, 그깟 미신에 현혹돼서 자식새끼까지 몰라보냐구?"

하지만 발등에 불이 떨어진 아버지에게 그게 통할 리 없었다.

"니, 님자들 자꾸 미신 미신 하는데 말이디, 기거이 상게 몰라서 하는 소리야."

가랑가랑 힘겹게 꾸려가는 아버지의 얘기로는, 무학대사가 이성계의 꿈을 해몽하여 그가 왕이 될 걸 미리 알고 천왕사를 지은 것도 남들이 다 미신 미신 하는 복술(卜術)이라는 것이었다. 또 그가 풍수지리를 보고 한양을 도읍으로 정한 것도 같은 맥락이며, 원효대사의 예지를 따른 융이 훗날 왕건을 낳게 된 것도 마찬가지라는 것이다. 이렇듯 음양오행의 이치는 인간의 길흉화복을 비롯한 만물의 근원이라는 것이었다. 무지한 아버지인 줄만 알았더니 그 방면에는 나름대로 정립된 견해와 소신이 있는 것 같았다. 다만 석왕사(釋王寺)를 천왕사로, 도선(道詵) 스님을 원효대사로 착각하는 것만 뺀다면…. 결국 그런 아버지로 인하여 집안은 점차 지옥이 되어가고 있었다.

나는 이미 자식이 아니었다. 어머니가 있다면 모를까, 아버지만 있는 방에 발을 들여놓는다는 건 당연히 죽기보다 싫은 일이었다. 하지만 간병 틈틈이 생계문제로 동분서주해야 하는 어머니로서도 24시간 나를 지키고 있을 수만도 없는 노릇이었다. 그래서 나는 학교를 마치고 돌아와도 딱히 몸 둘 곳이 없었다. 그저 살금살금 부엌으로 들어가 밥 한술 꺼내 먹고는 하릴없이 마을을 배회하는 것만이 유일한 일과처럼 돼버린 것이었다. 그러다가 어머니가 돌아와야만 비로소 따라 들어가 두더지처럼 품속을 파고들었던 것이다.

그러던 어느 날 새벽이었다. 세상 모르게 자고 있던 나는 갑자기 숨통이 조여드는 압박감에 퍼뜩 눈을 떴다.

"어헉!"

아버지였다. 모든 기력을 다해 일어난 아버지가 동생의 포대기 끈을 내 목에 걸고 두 발을 내 양어깨에 버팀 한 채 사력을 다해 잡아당기는 순간이었다. 정신이 아득했다. 이건 꿈이 아니라 실제상황이라고 느낀 순간, 더욱이 얼핏 비친 아버지의 결의에 찬 표정에서 어떤 희망을 기대하긴 어렵다고 느낀 순간, 그리고 무엇보다도 나를 구해줄 어머니가 옆에 없다고 느낀 순간, 그 아득한 절망감이란 천길 나락이었다.

"쌍너머 새끼잇!"

아버지가 으드득 이를 갈았다. 순식간에 피가 몰린 얼굴이 터질 듯 뿌듯해지면서 금방 눈알이 튀어 나갈 것처럼 안부(眼部)가 근질거렸다. 목덜미가 눌어붙는 극심한 고통으로 온몸의 기가 빠져 발버둥조차 쳐지지 않았다. 일촉즉발, 가물거리는 의식 중에 단 한 번, 우연한 발짓이었을 게다. 천만 다행히도 구석에 잠들어 있던 용운이가 내 발에 머리를 채이고는 따르르르 자지러지게 울기 시작했다.

'아아! 용운아, 울어라. 더 크게 울어라. 제발 제발 쉬지 말고 울어다오.'

가물가물 흐려지는 의식으로 그렇게 빌고 빌었다. 역시 인명은 재천인가? 때마침 새벽 물을 길어오다가 용운이의 심상찮은 울음소리를 들은 어머니가 급히 달려와 문을 활짝 열어젖혔다.

"어마앗, 용남 아버지잇!"

어머니가 금속성의 비명을 지르며 아버지에게로 몸을 날렸다.

"사, 사람 살려! 불이야, 불이야!"

그랬다. 한밤중에 심상찮게 요란한 개 짖음이라든가, 불이야 하는 고함, 그리고 느닷없이 일어나는 어린애의 자지러진 울음소리. 이런 것들이 이상 발발의 신호로 묵약(默約) 된 시골 사람들의 반응은 확실히 남다른 것이었다. 제일 먼저 달려온 사람은 한 집 건너에 살고 있던 아버지의 옛 동료 양찬주 순경이었다.

"야, 병수! 너 미쳤냐? 너 지금 올바른 정신이냐구."

양 순경이 포대기 끈을 들이대며 어처구니없는 표정으로 따졌다.

"새끼는 얼매든 낳을 수 있는 거이야. 기리구 저건 내 피랑 원기를 빠는 요물이디 새끼가 아니라니까니 기러누나."

아버지는 가쁜 숨을 몰아쉬며 식식거렸다. 무위로 끝난 모처럼의 결행이 못내 원통한 모양이었다.

"허허이! 무식한 도깨비 부적도 안 통한다더니 소위 애비란 작자 말하는 것 좀 보소. 야, 인석아. 아무리 죽음 앞에서는 처자식도 안 뵌다지만 그깟 점쟁이 말만 믿고 그러는 게 아냐, 이놈아. 알아들어?"

"흥, 육갑두 모르면서리 산통을 흔들디 말라우. 님자는 업보가 뭔디, 살이 뭔디 무식해서 이해 못 할 꺼니까리."

"나 원, 차라리 장승하구 얘기하는 게 낫지…."

그때였다.

"아, 아니 저, 저…."

아버지가 갑자기 구석에 처박혀 오들거리는 나를 가리키며 이해 못 할 행동을 하기 시작했다. 무섭도록 겁에 질린 표정이었다.

"에구에구, 저 보라우. 커, 커다란 왕지니(지네)가 때, 땜벽을 타구서리 기어오를라구 하네, 에구…."

"어어? 이 친구 왜 이래? 이봐, 정신 차려, 정신!"

"니, 님자는 저거이 안 뵌단 말이네? 왕, 왕지니 아니네. 에구, 나를 할꼼할꼼 보면서리 스르락 기어오를라고 하네. 에구에구…."

"이거 안 되겠군. 용남이 너 밖에 나가 있어. 그리구 아주머니 빨리 냉수 한 그릇 떠오세요."

내가 황급히 튀어나가자 언제 모여들었는지 동네 사람들이 마당 가득 웅성거리고 있었다.

"쯧쯧! 죽을 때가 되니께 눈에 헛것까장 씌는 모양이구먼 그랴."

"그렇기도 하겠지요. 아, 자식 못 죽여 환장한 눈에 여느 귀신인들 장난 안 하겠어요?"

"워쨌거나 그 양반 독하기는 고양이 똥일세. 애 대신 태를 기른 것도 아닐 텐디, 아 워따 대구 끄냉일 감는다냐, 끄냉일 감기는…."

"누가 아니래요? 미련하게 극락 길 버리고 지옥 길 찾아가도 유분수죠."

그날부터 나는 집집을 돌며 동냥 잠을 자야 하는 신세가 되고 말았다. 우리 사정을 익히 아는 이웃들이기에 동냥 잠은 어렵지 않았지만, 문제는 정신불안이었다. 그 사건이 있은 후 나는 극심한 대인 공포증에 걸려버렸다. 내가 자는 집으로 손님 하나만 찾아와도 아버지의 사주를 받고 잡으러 온 게 아닌가 싶어 심장이 얼어붙곤 했다. 1분 1초가 긴장의 연속이었다. 학교도 다닐 수 없었다.

동냥 잠으로 떠도는 불안정한 생활도 생활이지만, 언제 어디서 귀기를 띤 아버지가 두억시니(귀신)처럼 잠복해 있다가 등굣길의 나를 덮칠지 모른다는 불안감 때문에 그랬다. 지나가는 꼬맹이들조차도 의심스러울 판이었다.

아버지에게 있어 당신의 손바닥 이상으로 뻔한 마을의 구조 양상, 그 테두리 안에 아버지와 함께 공존한다는 사실만도 뜨악한 터에 함부로 문밖을 나선다는 게 말이나 되는 소리인가? 내가 그악스럽게 등교를 거부하자 어머니도 어쩔 수 없었는지 더 이상 닦달을 하지 않았다. 어머니도 여러 가지 겹친 현실에 지칠 대로 지친 모양이었다. 한데 문제는 그것뿐이 아니었다. 남의 집에서의 24시간 칩거도 처음 한두 번씩이지, 그리 오래 할 일이 못 되었던 것이다.

전쟁이 지나간 굶주림의 시기에 보릿고개마저 겹쳐오던 때였다. 따라서 대부분 약간의 배급에 초근목피로 연명하다시피 하는 처지고 보면 손님이란 가는 쪽이나 받는 쪽이나 피차 부담스럽지 않을 수 없는 노릇이었다. 물론 어머니가 일을 나가기 전에 내 몫은 항상 챙겨다 주고 갔지만, 그래도 그들만의 궁색하고 내밀한 식탁을 침해한다는 건 어머니로서 여간 죄스러운 게 아니었을 것이다. 어머니의 얼굴도 몰라보리만큼 수척해져 있었다. 동생을 업고 일을 나가랴, 내 잠자리와 끼니 챙기랴, 아버지 병간호하랴, 죽을 맛이었을 것이다. 아버지가 죽기라도 한다면 생활에 어떤 희망이 살아날 듯도 하건만 웬일인지 죽지도 않았다.

그러던 어느 날이었다. 뚫어진 봉창을 통해 보이는 금왕산에 진달래가 흐드러진 것으로 보아 4월쯤 되었으리라. 일을 나간 줄 알았던 어머니가 동생을 업고 내가 숨어있는 서산댁 아주머니네로 왔다. 옷차림이 평소의 몸뻬에서 흰 옥양목 적삼과 검정 통치마로 바뀌어 있었다. 손에는 커다란 보따리가 들려있었다. 어머니는 보따리에서 손질한 옷을 꺼내 내게 갈아입혔다. 옷이라고 해야 회색 물들인 광목 상의에 검은색 광목 핫바지였다. 검정 고무신도 한 켤레 내놓았다.

"용남 엄마, 워디 가실라구?"

서산댁 아주머니가 물었다.

"저희 사정이 이러니 어쩝니까? 오산에 계신 얘 작은아버지라도 찾아뵙고 당분간 얘 좀 맡겨볼까 해서요."

"참, 갸 작은아부지가 미군 부댄가, 워딘가 기시다매유?"

"예. 부대 전화교환수로 계세요."

"에구, 잘 생각하셨수. 열 사람 버느니 한 입 덜랬다구, 어여 댕겨오시구랴. 시방 용남 엄니 처지가 이것저것 눈치 가릴 때유?"

그렇게 해서 그날 나는 어머니를 따라 기차에 몸을 실었다. 하지만 그날 오후 내가 도착한 곳은 작은아버지네가 아니라 서울역 앞의 한 고아원이었다. 아직 한글을 채 깨우치지 못했던 나는 간판을 보면서도 처음엔 그곳이 뭐하는 곳인지 알지 못했다. 정문을 들어서자 기계충과 마른버짐투성이의 아이들이 음울한 표정으로 우리를 바라보았다.

어머니는 복도에 나를 기다리게 해놓고 사무실 안으로 들어갔다. 한번 들어간 어머니는 좀체 나올 줄을 몰랐다. 기다리다가 지친 내가 내부의 동정을 살피려고 다가가 문틈에 귀를 댔을 때였다. 나는 똑똑히 들을 수 있었다. 안에서 흘러나오는 어머니의 애원이 소리를….

"제발 부탁드립니다. 염치없는 줄은 압니다만, 사정이 너무 어려워 그러니 1년만, 딱 1년만 좀 거두어 주세요, 네? 1년 후에 반드시 와서 데리고 가겠습니다. 선생님."

"참, 그 아주머니 끈질기시네. 글쎄 몇 번을 말씀드려야겠어요? 아, 전쟁고아만 해도 다 수용을 못 해 쩔쩔매는 판인데 버젓이 부모가 있는 애를 대관절 어떻게 받으라는 겁니까? 백 번 말씀하셔도 대답은 마찬가지니까 돌아가세요. 저희도 바쁘단 말입니다."

청천벽력이었다. 한량없이 자애로운 줄만 알았던 어머니의 내면에 저런 엄청난 의도가 숨어있었다니! 눈앞이 핑그르르 돌았다. 일시에 하늘과 땅이 뒤바뀌는 것 같았다. 과연 어머니가 저토록 절박하게 애원하면서까지 나를 이곳에 버려야 할 이유가 뭐란 말인가? 대체 내가 이 나이에 어머니와 생이별을 해야 할 만큼 잘못한 게 뭐란 말인가? 다리가 몹시 후들거려 몸을 가누기가 어려웠다. 어머니가 힘없이 사무실을 나서고 있었다. 다짜고짜 치마폭에 매달려 울음부터 서럽게 터뜨렸다.

"엄마, 나 다 알어. 나 여기 떼놓고 갈래는 거지? 싫어, 나랑 같이 살어, 엄마. 나 말 잘 들을게 엄마아!"

최대한 서럽게 울어야 한다. 내게 어머니의 빗나간 발상을 바로잡을 수 있는 무기란 울음뿐이 아닌가! 최대한 서럽게 울어서 어머니로 하여금 강한 연민의 정이 유발되도록 해야만 한다. 악창 나게 우는 나를 어둡게 내려다보던 어머니가 알았다며 손을 이끌었다. 그렇게 일단 밖으로는 나왔지만, 어머니는 딱히 갈 곳이 없는 모양이었다. 나를 꽁무니에 달고 하릴없이 거리를 배회했다. 남산으로 올라갔다. 어머니는 말이 없었다. 남산 돌계단에 앉아 맥없이 먼 하늘을 바라보며 간간이 한숨만 쉴 뿐이었다. 등에 업힌 용운이는 세상 모르게 잠들어 있었다.

"자, 그만 가자."

거의 땅거미가 내릴 때쯤 돼서야 어머니는 다소 힘이 들어간 목소리로 나를 일으켜 세웠다. 그렇게 우리는 다시 서울역으로 왔다. 매표구로 가서 잠시 기웃거리고 온 어머니가 말했다.

"아직 차 시간이 많이 남았구나. 뭣 좀 먹어야겠다. 배고프지?"

솔직하게 말해서 배고픔을 느낄 만치 맘 편한 계제가 아니었다. 어머니의 일거수일투족이 불안하기만 한 이 판국에 먹는다는 건 또 얼마나 성가신 절차인가? 내 마음을 아는지 모르는지 어머니가 말했다.

"가서 빵이라도 좀 사 올 테니 여기 꼼짝 말고 있어. 알았지?"

"어, 엄마?"

두려움이 왈칵 밀려왔다. 나도 모르게 치마를 덥석 부여잡았다.

"얘가 왜 이래! 남들 쳐다보는데."

어머니가 낮지만, 강도 높게 나무랐다. 참으로 난처한 상황이었다. 치맛자락을 놓치면 안 된다 싶으면서도 또한 놓지 않을 수도 없었다. 왠지 어머니를 짜증 나게 한다는 게 뭔가 내게 불리한 작용을 할 것만 같아서였다. 내가 고분고분해야 어머니도 엉뚱한 생각을 하지 않으리라. 불안하기 그지없었지만, 슬그머니 치마를 놓았다.

"그래, 착하지. 엄마 금방 갔다 올게."

어머니는 내 등을 한 번 다독거리고 나서 그대로 인파 속으로 잦아들어 갔다. 그것으로 끝이었다. 한 번 간 어머니는 다시 돌아오지 않았던 것이다.

주위가 완전히 캄캄해지고 어머니가 돌아올 가망이 전혀 없다는 확신이 들었을 때 나는 또다시 벼락같은 울음을 터뜨렸다.

나는 이제 어떻게 해야 하는 것인가? 어린 가슴에 해일처럼 엄습하는 고독과 공포란 참으로 견디기 어려운 것이었다. 수많은 사람이 내 옆을 힐끗거리며 지나갔지만, 누구 하나 내게 관심을 가져주는 사람은 없었다. 이미 숱한 전쟁고아들에게 익숙해진, 한결같이 삶의 때가 괴롭게 눌어붙은 무표정한 얼굴들이었다. 사방을 돌아다니며 어머니를 찾아보고도 싶었지만 한 가닥 미련 때문에 그 자리를 뜰 수도 없었다. 내가 없는 사이 어디선가 어머니가 달려와 나를 찾아 헤매면 어쩌나 하는 생각 때문이었다. 하지만 그건 어림 반푼어치도 없는 생각이었다. 먼 훗날에 가서야 알게 된 일이지만, 어머니는 그 길로 평택 어딘가로 내려가 버렸던 것이다. 남편과 자식을 팽개친 채 당신만의 신천지를 찾아간 것이었다. 나는 그렇게 내 의지와 관계없이 거센 파도 속의 한 점 일엽편주가 돼버리고 말았다.

자신의 안위를 좇아 혈륜(血輪)의 의무까지 헌신짝처럼 저버릴 수 있는 인간의 이기심이란 얼마나 사악한 것인가? 결국 내가 이 꼴이 되건 말건 터무니없이 해괴한 요설을 눈 하나 깜짝 않고 늘어놓던 그 괴선사는 내게 있어 철천지원수 1호인 셈이었다. 또한 그 말에 현혹되어 당신만 살겠다고 나를 죽이려 했던 아버지는 원수 2호였으며, 고생을 이기지 못해 남편과 자식을 헌신짝처럼 벗어던지고 간 어머니는 3호였다. 그러나 원수가 몇 호가 되었건 그 사실을 모르는 나는 일단 어머니를 찾아야만 했다. 일곱 살짜리 내게 어머니라는 방패막이가 없다는 것은 상상도 못 한 일이었다.

봄이라지만, 4월의 밤은 여전히 쌀쌀했다. 언제까지 그렇게만 있을 수도 없는 노릇이어서 추위를 피해 어정어정 대합실 안으로 들어갔다. 얼마 전까지 바글대던 군상들은 다 어디론가 사라지고 야간열차를 기다리는 사람만으로 대합실 안은 비교적 한산했다. 다리가 몹시 아팠다. 구석진 곳에 쭈그려 앉아 훌쩍이는데 누군가가 내 앞에서 걸음을 멈췄다. 방금 개찰구를 빠져나온 듯한 중년의 촌부로 밀짚모자에 보따리를 들고 있었다. 한동안 나를 바라보더니 그예 다가와 말을 걸었다.

"너, 집이 어디냐?"

"모올라요, 흑!"

그건 사실이었다. 거짓말같이도 임용남이라는 내 이름 외에는 어느 것 하나 기억되는 게 없었다. 기이한 일이었다. 골 아픈 집 주소나 집안 내력은 그만두고라도 우리 집이 정말 있기나 한 것일까 하는 그 자체부터가 혼몽의 마취 속에서 헤매듯 까마득했던 것이다. 심지어 내 나이까지도 명쾌히 기억나지 않는 판이었다. 그도 그럴 것이, 여러 번의 극심한 충격으로 정신이 완전히 뒤죽박죽돼버린 나였기에 그것은 지극히 당연한 현상일 터였다. 그것을 쇼크에 의한 기억장애라고 한다든가?

촌부는 계속해서 아버지 어머니의 이름과 고향의 인근 지명 등을 캐물었다. 나는 연방 도리질만을 했다. 하기야, 몇 가지 댔던들 무엇하겠는가? 그런 시시껍적한 명사 한두 마디로 무슨 뾰족한 수가 생기는 것도 아니었다. 전화나 라디오 같은 전파 매체도 귀했던 데다 행정체계도 엉망이던 때였다. 그 때문에 경찰서에서조차 정확한 주소를 모르는 한 임시 수용소나 고아원으로의 사무적 처리가 십상이곤 했다. 따라서 전국을 이 잡듯 뒤져줄 구세주가 없는 한 나는 도리없는 미아일 수밖에 없었다.

내가 명료하지 못한 발음으로, 그것도 울음을 반이나 섞어 떠듬거리자 촌부는 혀를 끌끌 찼다. 그러더니 보따리에서 삶은 감자 몇 개를 꺼내 쥐여주고는 몇 번이고 몇 번이고 뒤돌아보며 사라져 갔다. 고맙기는 했지만, 그도 구세주가 되기에는 역부족이었던 모양이었다. 대합실은 적막에 싸여갔다. 기차를 기다리는 대부분이 졸고 있었다. 갑자기 내게도 주체하기 힘들만치 피로가 몰려들었다. 신문지를 주워다 깔고 양손에 감자를 쥔 채 웅크려 누웠다. 하지만 쉽게 잠들 형편도 못 되었다. 신문지를 뚫고 뼛속까지 스미는 시멘트 바닥의 냉기를 이겨내기엔 내 몸이 너무 여렸던 것이다. 그나마 체온까지 바닥에 뺏기면서 턱이 사시나무처럼 떨려왔다. 그 거북살스러움을 참다못해 이를 악물고 턱에 힘을 주면 반대로 이번엔 하체가 주체 못 하도록 와들거렸다. 그 혹독한 밤을 지새울 일이 까마득하기만 했다.

청계천 꼬지

3

나는 삶은 감자 서너 개만으로 그 자리에서 3일을 기다렸다. 그리고 3일 후에야 무작정 기다리는 것이 부질없는 일임을 깨닫고 그 자리를 떠났다. 어머니가 고의로 나를 버린 게 확실한 이상 내가 직접 돌아다니며 찾는 수밖에 없다는 생각에서였다. 아찔대는 현기증과 싸우며 맨 처음 찾아간 곳은 남대문시장 먹거리 골목이었다. 3일간을 굶주렸던 내게 그건 본능이었다. 시장 안은 북새통이었다. 떡 목판을 앞에 놓고 앉은 아주머니를 비롯하여 국화빵 장수, 수제비 장수, 국수 장수, 엿장수, 김밥 장수 등등 한결같이 삶의 고삐를 늦추지 않으려는 악착이 잉어 비늘처럼 번들거리고 있었다. 내가 들어선 왼편으로 국수를 삶아 파는 노점들이 줄지어 있었다. 손님 대부분이 일대의 짐꾼들로 공간마다 지게들이 무질서하게 세워져 있었다. 코앞의 주인 여자가 솥뚜껑을 열자 안개 같은 김과 함께 구수한 멸칫국물 냄새가 물씬 피어올랐다. 순간 정신이 혼미해지면서 나도 모르게 군침을 꿀꺽 삼켰다.

"여기 얼마요?"

"예, 30환이시더."

한 짐꾼에게서 돈을 받아들던 여자가 옆에 넋을 놓고 서있는 나를 힐끗 바라봤다. 대번에 눈초리가 샐쭉해졌다.

"야야, 니 뭐꼬? 날래 가지 몬하노?"

내가 쭈뼛거리자 여자는 냉큼 물바가지를 움켜쥐었다.

"아, 이 문디 같은 자슥아야, 물벼락 맞기 싫거덩 날래 꺼지라카이!"

기겁을 하고 몸을 돌리는 내 뒤통수로 그녀의 악담이 엿가락처럼 눌어붙었다.

"아이고! 큰놈 작은놈 막카(막) 하루도 몇 번씩이니, 귀차내(귀찮아)워데 견딜 수가 있나? 내 참."

나는 그제야 며칠간을 날바닥에서 뒹군 데다 먼지와 눈물로 범벅된 얼굴에 물 한 방울 찍어 바르지 못했다는 사실을 깨달았다. 더구나 구겨질 대로 구겨지고 더러워진 광목 옷에 검정 고무신, 그야말로 얼마나 덜 너덜거리느냐의 차이일 뿐 거지나 나나 그게 그거였다. 그처럼 어느 틈에 나는 초보 거지로서의 모양새를 갖추고 있었던 것이고 보면 어린 마음에도 그녀의 악담은 당연한 대접이지 싶었다.

"얘, 꼬마야."

비실거리며 그곳을 빠져나가려는데 누군가가 나를 불렀다. 국화빵 장수였다.

"옜다."

아까부터 나를 눈여겨보고 있었던 모양으로 고맙게도 그는 이렇다 저렇다 말 한마디 없이 식은 국화빵을 한주먹 집어주었다. 황급히 받아들고 허겁지겁 그곳을 빠져나왔다. 꿀맛이 따로 없었다. 비록 간에 기별도 안 갈 일이지만 그나마라도 먹고 나니 살 것 같았다. 이제는 어머니를 찾아봐야 할 일이었다. 서울 시내를 쉬지 않고 헤매며 행인들의 얼굴을 살폈다. 아기를 업었거나 뒷모습이 어머니와 흡사하다 싶으면 급히 앞질러 가서 일일이 얼굴을 확인했다. 마치 바다에서 바늘을 찾는 것만큼이나 막연한 일이었지만, 그것 말고 내게 다른 방법이 있을 리 없었다. 확실한 것은 서울역에서 헤어졌으니 이 일대 어딘가에 틀림없이 어머니가 있을 것이라는 계산이었다.

내 머릿속에 부산, 대구, 광주…, 하는 식의 광범위한 지역적 개념은 미처 자리잡혀 있지 않았고, 따라서 어머니가 이곳을 벗어날 수도 있다는 가능성엔 상상이 미치지도 않았다. 배 속이 출렁거리도록 물배를 채워가며 거리를 헤맸다. 상가나 주택가는 물론 정류장도 빠짐없이 뒤졌는데, 어쩌다 어머니와 비슷한 여자가 얼굴도 미처 확인하기 전에 전차에 올라타 사라지기라도 하면 그 찜찜함이란 두고두고 떨쳐버릴 수 없는 것이었다.

갈 곳 없는 내게 밤은 유난히도 빨리 찾아왔다. 시간이 갈수록 점차 행인들의 왕래도 뜸해져 갔다. 무작정 밤거리를 헤매던 끝에 우연히 찾아든 곳은 청계천 다리였다. 다리 아래에 거적으로 대충 엮은 오두막이 하나 보였다. 안에서 사람들의 두런거림이 새어 나오고 있었다. 나는 망설임 없이 도둑고양이처럼 첫 번째 교각 아래로 내려갔다. 숨어서 밤을 보내기에도 적당했고, 지척에 사람이 있어 덜 무서우리란 생각에서였다. 둑의 경사가 심해서 뒤돌아 앉아 교각 하나를 등받이 삼아야 했다. 춥기는 했지만 어쩔 수 없는 노릇이었다.

그렇게 자리를 잡고 앉으니 다시금 고독과 서러움이 파도처럼 밀려들었다. 어머니는 지금 어디에 있는 것일까? 앞으로 이런 날들이 언제까지 계속될 것인가? 도대체 어떻게 해서 내가 이 지경이 돼야 했던 것일까? 그리고 보니 지극히 희미하나마 몇 가지 떠오르는 게 없지 않았다. 내가 어떤 이름 모를 개천과 산 언덕배기를 해지는 줄 모르고 쏘다니며 뛰놀던 기억이었다. 개천의 물은 시리도록 맑았고, 산에는 유독 진달래꽃이 많았던 것으로 느껴졌다. 하지만 그건 어디까지나 '그랬던 것 같다.'라는 아스라한 느낌일 뿐 뚜렷하게 가닥이 잡히는 것은 아니었다. 그리고 또 하나, 누군가가 끈으로 나를 목 졸라 죽이려 했던 것도 같은데, 그 또한 지극히 모호하고 단편적이어서 사실 여부가 긴가민가하기는 마찬가지였다. 기이하게도 그처럼 겪은 지 얼마 안 되는 그 일련의 것들이 내게는 마치 수백 년 저쪽의 일이라도 되는 듯 까마득하고 아리송하게만 느껴졌던 것이다. 코끝이 찡해진 나는 훌쩍훌쩍 소리죽여 울기 시작했다. 그때였다.

"게 우는 게 누구여?"

정신이 번쩍 들었다. 고개를 돌려보니 두 번째 교각 저쪽에 웬 거지 하나가 누워서 고개를 빼 들고 있었다. 교각에 가려져 머리만 보였는데 자세히 보니 늙은 영감이었다.

"엄마를 잃어버렸어요."

"엄마를? 원제?"

"저번 날에요."

"워디서?"

"저어기 기차역에서요."

"서울역?"

고개를 끄떡여 주었다.

"워짜다 잃게 됐는데?"

"엄마가 빵 사 온다고 해놓고 가더니 안 와요."

"…?"

그는 한동안 멀뚱거리더니 다시 물었다.

"너 사는 디는 워딘디?"

"산이랑 냇가 있는 데요."

"그게 워디여?"

이번엔 도리질을 해주었다.

"몰러?"

"예."

"그것밲이 일체 아는 게 없단 말여?"

"예."

그러자 다시 얼마를 더 멀뚱거리던 그는 알 만하다는 듯 혀를 끌끌 차면서 도로 머리를 뉘었다. 이제 사람이 옆에 있는 걸 안 이상 마음 놓고 흐느낄 형편도 되지 못했다. 배 속에서 연방 꼬르륵 소리가 들려오고 있었다. 온몸에 맥이 빠져 아무 데라도 눕고 싶은 마음 간절했지만, 다리 밑을 무시로 통과하는 찬바람 때문에 그럴 엄두도 쉽지 않았다. 그나마 서울역 대합실로 돌아가지 못한 것이 못내 후회스러웠다.

"너 원제까정 그라고 있을 껴, 이놈아."

굼벵이처럼 잔뜩 움츠리고 있으려니까 그가 다시 말을 걸어왔다.

"어여 일루 와."

쭈뼛거리며 그가 누워있는 교각 뒤로 돌아가 보니 뜻밖에 그곳엔 바람막이까지 설치되어 있었다. 발끝에 거적으로 커튼을 쳐서 그런대로 직풍을 막아내고 있었던 것이다.

"아나, 이걸로 깔구 덮거라."

그가 둘둘 말아 베고 있던 마대포를 내게 빼주고는 대신 옆에 있던 군용 반합을 끌어다 목침을 삼았다. 그러면서 "에이, X부랄 놈의 시상!" 하고 뜻 모를 욕설을 잇새로 나직이 내갈겼다. 마대포는 껄끄러 웠지만, 두 겹이었던 탓에 그런대로 추위를 견딜 만했다. 그렇게 자리를 잡고 눕자, 영감도 서울역의 촌부처럼 여러 가지를 캐물었다. 도움이 될까 싶어 어머니의 인상착의와 헤어진 경위 등을 가능한 한 자세히 얘기해 주려고 노력했다. 하지만 내 설명에는 한계가 있었다. 이것 저것 주절거리다가 누가 나를 목 졸라 죽이려고 했었다는 쓸데없는 얘기만 하나 더 내뱉었을 뿐이었다. 그러자 눈을 동그랗게 뜬 영감이 그 부분을 집중적으로 파고들었다. 지대한 흥미를 느낀 모양이었다. 그러나 전후 내막을 설명할 재간이 내게 있을 리 없었다. 그때 세 번째 교각 오두막에서 한 사내가 거적문을 들치고 나왔다. 수염이 더부룩한 중년의 거지였는데, 밤인데도 다 헤져 너덜거리는 벙거지를 쓰고 있었다.

"영감, 그 꼬맹이는 뭐요?"

나를 발견한 그가 이쪽에 대고 물었다.

"응, 역전서 지 에미를 잃었다는구먼. 하기사 뭐 뻔한 통빡(짐작)이 지만."

"뭐가요?"

"아, 지 에미가 빵 사 온다고 해놓구 그대로 함흥차사라니 알쪼(알 만한 일) 아니겠남?"

"허어! 오늘 그랬대요?"

"메칠 안 됐내 벼. 그란디 들어보니께 뭔가 사연이 있는 앤가 보구 먼 그랴."

"건 또 왜요?"

"사실인지 아닌지는 모르겠지만, 누가 끄냉이(끈)로 저를 목 졸라 죽일라구 했댜네."

"얼래?"

"뭔가 있기는 있는 모양인디 그것 말고 다른 건 당췌 기억을 못 하는구먼 그랴."

이번엔 사내가 내게 직접 물었다.

"꼬마야, 그게 진짜냐?"

"예…."

"누가 그랬는데?"

"몰라요."

"아니, 널 죽이려구 했는데도 그게 누군지, 왜 그랬는지 그걸 모른단 말이냐?"

"… 네."

"그럼 집 주소는?"

"몰라요."

"그럼 니가 아는 건 뭐냐?"

"없어요."

다시 영감이 나섰다.

"글쎄 이렇다니께."

"보아하니 머리가 좀 어떻게 된 모양이네요. 누가 죽이려고 했다는 것도 어느 날 개꿈 한 번 꾼 걸 가지고 사실로 착각하는 모양올시다."

"그랄까?"

"뻔하잖수. 그렇지 않구서야 지 에미랑 헤어진 지도 얼마 안 됐다는 놈이 그거 하나만 달랑 기억한다는 게 말이나 되는 소리요?"

"흠, 듣고 보니 일리가 있구먼 그랴. 그나저나 워짠댜? 내일 가차운 지서에라도 데려다줘야 되는 거 아닐까?"

"그래 봐야 고아원행이지 별거겠수? 어떤 부처님 같은 순사 나리가 계시다고 저렇게 철저히 모르는 녀석을 위해 발 벗고 뛰어주겠수?"

"하긴…."

"놔둬요. 팔자대로 돌아다니다가 지서에 끌려가도 제풀에 끌려가게. 워낙 고아가 많다 보니 요새는 지서에서도 저런 놈 데려오는 걸 그리 달갑게 여기지 않는다고 합디다."

"흠…."

"헤이고오! 경무대 꼰대 잘살어 보자구 맨날 떠들어봐야 느느니 거렁뱅이들뿐이니, 원!"

사내는 사추리(국부)를 까내리고 개천에 오줌을 좔좔 깔기면서 누군가의 목소리를 흉내 냈다.

"우리느은 무웅치면 사알고으, 헤~지면 죽습네다…."

4

다음 날, 나는 어떤 가벼운 소란에 의해서 눈을 떴다. 오두막에서 한 떼의 거지들이 막 쏟아져 나오고 있었다. 그들은 이쪽 편의 나를 힐끔거리며 둑 위로 올라갔다. 어젯밤 그 사내가 뒤따라 나오더니,

"걸불병행(乞不竝行)이라…. 항시 얘기하지만 걸꾼은 몰려다니는 게 아니다. 따로따로 다녀야 실속이 있다는 걸 명심해라. 알어들었냐?"

하고 문자까지 섞어 점잖게 한마디 던지고는 다시 안으로 들어갔다.

"너, 걸통… 아니 깡통 없냐?"

영감이 반합과 양스푼을 챙겨 들며 물었다.

"없어요."

"그럼 워떡할래? 안 굶어 죽을라문 동냥을 나가야 할 텐디."

"나는 엄마 찾으러 갈 거예요."

"뭐여? 워디루?"

"아무 데나요."

막연한 대답이었다. 영감은 잠시 생각하더니

"그랴? 그람 뭐 너 존 대루 하거라. 안되기는 했다만 니가 그라겠다는디 내가 뭘 워짜겠냐? 하지만 돌아댕기다가 잘 디 없걸랑 또 와. 내 잠은 재워줄 테니께."

하고는 지팡이를 질질 끌며 둑 위로 사라져버렸다. 물론 어린 내가 딱하게는 생각됐겠지만, 그 역시 코가 석 자인 거지 입장으로 시시콜콜 감상에 빠질 수만은 없었던 모양이었다. 나 역시 마대포를 털고 일어섰다. 순간 눈앞이 팽 돌며 다리가 휘청거렸다. 정신을 가다듬고 발걸음을 옮겨보려니까 자꾸 갈지자로 헛디뎌졌다. 물론 심한 허기증 탓일 테지만, 나는 그것이 굶어서 그런 건지, 아니면 다른 이상이 있어서 그런 건지 분간할 수가 없었다.

배도 적당히 고파야 배고픈 걸 느끼는 법이다. 기다시피 해서 간신히 둑 위까지 올라갔다. 그뿐이었다. 더 이상 기운도 없는 데다 다리가 몹시 후들거리는 바람에 그 자리에 털썩 주저앉고 말았다. 진땀이 솟고 손까지 떨렸다. 하늘도 온통 노랗게 보였다. 혹시 이러다가 어머니도 만나기 전에 어떻게 되는 게 아닐까? 갑자기 그 '어떻게'라는 미지의 상황에 더럭 겁이 났다. 이를 악물고 다시 일어섰다. 일어서는 것만도 숨이 찰 노릇이었지만, 쓰러져도 사람 사는 동네로 들어가서 쓰러져야 안심이 될 것 같았다.

후들거리는 걸음걸음이 천 근 무게였다. 한 걸음 걷다 쉬고 두 걸음 걷다 쉬고 하면서 거의 반나절이나 걸려 몇 채의 집 앞에 다다를 수 있었다. 죽으면 죽었지 더 이상 움직일 수가 없었다. 어떤 집 양지바른 대문 앞에 그냥 퍼질러 앉아버렸다. 그러자 온몸이 물에 빠진 솜처럼 풀어지면서 졸음인 듯 아닌 듯 정신이 까무러지기 시작했다. 시간이 얼마나 지났을까? 인기척과 함께 등 뒤의 대문이 열렸다.

"너 누구냐?"

누군가가 자전거를 끌고 나오다가 병든 닭처럼 졸고 있는 내 앞을 우뚝 막아섰다.

"…? 너 배고프냐?"

그는 창백한 얼굴에 한 자나 들어간 내 눈을 보고 대번에 알아차린 듯 안에다 대고 소리를 질렀다.

"어이, 당신 좀 나와봐!"

곧 신발 끄는 소리와 함께 빗자루를 든 여자가 나왔다. 그녀는 양미 간을 모으고 나를 가까이 들여다보았다.

"많이 굶은 모양이야. 밥 남은 거 있으면 얼른 좀 갖다 줘."

남자는 그렇게 이르고 어디론가 가버렸다.

"얘, 여기 있다."

잠시 후 여자가 밥그릇을 들고 나왔는데, 그건 그릇이 아니라 목침 만 한 활명수 박스였다. 그 속에 밥과 김치가 아무렇게나 쏟아져 있었 고, 녹 때가 퍼런 놋숟가락이 한 개 꽂혀있었다. 살아야 한다는 본능 으로 허겁지겁 받아서 퍼먹으려니 목이 메고 손이 떨려 밥알이 자꾸 만 땅 위로 떨어졌다. 게눈 감추듯 다 먹고 나니까 고맙게도 주인 여 자는 이 빠진 바가지로 물까지 떠다 주었다. 심한 갈증과 딸꾹질로 그 것도 받아 깨끗하게 비워버렸다. 그러자 몸이 나른해지면서 이번엔 졸 음이 쏟아졌다. 그대로 문설주에 기대 잠들어버렸다. 얼마나 잤을까? 다시 눈을 떴을 때는 사방이 어둑해졌을 무렵이었다. 자리에서 일어 난 나는 어느덧 자연스럽게 다시 영감에게로 향하고 있었다. 영감은 구걸해 온 저녁을 먹고 있었다.

"너 왔냐? 그래, 많이 댕겨 봤구?"

"쪼금요."

"밥은 워떡했냐?"

아사(餓死) 직전까지 갔던 일을 알 턱이 없는 영감이 덤덤하게 물었다.

"어떤 아줌마가 줘서 먹었어요."

"그랴? 어리니께 동정도 쉽게 받는 개비구나. 고단하걸랑 저놈 깔고 눕거라."

그가 옷자락으로 숟가락을 닦아내며 말했다. 그러나 영감은 앉아 있는데 냉큼 마대포를 끌어다 덮고 누울 염치는 일지 않았다. 식사를 마친 영감은 반합을 치우고 개어놓은 마대포 틈에서 작은 종이상자 하나를 꺼내 뚜껑을 열었다. 어디서 난 것인지 그 안에는 꽤 많은 담뱃가루가 들어 있었다. 영감은 그것을 조금 꺼내 신문지 조각에 침을 발라 말아내며 중얼거렸다.

"지미 붙을…, 순 깍쟁이가 물어갈 종자들 같으니라구. 그라거딜랑 애시당초 까지르지나 말 일이지…."

그것이 누구를 두고 하는 소린지는 알 수 있었으나 아무튼 이 영감은 혼자 구시렁대는 것이 버릇인 모양이었다. 나는 불현듯 이 영감에게라도 매달리지 않으면 안 되겠다는 생각이 들었다. 며칠간 혹독하게 치러본 추위와 굶주림과 고독, 게다가 앞으로 얼마나 많은 날을 혼자 이런 식으로 견뎌내야 할 것인가 하는 막막한 두려움, 그런 것들이 아무나 붙잡고 의지해야 한다는 어린 생존의 본능을 강렬히 싹 틔운 것이다. 그렇게 영감을 우산 삼아 의지하면서 어머니를 찾는 게 훨씬 안심이 될 듯싶었고, 그러다 보면 영감은 또 영감대로 어른의 인정과 지혜를 동원하여 여기저기 수소문을 해줄지 모른다는 기대감도 일었다. 내일부터는 이 영감 꽁무니에서 떨어지지 않으리라. 내가 그렇게 결심하는데 담배 한 대를 맛있게 피우고 난 영감이 꽁초를 개천으로 던지며 몸을 일으켰다.

"자, 그만 자자. 얻어먹는 사람덜한티는 잠 많이 자두는 것도 한 밑천이니께."

그때 건너편에서 어제의 그 사내가 또 모습을 나타냈다.

"영감, 벌써 누우실라우? 출출한데 술이나 한잔합시다."

마대포를 깔려던 영감의 눈에서 광채가 반짝였다.

"으잉? 아니 워짠 술이랴?"

"공굴다리 건너 새막재에 오늘 누구 개통식(신혼 첫날밤) 트는 날인가 봅디다. 우리 깡깽이 놈이 가서 달어왔는데 부잣집 결혼식인지 제법 걸지게 달렸수."

바짓가랑이를 무릎까지 걷어 올린 사내가 개천물을 첨벙첨벙 건너왔다. 뒤로는 열대여섯 살쯤 되는 아이가 따르고 있었는데 한 손에는 막걸리, 또 한 손에는 음식이 담긴 깡통이 각각 들려 있었다.

"새막재? 그 짝은 삐쭉이 패들 구역인디 용케 들어가 달어왔구문."

"우리 깡깽이 그놈이 어떤 놈이요? 그놈 눈치에 그놈 동작이라면 아마 경무대에서 잔치를 벌인대두 쑤시고 들어가서 달어올 꺼요."

따라온 아이가 시멘트 종이를 깔고 깡통을 엎었다. 부침개와 약밥을 비롯한 몇 가지 음식들이 뒤섞여 쏟아져나왔다. 허연 돼지비계가 때마침 남산 위로 떠오르는 달빛을 받고 기름기를 번들거렸다.

"아이구, 이거 맨날 시어빠진 김치쪼가리에다 잘해야 도레미탕(콩나물국)이더니, 오늘은 덕분이 포식하겠구먼."

영감이 입맛을 다시며 헤벌쭉 웃었다. 영감의 반합 뚜껑에 막걸리를 따르던 사내가 곁눈질로 나를 힐끗 바라보았다.

"그러고 보니 이 꼬맹이 또 왔구만. 혹시 영감이 동냥 꼬붕 삼을라고 꼬드긴 거 아뇨?"

"아직 이마빼기에 피딱지도 안 떨어진 놈의 걸 무슨…? 아침에 지 에미 찾겄다구 워디루 가더니 마땅히 이슬 피할 디가 읎으니께 또 왔구먼 그랴. 그나저나 내 눈에 안 띘다면 모를까 어린놈이 저라구 떨어져 댕기는 걸 보니께 당췌 맴이 편치 않구먼. 저것도 산 목심인디 말여."

"그럴 거요. 나도 깬새(어린 거지) 몇 놈 데리고 있어서 알지만, 요것들이 간간이 사람 마음을 여간 심란하게 만드는 게 아닙니다. 대부분 오꼬시(전쟁고아)들이라 그런지 이건 눈만 한 번 부릅떠도 먼 산 보고 질질 짜질 않나, 쫄쫄이 굶은 날은 밤에 즈이(저희) 꼰대들을 찾으며 헛소리를 하지 않나…."

그러더니 빈 깡통을 챙기는 아이에게 명령했다.

"야, 찌구야! 떡 좀 남은 거 있냐? 있으면 저놈 조금 갖다 줘라."

"깡깽이 형 줄라고 냉긴 백설기 한 뭉텡이밲이 없는디라우."

"아, 이 자슥아, 깡깽이는 아까 잔칫집서 실컷 먹었을 거 아니냐? 잔소리 말고 얼른 갖다 줘."

"야야, 알았어유. 가서 갖고 오지라우."

대답과 함께 재빨리 물을 건너간 아이가 잠시 후 종이에 싸인 떡 한 덩어리를 가져와 건네주었다. 사내의 첫인상이 어제 볼 때는 무척이나 험상궂다 싶었는데 이처럼 음식을 나눌 줄 아는 걸 보니 인정도 꽤 있는 사람인 모양이었다. 사내가 큼직한 비계 한 점을 새우젓에 꾹 찍어 소담스럽게 욱여넣었다. 불룩해진 볼때기가 이빨 운동에 따라 씰룩거렸다. 술이 몇 순배 돌자 영감도 취기가 오르는지 말소리에 한결 생기가 흘렀다.

"그나저나 말여. 내 이런 얘기 할 게 아닌 줄은 아네만, 왕초 자네도 아직 오십 전이고 한디, 인저 새 장가도 들고 해서 올바로 가정을 꾸려가야 쓰지 않겠는감?"

"새 장가요? 아니, 세상에 어느 골 빠진 계집이 만날 걸달 얻어다 주는 밥 얻어 먹어가며 거렁뱅이들 뒤치다꺼리하자고 시집을 온단 말요? 그렇다고 내가 이 짓 때려치우고 어디 남 밑에 들어가 진득허니 일할 성질빼기도 못 되구."

"아, 왜 진득하니 일을 못 해? 더군다나 대갓집 마름 출신이라매? 머리에 들은 것도 제법 있을 텐디."

"원래 패가망신한 대갓집 출신 거지들은 오기가 나서라도 더 일을 안 하는 법이요. 게다가 난 하나밖에 없는 마누라까지 도매금으로 황천길 보낸 신세니, 이 더러운 놈의 세상 무슨 애착이 남았다고 새살림이다, 뭐다 미련을 갖겠수?"

"참, 집사람이 원제 죽었다고 했지?"

"9·28 수복 직후였수. 생각해 보면 그만한 여자도 드물지요. 몸매야 비록 임진강 박격포(엉덩이 큰 여자)였지만, 부지런하고 어른, 애 알아보고, 게다가 살림 솜씨 한번 맵고 짰습니다. 한데 어느 날 갑자기 밀어닥친 빨갱이 놈들에 의해 마누라랑 상전으로 모시던 최 부자 어른까지…"

"흠, 자네도 난리 통에 이 꼴 됐구먼."

"말씀 마슈. 반동 지주라며 토지 조사다, 뭐다 곡식 알갱이까지 세어서 뺏고 최 부자 어른까지 북으로 끌고 가더니만, 며칠 후엔 그것도 모자라 마나님 병수발하는 내 마누라까지 윤간을 해버리고 후퇴를 하지 뭐겠소? 정말 씹어먹어도 시원찮을 놈들이지요. 아랫도리에 피를 철철 흘리며 업혀온 여편네는 흡사 실성한 사람 같습디다. 꼬박 열흘을 혼 나간 듯 방구석에 틀어박혀 있더니, 어느 날 상추쌈에 양잿

물 한 덩어리 섞어 꿀꺽하고는 저승길로 갔지 뭐요."

"쯧쯧쯧…!"

"그렇게 마누라랑 몸 붙일 곳을 동시에 잃고 나니 세상 하나도 쓰잘 것 없습디다. 몇 년을 이 갈구 술로 보내며 이놈 저놈 닥치는 대로 두들겨 패고 하다가 큰집 잔치(재판) 몇 번 치르고 나서 이렇게 용알이 뜨러(구걸하러) 다니는 신세가 되었지요. 하지만 거렁뱅이 노릇도 사흘만 하면 못 버린다더니, 이젠 이것만큼 속 편한 일도 없습디다. 허허!"

왕초 사내는 자탄인 듯 자조인 듯 허탈한 웃음을 흘리고 나서 쪽 소리가 나도록 술을 들이켰다. 그러고는 과거를 더 기억하기 싫었는지 입가를 쓱 문지르며 내 문제로 화제를 돌렸다.

"그건 그렇구, 저 꼬맹이는 어떻게 할 거요? 저렇게 또 찾아오는 걸 보니 앞으로도 계속 올 것 같은데."

"그라게 말여. 내 잠이야 재워준다고 했으께 자러 오는 거야 상관 없지만, 이라다 정이래두 들깨비 걱정이구먼."

"꼬마야. 너 진짜 어디 살았었는지 기억 안 나냐?"

"예…."

"그럼 말이다. 이럴 게 아니라 네 발로 가까운 지서나 한번 찾아가 봐라. 그래서 어디 보육원이라도 들어가야지, 무작정 이러고 다녀서 어떡할 거야? 한 번 얻어먹기 시작했다가는 큰일 나는 거야, 인마."

물론, 백번 지당한 소리였을 것이다. 하지만 어머니로 말미암아 갈 길이 바쁜 내가 고아원에 들어가서 뭘 어쩌라는 말인가! 내가 고개를 늘청하게 뽑고 서서 묵묵히 듣기만 하자, 한참을 더 타이르던 왕초는 피곤한지 하품을 늘어지게 하며 자리를 일어섰다.

"왜? 갈라구?"

"가지 뭐하오. 꼬맹이 붙잡고 훈장 노릇 해봤자 누가 월사금 줄 것도 아니구. 들어가서 죽은 마누라 투실투실한 엉덩짝이나 그려보다가 잘라요."

왕초가 돌아가자 자리를 깔고 눕기 무섭게 이번에는 영감이 주절주절 설교를 하기 시작했다.

"나는 니가 워짜다 이렇키 됐는지는 자시(자세히) 모르겠다. 밑도 끝도 없는 니 한두 마디 말을 워디까장 믿어얄지도 모르겠구. 하지만 워채피 이렇기 된 거. 고아원에 가기 싫걸랑 내 잘 얘기해 볼 테니께 저기 왕초네 식구래두 되는 게 워떠냐? 기억도 안 난다매? 무작정 에미만 찾을라는 니가 안 되야서 하는 소리여. 험한 시상 죽지 않고 버틸라문 그렇기래두 해야지. 아, 어린 니가 뒤 봐주는 사람도 읎이 원제까장 이라구 돌아댕기며 살 껴?"

그 또한 옳은 소리였을 것이다. 그러나 고아원도 마다할 내게 낯선 거지들이 우글대는 왕초 소굴이라니 가당키나 한 일인가? 나는 기회다 싶어 영감의 말 틈새를 빠르게 비집고 들어갔다.

"나, 할…아부지 따라 다…닐래요."

영감이 머리통을 번쩍 쳐들었다. 어지간히 의외였던 모양이었다.

"뭐여? 나를 따러댕겨?"

"네."

"이놈 보게? 아, 이 녀석아. 저기 왕초 식구덜은 젊구 몸이 날래서 얻어두 잘 먹지만, 이 늙은이는 따러 댕겨봐야 모든 게 변변찮단 말여."

"괜…찮아요."

"괜찮다니? 배를 곯는디도 괜찮어?"

"네…."

"더군다나 말할 수 읎이 심심할 텐디두?"

"네…."

"월래…?"

영감은 그 뒤 언제까지고 나를 멀뚱멀뚱 내려다보기만 할 뿐 말이 없었다. 머릿속이 꽤 혼란스러운 모양이었다. 멀리서 야경꾼들의 딱딱이 소리가 바람을 타고 들려왔다. 똑바로 누워있던 내가 스르륵 고개를 돌리고 바라보자, 영감은 그제야 들고 있던 머리를 반합 위에 내려놓으며 한숨을 푹 쉬었다.

"제미럴! 궂은 인연 죄다 떨궈졌나 싶더니 천생연분이 보리 개떡이라고 또 붙는 게 있구먼 그랴. 알겄다. 이것도 죄다 팔잔개빈디 너 존대로 하거라. 설마 하니 한 목심 더 늘었다고 동네 쌀 뒤주에 표시가 나겄냐? 내 입에 들어오는 밥데기 수가 줄겄냐?"

영감은 그렇게 뇌까리고 나서도 한참을 더 뜸들였다가, 아무래도 자신이 너무 쉽게 꺾였다 싶었던지 잘 알아듣지 못할 소리를 늘어놓기 시작했다. 거지들에게도 법도가 있어서 남의 구역을 침범해서도 안 되고 도둑질은 더더욱 금물이라느니, 동냥할 때는 끼니때가 조금 지난 뒤에 가는 게 예의고, 어려움에 처한 사람은 도와주는 것이 도리라느니 하는 것들이었다. 기왕 식구로 허락한 데다 한잔 걸치기까지 한 영감은 나 같은 꼬맹이를 상대로 한껏 선각자 행세를 하는 중이었다. 하지만 그런 얘기들이 내게 쉽게 이해될 리도 없었고 새겨듣고 싶지도 않았다. 다만 이제부터 어른의 보호를 받을 수 있게 됐다는 것과 잘하면 어머니를 찾는 데 도움을 받을 수도 있게 됐다는 사실에만 안도할 뿐이었다.

은하수 속삭이는 밤하늘에 별똥별 하나가 길게 꼬리를 끌며 어둠 속으로 사그라지고 있었다. 나는 수많은 별들 속에서 한 점 암흑으로 사라지는 그 유성이 나를 버리고 서울역 인파 속으로 사라지던 어머니의 마지막 모습 같다고 생각했다. 또다시 솟구치려는 눈물을 영감

몰래 손등으로 찍어 눌렀다. 행여 영감의 심기를 건드려 다 된 밥에 코 빠뜨리는 격이 되어서는 안 되겠기 때문이었다. 내 쪽이 조용하자 영감은 혼자만의 선각자 행세도 김이 빠졌는지, 이번에는 노래를 나직이 웅얼대기 시작했다.

사아랑도 하여~봤구, 이이별도 하여~봤지
인생사아 일자앙춘몽, 깨어보니~ 백발이라

길게 뽑는 타령조의 그 맥빠진 소리는 어린 내가 듣기에도 자신의 신세 한탄에 불과하였다.

5

나는 그렇게 영감의 식구가 되어 거지 세계에 정식으로 입문했다. 나의 일과는 아침 일찍 구걸을 나가는 영감의 꽁무니를 바짝 따라붙는 것으로부터 시작되었다. 영감은 구걸할 때면 언제나 나를 앞세워 동정심 유발의 효과를 극대화하곤 했다.

"이 늙은이야 상관없소만, 저 어린 게 이틀이나 굶어서…."

그 같은 작전은 주효해서 동냥질은 비교적 순조로운 편이었고 얻는 양도 많은 편이었다. 그러면 영감은 누런 이가 드러나도록 헤벌쭉 웃으며 나를 끌고 인근 방앗간의 왕겨 쌓인 헛간으로 가거나 인적 뜸한 공터로 찾아가서 반합을 펼쳤다. 숟가락이 한 개뿐이어서 처음 며칠 간은 영감이 먼저 먹은 뒤 숟가락을 옷자락에 쓱쓱 문질러 내줄 때까지 기다려야 했다.

그렇게 아침밥을 해결하고 나면 이번에는 이 거리 저 거리를 소일삼
아 배회하며 내게 담배꽁초를 줍게 했다. 종이상자 속에 든 담뱃가루
의 출처가 알 만한 일이었지만, 어쨌든 그는 끼니를 해결하고서도 낮
에는 결코 다리 밑으로 돌아가는 법이 없었다. 그저 지팡이를 쭈르륵
쭈르륵 끌고 세상 유람하듯 다니며 꽁초가 눈에 뜨이는 대로 줍게 하
는 것이었다. 동냥 꼬붕이니 뭐니 말이 오가더니 나를 받아줄 때는 이
런 이용가치도 계산한 모양이겠지만, 나로서는 거역할 수도 없는 일이
어서 부끄러움을 무릅쓰고 부지런히 꽁초를 주머니에 주워 담았다.

　그렇게 돌아다니다가 간혹 기와를 새로 올린다거나 대문을 고치는
공사판을 만나게 되면 비로소 영감은 걸음을 멈추는 것인데, 그때는
또 별 구경거리도 못 되건만 진종일 서서 구경을 하려고 했다. 그냥
구경만 한다면 또 별문제였다. 나잇살이나 먹은 탓에 그래도 보고 들
은 건 있다고 일 끝마다 아는 체를 하는 것이었다.

　"저런 저런! 아 용마루를 그렇기 얄히 올리문 쓰나, 적어두 예닐곱 단
은 올려야지. 월래? 뭔 놈의 문짝 판자를 저렇기 듬성듬성 새가 벌어지
게 댔다? 꼭 맞게 해도 이담에 나무가 마르문 새가 뜨기 마련인디."

　"나 참, 아 그렇게 잘 알면 목수로 나설 일이지, 뭣 땜에 걸식을 하
오? 대들보를 깎아 이쑤시개를 만들든 서까래를 깎아 각X을 만들든,
우리 일 우리가 알아서 할 테니 염려 말고 어디 가서 환갑 집이나 찾
아보슈."

　참다못한 목수가 그렇게 핀잔을 해도 이미 걸꾼으로의 이력이 붙을
만큼 붙은 데다 늙은이 특유의 비윗살이 있어 요지부동이었다. 계속
그렇게 눌어붙어 있다가 새참이 나오면 막걸릿잔이나 한잔 얻어먹고
서야 겨우 자리를 뜨는 것이었다. 그런 식으로 하루를 흘려보내고 저
녁에 다리 밑으로 돌아오면 영감은 주워 모은 꽁초를 모두 꺼내게 하

여 신문지 위에 까놓게 했다. 침 묻은 꽁초며 구둣발에 짓이겨진 꽁초를 장시간 앉아 까다 보면 나는 손끝에 밴 담배 진 냄새로 고역스러웠으나, 영감은 더없이 소중한 듯 골고루 펴서 응달에 말리는 것이었다. 영감에겐 그것이 돈 안 들이고 비축할 수 있는 유일한 재산인 셈이었다.

그렇게 영감을 몇 달 따라다니는 동안 나는 건너편 왕초네 식구들과도 어느 정도 가까워지게 되었다. 마름 출신이라는 게 뭔지를 몰랐으나, 실제 왕초는 어딘가 좀 배운 사람 같았다. 가끔 보면 다른 거지들과는 달리 이 집 저 집 서류를 대필해 주고 술잔이나 얻어먹는 광경을 여러 번 목격했기 때문이었다. 왕초의 머리 큰 부하들도 대체로 의리는 있는 편이어서 안면 있는 노인이 물지게라도 지고 가는 걸 보면 재빨리 가서 대신 져주기도 했고, 혹 가다 푸짐하게 얻어먹은 집은 하다못해 마당이라도 쓸어주고 나오는 성의를 보이기도 했다.

인정스럽기는 내 또래 거지들도 마찬가지였다. 아침에 구걸을 나가다 보면 동네 어귀에 옹기종기 모여 아침밥 짓는 굴뚝의 연기가 멎기를 기다리는 아이들과 마주치기도 하고, 어느 때는 쇠죽 통 속에 손을 파묻고 있는 아이들과 만나기도 하는데, 그럴 때면 꼭 나를 부르곤 했다. 손에 때를 벗기고 가라는 것이었다. 누가 쇠죽을 쑤어 문밖에 내놓으면 몰래 다가가서 손을 푹 파묻는 것인데, 사실 때를 닦는 데는 그것만큼 좋은 것이 없었다. 뜨끈뜨끈한 수분과 열기로 때도 잘 불었지만, 볏짚과 콩깍지에서 우러나오는 기름기가 세제작용도 하는 데다, 그 자체가 또 수세미 역할까지 해서 손은 신기하리만큼 잘 닦이는 것이었다.

그렇다고 모든 거지가 다 그렇게 인간적인 건 물론 아니었다. 오두막집 식구들이야 왕초가 워낙 심지 있게 통솔을 하니까 그렇지만, 공굴

다리 건너 삐죽새 패들이나 시장통 딱술이 패들의 몰염치는 가히 천부적이었다. 남의 집 솟을대문 앞에 쭈그리고 앉아 사타구니의 이를 잡는 것은 예사요, 개중엔 빈집에 들어가 제 맘대로 뒤져 먹고 툇마루에 큰 대 자로 누워 코를 고는 축들도 있었다. 그러다가 주인이 돌아와 악다구니를 쓰면 적반하장으로 트집을 부리기도 하는 것이었다.

"워낙 배가 고파 실례 좀 했기로 거 너무 그러지 마쇼, 에? 그만큼 죄송하다고 했으면 됐지, 먹은 밥을 이제 와서 어쩌란 거요? 거지도 사람인데 후대를 생각해서라도 너무 그러지 말란 말요, 에?"

그런 낯 두꺼운 거지들인지라 동네 건달들과 패싸움이라도 하게 되면 그때는 누구도 감히 손 쓸 엄두를 내지 못했다. 거지들의 동질 의식은 무서운 것이어서 그때는 평소에 구역 다툼을 하던 이웃 거지들까지 달려와 합세를 하는 것이었다. 그러고는 돌이며 몽둥이며 닥치는 대로 집어 들고 죽기를 각오하고 달려들어 상대방의 머리를 깨부쉈다. 한(恨)의 절규일까? 설움의 응어리일까? 제 머리 깨지는 것은 상관하지도 않았다. 어차피 걸레 같은 몸 천 갈래, 만 갈래로 찢겨도 억울할 게 없다는 투였다. 그토록 무서운 거지들이었지만, 한편으로는 그들만의 멋과 낭만도 없지 않았다. 가끔 동네에 잔칫집이라도 있는 날이면 평소의 곱으로 몰려와 깡통을 두드리며 한바탕 신명을 떨기도 했다.

어얼씨구 씨구 들어가안다아아
저얼씨구 씨구 들어가안다아아
자악 년에 왔던 각설이가 주욱지도 않고 또 왔네
에헤에라 품바 들어가안다
일자나 한 장 드을고나 보오오니

일편 먹은 마음 죽으면 죽었지 못 잊겠네

이자나 한 장 드을고나 보오오니

수능백노에 주어배구 뻘 날아드은다

삼자나 한 장 드을고나 보오오니

삼월이라 삼짇날에 제에비나 한 쌍 날아드은다

사자나 한 장 드을고나 보오오니

사월이라 초파일에 등불도 밝고나

오자나 한 장 드을고나 보오오니

오월이라 단옷날에 처녀 총각이 한데 모여

추천놀이가 좋을시고

유월이라…

그러한 노래들은 내게 하나의 격려의 부추김이었다. 초등학교 입학생들이 '학교 종이 땡땡 친다'라든가 '우리는 1학년'을 배우며 소속감과 학문으로의 걸음마를 익히듯, 그것은 내게 거지로서의 자성감을 숙성시켜 주는 응원가였으며, 생존의 주제가이기도 한 것이었다.

어느덧 내게서 처음 구걸을 하거나 꽁초를 주우며 느꼈던 알량한 부끄러움은 케케묵은 문고리만큼이나 헐거워져 있었다. 영감의 뒤를 몇 개월 따라다니는 동안 이제는 서울 중심부를 손바닥 보듯이 환하게 익히게 되었고, 나름대로 독립심도 생기게 된 것이다. 이제는 굳이 영감의 구걸에 매이지 않아도 좋았다. 영감은 착하고 인정은 있는 편이었으나 생각대로 나를 위해 어떤 묘안을 짜내거나 여기저기 수소문을 해주려는 눈치가 아니었다. 매사에 신경 쓰는 걸 싫어하는 게으름 탓이었다. 결국 나는 아침 한 끼만 얻어먹고 나면 여기저기 유람하며 꽁초나 줍게 하는 영감 곁을 슬그머니 이탈하여 나 혼자 시내를 쓸고 다니게끔 되었다. 게다가 어느새 나는 내 방식대로의 구걸법도 개발한 참이었다.

그 구걸법이란 끈기 하나만 있으면 되는 비교적 쉬운 방법이었다. 굶을 때까지 굶어보다가 정 참기 힘들면 주인이 인정 있어 뵈는 가게를 물색한 다음 그 앞에 끈질기게 죽치고 서있으면 되는 것이다. 너무 가깝게 서있으면 쫓겨나기 십상이므로 십여 보 떨어진 거리에서 침울한 표정으로 그 가게만 뚫어지게 바라보는 것인데, 그 방법은 뜻밖에 적중률이 높았다. 어린 거지 애가 숫기가 없어 달라는 소리를 못 하는구나 싶어선지 오래지 않아 빵 한 개쯤 집어주곤 했기 때문이었다. 아니면 장시간 떠나지 않고 바라보는 게 신경 쓰여 얼른 한 개 집어주고 쫓자는 심리도 작용하는 모양이었다.

그렇다고 그 구걸법이 매번 성공하는 것은 물론 아니었다. 때로는 재수 없게 꺼지지 않는다며 빗자루를 들고 뛰어나오는 축들도 있었다. 그렇게 허탕을 쳤을 때는 쓰레기통을 뒤졌다. 그러고는 쉬어빠진 보리 개떡이며, 허옇게 골마지 낀 무쪽이며, 곰팡이 슨 누룽지 따위를 주워 먹고, 나머지는 물배를 채운 뒤 구석구석을 누비며 어머니를 찾았다. 지나가는 행인들뿐만 아니라 가정집의 열린 대문을 통하여 신발도 유심히 살폈고, 탐색견 냄새 맡듯 마당에 널린 빨래 하나까지도 놓치지 않고 살폈다. 그러다 밤이 되면 거리가 가까울 때는 영감에게로 돌아갔지만, 너무 멀리까지 왔다 싶을 때는 아무 처마 밑에나 들어가 굴뚝을 끌어안고 밤을 지새웠다. 그만큼 모든 행동에 스스럼이 없어진 것이다.

하루는 청량리쯤을 지나가는데, 도로 건너편에서 어머니의 모습과 흡사한 여자가 하나 눈에 띄었다. 장바구니를 들고 골목으로 꺾어 들어가는 그녀의 뒷모습은 체격으로 보나, 걸음걸이로 보나, 머리 모양으로 보나 분명히 어머니였다. 소리쳐 불러보려 했으나 행인들이 너무 많은 데다 그녀는 이미 골목 안으로 사라진 뒤였다. 양쪽에서 빠르게 좁혀 오는 전차를 무시한 채 그대로 도로를 뛰어 달렸다. 그리고 여러 갈래로 가지를 친 몇 개의 샛길을 갈팡질팡 뒤지던 끝에 천만 다행히도 아차 하면 영영 놓칠 뻔했던 그녀의 뒷모습을 잡을 수가 있었다. 그녀가 들어간 곳은 술집인 듯했다. 막상 그녀의 꼬리는 잡았지만 아직은 확실치도 않은 데다, 내 꼴이 거지여서 선뜻 문을 열어볼 수는 없었다. 할 수 없이 건너편 쓰레기통 옆으로 가서 쭈그려 앉아 그녀가 다시 나올 때까지 기다리기로 했다.

다리에 쥐가 나도록 참으로 오랜 시간을 기다린 끝에 그녀를 다시 볼 수 있었던 것은 해가 기울고 그 집에 사내들이 하나둘 모여들기 시작할 무렵이었다. 그녀는 환기라도 시키려는 듯 문을 반쯤 열고 밖을 내다봤는데 아까와는 달리 짙은 화장에 한복까지 곱게 갈아입고 있었다.

"어, 엄마!"

튕기듯 일어나 달려가다가 우뚝 걸음을 멈추었다. 비슷하지만 어머니는 아니었다. 그녀는 무심코 내게로 고개를 돌렸다가 코앞에서 우뚝 멈춰서는 나를 이상한 표정으로 바라보았다.

"너…, 왜 그러니?"

"아, 아녜요. 어, 엄만 줄 아, 알았…."

말도 채 끝내기 전에 서러움부터 치밀어올랐다. 정말 지독히도 참기 힘든 허탈감이었다.

"엄만 줄… 알았다구?"

"에에…, 예…."

끝내 나는 격정 어린 오열을 토해내고야 말았다. 울음이 그렇게도 참기 힘든 것인 줄 나는 그때 처음 알았다. 눈물과 콧물을 걷잡을 수 없이 쏟아내며 흐느끼는 나를 멍하니 바라보던 그녀가 밖으로 나왔다.

"얘, 이리 좀 와봐라."

그녀는 나를 화장실이 있는 옆 골목으로 데리고 갔다. 안에서

"어이 미스 박, 한 곡조 뽑으라니까 어디 가는 거야!"

하는 소리가 들려왔다.

"너 엄마를 잃은 모양이구나. 그러니?"

그녀가 나를 가까이 들여다보았다. 그 얼굴에서 어머니와 똑같은 동동구리무 냄새가 났다.

"으흐흑! 예…."

"언제 잃었니? 집은 어디야?"

복받치는 울음 탓에 대답 대신할 수 있는 것은 도리질뿐이었다.

"그럼 너 혼자 이렇게 돌아다니면서 사는 거니?"

"아, 아니요. 저기 다, 다리 밑에서 어떤 하, 하, 할아부지랑 사, 살아요."

"할아버지?"

"예…."

그녀는 측은한 얼굴로 나를 뚫어지게 바라보았다. 여자의 여린 감상 탓일까? 어쩐지 그녀의 눈동자에도 이슬이 맺히는 것 같다는 생각이 들었다.

"어이 미스 박! 두 달 만에 온 사람 술 한 잔 안 쳐줄 거야, 이거!"

또다시 안에서 사내의 고함이 들려왔다. 여자는 그제야 정신을 차린 듯 몸을 일으켰다.

"얘, 잠깐만 여기 있거라."

그렇게 이르고 들어간 여자가 잠시 후 싸 들고 나온 것은 두 장의

빈대떡이었다. 그리고 고의춤에서 돈까지 꺼내 쥐여주었다. 50환이었다. 돈과 빈대떡을 전해주고도 그녀는 쉽게 몸을 돌리려 하지 않았다. 그 자리에서 내가 안 보일 때까지 바라보고 서있었던 것이다.

그 뒤, 나는 못 견디도록 어머니가 보고 싶거나 그리울 때면 그곳을 찾아가 건너편에서 그녀의 모습이 보이기만을 기다리곤 했다. 그녀 또한 나를 남달리 생각해서 만날 때마다 50환씩 쥐여주기를 잊지 않았다. 하지만 그것도 그해 여름까지뿐이었다. 어느 날 가보니 그 술집은 이사를 가버리고 웬 전파상 하나가 대신 들어와 있었던 것이다.

6

쓰레기통도 봄에는 별게 없었으나, 여름과 수확기인 가을엔 제법 뒤질 만했다. 사과 껍질, 배 껍질, 참외 껍질도 있었고, 알뜰하게 발라먹은 것이기는 해도 옥수숫대와 생선뼈도 나왔다. 그 시기의 청과물 시장은 내게 더없이 소중한 장소였다. 한쪽이 썩어서 팔 수 없게 된 과일들이 질퍽거리는 땅 위에 몇 개씩 굴러다니기 마련이었기 때문이었다. 나는 그것을 남이 안 보는 곳까지 툭툭 차 몰고 가서는 옥에 쓱 문질러 목이 메도록 씹어 삼키곤 했다. 어떤 때는 과일을 삼키는 바로 그 순간에 불현듯 어머니의 얼굴이 떠오를 때도 있었다. 그럴 때면 목엣것이 넘어가지를 않고 식도에 턱 걸리면서 왈칵 설움이 복받쳐 오르곤 했다.

하루는 이런 꿈을 꾸었다. 안개 서린 새벽 들판에 어머니가 쓸쓸히 등을 돌리고 서있었다. 황량한 들판이었다. 내가 큰 소리로 부르니까 천천히 뒤돌아보았다. 어머니는 아스라이 전설 속에서 헤매는 듯한 눈빛을 하고 있었다. 덩달아 내게도 까닭 모를 비애감이 일었다. 큰 소리로 어머니를 부르며 뛰어가자 야속하게도 어머니는 기다려주지 않고 천천히 걸음을 옮기기 시작했다. 아무리 소리치며 달려가도 고요한 물결처럼 멀어져만 갈 뿐 다시 돌아보지도 않았다. 이상한 일이었다. 어머니가 걷는 속도보다 내 뜀박질이 훨씬 빠를 텐데도 어머니와의 간격은 조금도 좁혀질 줄을 몰랐다. 땅 위를 흐르듯 흐르듯, 마치 천상으로 향하는 선녀처럼 내게서 자꾸 멀어져만 갈 뿐이었다.

어머니 앞에 불쑥 낭떠러지가 나타난 건 그때였다. 나는 그 자리에 얼어붙고 말았다. 힘껏 악을 써보려 했지만, 웬일인지 입까지 굳어 모기만 한 소리도 지를 수가 없었다. 내가 가슴을 콩처럼 졸이는 순간, 아! 괴이하게도 어머니는 낭떠러지 앞의 해공을 그대로 걸어 안갯속으로 홀연히 사라지는 게 아닌가! 나는 그 자리에 서서 가슴이 헛헛해지도록 울고 또 울었다.

또 이런 꿈도 꾸었다. 새벽녘, 용운이 자식이 어머니의 젖꼭지를 독점하고 있었다. 하나는 입으로 빨면서, 다른 하나는 손으로 쪼물락거리고 있었다. 괘씸했다. 짜식은 지금 젖꼭지가 아니라 어머니의 사랑 그 자체를 독점하는 중이었으니까. 슬그머니 녀석의 손을 잡아치우고 내가 대신 쪼물락거렸다. 몰래 입도 대보았다. 한데 자는 줄 알았던 어머니가 귀신같이 알고 내 머리통을 떠밀어내는 게 아닌가. 야속한 일이었다. 용운이가 있는 이상 나 같은 건 안중에도 없다는 말인가! 어머니의 진의를 캐봐야 할 필요가 있었다. 나도 같은 아들로서 내 몫의 사랑과 관심을 배분받아야 당연한 일 아닌가! 등을 까 올려 내밀고 긁어달라고 했다. 이를테면 젖꼭지 양보에 대한 조건부를 제시함으로써 나에 대한 관심도를 타진해 보려는 속셈이었다. 뜻밖에 어머니는 서슴없이 손을 넣어 긁어주기 시작했다.

'히힛, 그러면 그렇지.'

나는 그제야 적이 안심할 수 있었다. 어머니의 손은 언제나 따사로웠다. 그런데 이상한 것은 어머니가 아무리 힘 있게 긁어줘도 도무지 시원치가 않더라는 것이다. 이쪽을 긁으면 저쪽이 가렵고 저쪽을 긁으면 이쪽이 가려웠다. 내가 자꾸 투정을 부리자 어머니도 힘이 드는지 이불을 활짝 걷어 젖히며 그만 일어나라고 야단쳤다.

서늘해지는 기분에 눈을 번쩍 떴다. 막 다리 밑을 통과하던 한 줄기 바람이 마대포를 걷어찬 내 하체를 훑고 지나가던 순간이었다. 방금 떠오른 햇살이 개천의 모래 위에서 눈부시게 반사되고 있었다. 그렇게 허탈할 수가 없었다. 어머니가 아무리 긁어줘도 시원치 않던 등에는 마대포의 꺼럭이 들어가 지금껏 괴롭히고 있었다. 나는 또 훌쩍훌쩍 울기 시작했다. 어머니는 언제쯤에나 만나게 될 것인가? 봄풀처럼 향긋한 어머니의 옥양목 치마 냄새가 사무치게 그리웠다.

7

어미란 알을 낳은 새가 아니라, 그 알을 부화시킨 새를 말한다던가? 내게 생명을 준 어머니. 그러나 그 여린 생명을 삭풍의 광야에 미련 없이 팽개치기도 한 어머니. 그런 모정을 그리워하며 나만의 일방적 역로(逆路)를 걸어야 한다는 건 불공평한 것임이 틀림없는 일이었다. 그러나 어쩌랴! 신의 저울은 항상 편사(便私)한 눈금에 바늘이 고정되어 있는 것을….

나는 서울 바닥에서 3년이란 세월을 그렇게 유걸(流乞)로 헤맸다. 그 3년 동안 나는 총성과 학생들의 구호와 최루탄 냄새가 뒤섞인 4·

19를 겪었고, 군인들의 탱크와 총칼을 앞세우고 입성하는 5·16도 겪었다. 그러나 그 격변의 세월에 내가 얻은 것이라고는 걸통 하나를 재산목록 1호로 소유한, 더욱 완벽한 거지로 변모되었다는 것뿐이었다. 잃은 것도 있었다. 어머니의 얼굴 모습에 대한 기억의 소멸이었다. 내가 유일하게 기억하던 어머니의 생김새까지도 그사이의 세월에 씻겨 망각의 늪으로 가물가물 침잠해 버린 것이다. 이제 남은 것이라고는 어머니와 서울역에서 헤어졌다는 그 한 가지 막연한 기억이 전부인 셈이었다. 아니, 굳이 더 있다면 누군가가 나를 죽이려고 한 것 같다는 것과 진달래 만발한 산, 그리고 물 맑은 냇가 등 그 역시 애매하고 긴 가민가한 몇 조각 편영(片影) 정도일까? 그럼에도 내게서 탐모(探母)의 날이 무디어지지 않는 건 자식으로서의 본능이었을 것이다. 생명의 발원지요, 죽음의 본향에 대한 질긴 본능일 터였다.

3년 후, 나는 좀 더 범위를 넓히기로 작정하고 서울을 떠났다. 청계천 영감을 만나면 그간의 정분에 마음이 여려질 것 같아 자주 찾아보던 그에게도 인사 한마디 남기지 않았다. 이로써 더욱 본격적인 유랑이 시작된 것이다. 문산, 의정부, 인천, 안양, 부평…, 발길 닿는 대로 방향을 잡았다. 어머니를 찾는 게 목적이었으므로 아무리 먼 곳이라도 걷는 걸 겁내지 않았다. 물론 어머니의 생김새까지 잊어버린 지금에 아무런 복안도 없이 헤매기만 한다는 건 무리한 일일 것이었다. 하지만 내게도 실오라기 같은 한 가닥 계산은 있었다. 어머니도 사람인 이상 지금쯤 과오를 뉘우치고 나를 찾아 헤맬 게 틀림없으리란 생각이었다. 그래서 나보다 더 기억이 정확할 어머니의 시선에 잡히기 위해서라도 나는 나를 끊임없이 노출시켜야 할 필요가 있었던 것이다. 그리고 또 하나, 왠지 천륜에 의한 필연도 작용할 것만 같았다. 이렇게 끝없이 헤매다 보면 피를 나눈 모자 관계의 중요성만으로도 어머니와의 어떤 숙명적 연계작용이 일어날 것만 같았던 것이다.

계절이 늦가을로 접어드는 어느 날이었다. 부천에서 조금 벗어나는 지점이었다. 나지막한 야산 하나를 돌아가려는데 산 중턱에 토굴 하나가 눈에 띄었다. 어른이 충분히 들어갈 만한 입구엔 거적으로 발이 처져있었다. 마침 며칠간을 편하게 잠 한번 못 자본 데다 다리까지 몹시 아팠기에 살그머니 다가가 내부의 동정을 살폈다. 아무리 귀를 기울여봐도 인기척을 느낄 수가 없었다. 살며시 거적을 들춰보았다. 입구보다 내부는 비교적 넓은 편이었는데, 가마니 한 장만 깔려있을 뿐 사람 사는 흔적 같은 것은 찾아볼 수가 없었다. 쾌재를 부르며 안으로 들어갔다. 거적으로 막아놓았어도 사이사이로 빛이 들어와 그리 어둡지는 않았다. 가마니 위에 큰 대 자로 누웠다. 그러자 곧 쾌적한 피로가 전신으로 퍼져왔다. 오랜 노독으로 막 잠이 들려는 찰나였다.

"얼래? 이 쥐X만 한 새끼 좀 보소. 여가 어디라고…. 얀마, 안 인나?"

누가 발로 툭툭 찼다. 기겁을 하고 일어나 보니 스무 살쯤 돼 보이는 거지 하나가 망태기를 둘러메고 서있었다. 콧구멍이 유별나게 커서 얼굴 전체가 허전해 뵈는 기묘한 인상이었다. 단단히 잘못 걸렸구나, 생각했다.

"이 X 같은 자석, 너 어서 왔어?"

그가 주먹으로 내 가슴을 쾅 치며 으르댔다.

"미, 미안해요. 아무도 없는 덴 줄 알구…."

"얀마, 누가 그걸 물으디? 어서 왔냔 말이여."

"아무 데도 아녜요. 그냥 엄마 찾으려고 막 돌아댕기는 중이에요."

"뭐가 어째? 니미를 찾으면 찾았제, 넘의 아지트는 뭣 땜시 들어와. 니미가 여가 있냐, X발 놈아?"

"나, 나갈게요."

"나가? 누구 맘대로?"

"…."

"너 호랑(호주머니)에 있는 거 다 내놔 봐."

그가 망태와 걸통을 내려놓으며 명령했다.

"아무것도 없어요."

"그란디 이 X발 새끼가 쯧…! 두 손 다 들어봐."

그가 직접 몸수색을 했다. 먼지 외에 나오는 게 있을 리 없었다. 그는 다소 김이 샌 모양이었다.

"좋아. 보내주기는 보내준디, 일단 넘의 아지트를 무단으로 침입했응께 그 대가는 치르고 나가라. 해골 짱 박어."

이른바 '원산폭격'이란 벌을 주려는 모양이었다. 나는 그것이 어떻게 하는 것인지는 알고 있었다. 청계천에 있을 때 오두막의 왕초가 가끔 부하들에게 시키는 걸 본 일이 있었기 때문이었다. 뒷짐을 지고 땅에 머리를 박았다. 생전 처음 해보는 것이어서 머리통이 깨질 것 같았고, 몸도 금방 넘어질 것처럼 기우뚱거렸다.

"주아! 인제 한 짝 다리를 들어라."

낑낑대며 한 발을 들었다. 순간, 몸의 균형이 산만해지면서 썩은 고목처럼 나뒹굴고 말았다.

"얼래, 이 새끼가…? 일루 캄(come)!"

그가 가슴을 또 한차례 쥐어박았다.

"한 번만 더 자빠져라, 잉? 그때는 곡소리 날 팅께."

"하, 한 번만 용서해 주세요, 네?"

"그란디 이 자석을 그냥, 콱!"

그가 양미간을 있는 대로 우그려 모으며 인상을 썼다. 어쩔 수 없는 일이었다. 고여오는 눈물을 주먹으로 쓱 문지르고 다시 땅에 머리를 박았다. 이제 또 한 발을 들라고 명령하리라. 나는 머리의 통증을 가까스로 참아내며 미리부터 나머지 한쪽 다리에 균형을 모아두려고 노력했다. 한데 웬일인지 그의 입에서 또다시 한 발을 들라는 명령은 나오지 않았다. 그저 내가 낑낑거리며 용쓰는 꼴만 묵묵히 바라보는 것 같았다. 그러기를 얼마 후 "됐다, 됐응게. 그만 인나라, 꼬마." 하며 의외로 쉽게 기합에서 해방해 주었다. 아무래도 괴롭히며 가지고 놀기에는 무엇할 만큼 내가 너무 어려 보였던 모양이었다.

"너 이름이 뭐다냐?"

나를 앞에 앉혀놓고 그가 물었다.

"용남이요."

"몇 살이여?"

"열… 살…, 아니, 열한 살이던가?"

"워쩌케 된 자석이 지 나이도 똑똑히 몰라야…. 꼬지(거지) 생활 얼매나 힛냐?"

"한참 됐어요."

그는 계속해서 나의 인적사항에 대하여 이것저것 캐물었다. 대인관계가 있을 때마다 갖게 되는 의례적 절차였다. 하지만 나는 어머니와의 그 이별의 기억조차 말하지 않았다. 상대도 상대지만, 그 막연한 얘기를 꺼내봐야 내게 아무런 도움이 되지 못함을 진작부터 간파하고 있었기 때문이었다. 따라서 내 대답은 시종일관 '모르겠다.'였다. 그러자 한동안 나를 물끄러미 바라보던 그는 흔한 전쟁고아쯤으로 결론지었는지 정색을 하고 말했다.

"너 말여. 내 찡겨 줄 팅께, 엔간하면 내 똘마니 해라, 어이? 인마, 내도 사겨 보면 끝내주게 존 놈이여. 무서워할 것 없다고."

그러면서 그는 토굴의 안락함과 자신이 닦아놓은 구역의 안위로움을 침을 튀겨가며 늘어놓기 시작했다. 왠지 거절할 용기가 나지 않았다. 그는 이 지역의 터줏대감인 동시에 이 토굴의 주인 아닌가! 그리고 나는 타지에서 온 침입자의 신분이다. 이 때문에 그의 제의를 거절했다가 발생할지 모를 '대접'의 반전이 켕겼던 것이다. 나는 일단 그러마 하고 기회를 봐서 도망가리라 마음먹었다. 내가 고개를 끄덕이자 그는 대번에 희색이 만면해졌다.

"좋아! 그람 인자부터 나를 대빡이라 혀라."

"네…."

"허! 대빡!"

"네. 대, 대빡…."

"그래. 자, 그람 선서식을 하겠다. 요로콤 오른짝 손을 들고 따라 히라."

시키는 대로 오른손을 들었다.

"선서!"

"선서!"

"나는 대빡의 똘마니로서~."

"나는 대빡의 똘마니로서~."

"어떤 X 꼴리는 일이 있어도~."

"어떤 조, X 꼴리는 일이 있어도~."

"불평 없이 따를 것을 대빡 앞에 맹세함."

"불평 없이 따를 것을 대빡 앞에 맹세함."

"쪼와! 하지만 뭐 신경 쓰지 마라. 말만 그라지 너한티 그리 X 꼴리는 일은 시키지도 않을랑께."

그러면서 그는 메고 온 망태기를 쏟았다. 술병을 비롯하여 착착 접은 담요 한 장과 수건 등이 나왔다. 채 마르지 않은 것으로 보아 모두 남의 집 빨랫줄에서 걷어온 게 분명했다. 그는 그것을 밖에다 널어놓고 들어와서 술병을 땄다.

"자, 환영주여. 한 모금 묵어봐."

"나 그런 거 못 먹어요."

"못 묵긴. 얀마, 원래 꼬지 창세기(창자)란 쥐약도 삭히게 되야 있어. 암상토 않응께, 걱정 말고 마셔."

할 수 없이 오만상을 찡그리며 한 모금 마셔보았다.

"우웩!"

어찌나 쓴지 창자까지 기어 나올 것 같았다. 그는 피식 웃고 나서 병나발을 불었다.

"야, 꼬마 인나라."

날이 밝기 무섭게 대빡이 나를 흔들어 깨웠다.

"짜석아. 꼭 대빡이 똘마니를 먼저 깨워야 쓰겄냐?"

"…"

"자, 나가자. 동냥도 때맞춰 나가는 게 법도여. 너무 일러도 안 되지만, 너무 늦어도 찬밥뺑이 돌아오는 게 없응께."

대빡이 걸통을 챙겨 들며 말했다. 동네로 들어서면서 다른 패거리들과도 마주쳤는데, 모두 대빡과 한 구역 안에서 공생관계를 유지하는 듯했다.

"야, 말코. 갠 누구냐?"

"똘마니."

나는 대빡의 별명이 말코라는 걸 그때 알았다. 어쩐지 기차 굴 같은 그의 콧구멍과 잘 어울린다는 생각이 들었다. 어느 골목에 이르러 대빡이 말했다.

"자, 그람시 너는 이 짝 줄을 맡더라고. 쩌 욱에(위) 집까지 빼놓지 말고 훑어야 되야."

그러면서 자신은 맞은 편으로 갔다.

"아줌씨! 한 술만 보태줍쇼 잉!"

대빡의 목청 돋우는 소리를 뒤로 들으며 나도 대문을 쾅쾅 두드렸다. 곧 늙은 여자 하나가 문을 열고 내다봤다.

"밥…, 좀 주세요."

"으응? 첨 보는 앨세."

그녀는 내 얼굴을 빤히 바라보더니

"너 몇 살이냐?"

하고 다시 물었다. 그 지겨운 질문에 언제나처럼 고개를 가로저어주었다. 그러자 혀를 끌끌 차며 얼마를 더 바라보던 그녀는 제법 많은 양의 밥을 들고 나와 쏟아주었다. 반찬도 깍두기를 비롯해서 깻잎 장아찌, 감자볶음 등 세 가지였다. 그 진수성찬에 정작 입이 벌어진 건 대빡이었다.

"짜석, 제법 쓸 만한디."

그러면서 내 뒤통수를 찰싹 때렸다. 한데 기회를 봐서 도망치리라던 내 계획을 잠시 유보해야 할 일이 발생했다. 사흘째 되는 날이던가? 저녁구걸을 마치고 돌아오는 길이었다. 어느 초가 앞을 지나가려는데 마당에 빨래가 잔뜩 널려있는 것이 울타리 너머로 보였다. 대빡이 슬며시 걸음을 멈췄다. 그러고는 사타구니가 드러날 정도로 헤진 내 옷꼴을 훑어보더니 몇 걸음 앞서 가라 일렀다. 대번에 그의 속셈을 읽을 수 있었다.

불과 십여 초나 지체했을까? 대빡은 금세 내 뒤를 따라붙었고 토굴에 도착하기 무섭게 품속에서 바지 하나를 꺼냈다. 내게 맞을 만한 검정 코르덴 바지였다. 대빡은 얻어온 밥을 먹고 나서 그것을 변형시키기 시작했다. 바짓단을 뜯어서 실밥이 너덜거리게 만들었고 뒷주머니와 한쪽 종아리도 일부러 찢었다. 엉덩이와 무릎 부분도 벽돌 조각으로 문질러 닳아빠진 것처럼 보이게 했다. 최종으로 흙바닥에도 문질러서 전체를 더럽혔다. 주인이 봐도 몰라봐야겠지만, 원래 각설이 옷이란 그래야 한다는 것이었다. 그가 내미는 옷을 받아드는 순간 가슴이 뭉클했다. 그에게 이런 예상찮은 면이 있었던가! 만난 지 얼마 되지도 않은 이 똘마니를 위해 바지를 훔치고, 또 그것을 변형시키기 위해 애쓰던 그 인간미….

나는 아무래도 그를 쉽게 배신할 수 없겠다는 생각이 들었다. 한번 그렇게 생각하니 모든 것이 좋은 쪽으로만 생각되기 시작했다. 계절적으로도 그랬다. 지금이 여름이라면 모르되 엄동설한을 목전에 둔 늦가을이 아닌가? 이런 마당에 대책 없이 돌아다니며 고생만 할 건 또 뭔가? 이런 토굴에서 겨울을 보내며 이 일대부터 뒤져보는 것도 손해 될 일은 아니잖은가? 나는 당분간 더 두고 보기로 마음을 고쳐먹었다.

그로부터 열흘쯤 지나자 대빡은 동냥 문제를 아예 내게 전담시켜 버렸다. 자기보다 내가 얻는 게 훨씬 수확이 좋은 데다, 그깟 걸통 하나만 채우면 둘이 실컷 먹을 걸, 함께 다닐 필요가 있느냐는 것이었다. 애초 나를 똘마니로 삼을 때부터 그 계산을 했는지는 모르지만, 나 역시 그것이 크게 불만스럽지는 않았다. 대빡의 권위로 보나 토굴을 제공한 은덕으로 보나 이 정도 충성은 당연한 보답이라고 생각했기 때문이었다. 대빡과 친해지면서 나는 어느새 토굴의 쾌적한 맛에도 인이 배겨가고 있었다. 게다가 혼자 다니니까 좋은 점도 있었다. 마음 놓고 구석구석을 돌며 어머니를 찾아볼 수 있어서였다.

나는 혼자 두 몫을 얻으려면 서둘러야 한다는 핑계로 끼니때마다 한 시간쯤 일찍 토굴을 나서곤 했다. 그러고는 쉬지 않고 원거리까지 돌며 행인들의 얼굴을 살폈다. 한데 그것도 늦가을까지만 가능했지, 찬바람이 쌩쌩 부는 한겨울에는 쉽지 않았다.

겨울이 깊어지면서 우리는 동면하는 곰처럼 하루 종일 토굴 속을 뒹구는 신세가 돼야 했다. 아침저녁 거르지 않고 얻어다 먹는 것만도 큰 다행이었다. 대빡은 내가 얻어온 밥을 먹고 나면 그 큰 콧구멍을 벌름거리며 버릇처럼 노래를 부르곤 했다. 따분하다는 증거였다.

사내끼(새끼) 넥타이를 목에 두르고
짚신 구두 신고 가는 삥돌아
유리 없는 안경에다 사팔떼기가
돼지 같은 목소리로 육자배기를
널리리야 부르며 가잔다
막걸리도 한 잔 쐬주도 한 잔
소구루마 타고 가는
삥돌아
…

그러다 그도 싫증 나면 내 무릎을 베고 머릿니를 잡아달라고 했다. 내 머리 꼴도 말이 아닐 테지만, 대빡의 떡이 진 봉두난발을 헤집고 이를 잡는 건 정말 고역이 아닐 수 없었다. 한참을 뒤적이다 보면 내 손바닥까지 끈적거리는 통에 몇 번이고 거적에 대고 문질러야 했다. 그 일을 치르고 나면 으레 다음엔 얼굴의 여드름이나 피지 같은 걸 찾아서 짜달라고 했다. 짜고 자시고 할 것도 없지만, 늘 시켰다. 다시 그의 더러운 얼굴을 주무르다 보면 어느새 대빡은 코를 골며 잠들어

있기 일쑤였다. 하지만 진짜 고역은 밤이었다. 내가 잠이 들만 하면 대빡은 사타구니를 까 내리고 내 손을 끌어다 자신의 귀물을 덥석 쥐여주곤 했기 때문이다. 대빡의 그것은 언제나 성난 닭 모가지처럼 고개를 쳐들고 있었다.

"아따, 쫌 이렇게, 이렇게 해보랑께."

시키는 대로 한동안 손놀림을 하다 보면 머지않아 그것은 가벼운 요동과 함께 불결한 액체를 내 손등에 쏟아놓기 마련이었다. 그러면 대빡은 한숨을 푹 쉬며 옷 위로 대충 문질러 닦고는 금방 코를 골았다.

날씨가 좋을 때면 우리는 밖으로 나가 옷을 벗고 이를 잡았다. 대빡의 이 잡는 방법은 재미있었다. 이란 놈은 항상 옷의 솔기 속에 많이 숨어있기 마련이었다. 따라서 대빡은 솔기 부분을 양손에 길게 늘려잡고 이쪽부터 저쪽까지 어금니로 잘근잘근 씹어가는 것이었다.

"와지직! 타닥, 톡, 투, 틱…!"

그렇게 일 단계 기습작전이 끝나고 나면 다음엔 넓고 평평한 돌 위에 옷을 펼쳐놓는다. 그러면 곧 죽지 않은 이들이 사방에서 스멀스멀 기어 나오는 것이었고, 대빡은 반들반들한 돌멩이로 그것들을 따라가며 콩콩 찍어 죽이는 것이었다. 어쩌다 보리알만 한 놈이라도 몇 마리 나오면 바로 죽이지 않고 서로 싸움을 시키며 가지고 놀았다. 그러다가 그도 싫증이 나면 옷으로 감싸서 어금니로 탁 터뜨려 죽이고는 "끼끼끼~!" 괴상한 소리로 웃곤 하는 것이었다.

8

거지들에게 있어서 겨울은 유난히 빨리도 왔지만, 유난히 길기도 했다. 그런 겨울을 나는 토굴에서 그럭저럭 두 번이나 보냈다. 어서 어머니를 찾아 이곳을 떠나야지 마음먹으면서도 정이 든 대빡 곁을 떠나기가 쉽지 않아 차일피일했던 것이다. 더욱이 토굴에서 장기간 편히 지내본 터라 또다시 남의 집 처마 밑을 전전할 일이 끔찍스럽기도 했다.

'며칠만 더, 며칠만 더.'

나는 속으로 늘 그 소리만을 되뇌고 있었다. 그러던 어느 날, 토굴로 인근의 거지 하나가 찾아왔다. 정보통이라 불리는 꼼보였다. 나 역시 동냥을 나갈 때마다 자주 만나곤 해서 잘 아는 형이었다.

"야, 꼼보. 네가 여그는 뭐다 왔냐?"

대빡이 스스럼없이 맞으며 물었다.

"말코 형하고 동업 좀 해볼까 하구."

"동업?"

꼼보가 바싹 다가앉으며 정색을 하고 말했다.

"저 말야 형, 내가 삼삼한 껀수 하나 잡어논 게 있는데 어떡할래? 같이 하겠어, 안 하겠어?"

"일마야. 뭔 노가리가 고로코롬 밑도 끝도 없냐? 알아묵게 차근차근 야글 혀야 하든지 말든지 할 꺼 아녀."

"좋아. 내 까놓고 얘기하지. 그 대신 안 하면 안 했지, 나중에 딴 데 가서 나팔 불기 없기야. 알았어?"

"이 X 같은 자석이 시방 누한티 공갈질이나? 알았어. 알았응께, 말히 봐."

"저 윗동네 면사무소 알지?"

"알제."

"오늘이 구호물자 들어오는 날인가 보더라구. 아까 지나오면서 보니까 도락꾸(트럭)를 배급소 앞에 대놓고 우유 푸대랑 쌀 푸대를 막 내리던데, 간수메(통조림) 상자도 있구."

"그란디?"

"째빕시다."

"뭣이여?"

"왜애? 영양소가 있는 고기 간수메 몇 상자 갖다놓고 몸보신 좀 하면 좋지, 뭘 그래? 맨날 찌끄레기만 얻어먹고 살 거야?"

"일마야. 그딴 거 없어져 봐야 당장 찍히는 게 우리 같은 꼬지덜이지 젤 것 있는 줄 아냐?"

"형두 참. 아 없어져도 왕창 없어져야 신고고 X이고 하는 거지. 겨우 서너 푸대 없어진 걸 갖고 지네들이 설레발치겠어? 짜부(형사)들 들락거려 봐야 외려 지들 골치만 아프지. 그리고 구역도 우리 구역이 아니기 때문에 우린 괜찮단 말야."

꼼보의 제의를 듣는 순간부터 내 가슴은 까닭 없이 두방망이질 치기 시작했다. 남의 집 빨랫줄에서 옷 하나 걷어오는 좀도둑질이 아니라 이건 정부의 배급소를 털자는 게 아닌가! 나는 제발 대빡이 거절하기를 바랐다. 아니, 설령 동의하더라도 나만은 그 일에 끌어들이지 말았으면 하고 빌었다. 하지만 꼼보는 나의 바람에 아랑곳없이 계속 대빡을 설득하고 있었다. 땅바닥에 그림까지 그려가며 설명을 하는 것이었는데, 의외로 들어가기가 쉽다는 것이었다. 정미소였던 건물을 임시 창고로 사용하는데, 일본강점기 때 지은 판자건물이라 뜯기가 수월하다고 했다. 위치도 깎아지른 산 쪽에 등을 대고 있어서 계속 산길만 타면 야경꾼에게 발각되지 않고 도착할 수 있다고 했다. 그러면서 꼼보는 어디서 구했는지 군용 손전등과 쇠꼬챙이 같은 것들을 꺼내놓았다.

"X팔, 난 이 기회에 양코배기들 그 고기 간수메나 실컷 먹어볼라우. 이거 어디 배 속이 허해서 살겠어? 우이그 그냥, 움냐 움냐 움냐…."

꼼보는 앞에 당장 통조림을 까발려놓기라도 한 듯 양손으로 게걸스럽게 집어먹는 시늉을 했다. 대빡도 슬슬 구미가 당기는 모양이었다.

"참말 간수메도 있더나?"

"없으면 내 눈깔을 파."

대빡은 잠시 무슨 생각을 하더니 결심이 선 듯 내게 말했다.

"용남이 너, 단디(단단히) 준비혀 둬라. 신발은 벗겨지지 않컸크름 끈 타불로 짬매고 걸리적대는 욱에 옷도 벗어. 똥도 마렵기 전에 미리미리 싸두고."

야속하지만, 이로써 결정은 내려졌다. 한 번 결정이 내려진 이상 나는 군소리 없이 따라야 할 똘마니 입장인 것이다. 벌써 가슴이 둥둥 둥 뛰기 시작했다. 나는 눈을 꼭 감고 제발 오늘 밤, 비나 억수같이 퍼부었으면 하고 빌었다.

꼼보가 말했다.

"셋이 똑같이 분배하기야, 형."

"물론 그라제, 짜석아야. 은제 갈래?"

"글쎄. 아무래도 자정쯤은 돼야 안전하겠지?"

그러면서 꼼보는 아직 해가 중천에 있음에도 자꾸 거적 사이로 밖을 내다봤다. 그러더니 아무래도 지루하다 싶었는지 화제를 다른 곳으로 돌렸다.

"말코 형. 거 왜, 집 나올 때 의붓동생 따먹을래다 실패했다면서?

심심한데 그 얘기나 좀 해보지."

"일마야. 그 야그는 또 뭐들라고."

"심심하잖어."

"심심은…. 하기사 뭐 실패는 혔지만 그때 스릴 하나는 참말 끝내주더라."

대빡도 무료한지 슬슬 과거사를 꺼냈는데 그건 모두 처음 듣는 얘기였다. 대빡의 고향은 전라남도 무안이라고 했다. 아버지는 손바닥만 한 밭뙈기 하나에 논 한두 마지기를 부쳐 먹고 사는 소작인이었단다. 한데 주제에 술과 계집을 어찌나 밝히는지 집안이 한시도 조용할 날이 없었다고 한다. 대빡이 열여덟 살 되던 해 어머니가 병으로 죽자, 장례를 치른 지 한 달도 안 돼서 아버지는 건넛마을 과부를 후처로 맞아들였다고 했다. 그 여자도 딸 하나를 데리고 왔다고 한다. 열여섯 살짜리 옥자라는 애였단다. 한데 그 계집애 하는 행실이 어찌나 얄미운지 두고 볼 수가 없더란 것이었다. 대빡이 두 살 위임에도 오빠라고 부르기는커녕 '야', '너'가 예사였고, 조금만 수가 틀려도 '개새끼', 'X팔 놈'이라는 것이었다.

게다가 고자질은 또 얼마나 심한지 아무리 출출해도 찬장 속에서 콩자반 한 알 마음대로 못 집어먹는다는 것이었다. 그렇지 않아도 계모의 곱지 않은 눈총과 그 계모에게만 미쳐있는 아버지에게 뱃이 뒤틀려 있던 대빡은 밖으로 나돌며 기회가 오기만을 별렀다는 것이다. 기다리던 기회가 온 것은 계모가 들어온 지 반년쯤 지나서였단다. 읍내 건달들과 어울려 쏘다니다가 근 보름 만에 돌아왔을 때라고 했다. 멋모르고 안방 문을 여는 순간,

"야! 이 X새끼야, 기침이나 좀 하고 문 열어라!"

하는 의붓동생의 앙칼진 욕설과 함께 느닷없이 분통이 날아와 이마

를 후려치더란 것이다. 마침 옷을 갈아입는 중이어서 그랬던 모양이지만, 어쨌건 대빡의 눈에 불이 번쩍 나면서 동시에 걷잡을 수 없는 분통이 치밀어오르더란다. 번개처럼 뛰어들어가 옆구리를 된통 한 대 지르니까 깩소리도 못하고 나자빠지는데, 그 순간 치마가 걷히면서 고무줄 탱탱한 팬티 밑으로 희멀건 허벅지가 나타나더란 것이다. 반짇고리에서 가위를 꺼내 들고 죽인다고 설치자 사색이 되어 치마를 수습할 생각도 못 하고 발발 떨더라는 것이었다 어차피 터진 일인 데다가 이미 모종의 각오까지 했던 대빡은 눈에 보이는 게 없었다고 한다.

"다시는 안 들어갈 집 구석 뭐 볼 것 있냐? 에이 X발 년아, 너도 한번 당혀봐라 카면서 하루마다를 확 잡아챘제."

"으음, 그, 그래서?"

"히야! 조갑지맨시로 뽁(음부)이 확 들나는디, 그게 또 까실까실 불밤송이가 안 되야 있겄냐? 내 참."

꼼보가 마른침을 꿀꺽 삼켰다.

"에라, 모르겄다. 나도 바지 까 내리고 덮쳤제. 그란디 웬걸? 막 꽂을랑게 '옥자야!' 그람시로 계모 년이 들와뿔지 뭐겄냐?"

"그, 그래서?"

"뭣이 그래서여, 등거리에 찬바람이 홱 지나가는 순간이제. 어쩌겄냐? 네미랄 꺼 바지를 추수리면서 들어오는 계모 년 풀자루(유방)를 딥따 받어뿔고 토꼈제."

"헤이고, 고놈의 십분!"

꼼보가 진저리 섞인 몸살을 냈다.

"그란디 막상 나오니께 갈 디가 있어야제. 참말 X 같더랑께. 뒷산 봉우리에 숨어서 이틀 밤을 꿀리고 그냥 이 길로 안 나섰겄냐?"

"후회 안 돼?"

"지랄하네. 그딴 집 구석 있어 봤자 개밥에 도토리 신센디 뭣한다고 후회를 하겠냐?"

"흠…."

"그건 그라고, 인자 꼼보, 너 야그 좀 들어보자. 재밌는 걸로 풀어 봐라."

"나야 뭐, 꼬지루 돌아다니면서 다구리(몰매) 맞던 얘기뿐이지 별거야."

"깨지던 야그라도 괜찮응께 히봐."

불안하기만 한 내 마음과는 달리 그들의 잡담은 끝이 없었다. 그렇게 빌었음에도 비가 올 조짐은 끝내 보이지 않았다.

"그럼 슬슬 일어나 보자구, 형."

밤이 깊어지자 달의 기울기로 대충 시간을 가늠한 꼼보가 일어서며 말했다. 나는 대빡이 시키는 대로 고무신을 끈으로 동여맸다. 겉옷도 벗어버렸다. 야산인데도 밤의 산길은 험하고 무서웠다. 발길에 차이는 가랑잎의 부스럭 소리에도 공연히 머리털이 곤두섰다. 그들과 떨어지지 않으려고 애쓰다 보니 어느새 등줄기엔 땀이 흥건했다. 산을 따라 원거리로 돌아가느라 목적지에 도착하는 데는 상당한 시간이 걸렸다.

"말코 형, 여기야."

깎아지른 절벽 끝에 도착하자 꼼보가 속삭이듯 말했다. 배급소 건물은 5미터 정도 눈앞에 있었다. 지붕의 높이가 우리가 도착한 절벽의 높이와 거의 비슷했다. 꼼보가 올라올 코스를 눈여겨봐 두고 나서 먼저 뛰어내렸다. 나는 용기가 나지 않아 얕은 곳으로 돌아 내려갔다.

"용남이, 너 망 잘 봐야 해. 발걸음 소리 났다 하면 거기서 판자를 세 번 두들겨."

꼼보가 나를 벽 끝에서 망보게 해놓고 쇠꼬챙이를 꺼냈다.

삐그드득!

그가 쇠꼬챙이를 쑤셔 넣고 판자를 제치자 못 빠지는 소리가 심장을 얼어붙게 하였다. 워낙 조심한 까닭에 그리 큰 소리는 아니었지만, 초긴장이 된 나는 무의식적으로 귀를 막았다. 1분이 한 시간보다도 길게 느껴지는 순간순간이었다.

"됐어. 빨리 들어와, 형."

대여섯 쪽의 판자를 뜯어낸 꼼보가 대빡에게 속삭였다. 대빡이 뒤따라 들어가며 내게 말했다.

"너는 아무 꺼이고 받아들고 먼저 올라가. 빨랑빨랑 움직여야 되야."

내가 고개를 끄덕여 주는 사이 안에서는 꼼보가 벌써 손전등을 켜 들고 사방을 비추고 있었다. 나는 눈이 휘둥그레졌다. 그 안에는 내용물을 알 수 없는 각양각색의 무대와 상자들이 무진장으로 쌓여있었다. 상자마다 양코배기들의 꼬부랑글자와 함께 두 손이 서로 만나 굳게 악수하는 그림들이 선명하게 찍혀있었다.

"자, 빨랑 갖고 토껴!"

대빡이 부대 하나를 내주었다. 상당히 무거웠지만, 신들린 사람처럼 받아 메고 산 위로 올라갔다. 곧이어 대빡과 꼼보도 부대와 상자들을 한 짐씩 둘러메고 올라왔다.

"빨리빨리!"

내 정신이 아니었다. 당장이라도 누가 쫓아올 것만 같아 조급한데 부대는 자꾸만 어깨에서 미끄러져 내렸다. 발길도 돌부리나 나뭇가지에 자주 걸렸다.

우리가 토굴에 도착했을 때는 어느덧 희끄무레한 여명이 사위에 깔리기 시작할 무렵이었다. 우리는 제각기 아무렇게나 쓰러졌다. 모두 거친 숨을 몰아쉬고 있었다. 땀이 비 오듯 흘러 자꾸 눈 속으로 비집고 들어갔다. 날이 완전히 밝자 대빡은 내용물을 확인했다. 내 것은 옥수수 가루였고, 대빡과 꼼보 것은 예측한 대로 우윳가루와 통조림이었다. 대빡은 통조림 상자를 몽땅 쏟았다. 크고 작은 깡통들과 함께 커피, 껌, 담배, 심지어 이쑤시개까지 쏟아져나왔다. 우리는 입을 쩍 벌렸다. 시범 삼아 몇 개의 깡통을 따보았다. 쇠고기와 양고기를 비롯해서 양키들의 죽(오트밀)과 소시지, 절인 콩 등 진귀한 음식물들이 들어있었다. 대빡은 그것들을 정확히 세 몫으로 나누었다. 나누기 곤란한 것들은 함께 먹어치웠다. 간간하고 시크무레한 이국의 맛이 그렇게 유별날 수가 없었다.

"이거, 꼬지 배 속에 왕건이(고기)를 우겨 널라니 괜시리 죄송시럽구만."

꼼보가 볼이 터지도록 고기를 씹으며 헤벌쭉 웃었다. 눈 깜짝할 사이에 열댓 개의 깡통을 비운 우리는 느긋한 포만감으로 못 잔 잠을 벌충했다. 억만장자 부럽잖은 단잠이었다. 그날 오후, 대빡은 꼼보를 일단 빈손으로 돌려보냈다. 보급소 상황이 어떻게 돌아가는지도 모르면서 함부로 훔친 물건을 들고 가게 할 수는 없어서였다. 대신 다음 날에도 토굴로 와서 함께 먹기로 했다.

다음 날, 꼼보가 오자 우리는 다시 이를 죽이던 평평한 돌 위에 우윳가루와 통조림을 펼쳐놓고 걸신들린 사람들처럼 퍼먹었다.

"엠만히 처 묵거라, 짜석아."

대빡이 입천장에 엉겨 붙은 우유 덩이를 손가락으로 떼어내며 핀잔을 주었다.

"말코 형, 의붓동생 뽁도 이거만큼 맛있지는 않을걸?"

꼼보도 능글맞게 웃으며 한마디 했다.

"까고 있네. 너 뒈지게 다구리 놓던 꼬지애들 기분도 이거만큼 꼬소롬하지는 안 혔을 것이다, 짜석아."

"어따, 누구 뽁맛 저리 가라다아."

"어따, 누구 줘패는 맛 저리 가라다아."

그러면서 둘은 합창하듯 키득거렸다. 모두의 얼굴이 온통 우웃가루로 분칠되어 있었다. 그렇게 시시덕거리면서 상당량의 음식물을 비우고 나자 꼼보가 일어서면서 빈 박스와 깡통들을 멀리 숲 속으로 차버렸다. 토굴 옆 오솔길에 웬 건장한 체구의 사내 하나가 나타난 건 그때였다.

"어이! 너희들 말 좀 묻자. 윗말 가는 쪽이 어디냐?"

대빡이 대꾸했다.

"그짝으로 쭉 넘어가시오."

"여기서 머냐?"

그는 재차 물으며 우리를 향해 성큼성큼 걸어왔다.

"아니요. 쪼깐만 가면 기요. 바로 너메요."

"그래? 그럼 거기 혹시 은행나무 집이라고 아냐?"

"은행나무 집이요? 글씨요."

"그럼 감나무 집은?"

그러면서 그는 벌써 코앞에까지 접근해 오고 있었다. 일순, 대빡과 꼼보의 얼굴에 핏기가 싹 가셨다. 비로소 상대방으로부터 모종의 낌새를 챈 것이다.

"감나무 집도 몰라?"

"튀, 튀자!"

대빡과 꼼보가 튕기듯 일어선가 싶더니 총알보다 빠르게 산 아래로 내달았다.

"이 새끼들, 거기 서! 안 서?"

얼마쯤 부리나케 뒤쫓던 사내가 급히 되돌아오더니 멈칫거리는 내 뒷덜미를 덥석 틀어쥐었다. 어찌나 우악스럽게 잡아 비트는지 윗단추에 울대가 눌려 숨이 막힐 지경이었다.

"일루 와, 이 새끼!"

"왜, 왜 그래요? 나, 자, 잘못한 거 없어요, 아저씨!"

"잘못한 게 없어? 그 주둥아리에 우윳가루나 닦고 오리발을 내밀어라, 이 새끼야."

사내는 불똥이 일도록 따귀를 후려쳤다. 한동안 귀가 먹먹한 게 정신이 하나도 없었다.

"좋게 말할 때 순순히 불어, 보급소에서 쌔벼온 거 어딨어?"

용빼는 재주 있을 리 없었다. 나는 그를 토굴 안으로 안내했다. 그가 구둣발로 부대를 툭툭 차며 물었다.

"나머지는?"

"조금 먹고 이게 다예요."

"이 새끼가 그래도!"

그가 이번에는 정강이를 호되게 걷어찼다.

"진짜예요. 이건 내가 갖고 온 거구, 이거랑 이건 대빡하고 꼼보형이 메고 온 거예요."

"…?"

"정말이에요, 아저씨."

"좋아! 오리발 계속 내밀다가 나중에 후회는 하지 마라. 이거 짊어져."

그는 부대와 상자 한 개씩을 내게 짐 지우고 나머지는 자신이 메었다. 산에서 내려오니 그곳엔 자전거 한 대가 세워져 있었다. 그는 자기 짐만 자전거에 옮겨 싣고 나는 짐 지운 그대로 앞서 걷게 하였다. 그렇게 비지땀을 흘리며 끌려간 곳은 우리가 털었던 보급소 근처의 지서였다. 안에는 모두 네 사람의 경찰관이 근무하고 있었다.

"요 쌍놈의 새끼들 간뗑이가 부었지."

그는 짐을 부리자마자 나를 의자에 연결하여 수갑부터 채웠다.

"그놈이야?"

앞 책상의 다른 하나가 일어나 다가왔다. 높은 사람인 모양이었다.

"큰놈 둘은 놓쳤습니다. 하지만 이놈을 짜보면 뭔가 나오겠지요."

"흠, 생각대로 요런 놈들 소행이구만."

"윗말 아랫말 거지소굴을 다 뒤지다시피 했습니다. 거기 앉아, 인마!"

수갑 때문에 팔 하나를 뒤로 돌린 채 의자에 앉았다.

"너 고분고분 대답해. 신경질 돋궈봐야 너만 손해니까. 알았어?"

"네…."

"너희들 패거리가 전부 몇 명이야?"

"대빡이랑 나랑 둘이요."

"어, 요 새끼 봐라? 아까 같이 있었던 것만 해도 셋이잖아, 짜식아!"

그가 다시 머리통을 쥐어박았다. 눈물이 찔끔 솟았다.

"아, 아녜요. 꼼보 형은 놀러 온 거지, 우리 식구가 아녜요."

"한 놈은 놀러 온 거다?"

"네…."

"좋아. 그건 그렇다 치고 저 물건들은 어떻게 빼냈어?"

나는 처음부터 끝까지 사실대로 말해 버렸다. 맨 처음 털기로 제의한 것과 현장에서 판자를 뜯은 사람은 누구고, 어떤 코스를 따라 보급소에 갔으며, 망을 본 사람은 누구고, 각자 짊어지고 온 품목은 무엇 무엇이고, 언제쯤 토굴을 떠나서 언제쯤 돌아왔는가 하는 것까지 하나도 빼놓지 않고 말했다.

"지금까지 한 말 틀림없지?"

"네."

그가 고개를 갸웃거렸다. 그때 또 다른 세 명이 지서 문을 밀고 들어왔다. 면서기들이었다.

"박 순경님, 범인을 잡았다면서요? 이놈입니까?"

"예. 근데 그게 좀 묘합니다."

"뭐가요?"

"이놈들이 빼낸 건 모두 저거뿐이라니까 말예요."

"예⋯? 에게, 그럴 리가 있습니까? 열 가구분이 넘는데요. 어디 숨겨놓은 모양이지요."

"그게 아닙니다."

"예?"

"없어진 양으로 봐서 침입자가 적어도 일고여덟 명은 돼야 가능한데 말이죠. 얘네들은 고작 세 명뿐이란 말입니다. 더구나 얘네들 소굴도 그렇게 여럿이 기거할 수 있을 만큼 넓지 않더라니까요. 그렇다고 시간이나 거리상 세 놈이서 몇 번씩 들락거리며 빼냈다고 보기도 어렵고⋯."

"그럼, 어떻게 되는 겁니까?"

"예. 단정하기는 뭐하지만, 얘네들 외에 또 다른 침입자가 있지 않았나 생각됩니다."

"하, 이거야 원⋯."

앞 책상의 남자가 그들에게 말했다.

"하여간 돌아들 가 계십시오. 최선을 다해서 잡는 즉시 연락 드리겠습니다."

"예. 꼭 좀 부탁드립니다. 지서장님. 까딱하단 저희들 모가지 달아나게 생겼어요."

"예 예. 알았습니다."

그들이 나가자 지서장이란 사람이 내게 물었다.

"너 몇 살이냐?"

"열두 살인지 열세 살인지 잘 몰라요. 잊어먹었어요."

"나이를 잊어먹어? 이름은?"

"임용남이요."

"나이도 잊는 놈이 이름 석 자는 제대로 아는군. 이런 생활 언제부터 하게 됐어?"

나는 고개를 옆으로 흔들었다.

"그것도 잊어버렸단 말이냐?"

"어렸을 적에 서울역에서 엄마랑 헤어지고부터예요."

"흠, 미아로구만. 어쩌다가 헤어졌냐?"

"엄마가 빵 사 온다고 해놓고 어디로 가더니 안 왔어요."

지서장의 시선이 잠시 내 미간 위에 머물러 멀뚱거렸다. 나를 잡아온 사람이 대신 물었다.

"너 살던 곳이 어딘데? 그건 기억하냐?"

나는 상대가 경찰인 만큼 내 입장을 호소해 보고 싶은 마음도 없지 않았으나, 확연히 알고 있는 게 없는 이상 어쩔 수 없는 일이었다. 내가 또다시 도리질을 하자 지서장이 그 순경에게 말했다.

"더 물으나 마나야. 저리 들여보내."

그렇게 해서 나는 손바닥만 한 그 지서의 보호실에 갇히게 되었다. 대빡과 꼼보는 어찌 되었을까? 그들의 뒷일이 궁금했고 또 몹시 보고도 싶었다. 다음 날부터 순경들은 아침저녁으로 나를 불러내어 청소를 시켜먹었다. 내가 청소를 나갈 때마다 꼭 두 사람씩 자리가 비워져 있곤 했다. 아마도 범인들을 수소문하러 다니는 모양이었다. 비질과 물걸레질을 하면서 얻어들은 그들의 대화로 미루어 대빡과 꼼보가 이미 먼 곳으로 도망갔다는 것쯤은 쉽게 짐작할 수 있었다.

그 일이 있은 뒤로 인근에서 그들을 봤다는 사람은 없더라는 것이었다. 제2의 침입이 확실시되는 범인들 역시 오리무중이기는 마찬가지라고 했다. 한데 그 오리무중이라던 범인들은 다행히도 닷새 만에 잡혔다. 그건 거지가 아니라 윗마을에 사는 다섯 명의 청년들이었다.

저녁 무렵, 뒷산에 모여 통조림을 따놓고 술판을 벌이다가 그걸 우연히 목격한 아랫마을 사람의 제보에 의해 잡혔다는 것이다. 그들의 진술에 의하면 그날 밤 두 시쯤 산을 타고 보급소에 도착해 보니 어떤 거지들이 한 발 먼저 와서 판자를 뜯고 있더라고 했다. 그러자 의외로 손쉽게 털게 됐구나 생각한 그들은 나무 뒤에 숨어있다가 우리가 떠난 다음 그 구멍으로 들어갔다는 것이다. 나중에 우리가 잡히게 되면 자신들 것까지 몽땅 덤터기 쓰게 되리라는 얄팍한 계산까지 염두에 두고서였다. 그들이 본서로 넘겨지고 난 뒤 나는 다시 박 순경 앞으로 불려갔다.

"너 잘 들어. 생각 같아서는 너도 저놈들이랑 함께 보내고 싶지만, 아직 나이도 어리고 또 큰 놈들이 시켜서 어쩔 수 없이 한 짓이라니까 이번만 봐주는 거야. 알았어?"

"네…."

"그리고 넌 오늘부터 거지 노릇 안 해도 돼."

"?"

"여기 지서장님이랑 면장님이 널 불쌍히 생각해서 특별히 편하게 먹고 잘 수 있는 데를 알아봐 주셨으니까, 그렇게 알란 말이야. 어때, 좋지?"

"네."

"가서 고맙습니다, 그래."

나는 모든 것이 그저 어리벙벙할 뿐이었지만, 시키는 대로 지서장

앞으로 가서 머리를 숙였다.

"고맙습니다."

"그래. 거기 가거든 선생님 말씀 잘 듣고 학교도 보내달라고 해. 그래서 훌륭한 사람 돼야지 언제까지 비럭질만 하고 살 거야?"

지서장은 자못 위엄까지 부리며 충고를 했다.

그렇게 해서 나는 그날 부평의 에덴 고아원이란 곳으로 인계되었다. 내 생애에 있어 경찰관에 의해 입어본 최초의 은혜였다. 그러고 보면 나를 닷새씩이나 본서로 넘기지 않고 그 지서에 머무르게 한 것부터가 고아원을 염두에 둔 지서장의 인도적 배려가 아니었나 싶다. 고아원은 낡고 오래된 건물이었지만 비교적 큰 편이었다. 여자 원장과 십여 명의 선생을 비롯한 백이십여 원생들이 수용되어 있었다. 목욕을 하고 선생이 내주는 옷으로 갈아입으니 어느 정도 사람 꼴을 되찾을 수 있었다. 나는 당분간 어머니 찾는 일을 보류하고 그곳에서 지친 몸을 좀 쉬기로 작정했다. 힘을 재충전하면서 좀 더 합리적인 방법을 연구해 보겠다는 생각에서였다.

고아원은 생활에 별 어려움이 없었으나 한 가지 먹는 게 문제였다. 그곳에서 제공되는 식사는 고작해야 강냉이죽이나 수제비 정도였고, 밥은 꽁보리밥이나마 사흘에 한 번 나올까 말까 했다. 그래서 원생들은 늘 배고픔에 시달리고 있었다. 그중에는 학교에 다니는 아이도 여럿 있었는데, 외부에서 일을 저질렀다는 전갈을 받고 보면 십중팔구 남의 도시락을 뺏어 먹거나 가게에서 음식물을 훔치다가 발생하는 사고였다. 그런 원생들이다 보니 인근의 채소밭조차 온전할 리가 없었다. 고구마나 오이 같은 건 말할 것도 없고, 심지어 배춧속까지 후벼 파먹는 바람에 애꿎은 농사꾼들만 골탕을 먹어야 했다. 이 때문에 고아원 측과 농사꾼 간의 분쟁도 하루가 멀다 하고 일었다. 하지만 모두가 그때뿐이곤 했다. 그런 배고픔의 나날이었지만 나는 비럭질을 안 다녀도 된다는 사실 하나만으로 그럭저럭 참아 넘겼다.

내게 임무가 주어진 것은 그로부터 두 달쯤 지난 어느 날이었다. 선생들은 나를 포함해서 얼굴이 제법 깔끔한 다섯 명의 원생을 뽑아 '봉사대'란 이름의 임무를 부여한 것이다. 알고 보니 그 고아원은 어떤 미군 부대와 자매결연을 하고 있다고 했다. 그리고 원생들도 상당수가 미국에 양부모를 두고 있다고 했다. 물론, 얼굴 한 번 본 적도 없고 주소도 모르지만, 선생들이 그렇게 일러주더란 것이다. 그런저런 유대관계로 하여 우리 봉사대는 매주 일요일 그 부대의 군인 교회로 가서 잔일을 해주는 임무를 부여받은 것이다.

일요일 아침에 세단 차가 우리를 데리러 오면 우리는 그걸 타고 가서 예배 전까지 강대 위의 촛불도 켜고, 꽃병의 물도 갈며, 창문마다 커튼을 똑같이 키 맞춰 잡아매고, 방석을 똑바로 놓는 등등의 봉사를 했다. 그 일이 끝나고 나면 미군 목사는 우리에게 공책이나 연필 같은 학용품을 나눠주었다. 하지만 학교에 다니지 않는 우리에게 그런 것이 필요 있을 리 없었다. 그 때문에 우리는 그것들을 받아오기 무섭게 주변에 사는 아이들을 몰래 만나서 개떡이나 누룽지, 혹은 삶은 감자 따위와 바꾸어 먹곤 했다.

그러던 어느 날, 그러니까 크리스마스를 막 보내고 첫 번째 맞이하는 일요일이었다. 그날은 미군 부대의 부녀회 측에서 우리 고아원으로 방문을 하는 날이라고 했다. 모두 고급장교의 부인들이라는 것이다. 우리 봉사대 다섯 명은 아침 일찍 세단을 타고 나왔으므로 뒷일을 알 수 없지만, 우리가 떠난 뒤 선생들이 전 원생을 모아놓고 사전 교육을 한 모양이었다. 그들이 물으면 세 끼 모두 쌀밥을 먹는다고 해라, 고기도 이틀에 한 번꼴로 먹는다고 해라, 옷도 자주 갈아입는다고 해라 등등.

그런 사실을 까맣게 모른 채 봉사를 마치고 돌아오니, 벌써 정문 앞에는 전 원생이 새 옷을 입고 늘어서서 곧 들이닥칠 방문객들을 기다리고 있었다. 방문객들을 태운 군용버스가 정문 앞에 나타난 것은 우리 봉사대가 막 도착한 직후였다.

"아눙하쎄요. 열러푼!"

버스 문이 열리면서 40~50명의 미국 여성들이 환하게 손을 흔들며 내렸다. 몇 명의 흑인 여자도 섞여있었다. 우리는 우레와 같은 박수로 그들을 맞이했다. 만면에 미소를 머금고 차에서 내린 여자 하나가 하필이면 내게로 다가와서 물었다.

"아눙? 디드 유 리씨브 더 프레즌 맬 위 센트?"

내가 두 눈을 껌벅거리고 있으려니까 함께 따라온 한국군(카추샤) 아저씨가 통역을 해주었다.

"보내준 선물 잘 받았느냐고 물으신다."

선물이라니 금시초문이었다. 내가 도리질을 하자 그녀가 의외라는 듯 다시 물었다.

"왓 디드 유 이잇 온 크리스마스데이?"

"그럼 지난 크리스마스날 뭘 먹었단 말이냐?"

또 한 번의 통역에 나는 아는 그대로 솔직하게 말해 버렸다.

"수제비…요."

일시에 주위가 물을 끼얹은 듯 조용해졌지만, 나는 그 사실을 전혀 눈치채지 못했다.

"수췌비요우?"

이번엔 그녀가 두 눈을 껌뻑거렸다. 카추샤 아저씨가 그녀에게 뭐라고 귀엣말을 해주었다. 그러자 그녀의 표정이 순간적으로 경직되는 듯

했다. 뒤이어 뭔가를 또 묻고 싶은 눈치였지만, 주위의 선생들을 의식해선지 그녀는 말문을 닫고 내 앞을 떠났다. 그들이 안내자의 뒤를 따라 건물 안으로 들어가자 민호라는 애가 나를 으슥한 곳으로 데려가더니 말했다.

"용남이 너 인제 X나발 불었다."

"왜?"

"얀마, 크리스마스날 수제비 먹었다고 벌통 까면 어떡하냐? 쌀밥에 간수메 먹었다고 해야지."

민호의 자초지종은 이러했다. 이 고아원은 자매결연을 한 미군 부대와 미국에 있는 양부모들에게서 상당량의 원조를 받고 있다는 것이다. 미군 부대에서만도 석 달에 한 번꼴로 식료품과 의류를 보내주는데, 원장과 선생들이 짜고 모두 딴 곳으로 빼돌리는 바람에 자기들은 여태껏 구경 한 번 해본 적이 없다는 것이었다. 자기도 딴 사람에게 들어서 아는 거지만, 보내주는 식료품 중에는 씨 레이션(미군 전투식량)이란 통조림도 있다고 했다.

쇠고기, 칠면조 고기, 완두콩, 껌, 커피, 등 안 든 게 없는 고급식품이라는 것이다. 나는 민호의 얘기를 듣고서야 씨 레이션이라는 게 오래전 대빡들과 함께 훔치던 그거로구나, 추측할 수 있었다. 그런데 그 씨레이션을 이번 크리스마스에도 보내준 모양인데, 선생들이 다 빼돌리고 원생들에게는 받아먹은 것처럼 교육하더란 것이다. 정말 더럽게 되는 일 없구나 싶었다. 그날 방문 일정을 마치고 버스에 오르는 그들의 표정은 그리 밝은 것 같지 않았다. 나중에 들은 얘기지만, 그들이 내부시설을 둘러볼 때도 카추샤 아저씨는 선생들 몰래 아이들에게 이것저것 자꾸 묻더라고 했다. 그러고는 때때로 미국 여자들과 귀엣말을 주고받더란 것이다.

"이거 앞으로 원조에 지장 있겠는걸, X팔!"

그들이 떠나자 당혹한 표정의 선생들이 한마디씩 지껄이며 사무실로 몰려갔다. 잠시 후 명자라는 애가 나를 찾았다.

"용남이 너, 원장 선생님이 오래."

어쩔 수 없는 일이었다. 잔뜩 긴장하고 원장실로 들어가니까 원장이 표독스럽게 다가오더니 다짜고짜 옆구리를 꼬집기 시작했다. 어찌나 독살 맞게 잡아 비트는지 살점이 떨어져 나가는 것 같았다.

"아야야야! 원장 선생님 잘못했어요. 다시는 안 그럴게요. 아야야!"

하지만 원장은 쉽게 멈추려 하지 않았다. 이를 악물고 분이 풀릴 때까지 꼬집을 기세였다. 한동안 그러고 나더니 찢어지는 목소리로 단한마디의 악을 썼다.

"나갓!"

그날부터 나는 개밥에 도토리 신세가 되고 말았다. 나를 대하는 선생들의 태도가 그렇게 야박할 수가 없었다. 다른 애들은 이름을 불러도 나는 꼭 '얀마'로 통했고, 한 번에 못 알아들으면 득달같이 달려와서 사정없이 알밤을 먹이곤 했다. 나는 이곳에서의 휴식도 끝낼 때가 됐다는 걸 느꼈다. 나는 역시 팔도를 유걸하며 어머니를 찾아야 할 팔자이고, 그것이 또한 격에 맞는 일인 것이다. 그렇게 생각하니 그동안 다소 누그러졌던 어머니에 대한 그리움이 파도처럼 걷잡을 수 없이 밀려들기 시작했다.

추운 2월의 어느 날 밤, 나는 내게 지급된 모든 옷을 삼중 사중으로 껴입고 그곳을 빠져나왔다.

선감학원

9

　나는 수원으로 방향을 정하고 무작정 걸었다. 시간이 정해진 것도 아니어서 발길 닿는 대로 살피며 가다 보니 수원까지 도착하는 데 사흘이 걸렸다. 가다가 정 배가 고프면 찹쌀떡이나 군고구마를 파는 아이들에게 옷을 한 가지씩 벗어주고 바꿔 먹었다. 추위에 떨 일이 걱정이긴 했으나 당장의 배고픔 앞에 그건 나중 문제였다. 그렇게 해서 더 이상 벗어줄 여분의 옷까지 떨어졌을 때 나는 다시 쓰레기통을 뒤져 깡통 하나를 구해 들었다. 결국 나는 본래의 걸꾼으로 자연스럽게 되돌아가고 있었던 것이다. 문전걸식을 하며 한 달 이상 수원을 이 잡듯 뒤지고 다녔다. 하지만 그곳에서도 역시 모자간으로서의 숙명적 연계작용 같은 기적은 일어나지 않았다. 나는 포기하지 않았다. 이런 식으로 전국이라도 뒤질 요량이었다. 이러다 보면 언젠가는 신명이 감응해서라도 반드시 만나게 될 것임을 굳게 믿는 까닭이었다.

어느 날 밤, 아마도 팔달산 근처가 아니었나 싶다. 내일쯤엔 평택 쪽으로 향할 계산이었으므로 그날은 수원에서의 마지막 밤이 되는 날이기도 했다. 그 마지막 잠자리를 물색하기 위해 헤매다 보니 커다란 쓰레기장 하나가 눈에 띄었다. 누가 불을 놓았는지 쓰레기 더미 위에서 모락모락 연기가 피어오르고 있었다. 다가가서 막대기로 헤집어 보았다. 시뻘건 속 불이 마른 쓰레기에 옮겨붙으며 탐스럽게 되살아났다. 잠자리치곤 안성맞춤이었다. 상자 하나를 주워다 깔고 불 옆에 막 누우려는 찰나였다.

"야! 너 이리와 봐."

돌아보니 웬 순경 하나가 자전거에 걸터앉아 내게 손짓을 하고 있었다. 심장이 철렁 내려앉았다. 내가 잘못한 게 있었던가? 그 짧은 순간에 내가 행했던 온갖 일들이 주마등처럼 떠오르며 총알같이 머릿속을 지나갔다. 얼른 집히는 게 없었다.

"이리 오라니까 뭘 그리 멍청하게 쳐다봐, 짜식아."

영문도 모른 채 다가가니까

"앞에 걸어."

하고 순경은 간단하게 한마디 뱉고는 내 뒤에서 페달을 밟았다. 지서에 도착하자 난롯가에 모여있던 순경 중 하나가 물었다.

"어디서 데려왔어?"

"쓰레기 소각장에서 자려는 걸 데려왔습니다."

"호! 취침하시려던 차에 안됐군. 마, 너 집이랑 부모는 있어, 없어?"

집과 부모가 있다면야 누가 이 꼴로 다닐까마는 그는 건성으로 묻고 있었다.

"어, 없어요."

"어련하실라구. 알았어. 저리 들어가 있어."

그가 턱으로 보호실을 가리켰다. 도무지 이해가 안 가는 노릇이었다. 내가 대체 무슨 죄를 지었단 말인가? 보급소를 턴 일은 이미 매듭을 진 데다가 근 1년 전 일이고, 혹시 고아원을 몰래 빠져나온 것 때문이 아닐까?

아무리 생각해도 집히는 데가 없었지만, 순경들은 잡담만 할 뿐 누구 하나 내게 자세한 이유를 말해 주려 하지 않았다. 아침이 되자 어젯밤 그 순경이 나를 다시 불렀다. 지서 앞에는 백차가 한 대 대기하고 있었다. 그는 뒷좌석에 신문지를 넓게 깔고 나를 태웠다. 한참 만에 도착한 곳은 도청인 듯싶은 커다란 건물 앞이었다. 정문 위로 플래카드 하나가 길게 걸려 바람에 출렁이고 있었다. 제대로 배운 적은 없으나, 그 무렵에 거의 감각적으로 터득되어 가던 국문 실력으로 그것을 떠듬떠듬 묵독해 보았다.

'정굴… 부람아… 익… 제… 당솔기… 강?'

전국 부랑아 일제 단속 기간이었다.

"들어가."

순경이 그 건물의 어느 창고로 나를 밀어 넣었다. 그곳에는 이미 30여 명쯤 되는 아이들이 잡혀 와서 잔뜩 긴장된 표정들을 하고 있었다. 대부분이 거지들이었다.

"야, 용남아!"

쭈뼛거리고 서있으려니까 누군가가 나를 불렀다.

이럴 수가! 놀랍게도 그는 다름 아닌 꼼보였다.

"어? 꼼보 형!"

불안한 와중에도 우선은 반가웠다. 급히 달려가서 팔부터 잡았다.

"형, 웬일이야? 여태 어디 있었어?"

"안양에…. 근데 어저께 수원에 내려왔다가 꼬지 단속(부랑아 일제 단속)에 걸렸다. 말코 형은 토끼구 나만 걸렸어. 니기미."

"그럼 대빡이랑 여태 같이 있었던 거야?"

꼼보가 어둡게 고개를 끄덕였다.

"수원에는 왜 내려왔는데?"

"그냥…."

그는 더 이상 말하고 싶어 하지 않았다. 근 일 년만의 해후이고 보면 나에 대해서도 궁금한 게 한두 가지가 아닐 테건만 물으려고도 하지 않았다. 그저 한껏 긴장된 얼굴로 땅바닥만 응시할 뿐이었다. 그때 옆자리에서 나직하게 수군거리는 소리가 들려왔다.

"한 번 들어가면 뒈질 때까지 못 나온다면서?"

"그뿐이야? 맞아서 뒈지구 탈출하다 뒈지구, 이래저래 깨지는 일이 다반사라더라."

"니미, 인제 인생 종쳤군, X팔."

일순, 형언키 어려운 불안이 파도처럼 전신으로 밀려들었다.

"형! 저, 저게 무슨 소리야? 죽을 때까지 못 나오는 데라니. 우리가 어디루 가는데?"

내가 꼼보의 턱밑으로 바짝 매달리려는 순간 창고 문이 열리며 군청 직원인 듯한 사람이 모습을 나타냈다.

"모두 일어서서 일렬로 줄 맞춰 나와라. 빨리빨리."

꼼보가 일어서며 신음처럼 뇌까렸다.

"X도, 인제 죽었다."

"으응, 왜? 왜 형?"

"우린 인제 선감도라는 부랑아 수용소로 간단 말야. 그동안 꼬지 노릇 한 게 죄랜다."

"뭐, 뭐라구?"

호되게 뒤통수를 얻어맞는 기분이었다. 이게 무슨 소리인가? 뚜렷한 죄가 없는 이상 별일이야 있을까 했는데, 다시는 나오지 못할 부랑아 수용소로 보낸다니! 그렇다면 이제 내 운명은 어떻게 되는 것인가? 단 하나, 필생의 희망인 어머니 문제는 또 어쩌란 말인가? 순식간에 머릿속이 뒤죽박죽되면서 질서 잃은 의식의 미립자들이 절망의 저쪽으로 까마득히 멀어지고 있었다.

"빨리들 나오라니까 뭘 꾸물대 짜식들아! 시간 없는데."

직원이 화를 벌컥 냈다. 후들거리는 다리를 가까스로 가누며 밖으로 나가자, 입구에 영구차가 한 대 대기하고 있었다. 두 명의 순경이 양편에 서서 일렬로 차에 오르는 우리를 감시하고 있었다.

"다 탔냐?"

탑승이 끝나자 직원이 인원 점검을 하고 나서 차를 출발시켰다. 우리를 태운 영구차는 먼지가 풀풀 날리는 시골의 비포장도로를 덜컹거리며 몇 시간이고 달렸다. 동승한 순경과 직원들 간의 잡담 외엔 누구 하나 입을 여는 사람은 없었다. 모두 도살장으로 끌려가는 듯한 창백한 표정이었다. 창밖으로 쭉쭉 멀어지는 풍경들이 내 모든 희망과의 고별을 암시하는 것 같아 더욱 애가 탔다. 몸속의 수분이 모두 증발한 듯 입술도 바짝바짝 타들어 가고 있었다. 점심때가 훨씬 지나서야 영구차는 마산포라는 작은 포구에 우리를 내려놓았다. 포구 옆에는 옆구리에 '통운호'라고 쓰인 50톤급 운반선이 대기하고 있었다. 비릿한 갯바람이 물씬 날아들었다.

"한 사람씩 올라가라. 동작들 빨리 취해."

승선이 완료되자 배는 서서히 몸체를 틀었다. 배가 긴 포말을 일구며 속력을 내기 시작하자, 직원이 멀리 떨어진 바다 가운데의 한 섬을 가리켰다.

"모두 저길 봐라. 저곳이 이제부터 너희들이 새 출발 할 곳이다."

긴장의 눈들이 모두 그곳으로 쏠렸다.

"저곳을 좀 더 정확하게 말하자면 경기도 옹진군 대부면 '선감도'라는 곳이다. 너희들을 저리 데려가는 건 나태 허랑한 부랑아들을 일소하고, 좀 더 질서 있고 생산적인 나라를 건설하기 위한 높은 분들의 뜻이 있어서야. 아, 그렇다고 너무 불안해할 건 없다. 저기도 사람 사는 곳이니까 모든 건 너희 하기 나름이야."

나는 행여 그의 말 속에 어떤 위안의 요소가 묻어나올까 싶어 신경을 곤두세웠으나 어린 내게도 그의 얘기는 지극히 상투적인 것일 뿐이었다. 갑판 위로 몰아치는 겨울 해풍이 몹시도 차가웠지만, 그런 데까지 정신 쏟을 처지가 아니었다.

시퍼런 바닷물이 넘실대면서 내게 절망의 무게를 가중시켜 주고 있었다. 그리 먼 거리는 아니어서 잠깐 사이에 우리를 태운 배는 선감도의 나룻개라는 곳에 도착했다. 손바닥만 한 그 간이 선착장엔 30톤급 기곗배 두 척이 정박하여 있었고, 그 옆으로 수용소의 선생 하나를 비롯하여 다섯 명의 선임들이 나와 우리를 기다리고 있었다. 선임들은 20세 안팎의 청년들로 모두 백구 친 알머리에 교복처럼 생긴 검정 관복과 검정 고무신을 착용하고 있었다. 한결같이 찬바람 도는 모습들이었다.

배가 정박을 마치자 도청 직원과 순경들이 먼저 내려가 인솔 나온 선생과 악수를 나누었다. 눈매가 매섭고 어깨가 딱 벌어진 원생 하나가 우리를 향해 소리쳤다.

"모두 내려서 이 앞에 삼 열 종대로 서라!"

나는 마른침을 꿀꺽 삼켰다. 저만치의 꼼보도 앞으로 당할 일을 예견한 듯 안색이 하얗게 변해있었다.

"동작이 빨라야 신상에 좋을 거야."

선임 원생이 눈을 가늘게 뜨며 목소리를 내리깔았다. 순간, 모두는 불을 만난 벌떼처럼 우왕좌왕 내려가 급히 줄을 만들었다. 놀랍도록 빨라진 동작이었다. 그가 '앉아 번호'를 시키고 나서 선생에게 보고했다.

"총 32명입니다, 선생님."

"좋아, 인솔해."

"전체 차렷! 지금부터 운동장으로 이동하는데, 가는 도중에 대열을 이탈하거나 잡담하는 일이 없도록 한다. 앞으로 갓!"

우리는 왼쪽에 야산을 끼고 요철이 심한 소로를 따라 섬 중앙으로 이동했다. 오른쪽 저만치로 염전과 저수지가 눈에 띄었고 논밭도 보였다. 늙스구레한 두 명의 여인네가 파랗게 솟아오른 보리밭을 매고 있었다. 그러고 보면 섬에 민간인들도 사는 모양이었다. 얼마쯤 가니 한두 개씩의 옥사가 산 중턱에 띄엄띄엄 나타나기 시작했다. 흙과 시멘트를 섞어 지은 80평가량 되는 큰 건물이었다. 지나치는 옥사마다 수십 명의 수용자가 나와 무언의 시선을 보내고 있었다. 저 안에 온갖 잡배가 다 섞여 있을 거라 생각하니 이만저만 켕기는 게 아니었다.

"하낫 둘, 하낫 둘⋯. 야, 저기 열 중에 툭 튀어나온 독사 대가리는 뭐냐? 너 이 새끼 열 안 맞출래?"

인솔자가 험악하게 소리쳤다.

"선두 좌측으로!"

이윽고 다른 옥사보다 다소 큰 데다가 운동장까지 갖춘 건물 앞에 이르자 인솔자가 대열을 정문 안으로 유도했다. 사무실이 있는 본관이었다. 운동장에 도착한 우리는 먼저 더러운 봉두난발부터 백구로 깎였다. 선 채로 고개만 숙이게 해놓고 두 명의 고참이 달려들어 깎았는데, 어찌나 잽싼지 30분도 안 돼서 우리는 모두 서늘한 알머리로 변해 있었다. 좀 전의 인솔자가 다시 우리를 운동장 한복판에 정렬시켰다.

"지금부터 육덕에 걸친 걸 사그리 벗어서 족발 앞에 놓는데, 5초를 초과하는 새끼는 여물통이 떡사발 될 걸 각오해라. 알겠냐?"

"···."

"어쭈? 알겠냐?"

"이 X 새끼덜이 피죽도 못 얻어 처먹었나···. 알겠냐?"

"에엣!"

"시이작! 일 초, 이 초, 삼 초, 사 초···."

도무지 정신 차릴 틈이 없었다. 허둥지둥 옷을 벗는 동안에 여기저기서 둔탁한 매타작 소리와 비명들이 살벌하게 들려왔다. 동작이 굼뜬 사람을 선임들이 뒤에서 사정없이 내지르는 것이었다. 곧 우리는 심벌까지 드러낸 알몸의 부동자세로 서해안의 매서운 바람을 맞고 있었다.

"다 벗었냐? 좋아. 그럼 인제 그 누더기에서 미련 싹 버리고 저기 창고 앞으로 이동한다. 좌향좌, 앞으로 갓!"

몇 걸음 걷다가 힐끗 돌아보니 자루를 든 세 명이 우리가 벗어놓은 옷들을 뒤지고 있었다. 담배나 기타 쓸 만한 물건이 나오면 재빨리 품속에 감추고 나머지 옷은 자루에 쓸어담는 것이었다.

"이 X만 한 새끼가 어따 대고 해골을 돌려."

어느 틈에 다가온 인솔자가 손날로 내 뒷덜미를 내리찍었다. 그 진동이 목젖까지 미칠 만큼 호된 손찌검이었다. 창고 앞에는 또 다른 선생 하나가 우리를 기다리고 있었다. 알몸 행렬이 도착하자 선생은 우리의 체격을 대충대충 가늠하면서 빠르게 해당 치수의 관복을 골라 던져주었다. 내의와 검정 고무신도 주었다. 내 옷은 다소 큰 편이어서 소매와 바짓부리를 몇 번씩 접어야만 했다. 복장을 갖추고 운동장으로 돌아오니까 선착장에서 본 그 선생이 한쪽에 책상을 놓고 앉아 서류를 뒤적이고 있었다. 한 사람씩 그의 앞으로 불려 나갔다. 그는 이름과 나이, 부랑아가 된 햇수와 동기, 부모의 이름과 생존 여부, 살던 동네의 주소 등등을 간단히 물으며 개인 기록 카드를 작성했고, 작성이 끝날 때마다 '세심사 2반', '각심사 5반' 하면서 옥사를 지정해 주었다. 그때마다 옆에 선 선임자가 담요, 비누, 수건, 칫솔, 치약, 스푼, 식기 등 개인 지급품을 한 아름씩 안겨주었다.

내 차례가 되었다.

"이름?"

"임용남요."

"나이?"

"한 열세 살이나 열네 살쯤 됐을 거예요."

나 같은 기억 부재의 아이들이 이곳에도 상당수 있는 것일까? 애매한 대답임에도 그는 별 반문 없이 간단하게 '12'라고 써 넣었다. 내가 말한 열세 살과 열네 살 중 되도록 가년(加年)의 우려가 적은 아래쪽 나이를 택해서 그것도 만(滿)으로 기록하는 모양이었다. 그 외에도 대답이 분명치 않은 것들은 모조리 '기억 불명'인가 뭔가 하고 속 편하게 써 갈기고 나서 그가 말했다.

"넌, 나이로 보나 생긴 거로 보나 속 좀 덜 썩이게 생겼구나. 우리 성심사로 와라. 알았지?"

그렇게 해서 나는 성심사 대열에 가서 서게 되었는데, 다행히도 그 줄엔 꼼보가 한 발 먼저 와서 대기하고 있었다. 모든 기록 절차가 끝나자 선생은 서류뭉치를 탁탁 추슬러 모아 놓고 단 위로 올라섰다.

물기가 담뿍 밴 한바탕의 바닷바람이 운동장을 휩쓸고 지나갔다.

"모두 주목! 이곳에 들어온 것을 진심으로 환영한다. 이곳은 너희들에게 자립과 갱생의 길을 열어주기 위하여 정부에서 마련한 '선감학원'이란 곳이다. 그리고 나는 이곳의 지도계장인 동시에 성심사 사감이기도 한 김윤길이란 사람이다. 다른 것은 말 안 해도 차차 알게 될 것이니 생략하고, 딱 두 가지만 얘기하겠다. 첫째, 너희들은 이제 거렁뱅이나 시정잡배가 아니라 이곳 선감학원의 원생들이다. 그러니만큼 과거의 나태한 부랑아 근성은 이 시간부로 깨끗하게 청산하고 하루속히 이곳 생활에 적응하라는 거다. 여기서는 너희가 먹고 자는 데 아무런 불편이 없도록 배려해 줄 뿐만 아니라, 희망자에 한하여 기술도 가르쳐준다. 또한 그렇게 해서 갱생의 의지가 엿보인다 싶으면 18세가 되는 즉시 사회에 복귀시켜 자립하게 해줄 수도 있다. 이 점을 유념하고 각자 새사람이 되겠다는 마음의 각오를 단단히 하기 바란다. 알았나?"

귀가 번쩍 뜨였다. 18세가 되는 즉시 사회로 복귀시켜 줄 수도 있다니! 그렇다면 이곳이 부랑아들의 종신 유배지는 아니란 말인가? 소문처럼 영멸(永滅)의 종착지는 아니란 말인가? 그건 아득한 절망으로 입술이 타들어 가던 내게 한 줄기 복음의 소리가 아닐 수 없었다. 한데 다음 순간 가슴 한구석에서 세찬 도리질이 일기 시작했다. '해줄 수도 있다.'라는 애매모호한 여운이 그만한 희박함을 암시하고 있었기 때문이었다. 더구나 눈앞에 늘어선 선임들 모두도 족히 20세쯤은 됐을 법하지 않은가? 그것만 봐도 출소의 가능성이 얼마나 회의적인가를 쉽게 짐작할 일이었다. 아니, 회의와 좌절은 그것뿐이 아니었다. 오늘 카드에 기록된 내 나이는 12세. 설사 18세에 내보내 주는 것이 사실이라 해도 그건 내게 6년 후에나 해당하는 일이 아닌가?

어머니로 하여 일각이 안타까운 내게, 시간이 가면 갈수록 재회의 조건이 자꾸 불리해진다는, 조바심이 들었다. 내게 6년이란 그 얼마나 터무니없는 세월인가? 선생의 얘기는 계속되고 있었다.

"그리고 둘째, 기왕에 들어온 이상 행여 엉뚱한 생각은 품지 말라는 거다. 모든 사념을 버리고 무조건 이곳 규율과 통제에만 따라라. 그래야, 너희들도 편하고 덕분에 우리 직원들도 편해진다. 그리고 신상에도 이롭다. 가끔 이 충고를 무시하고 물고기 좋은 일 시키는 명청이들이 있는데, 분명히 얘기하지만, 여기 서해안 물고기들은 아무리 먹여줘 봐야 은혜란 걸 모른다. 다시 한번 경고한다. 행여 엉뚱한 맘을 먹어서 서로 피곤하게 만드는 일이 없도록 하라. 이상! 각 사장들 인솔."

선생이 단호하게 말을 맺고 내려가자 고참들이 파트별로 대열을 인솔하기 시작했다. 우리 성심사의 인솔자는 선착장에서부터 우리를 인솔하던 바로 그 원생이었다. 그가 우리 성심사의 사장 뱁새였던 것인데, 나중에 알고 보니 그는 소년원 출신의 폭력 전과자로 가뜩이나 가는 눈을 더욱 가늘게 뜨는 버릇이 있어서 별명이 뱁새라고 했다.

"차렷, 앞으로 갓!"

기약 없는 앞날에 눈앞이 캄캄했지만, 당장은 코뚜레 꿰인 송아지처럼 이끄는 대로 따라갈 수밖에 없었다. 어느덧 수평선 저쪽으로 석양이 기울고 있었다. 대략 5분 정도 걸어서 도착한 곳은 사무실로부터 세 번째에 있는 옥사였다. 한옆에 복도를 두고 왼쪽으로 1반부터 5반까지 다섯 개의 방이 일자로 배열되어 있었다. 사장 뱁새는 편성표를 보며 방마다 한두 명씩 들여보냈다. 꼼보는 1반이었다.

"김영태! 임용남!"

3반 앞에 이르자 사장은 나와 또 다른 한 명을 호명하고 방문을 열었다.

"어이, 신입 받어라."

한껏 위축되어 방에 첫발을 들여놓은 순간, 아아 나는 보았다. 먹이를 발견한 수많은 맹수의 눈빛을.

적막이 무겁게 감도는 방 안에서 심상찮게 번들거리는 40여 개의 눈동자가 들어서는 우리의 일거일동을 뚫어지게 주시하고 있었다. 그 살벌한 공기는 해묵은 골동품처럼 퀴퀴한 마룻바닥 냄새와 더불어 당장 에라도 우리를 질식시켜 버릴 것만 같았다. 함께 들어온 영태란 애가 스스로 알아서 기겠다는 듯 소리 없이 무릎을 꿇고 앉았다. 미천한 몸 부디 살펴주십사 하는 신입으로서의 읍례(揖禮)였다. 자석에 이끌리듯 나도 덩달아 꿇어앉았다. 그러자 한쪽에 비스듬히 기대 있던 땅딸한 체구 하나가 느릿느릿 입을 열었다. 공자님처럼 거룩한 음성이었다.

"오, 들어들 왔냐?"

"이옛!"

우리는 부동의 자세로 목청이 찢어져라 악을 썼다. 되도록 트집거리 가 적어야 그만큼 화도 감소됨을 아는 까닭이었다.

"오느라구 수고했다. 피곤하지?"

"아닙니다!"

"아니긴, 피곤할 텐데 다리 뻗구 편히들 앉아라."

"괜찮습니다!"

"그러지 말고 다리 뻗으라니까."

"괜찮습니다!"

"허! 뻗구 편히 앉으라니까 그러네."

참으로 난감한 노릇이었다. 대관절 저 너그러움의 진의가 뭐란 말인 가? 이러지도 저러지도 못하는 우리 입장엔 아랑곳없이 그의 재촉은 계속되고 있었다.

"아, 그러지들 말구 편히 앉으라니까. 괜히 우리가 미안시럽구만."

더 이상 사양하는 것도 상대방의 신경을 자극하는 일이다 싶었는지 영태란 애가 조심스럽게 다리를 움직였다. 바로 그 순간이었다. 가까 이에 있던 주걱턱의 원생 하나가 번쩍 몸을 날리더니 영태의 턱을 사 정없이 차버렸다.

"아악!"

호되게 채이고 튕긴 영태가 벽에 또 한 번 머리를 찧으며 구석으로 처박혔다. 나는 마른침을 꿀꺽 삼켰다.

"이 X새끼가 뒈질라구 색을 써도 유분수지, 반장님이 편히 앉으랬다구 겁도 없이 족발을 뻗어? 니네딜 시방 남의 집 사랑방에 마실 왔냐, X새끼야?"

영태가 황급히 상체를 바로잡았다.

"미, 미안합니다. 잘못했습니다!"

"미안은 쌀눈이 미안이여, X발 놈아."

주걱턱이 또다시 그의 옆구리를 우악스럽게 내질렀다. 좀 전의 땅딸한 체구가 우리를 향해 손가락을 까딱거렸다.

"반장, 똥자루 형이야, 짜식덜아. 가서 인사드려."

시키는 대로 다가가서 정중하게 머리를 숙이자 반장은 다시 손가락질로 앉으라는 신호를 보냈다. 그러고는 옆의 영태에게 먼저 물었다.

"문패는?"

"김영탭니다!"

"꼬지였냐?"

"아닙니다. 고아원에 있었습니다!"

"고아원에 있는 놈이 여긴 어떻게 달려왔냐?"

"한 놈 두들겨 패고 도망 나왔다가 그렇게 됐습니다!"

"짜샤, 니가 깡패냐? 사람 패게."

반장은 비스듬히 기댄 채로 영태의 면상을 발로 힘껏 질러버렸다.

"악!"

비명과 함께 얼굴을 싸쥐는 그의 두 손 사이로 금방 코피가 주르륵 흘러내렸다. 그래도 반장의 표정엔 털끝만 한 동요조차 일지 않았다.

그런 그가 이번엔 내게로 시선을 돌렸다. 심장이 졸아붙는 순간이었다.

"넌 문패가 뭐당가?"

"이, 임용남입니다. 코, 콜록!"

입 안에 그득히 고인 침을 꿀꺽 삼킴과 동시에 말을 하다가 그만 침 사레가 들리고 말았다.

"꼬지였냐?"

"콜록, 네!"

"걸달던(동냥하던) 무대는 어디여?"

"콜록, 그냥 여기저기 막 도, 돌아댕겼습니다. 코, 콜록."

"시꺼, 새꺄!"

눈앞에 번개가 번쩍였다 싶은 순간, 나 역시 그의 발길에 이마빼기를 된통 채이고 뒤로 나뒹굴어 버렸다.

"X 같은 새끼가 캑캑대긴…. 몇 살이야?"

"코…, 여, 열두 살입니다."

온 힘을 다해 기침을 참으며 카드에 기록된 나이를 댔다. 그의 무겁(無怯)한 폭거 앞에 어리다는 사실이 한 가닥 완충작용을 할지도 모른다는 기대도 하면서였다. 하지만 거의 신경은 상상외로 무뎌 있었다.

"까구 있네. 니가 어떻게 열두 살밖에 안 됐냐? X발 놈아."

하면서 다시 내 가슴패기를 힘껏 차버렸던 것이다.

"난, 열세 살이나 열네 살쯤 됐다구 했는데 서, 선생님이 그렇게 적었어요. 힝!"

"상다구(얼굴) 펴, 새꺄!"

"…"

"에또! 그건 그렇구 동포들 잘 듣더라고. 우덜은 말씸여, 시방 국가 발전의 백년대계를 위하야 에, 그 뭣이냐? 돼먹잖은 소싯적 악습을 몽땅 털어버리구설랑 여기 서해안 한가운디서 참선을 하시는 중이라 이겨. 알어 듣겄는감?"

"예!"

"그란디 참선의 경지가 모니 성(석가모니)하구 비스무리해질라는 이 참에 동포들께서 또 바깥 시상의 타락한 먼지들을 묻혀갖구 들어왔다 이겨. 그라니 이 노릇을 워쩌코롬 혀야 쓰겄는감?"

"…"

"털어야 쓰겄지? 우리들 오염되기 전에 말여."

답변의 여지가 없었다.

어느새 우리 뒤엔 맨 처음 폭력을 쓰던 주걱턱의 원생이 부러진 삽자루를 가지고 돌아와서 버티고 서있었기 때문이었다.

"이건 엄숙한 의식잉께, 마음가짐을 경건히 해야 쓸 것이여."

반장이 팔을 괴고 더욱 편하게 누우며 말했다.

"두 놈 일어서."

주걱턱의 명령이었다.

"지금부터 엉까거나 오도방정을 떠는 새끼는 X창 나는 줄 알어라. 이쪽으로!"

우리는 시키는 대로 관물대에 손을 짚고 엎드렸다. 이른바 '신입빳따라'는 거였는데, 한 사람이 한 대씩 갈기고 삽자루를 인계하는 릴레이식이었다. 그 혹독한 매질을 다섯 대까지는 견디다 나는 그만 뒹굴어버리고 말았다.

"혀, 형! 아, 아니, 아저씨! 하, 한, 번만 봐주세요. 모, 못, 참겠어요. 네? 아저씨."

"어쭈? 이 새끼 안 일어나?"

그들은 어리다고 특별히 봐주지 않았다. 울어도 빌어도 소용없었다.

뒹굴면 뒹구는 대로 엎어지면 엎어지는 대로 다시 일어나 엉덩이를 델 때 그대로 차고 짓밟았다. 한 대 맞고 뒹굴고, 한 대 맞고 애걸하면서 기어이 열일곱 대를 다 맞아야 했다. 그 많은 매를 어떻게 다 맞았는지 기억도 나지 않았다. 시야는 온통 황사현상의 하늘처럼 희뿌옇게 보였고 귀도 먹먹했다. 온몸이 성한 곳 없이 쑤시고 아팠다. 발길질을 막다가 접질린 왼손 엄지손가락도 퉁퉁 부어있었다. 하지만 그것으로써 모든 신입 절차가 끝난 건 아니었다.

"워떠? 한바탕 털고 나니께 몸과 맴이 행결 홀가분하지 않은감?"

"…."

"허! 아직도 찜찜한 디가 남었는가 워째 말씸덜이 읎댜?"

"아, 아닙니다. 홀가분합니다!"

"흠, 그려?"

반장은 잠시 고개를 끄덕거리고 나서 다시 말했다.

"다행이구문. 그람 홀가분해진 기분으로 시방부텀 아리랑 고개나 한번 넘어보더라고."

그러자 다른 두 명의 원생들이 기다렸다는 듯 긴 고무줄을 꺼내 양쪽에서 팽팽하게 잡아당겼다. 주걱턱이 우리를 고무줄 가까이로 다가서게 했다. 또 뭘 어쩌려는 것일까? 고무줄은 내 허벅지 높이를 가로지르고 있었다.

"니네덜 아리랑은 다 부를 줄 알겄지?"

"예…!"

"속세의 먼지를 털었으니깐두루 지금부터 참선에 동참할 정신 자세가 얼만큼 갖춰졌나 시험해 보겠다. 헤드라이트 끄고(눈 감고) 아리랑을 부르면서 이 고무줄을 왔다리 갔다리 넘어댕기는데, 만약 쪼금이라도 고무줄을 건드리는 날엔 한 번 더 곡소리 나게 된다는 걸 명심해라. 새눈 떠도 마찬가지야."

피말림의 연속이었다. 고무줄의 높이로 보아 눈뜨고 해도 자칫 실수하기 쉬운 일을 눈감고 하라니….

그러나 역시 우리에겐 선택권이 없었다. 영태가 바지를 한껏 추켜올리며 가랑이 사이에 공간을 확보시키고 있었다. 나는 눈을 부릅뜨고 부지런히 고무줄의 높이와 위치 등을 머릿속에 각인시켰다. 저것을 닿지 않고 넘으려면 다리를 최대한 높이 들어올려야 안전하리라. 그리고 될 수 있는 한 고무줄과 가까운 거리에 발을 내려놔야 다시 이쪽으로 넘어올 때 유리하리라.

"자, 준비됐으면 헤드라이트 꺼라. 아리랑 시이작!"

아리라앙, 아리라앙, 아라리이요오오
아리라앙 고오개애로오 넘어가안다.
나르을 버리고 가아시는 님으은
십 리도 모옷 가서 바알병 나안다아

머릿속에 새겨진 계산대로 오른발부터 최대한 높이 들어서 조심조심 보이지 않는 고무줄을 넘었다. 눈을 감은 탓에 한 발을 들 때마다 몸이 중심 감각을 잃고 자꾸만 비척거렸다. 노래에 신경 쓰랴 고무줄에 신경 쓰랴, 여간 까탈 맞은 게 아니었다. 어렵사리 단 한 차례 왕복했을 때였다.

"시톱(stop)!"

주걱턱이 우리의 동작을 제지시켰다.

"눈깔 떠봐, 이 새끼덜아."

아차 싶었다. 우려했던 대로 고무줄이 우리의 허벅지를 스치고 있었던 것이다.

"이것들이 정신을 어따 팔구!"

주걱턱이 달려들면서 가차 없이 혹을 한 방씩 먹였다. 나는 가슴께를 설맞았지만, 영태는 복부를 제대로 강타당한 모양이었다. 그대로 배를 앉고 쪼그려 앉으며 몹시 괴로운 표정을 지었다.

"얼씨구, 요 새끼 엉까는(엄살 부리는) 거 봐. 너 뒈질래?"

주걱턱이 발로 영태의 이마를 훌쩍 떼밀었다. 영태가 벌렁 나자빠지자 그가 다가가 가슴을 밟았다.

"어때, 누우니까 할랑하냐? 이대로 계속 쉬게 해주랴?"

"예, 잘할 수 있습니다!"

"좋아, 한번 믿어보지. 자, 일어나기 힘들 테니 내가 일으켜 주마."

주걱턱이 옆에 쪼그려 앉으며 엄지와 검지 두 개의 손가락을 비벼 보였다.

"어떠냐? 요 손가락 두 개로 널 들어올리겠냐, 못 들어올리겠냐?"

"모, 모르겠습니다."

"몰라? 그럼 잘 봐."

그러면서 그는 재빠르게 영태의 음모(陰毛)를 옷째로 집어서 뽑을 듯이 위로 잡아 올렸다.

"아, 아~!"

영태가 비명을 지르며 반사적으로 골반을 하늘 높이 치켜들었다.

"어때, 들리지?"

"예, 들립니다!"

"나, 힘 쎄지?"

"예. 쎄, 쎕니다!"

"또 한 번 실수하면 아예 백(白)자지로 만들어줄 테니까 알아서 해라."

주걱턱이 손을 탁탁 털며 일어섰다. 그렇게 다시 고무줄 앞에 정렬은 했지만, 나는 불현듯 어떤 의구심을 떨칠 수가 없었다. 눈감고 하는 일에 실수도 실수겠지만, 마음만 먹으면 그들 쪽에서 고의로 얼마든지 갖다 댈 수도 있는 일 아닌가?

좀 전에도 그들이 고의로 댄 게 아니라고 누가 보장한단 말인가? 이번에는 영태 쪽에서 마른침을 삼키는 소리가 들렸다.

"자아, 헤드라이트 끄시고, 시이작!"

그들이 고무줄을 고의로 갖다 댄다 해도 나는 나대로 최선을 다해 볼 수밖에 없는 일이었다. 그야말로 진땀이 흐르도록 노심초사한 덕일까?

주걱턱이 좀체 제지시키지 않는 걸로 보아 쉽게 고무줄에 걸리지는 않은 모양이었다. 모두에게서 뜻 모를 웃음이 일기 시작한 건 그때부터였다. 묘한 일이었다. 처음에는 그저 약간 킬킬대는 정도여서 옆에 영태에게 무슨 웃음거리가 발생했나 했는데, 시간이 갈수록 그건 박장대소로까지 변하고 있었다. 하도 궁금해서 실눈이라도 떠보고 싶었지만, 모든 눈이 우리를 보고 있을 거라는 생각에 섣불리 그럴 수도 없었다. 그 요란한 웃음소리 틈새에서 주걱턱의 목소리가 들려온 것은 그로부터 한참이 더 지나서였다.

"시톱! 인제 헤드라이트 켜라."

눈을 떠보니 몇몇 원생들이 찔끔거리는 눈물을 닦아내고 있었다. 도대체 무엇이 그리 우스웠던 것일까? 힐끗 영태를 바라보니 그도 모르기는 마찬가지인 듯 어리벙벙한 표정을 하고 있었다. 주걱턱이 말했다.

"됐어. 지금처럼만 하면 합격이다. 그럼 이번엔 3·8선 통과다."

그 말이 떨어지기 무섭게 양편의 원생들이 고무줄의 높이를 절반 정도로 낮추었다.

"그 자리에 뒷짐 지고 엎드려."

바닥에 배를 깔고 엎드리니 등과 고무줄의 간격은 불과 반 뺌 정도의 여유밖에 없었다.

"아까처럼 아리랑을 부르면서 그 밑을 반복 통과하는데, 등짝에 고무줄 안 닿게 해라. 알았으면 헤드라이트 꺼."

시키는 대로 눈을 감았다.

"요령 피우면 고무줄 더 내릴 거야. 자, '아리랑' 시이작!"

우리는 바닥에 배를 밀착시키고 사력을 다해 고무줄 밑을 기었다. 이번에는 원생들의 폭소가 좀 더 빨리 시작되고 있었다. 그것은 아까보다도 훨씬 강도 높은 웃음소리였다. 모르긴 해도 배를 움켜쥐고 마룻바닥을 구르는 사람까지 있는 것 같았다. 아무리 생각해도 처음 들어설 때의 그 살벌하던 방 분위기와는 너무나도 대조적인 현상이 아닐 수 없었다.

"오케이! 지랄 그만하구 눈깔들 떠라."

이윽고 주걱턱이 입을 열었는데 그의 말 속에도 끈끈한 웃음의 여운이 질척하게 배어있었다. 남이야 웃든 말든 또 한고비 넘겼구나 생각하며 눈을 떴다. 한데 이게 어쩐 일인가! 그곳에 있어야 할 고무줄이 보이지 않았던 것이다. 우리들의 어리둥절한 표정에 또 한차례의 폭소가 왁자하게 실내를 뒤흔들었다. 나는 비로소 모든 것을 깨달을 수 있었다. 고무줄 같은 건 원생들이 걷어치운 지 이미 오래였던 것이다. 그런 줄도 모르고 있지도 않은 고무줄에 닿을세라 우리는 소금 맞은 미꾸라지처럼 맨바닥을 죽을 둥 살 둥 비비적거렸던 것이다.

그처럼 아무것도 없는 허공에 대고 슬로모션으로 육갑을 떨었으니 배를 쥐고 웃을 만도 한 일이었다. 비스듬히 누워 관망만 하던 반장이 다시 그 가식적인 사투리로 입을 열었다.

"됐다 됐어. 그만하면 됐응께, 인저 3부 순서로 우리 귀나 좀 즐겁게 해보더라고."

"예…?"

"아, 창가든 만담이든 있는 솜씨 다 발휘혀서 우리 귀 좀 즐겁게 해 보라, 이것이여."

"알겠습니다."

어차피 넘어야 할 산, 빨리 끝내고 해방되고픈 생각에선지 영태가 선뜻 앞으로 나섰다.

"이수일과 심순애를 하겠습니다."

"읊어보더라고."

"흠흠…."

몇 번의 잔기침으로 목을 가다듬고 난 영태가 길게 신파조의 목청을 뽑았다.

"아! 달은 떴다. 월색은 고요하고, 말없이 흘러간 대동강 푸른 물결 위에 사천 년 역사의 비둘기 우는 소리 장관이로다…."

"좋고~!"

"놓아라. 놓지 않으면 다 떨어진 찌까다비로 17문 코 같은 너의 가슴을 따악 차버릴 테다. '흐흑…! 수일 씽, 한 번만 용서해 주시와요.' 야이, 더려운 년아. 너는 백 년의 노래다. 저 달을 보고 맹세하고 저 별을 보고 언약하던 그 사랑이 하루아침 꽃밭에 찬 이슬처럼 사라진단 말이냐? '수일 씽, 가시면 어디로 가시겠습니이~?' 나의 갈 곳은 묻지 마라. 바람이 불면 부는 대로, 파도가 치면 치는 대로 풍파에 놓인 조각배다. 순애야, 능라도 다리 밑에는 다시는 아니 올 테다. 니 에미, 니 애비께 안부 전해라. 저 14일 달이 흐르거든 어느 땅 어느 곳에서 이수일이가 너를 원망하는 줄 알고, 저 별무리가 가물대거든 어느 바람 부는 부둣가에서 이수일이가 통탄의 피눈물을 뿌리는 줄 알아라."

쿵자라 작작 자그자그 작작
수운애야 자알 있거라 나는 간다
실망의 이수일이~
나암쪽 나아라 어느 곳이
살기가 좋더냐
자그자그 작작 쿵 작작

어설픈 여자 흉내와 입 반주에 여기저기서 피식피식 싱거운 웃음이
일었다. 제대로 할 줄 아는 게 없었던 나는 생각 끝에 예전에 대빡이
부르던 노래를 하기로 했다.

사내끼 넥타이를 목에 두르고
짚신 구두 신고 가는 뺑돌아
유리 없는 안경에다 사팔떼기가
돼지 같은 목소리로…

"집어쳐라, 새꺄!"
듣기 거북한 듯 반장이 갑자기 목소리를 높였다.
"X발 놈, 꼬지 경력 티 내는 건가? 어디서 부른다는 게 꼭…."
"…."
"하여튼, 너는 오늘부터 내 안마 담당이다. 니 쫄따구가 들어올 때
까지 매일 저녁 내 다리를 30분씩 주무른다. 알았냐?"
"네."
"그리고 너."
"예!"

"너는 복도 담당이니까 매일 아침 기상하는 즉시 복도부터 점검한다. 어떤 새끼가 고구마 쪄놨으면(똥 싸놨으면) 책임지고 치워. 깨끗이 치워야지 눈곱만큼이라도 흔적을 남겼다가 곡소리 날 줄 알아라. 알았냐?"

"예…? 예예."

"다른 반 앞은 신경 쓸 거 없으니까 우리 반 앞만 책임져. 그리고 범인을 잡는 날엔 1계급 특진이다."

괴이한 일이었다. 사람이 다니는 복도에 밤사이 누가 감히 대변을 본다는 것이며, 그게 사실이라면 무엇 때문에 위험을 감수하면서까지 그래야만 한단 말인가? 아무리 생각해도 이해가 안 가는 일이었지만, 우리 처지에 물어볼 수도 없는 일이었다. 비로소 반장의 입에서 복음의 소리가 떨어졌다.

"니들 자리는 저쪽 문 옆이다. 글루 찌그러져."

지정해 주는 곳으로 가서 앉으려니까 콧등에 진땀이 솟도록 아까 맞은 엉덩이가 욱신거렸다.

쪼그려 앉은 채로 지급받은 일용품들을 챙기다가 주위를 살펴보았다. 모두의 허리에 스푼과 칫솔들이 주렁주렁 매달려 있는 게 눈에 띄었다. 개중에는 비누까지도 구멍을 뚫고 끈을 꿰어 목걸이처럼 걸고 있는 사람도 있었다. 도난도 심하고, 한 번 분실하면 재수령하기도 어렵다는 걸 쉽게 짐작할 수 있었다. 식기와 담요 같은 것만 관물대에 넣고, 나도 나머지는 허리에 꿰차기로 했다. 그때 문이 열리면서 사장 뱁새가 고개를 들이밀었다.

"야, 3번. 느그덜은 식사 집합 안 할 꺼냐, 이 X새덜아?"

"어, 미안하다 뱁새야. 지금 나간다."

그러면서 반장은 모두에게 식기를 들고 집합할 것을 명령했다. 말투로 보아 그들은 서로 트고 지내는 모양이었다. 식당은 산등성이 하나를 사이로 사무실의 반대편에 있었다. 전 원생을 동시에 수용하고도 자리가 남을 만큼 커다란 건물이었다. 식당엔 왔지만 밥 한 끼 얻어먹는 것도 그리 수월한 건 아니었다. 출입구 앞에 열을 맞추고 부동자세로 서서 노란 완장의 주번 원생 비위에 들 때까지 기다려야 했다.

"저기, 저쪽 줄 끝에서 두 번째 놈. 너 이 새끼 어따 대고 눈깔 돌려. 밥 처먹기 싫어? 그 줄 세심사 1반 맞지?"

그러자 나지막한 불만의 소리가 곳곳에서 새어 나왔다.

"니기미, 또 누꼬? 찍헨 자슥이."

"배고파 죽겠는데, X새끼 땜에 또 늦네. X새끼."

"야, 짱구. 꿈직이지 말그라 자슥아야. 또 우리 쳐다보잖노."

그렇게 지적이 없는 줄부터 입장을 시키다 보니 우리가 들어갈 때쯤에는 벌써 식사를 마치고 나오는 축들도 상당히 많았다. 배식구에 식기들을 들이밀자 거친 밀밥과 시래기국이 담겨 나왔다. 양도 형편없이 적어 보였다.

"차렷! 식사 개시!"

"감사히 먹겠습니다."

누군가의 구령에 따라 모두 큰소리로 외치고 밥그릇을 당겼다.

"야, 여기야 여기."

앞줄의 어느 하나가 식기를 가볍게 두드리며 좌우를 향해 소곤댔다. 그러자 주위의 대여섯 원생이 밥 한 숟가락씩을 크게 떠서 재빨리 그에게 몰아주었다. 한마디로 밥 계(契)를 하는 모양이었다. 기왕에 먹으나 마나 한 양, 각자 순번을 정해 놓고 어느 한 사람에게 몰아주어 한 끼나마 가끔씩 배불리 먹어보자는 생각들이었을 것이다. 그 원생의 얼굴에 동물적인 미소가 번지는 것을 곁눈질하며 나도 급히 스푼을 빼 들었다.

뜸도 제대로 안 들었는지 설 퍼진 밀알들이 씹히기 싫다는 듯 왈강 왈강 입안을 삐져 다녔다. 모든 것이 구걸해서 먹을 때보다도 훨씬 못한 것 같았다.

어딘가에서 벌컥 욕설이 튀어나온 건 그때였다.

"야! 거기 X만 한 새끼. 너 일루 나와."

그건 안으로 들어서던 주번이 내 또래의 어느 소년 원생에게 하는 소리였다.

"이 X팔 새끼. 너만 아가리냐, 엉?"

그는 성큼성큼 다가가더니 따귀부터 오지게 올려붙였다. 까닭인즉, 밥을 다 먹은 소년이 밖으로 나가는 척하다가 배식 중인 타사(舍)의 열 뒤에 다시 슬쩍 붙어 섰던 모양이었다. 한 번 더 타 먹기 위해서였을 것이다.

"이 X팔 새끼, 너 어느 사야?"

"조, 종심사예요. 잘못했어요. 한 번만 용서해 주세요."

"일루 와, 새꺄. 여기가 니네 집구석인 줄 알어, X발 놈아?"

주번은 소년을 구석으로 몰아붙이면서 샌드백인 양 야멸차게 두드리기 시작했다. 삼빡한 손놀림으로 이리저리 치는 폼이 응분의 체벌을 가하는 건지 자신의 주먹을 과시하는 건지 분간이 어려웠다. 그러기를 한참 만에 주번은 코피가 흐르는 소년을 다시 출입구 앞에다 끌어다 세워놓았다. 벌겋게 달아오른 소년의 얼굴에 낭패감이 역력했다.

"오토바이 1단!"

소년은 양팔을 앞으로 내뻗고 엉거주춤 무릎을 구부려 오토바이 타는 듯한 자세를 취했다.

"2단…! 3단…! 4단!"

주번은 소년의 자세를 한 단계씩 낮추다가 가장 버거운 4단에 고정시켰다. 저런 자세로 과연 얼마나 버틸까? 머잖아 대퇴부께가 끊어질 듯 당길 게 자명했지만, 주번은 한술 더 떴다. 소년의 머리 위에 그의 밥그릇까지 위태스럽게 올려놓았던 것이다. 그러고는 큰소리로 백 번의 복창을 반복하도록 만들었다.

"나는 용감무쌍한 밥 귀신, 승공통일의 그날까지 밥과 생사고락을 함께한다! 나는 용감무쌍한 밥 귀신, 승공통일의 그 날까지 밥과 생사고락을 함께한다! 나는 용감무쌍한 밥 귀신, 승공통일의 그 날까지 밥과 생사고락을 함께한다…!"

1분도 안 돼서 소년의 팔다리는 바들거리기 시작했고, 표정도 고통스럽게 일그러져 갔다. 그야말로 융통성이나 인정 따위란 눈 씻고도 찾아볼 수 없는 살풍경의 연속이었다. 그러한 분위기에 덩달아 켕겨서 쫓기듯 그릇을 비우고 나왔다. 밖은 어느덧 일몰 후의 어스름에 젖어들고 있었다. 군데군데 원생들이 무리를 이루고 서있었다. 갈 때도 옥사별로 모여서 가는 모양이었다. 식당에서 조금 떨어진 곳에 우물이 있었다. 남들이 하는 것처럼 나도 따라가서 식기를 닦은 다음 성심사 대열을 찾아 섰다.

"이 정도면 됐지? 자, 출발한다. 앞으로 갓!"

원생이 20명 정도 모이자 대표 하나가 나와서 우리를 인솔했다. 소년의 쥐어짜는 듯한 복창 소리가 차츰 멀어지고 있었다. 저 아이는 누구일까?

어떤 집에서 태어났기에 벌써부터 저런 운명을 안고 살지 않으면 안 되었던 것일까? 전쟁고아일까? 아니면 나처럼 부모의 손에 고의적으로 팽개쳐진 운명일까? 아아, 아무러면 어떠랴! 나 역시 이제 똑같은 신세인 것을. 내 앞에 어떤 일이 벌어지고, 내 운명이 어떤 식으로 변하게 될지는 나 자신도 모르는 것을….

다시금 가슴속이 황량해지면서 식도가 뻐근해지도록 치밀어 오르는 설움을 입술을 깨물며 참아 삼켰다. 울음이 또 무슨 화근이 될지 모르기 때문이었다. 겨울 끝을 아쉬워하는 듯 점점 두꺼워지는 어둠 위로 진눈깨비가 추적거리기 시작했다. 수용소의 첫날이 그렇게 저물어 가고 있었다.

10

살벌한 분위기에 시달렸던 어제의 정신적 피로로 인하여 세상 모르게 잠들어 있을 때였다. 천 근 무게로 가라앉은 고막을 강제로 헤집고 들려오는 소리가 있었다.

"기상~!"

그건 복도에서 나는 소리였다. 새벽이었다. 순간, 나는 잠자리가 예전과는 어딘가 다르다는 사실부터 어렴풋이 깨달았다. 이를테면 쓰레기처리장이나 다리 밑 혹은 처마 아래 굴뚝에서처럼 잔뜩 웅크린 데 대한 뻐근함도 없었고, 노숙(露宿)의 스산함도 느낄 수 없었던 것이다.

'아아 참, 여긴 수용소지? 맞아, 수용소야. 난 지금 언제 나갈지도 모르는 섬에 잡혀 와있는 거라구.'

그러자 정신이 미처 개안 되기도 전에 절망이 먼저 밀려들어 까마득한 영멸(永滅) 속으로 끝없이 곤두박질쳤다. 그런 내게 다시 한번 현실을 각인시켜주듯 "사감 오기 전에 빨리빨리 움직여. 어제처럼 X되지 말구 모포 정돈들 잘해라." 하는 반장의 목소리가 들려왔다. 절망만 하고 있을 때가 아니었다. 급히 일어나 다른 원생들이 하는 것을 곁눈질로 훔쳐보며 담요부터 개켰다. 곧 옥사 안팎의 청소가 시작되었다.

남포 등불 희미한 실내는 기상 시간이라 치기엔 억울할 만큼 어두웠지만, 밖은 좀 나은 편이었다. 새벽 여섯 시. 3월의 일출은 아직 게을렀으나 사면이 바다인 공해상의 새벽은 육지와 달라서 부지런한 여명이 신선감마저 느끼게 했다. 초저녁에 내린 약간의 진눈깨비 탓에 지면의 감촉이 매우 눅눅하게 느껴졌다. 나는 빗자루도 없었고, 어디서 무엇을 어떻게 해야 하는지를 몰라 그냥 이리저리 휩쓸려 다니는 꼴이어야 했다. 한데도 밤잠을 덜 깬 혼미하고 무거운 기분 때문인지, 아니면 일일이 얼굴을 쳐다보기가 귀찮아선지 내게 신경을 쓰는 사람은 없었다. 그저 다섯 개 반이 와글대는 가운데 제각기 습관적 감각으로 담당 구역을 찾아 쓸고 닦는 시늉만 할 뿐이었다. 그 신선한 새벽도, 청소를 끝내고 하나둘 세면장으로 향할 때쯤 되자 흔적도 없이 걷혀 있었다. 세면장은 옥사에서 열댓 발자국 떨어진 곳에 있었다. 역시 우물이었다. 그리고 뒤늦게 내가 갔을 때 그곳은 이미 만원이었다.

"어쭈? 요 X만 한 새끼가 겁도 없이 어따 손을 대?"

바글대는 원생들 틈에서 빈 세숫대야 하나를 발견하고 집으려는 순간, 뒤에서 누가 내 엉덩이를 힘껏 걷어찼다. 깜짝 놀라서 돌아보니 키가 훌쩍한 원생이 칫솔을 입에 문 채 눈알을 부라리고 있었다. 손잡이가 부러져서 나뭇가지를 덧대고 고무줄로 동여맨 궁상맞은 칫솔이었다.

"새애끼 보아하니 초짜로구만, 너 몇 반야?"

"3반입니다."

"그럼 짜샤, 니네 반 껄 써야지, 아무거나 손대면 어떡해."

한눈에 내가 신입임을 알아본 그가 다소 누그러진 소리로 말하고 나서 다시 칫솔질을 계속했다. 팔이 움직일 때마다 그의 목에 목걸이처럼 매달린 비눗덩이가 이리저리 춤을 춰댔다. 나는 세수를 포기하기로 마음먹었다. 왜냐하면, 나는 곧 세숫대야는 반별로 두 개씩뿐이고, 그것은 현재 선임 서열대로 느긋하게 사용하는 중임을 금방 알아챘기 때문이었다. 시간을 벌어둘 필요가 있었다. 갓 들어온 처지에 이런 일로 시간을 뺏기고 나중에 동동거릴 일이 생기게 된다면 야단 아닌가?

이만 닦고 세수는 수건에 물을 축여 대충 문지르는 것으로 끝냈다.

이어서 성심사 전원에 대한 인원 파악과 어제와 똑같은 식사에 이르기까지 일사천리로 진행되었다. 식사를 마치고 돌아오자 뱁새가 또 전원을 집합시켰다. 점호 시간이 됐다는 것이었다. 신입이라 더욱 그렇게 느껴지는 것인지 그 분주함에 숨돌릴 틈이 없을 지경이었다. 우리는 다시 교정으로 향했다. 어제 도착해서 머리를 깎이고 옥사를 배정받던 바로 그곳이었다. 이윽고 전 원생이 도착하여 질서 있게 대열을 갖추자 일직 선생의 "차렷!" 하는 소리와 함께 반백의 원장이 연단에 올라섰다. 먼저 인원보고가 시작되었다. 우리 차례가 되자 뱁새가 거수경례를 척 올리고 나서 속사포처럼 주워 갔다.

"성심사 인원보고! 총원 107명, 사고 무, 현재원 107명. 이상 점호집합 끝!"

보고가 끝날 때마다 원장이 머리를 약간씩 끄덕여 보였다. 마지막 옥사까지 보고가 끝나자, 다시 일직 선생의 구령에 따라 '애국가' 제창이 있었고, 뒤이어 원장의 훈시가 이어졌다.

"에! 또다시 보람찬 하루으 태양이 밝았습니다. 오늘 하루도 열심히 노력하면서 지난날을 반성하고, 나아가 여러분에게 쏟는 조국으 성의와 관심에 감사하는 마음을 가져야 할 것입니다….."

'의'를 '으'로 발음하는 그의 훈시는 하나같이 판에 박힌 소리 같았다. 하기야 매일 이렇게 한 차례씩 하는 훈시라면 달리 내세울 색다른 말도 없었을 것이다. 책을 읽는 듯한 그의 훈시가 끝나기 무섭게 이번에는 부원장이란 사람이 올라서서 작업 지시를 내렸다. 작업 분담, 목표량, 주의사항 등이었다. 염전 보수작업에 나가는 고정 인원을 제외하고 우리에게 내려진 임무는 볍씨 파종과 영농장의 인분 작업이었다. 그리고 보니 어제 들어오면서 본 그 염전도 수용소가 운영하는 것인 모양이었다. 작업 지시가 끝나자 일직 선생의 구령에 따라 이번에는 원가(院歌)를 불렀다. '바닷가 자갈들도' 어쩌구로 시작해서 '선감형제들' 하고 끝나는 원가를 시원찮은 뱃심으로 부른 다음 그 길로 모두 작업지로 향했다. 우리 성심사는 영농 쪽이었다

개토 안 한 젊은 채소밭에 미리 인분을 날라다 뿌려두는 일이었다. 족제비처럼 생긴 사업계 선생의 통솔로 작업이 개시되었는데, 생전 처음 져보는 인분 지게가 내겐 벅차기만 했다. 옥사의 화장실에서부터 채소밭에 이르는 수백 미터는 곧 분뇨통을 짊어진 원생들의 행렬도 메워졌고, 길 중간중간에는 각 사의 사장과 반장들이 몽둥이를 들고 서서 오가는 원생들을 다그쳐댔다.

"얀마, 거기 서!"

땅바닥에 달 듯 말 듯한 분뇨통을 어렵게 가늠질하며 걷는데 누군가가 앞을 막아섰다.

"너 이 콩만 한 새끼, 어영부영할래? 너 지금 걷는 거야, 기는 거야, 엉? 뛰란 말야, 새꺄. X 빠지게!"

그러면서 쿵 소리가 나도록 가슴을 쥐어박았다. 이를 악물고 걸음을 바삐 했다. 그러자 분뇨통이 주체하기 어렵도록 춤을 추었다.

"시톱프!"

그가 다시 와서 이번엔 정강이를 걷어찼다.

"이 X발 놈아. 똥이 튀잖어, 똥이!"

상대방이 트집을 잡겠다고 나오는 데야 도리없는 일이었다.

"조, 조심하겠습니다."

또다시 주먹이 날아올세라 목을 움츠리는데 누가 옆으로 분뇨통을 스치며 빠르게 지나갔다. 족히 스물너덧은 됐음직한 원생이었다. 힘깨나 쓰는 듯 분뇨통을 진 발걸음이 조금도 둔해 뵈지 않았다. 내 앞의

원생이 짐짓 헛장을 부렸다.

"바보 온달! 더 빨리 못 뛰지, 이눔 시키."

"응. 알아떠 형. 히히히."

그는 자기보다 훨씬 아래로 보이는 원생을 형이라 공대하면서 발걸음에 더욱 속도를 가했다. 별명대로 좀 모자라는 원생인 모양이었다.

"봤지? 저렇게 하란 말야 새꺄. 알았어?"

이마에 피도 안 마른 나더러 장골과 똑같이 하라니 기가 찰 일이었다. 뒤뚱거리며 죽을 힘을 다해 그곳을 벗어나는 나를 구슬땀투성이의 꼼보가 힐끗 바라보며 앞질러 갔다. 그도 반장들의 서슬에 경황이 없는 모양이었다. 수없이 닦달을 받으며 몇 번의 왕복을 마치자 휴식 명령이 떨어졌다. 기진맥진하여 밭둑 위에 아무렇게나 퍼질러 앉았다. 고맙게도 때마침 시원한 한 줄기 해풍이 날아와 땀 밴 이마를 훔치고 지나갔다. 눈 앞에 펼쳐진 망망의 해면에 투명한 햇살이 꽂히고 있었다. 그리고 그것은 다시 수천수만의 은린으로 눈부시게 반사되고 있었다. 좀 더 오른쪽으로 고개를 돌려보니 바다 저쪽으로 육지의 끝 마산포가 눈에 들어왔다. 어제 우리가 통운호에 실리던 바로 그곳이었다. 나도 모르게 코끝이 메케해졌다.

아아! 육지. 언제쯤에나 이 바다를 건너 다시 저곳을 밟게 될 것인가? 아니, 살아생전에 밟게 될 날이 오기나 할 것인가? 불현듯 멀리 바라보이는 육지 마산포에서 어머니의 옥양목 치마 냄새 같은 게 전해진다고 느껴졌다. 그렇게 헤매도 만날 수 없던 어머니가 왠지 저기 마산포 어귀에 와 있을 것만 같은 느낌이었다. 그대로 마산포를 향해 목청껏 어머니를 불러보고 싶은 충동을 느꼈다. 가슴이 싸하게 시려오면서 눈물이 핑 돌았다. 급히 옷소매로 눈물을 찍어내는데 어느 틈에 주걱턱이 다가와서 걸음을 멈췄다.

"얀마, 너 지금 뭐하는 거야?"

"네? 아, 아무것도…."

"이 새끼가 재수 없게 어디서 질질 짜고 지랄야. 쯧…."

"…."

"조심해 새꺄. 청승 떠는 꼴 곱게 봐줄 사람 이 안에 아무도 없으니까."

그가 싸늘하게 노려보며 광주리에서 밀빵 한 개를 꺼내 던져주었다. 간식이니 배고플 때 먹으라는 것이었다. 나는 그의 차가운 눈빛을 받고서야 새삼 깨달을 수 있었다. 이곳에서 내 편이 돼줄 사람은 그 누구도 없다는 것을. 나를 지킬 사람은 오직 나 자신뿐이며, 그러기 위해서는 눈물부터 조심해야 할 필요가 있다는 것을. 나는 애써 마산포를 외면하며 힘껏 입술을 깨물었다. 그러나 그건 어디까지나 형식적인 동작일 뿐 내 의사를 무시하고 솟아나는 눈물을 참는 데는 참담할 정도의 노력이 필요했다. 그것을 눈치챈 듯 때마침 사업계의 카랑카랑한 명령이 날아들어 내 버거운 눈물과의 싸움에 제동을 걸었다.

"휴식 끝!"

인분 운반 작업은 다시 시작되었다. 나의 경우 한 차례의 왕복에 서너 대의 손찌검은 정량(定量)이 되다시피 한 혹독한 작업이었다. 그러나 힘이 든 반면, 시간이 갈수록 요령 또한 몸에 배는 것도 사실이었다. 그만큼 사람의 몸은 감각적으로 설계된 것인지, 하루 이틀 지나면서부터는 분뇨통이 춤을 추지도 않았고, 따라서 발걸음이 멈칫거리는 일도 없어졌다.

작업이 나흘째로 접어드는 날이었다. 채소밭 전체의 거름 일을 끝내고 커다란 웅덩이에 인분 저장 작업을 할 때였다. 휴식시간에 밭둑 위에 앉아 있는 내 옆으로 누군가가 슬그머니 다가와 붙어 앉았다. 꼼보였다.

"형!"

내겐 유일하게 친한 사람이어서 반가웠다.

"정말 X 같아서 못 살겠다. X팔."

그가 낮은 목소리로 씨부렁거렸다.

"형네 반은 어때?"

"다 도찐개찐(도긴개긴)이지 어느 반이라구 다르겠냐?"

"…"

"신세 X돼버렸다. 니기미 말코 형이 수원을 뜨자고 했을 때 진작 떴어야 하는 건데, 괜히 하루 더 비비작대다가…. 휴!"

꼼보가 후회막급한 듯 깊은 한숨을 토해냈다.

"우리는 언제까지 이러고 있어야 되는 거야, 형? 언제고 내보내주기는 할라나?"

"아무래도 희망이 절벽 같다. 그러니까 탈출들 하다 뒈지고 그러지."

"탈출…? 아니, 저기까지 무슨 수로 탈출을 해?"

"모르지. 하여간 저쪽 너머에 민간인 마을이 있는데, 거기서 조금만 더 올라가면 공동묘지가 있대더라."

"공동묘지?"

보고 듣는 것마다 어둡고 절망적인 것들뿐이었다. 다시 천 근 무게로 눌려오는 심경을 바다로 돌리려는데 꼼보가 멀리 마산포로 시선을 옮기며 중얼거렸다.

"저렇게 빤히 보이는데도 갈 수가 없으니 차암…."

"형, 저기까지 거리가 얼마나 될라나? 십 리는 넘겠지?"

"왜? 십 리 좀 못 되면 헤엄이라도 쳐보게?"

"아아니, 누가 언제 그런댔어?"

내가 말 같은 소리를 하라고 눈을 동그랗게 떠 보이는 순간 꼼보가 침을 찍 갈기며 뜻 모를 소리를 중얼거렸다.

"하긴 뭐, 중요한 건 해골이니까…."

"…?"

나는 처음에 그 말의 뜻을 알지 못했다. 표정이 다소 굳어있던 그가 한참 만에 다시 입을 열었다.

"그나저나 참, 너는 뭐 담당 맡은 거 없냐?"

"반장 안마."

"난 복도 담당이다. 누가 똥 싸놓은 거 있으면 책임지고 치우래나."

물론 그런 고약한 일들은 모두 신입 차지가 되는 게 관행이었을 것이다. 따라서 혼자 1반으로 간 꼼보가 복도 담당이 된 것이야 지극히 당연한 일이겠지만, 궁금한 건 복도에서의 그 방분 문제였다.

"이상하지, 형? 복도에다 누가 똥 싸놓는다는 게 정말일까?"

"그러잖아도 우리보다 일주일 먼저 왔다는 애가 얘기해 주더라. 지금은 별로지만 얼마 전까지만 해도 그런 일이 수두룩했대."

"아니, 왜?"

"귀신 소문 때문이랜다."

"귀, 귀신?"

"얼마 전부터 이 섬에 귀신이 나온다는 소문이 돌기 시작했다는 거야. 그래서 원생들이 밤에 변소 가기 무서워서 그냥 복도에다 싸고 토끼는 거래. 특히, 너만 한 꼬마들이."

"어, 어떤 얘긴데?"

내가 가쁘게 반문하자 꼼보가 코를 팽 풀고 나서 소복 귀신 얘기를 해주었다. 김 아무개라는 섬 주민이 직접 겪었다는 목격담이었다.

"석 달 전이래나? 바람이 굉장히 심한 날이었댄다. 마누라가 밤늦게 찬밥 한 덩어리는 비벼 먹고 급체를 하는 바람에 김씨가 집을 나섰던 거래. 방파제 밑에 사는 노파를 불러다 맥을 따줄려구 말야. 근데 말이지, 노파 집에 도착해서 막 문을 두들길라고 하니까 가까운 데서 애끓는 여자의 울음소리가 바람에 섞여 들려오더래지 뭐겠냐?"

"으응. 그, 그래서?"

"이상하다 싶어 사방을 둘러봤겠지. 그랬더니 섬뜩하게도 소복의 여자 하나가 방파제 위에서 고개를 파묻고 슬피 울더래지 뭐야."

"…"

"생각해 봐라. 추운 겨울에 소복 차림으로, 그것두 매서운 바닷바람을 고스란히 맞으면서 울고 있으니 좀 기분 나쁘겠냐? 근데도 미련한 김 씨는 50가구밖에 안 되는 섬이라 틀림없이 아는 사람일 거라생각하고 다가갔댄다."

"…"

"다가가서 '여보슈, 거 누구요?' 하고 몇 번을 불렀나 봐. 그런데 아무리 불러도 여자는 계속 울기만 하면서 무릎 새에 파묻은 얼굴을 들지 않더래는 거야. 그러니까 김씨가 할 수 없이 바짝 다가가서 어깨를 흔들었댄다. 그 순간 여자가 울음을 뚝 그치고 천천히 고개를 들더래. 근데 어쨌는지 아냐?"

"…"

"얼굴이 눈도, 코도, 입도 없는 평평한 민판이더랜다."

"미, 민판?"

"그러니 얼마나 놀랐겠냐? 혼비백산한 김 씨는 그대로 노파네 집 안방까지 박차고 들어가 기절해 버렸는데, 그 뒤로도 한 달 동안을 헛소리만 하면서 송장처럼 앓아누워 있었대더라. 죽지 않은 게 다행이래."

그 얘기를 듣자 벌건 대낮임에도 나까지 모골이 송연해졌다. 아무리 용변만큼은 꼭 낮에 보도록 습관 들여놔야 좋을 것 같았다.

"근데 어째서 요새는 그런 애들이 뜸하다는 거야?"

"지금은 각 반 불침번들이 수시로 복도를 내다본다는데 그게 쉽겠냐? 더구나 얼마 전에는 4반에서 한 놈을 잡았대더라. 그래서 성심사 전원을 모아놓고 한바탕 사고무(四鼓舞)인가 뭔가를 췄대. 그러고 나니까 좀 뜸하더랜다."

"사고무라니?"

"난들 아냐? 두고 보면 알게 되겠지 뭐."

꼼보가 다시 침을 찍 갈겼다. 그래도 그는 왕년의 정보통답게 그사이에 얻어들은 게 많은 편이었다. 내가 앞으로 형은 어쩔 생각이냐고 물으려는 데 그가 저만치로 목을 빼며 씨부렁거렸다.

"니미, 사업겐지 X인지, 궁뎅이 털구 일어나는 거 보니까 또 시작할래나 보다."

그의 예감에 맞춤하듯 곧 "휴식 끝!" 하는 소리가 들려왔다. 꼼보가 일어서며 재빨리 말했다.

"몸조심해야겠더라. 여러 번 찍히면 감화원으로 보낸다는 말이 있어."

"감화원?"

"전라도 어떤 외딴 섬에 지독한 악종들만 끌어다 수용하는 감화원이 있대. 그리 가느니 차라리 뒈지는 게 나을 정돈데, 여기서 여러 번 찍히는 놈은 전부 글루 보낸다는 거야."

말을 마치고 급히 돌아서는 꼼보를 멍청하게 바라보는 순간, 사업계의 감정 없는 고함이 이마 위로 날아들었다.

"야! 거기 뭐 해? 인마, 빨리빨리 움직이잖구."

첫 번째 탈출

11

수용소의 하루는 늘 철저한 인원 점검으로 시작해서 철저한 인원 점검으로 막을 내렸다. 그 제약된 틀 속에서 작업도 작업이지만, 의당 신입이기에 따라붙는 가외의 고충 또한 여간 아니었다. 논일이나 밭일 등 힘겨운 사역(使役)을 마치고 옥사로 복귀하면 이번엔 반장을 비롯한 여러 선임이 서로 부려먹기에 바빴다, 방 청소를 해라, 양말이나 수건을 빨아 와라, 식수를 떠 와라, 팔다리를 주물러라. 한시도 사행(私行)의 여유를 봐주려 하지 않는 것이었다. 생활에 낙이 없어서일까? 게다가 조금이라도 신경에 거슬리는 일이 있으면 서슴없는 주먹질이나 과중한 기합으로만 해결하려 들었다. 하지만 그런 것들은 내가 어떻게 처신하느냐에 따라 조금씩 달라질 수도 있는 일이었다. 정작 견디기 어려운 것은 배고픔이었다.

언제나 변함없이 거친 밀밥 한 덩어리에 멀건 시래깃국 한 가지뿐인

식사, 그리고 작업 중간에 던져주는 밀빵 한 개. 그처럼 일은 고된 데다 먹는 건 고아원에 있을 때보다도 부실하다 보니 가뜩이나 풀기 없는 배 속엔 갈수록 허기만 축적되었던 것이다. 뱃가죽은 늘 등과 함께 붙어있었다. 처음 닷새 동안은 대변도 나오지 않았을 정도였다. 작은 축의 내가 이러니 덩치 큰 원생들의 고충은 어떠할 것인가? 그들의 노골적인 걸근질은 차라리 안쓰럽기까지 했다. 너나없이 둑에 앉기만 하면 습관처럼 풀줄기를 뽑아 질겅거렸고, 냉이나 달래 뿌리를 찾기 위해 쉬지 않고 눈알들을 굴렸다. 부지런히 움직이며 나온 개구리를 잡아서 뒷다리를 뽑아 날로 씹어 삼키는 일쯤은 예사이곤 했다. 나중에 안 일이지만 뱀도 마찬가지였다. 한마디로 먹어서 죽지 않을 것들은 모두 입속행인 것이었다.

어쨌거나 그런 배고프고 힘겨운 나날 속에서도 나는 하루하루 그곳의 생리를 자연스럽게 터득해 가고 있었다. 지형적인 면에도 점차 밝아져서 당산, 큰재산, 우물재산, 이렇게 세 개의 작은 산이 주축이 된 선감도의 둘레는 대략 8킬로쯤 된다는 것을 알았고, 인근에는 털미, 불도, 탄도, 가래기 섬, 대부도 등등의 섬들이 포진되어 있다는 것도 알았다. 또한 이 섬은 경기만(京畿灣)에 속한다는 것과 마산포와의 거리는 강한 물살을 사이로 2킬로쯤 된다는 것도 알았다. 일제강점기 때 일본인들에 의해 건립되어 범죄자들의 감화원으로 쓰이던 이 수용소는 다섯 개의 옥사와 여러 개의 부속 건물로 되어있었다. 우리 성심사를 비롯하여 각심사, 세심사, 일심사, 종심사 등의 옥사와 사무실, 창고, 양호실, 축사(畜舍), 식당, 목공실 등등이 그것이었다.

총 원생 수는 600여 명이 조금 넘는다고 했다. 전쟁고아 출신의 부랑아가 태반이지만, 그중에는 다른 곳에서 이감시킨 범법자도 얼마쯤 섞여있다고 했다. 그리고 수용소 내에는 기술을 가르치는 직보부라는 것도 있었다. '직업보도부'를 줄여서 그렇게 부르는 것인데, 분야는 축산부, 목공부, 이용부, 양재부, 양잠부, 체육부, 이렇게 여섯 개였다. 하지만 어쩐 일인지 자발적으로 배우려고 마음먹은 원생들은 그리 많지 않은 것 같았다.

어쨌든, 그처럼 하루하루 수용소에 대한 이목(耳目)이 트이던 끝에 열흘쯤 되던 날부터는 나도 불침번에 들게 되었다. '초짜'로서의 유예기간이 끝난 것이다. 근무 시간은 신입 대접답게 항상 초 번에서 두 번째, 아니면 말 번에서 두 번째였다. 점호가 끝나고 모두 잠자리에 들어도 나만은 남아서 만장에게 한동안 안마 봉사를 해야 했고, 그것이 끝나면 누워볼 틈도 없이 곧 내 근무 시간이 되는 것이어서 나는 이래저래 두 시간을 거푸 손해 보게 되는 것이었다. 불침번 교대는 복도 중앙에 걸려있는 괘종시계에 의해서 이뤄지는데, 교대 시마다 앞 근무자는 항상 같은 소리를 인계했다. 화장실에 간 사람이 30분 이상 돌아오지 않을 때는 즉시 반장을 깨울 것, 수시로 복도를 내다볼 것. 물론 방분과 탈출을 방지하려는 조처겠으나 아무튼 내 근무 시간은 그런대로 매일매일 순탄하게 넘어갔다. 취침한 지가 얼마 안 된다는 시간상의 부적합 때문인지 복도에 대변을 보는 사람도 없었고, 화장실에 가서 시간을 넘기는 사람도 없었다.

그보다 문제는 근무 시간마다 엄습하는 비애감이었다. 고요한 밤 가물거리는 남포등 밑에 홀로 서있노라면 괜스레 신세가 처량해지면서 눈시울이 뜨거워지는 것이었다. 내가 지금 이곳엔 왜 와있는 것인가? 하루빨리 어머니를 찾아 나서야 할 내가 여기서 지금 무엇하는 것인가? 자꾸만 어머니가 마산포 어귀에 와서 나를 부르는 것 같은 착념(錯念)에 입을 틀어막고 소리 죽여 운 것이 한두 번이 아니었다. 그러던 중 내가 유일하게 친한 꼼보의 탈출 사건과 접하게 된 것은 여름으로 접어들던 6월 초의 어느 날이었다. 그날은 아침부터 선임 주걱턱의 표정이 매우 밝아 보였다.

마침 이틀째 작업도 없어서 비교적 시간 여유가 많을 때였다. 틈날 때마다 시커멓게 때에 전 수첩을 꺼내 보며 손가락 셈을 하던 주걱턱이 그날 열 시쯤 되자 경준이란 원생을 불러세웠다. 눈치가 빠르고 몸매가 단단해 뵈는 원생이었다.

"너, 오늘이 무슨 날인지 아냐?"

"글쎄? 모르겠는데 형."

"새꺄, 오늘이 바로 이장네 뒷집 환갑잔치 있는 날 아니냐?"

주걱턱이 수첩을 펴서 손가락 끝으로 톡톡 두들겨 보였다. 놀랍게도 그곳에는 마을의 애경사 날짜로 보이는 숫자들이 빼곡하게 기록되어 있었다.

"아 참, 그렇던가?"

"그래. 그러니까 지금 X 빠지게 달려가서 목구멍 청소할 것 좀 얻어와라. 골고루 많이 좀 얻어와."

"어유, 빈대 붙는 애들이 많아서 많이 안 줄걸."

"새꺄, 그러니까 내가 한 놈 더 붙여주겠단 말야. 각자 딴 반인 것처럼 시치미 떼구 곱빼기로 얻으라구."

그러면서 주걱턱은 세탁을 하기 위해 겉옷을 벗는 내게로 시선을 돌렸다.

"야, 꼬마. 너 따라갔다 와. 자루 형, 괜찮겠수?"

반장이 천장을 보고 누운 채로 고개를 끄덕였다. 나이 차이가 많은 원생들이 똥자루를 깍듯이 반장님이라고 불렀지만, 대부분의 선임들은 그냥 '자루 형' 하고 별명을 줄여서 불렀다.

"괜히 선생덜한테 걸려서 자루 형까지 피 보게 하지 말고 눈치껏 갔다 와라."

주걱턱의 명령을 등 뒤로 들으며 나는 경준이를 따라 밖으로 나섰다. 함부로 마을에 들어가는 것은 물론 선감학원의 구역권을 벗어나는 그 자체부터가 위규였다. 그런데도 모험을 하면서까지 우리를 보내는 것은 그만큼 음식물에 대한 강렬한 욕망을 억제할 수 없었기 때문이었다. 옥사를 나온 우리는 길을 버리고 해발 70여 미터의 뒤쪽 당산을 탔다. 그렇게 산허리를 타고 큰재산까지 돈 다음 총알처럼 논두렁을 가로질러 언덕에 올랐다. 직선거리로 얼마 되지 않는 마을은 바로 언덕 너머에 있었다. 그리 크지는 않았으나 50여 채의 가옥들이 방파제를 한쪽에 끼고 옹기종기 모여 평화롭게 숨 쉬고 있었다. 초입의 남새밭은 상추와 쑥갓의 싱그러움이 한창이었다. 잔칫집 앞에는 벌써 열 명도 넘는 원생들이 서성대고 있었다. 안에서 진행 중인 헌수식(獻壽式)이 끝나기만을 기다리는 중이었다. 모두가 자기 반 선임들의 특명을 띠고 모여들었을 것이다.

섬에서 한 집의 경사는 마을 전체의 경사인 모양이었다. 간조(干潮)의 바다에서 바지락을 캐거나 손바닥만 한 농사로 생계를 꾸려가던 마을 사람들이 모처럼 틈을 내어 삼삼오오 모여들었다. 모두가 밝은 표정들이었다.

언제 들어갔던 것일까? 그때 안에서 각심사의 바보 온달이 볼이 미어지도록 떡을 우물거리며 나오고 있었다. 누군가가 낮은 소리로 투덜거렸다.

"X도, 병신 머저리 새끼가 처먹는 일에는 안 빠진다니까."

모자라는 그를 누가 밖으로 내몰기 위해서 쥐여줬는지 바보 온달의 손엔 커다란 시루떡 한 덩어리가 들려 있었다. 그가 나올 때 문 사이로 풍성하게 차린 교자상이 얼핏 보였다. 한복 차림의 젊은 부부가 영감 내외에게 막 큰절을 올리는 중이었다. 누가 뒤에서 내 어깨를 철썩 쳤다. 꼼보였다.

"어, 형도 왔어?"

"선임이 가라는데, 그럼 어떡하냐."

"아니, 저…."

꼼보가 턱으로 또 한 사람을 가리켰다. 나하고도 숱하게 마주쳐서 잘 아는 걸레라는 원생이었다. 내가 미심쩍은 소리로 물었다.

"그런데 사람이 이렇게 많으니 무슨 수로 얻지? 다른 옥사에서도 또 올 텐데."

"그래서 우리 같은 예비병력을 딸려 보낸 거 아니냐."

"예비병력?"

"순진하긴…. 경쟁자가 많은 걸 대비해서 두 사람씩 보낸 거란 말야. 최소한 둘 중의 한 명은 얻어오겠지 하구. 물론 두 사람 다 얻게 되면 그땐 노나는 거구."

그러면서 그는 또 침을 찍 갈겼다. 그 버릇은 그에게 어떤 통박이 섰을 때 대한 자신감의 표현이기도 했다. '역시 꼼보의 눈치는 남다른 데가 있구나.' 하고 생각하는데, 안에서 교자상을 치우는 북적임이 들려왔다. 모든 절차가 끝난 모양이었다. 염치 불구하고 슬금슬금 몰려 들어가는 원생들의 뒤를 따라 나도 안으로 들어갔다. 순간 부엌 쪽에서 잔칫집 특유의 구수한 냄새가 물씬 날아들었다. 동시에 배 속에서 꼬르륵 처절한 신음이 새어 나왔다. 떡이며 유과며 과일이며, 교자상 위에 풍성하게 차려진 기름진 음식들로 눈이 어지러울 지경이었지만, 우선은 그런 데까지 신경 쓸 처지가 아니었다. 여기에 온 목적 달성부터가 급선무였기 때문이었다. 우리가 목을 빼고 교자상 가까이로 모여들자, 소반에 교자(餃子)를 옮기던 주인 마누라의 얼굴에 일순 난색이 감돌았다. 하지만 마음먹고 몰려온 원생들을 어쩔 수는 없었던 모양이었다.

"느이덜 눈치 모르는 건 아니다만, 없는 살림에 한둘도 아니고 참 곤란하구나. 적으면 적은 대로 맛들이나 봐라."

그러면서 마누라는 모두에게 시루떡과 절편, 그리고 유과 몇 쪽씩을 섞어 싸주었다. 꼼보의 말대로라면 경준이와 내가 모두 얻었으니 노가 난 셈이었다. 한데 문제의 발단은 그때 일어났다. 두 번째로 받아든 꼼보가 대문을 나서면서 급히 절편 두어 개 꺼내 입에 털어 넣었던 것이다. 일단 실속부터 차리고 보자는 생각이었겠지만, 같은 반 걸레가 그것을 놓치지 않고 본 것이다. 그 집을 나와 마을의 고갯마루에 이르렀을 때 걸레가 꼼보를 불러 세웠다.

"너 일루와, 이 새끼!"

"…"

"이 X팔 놈이 간뗑이가 부었지."

걸레가 달려들면서 꼼보의 옆구리를 힘껏 질렀다.

"이 새꺄, 누군 입이 없어서 못 먹는 줄 알어? 선배도 가만 있는데 쫄따구 새끼가 어디서 겁도 없이 개시를…."

그러면서 옆구리를 움켜쥐고 물러선 꼼보에게 다시 따귀를 번갈아 올려붙였다.

"어디, 더 잡숴 보시지, 응? 더 잡숴봐, 이 X새끼야."

자기보다 어리면 어렸지 결코 많지 않은 걸레가 좀체 손찌검을 멈추려 하지 않자, 꼼보도 드디어 울화가 치민 모양이었다. 또다시 날아오는 걸레의 팔을 꼼보가 척 잡았다.

"야, X도 X팔. 이거 너무하는 거 아니냐?"

예기치 않은 꼼보의 반격에 걸레가 눈을 동그랗게 떴다.

"어쭈, 이 새끼 꼬장 죽이는 거 봐."

"야, 여기서는 니가 선밴지 모르지만 밖에 나가면 내가 니 선배야, 알어? 한두 대 때렸으면 됐지, 이렇게 끝없이 오뉴월 모기 잡듯 하는 이유가 뭐냐? X도 나중에 딴소리 없기로 하고 여기서 깨끗하게 한번 붙어볼래?"

"어쭈, 이, 이게…."

꼼보의 험악한 서슬에 걸레도 다소 기가 꺾이는 듯 주춤거렸다. 그때였다.

"너, 이 X새끼 거기 서!"

뒤늦게 따라오다가 그 광경을 목격한 경준이가 득달같이 몸을 날려 꼼보의 가슴을 사정없이 차버렸다.

"이 새끼, 여기가 어디라고 감히 선배한테 겨들어 겨들긴. 뒈질라면 대통령 불알을 못 잡냐, X발 놈아?"

그러면서 넘어진 꼼보에게 무자비한 발길질을 퍼부었다. 힘을 얻은 걸레도 합세해서 닥치는 대로 차고 때렸다. 악에 받친 꼼보가 필사적으로 항거했지만, 중과부적일 수밖에 없었다. 이러지도 저러지도 못하는 참으로 안타까운 상황이었다.

뒤늦게 지나가던 다른 옥사의 원생들도 서서 구경만 할 뿐 어떻게 손을 써주려 하지 않았다. 이윽고 꼼보의 코에서 피가 흐르고 한쪽 눈자위가 부어오른 것을 보고서야 그들은 구타를 멈췄다.

"X팔 새끼, 한 번만 더 꼬장 죽여 봐라. 뼉다구를 분질러 줄 테니까. 코피 닦어, 새꺄!"

경준이가 옷을 툭툭 털며 눈을 하얗게 떴다. 다른 것도 아니고 감히 선배에게 대들다 찍혔으니 앞으로 꼼보의 매사는 괴로울 것이 틀림없었다.

"얌마, 느덜 왜 인제 와?"

옥사로 돌아가자 주걱턱이 인상부터 썼다.

"오다가 1반 쫄따구 새끼 하나 손 좀 봐주느라구. X새끼가 겁도 없이 꼬장 죽이잖아."

"어떤 새끼가?"

"뭣 땜에 꼬장 죽였는데?"

"X발 놈이 떡 얻어 갖고 나오다가 몇 개 슬쩍 인마이 여물통 했나 봐. 그래서 1반 걸레가 몇 대 쥐어박았더니, 깨끗하게 뜨자구 엉기잖아."

"짜식 헤또가 간 모양이군. 그건 그렇구 얼마나 얻어왔냐?"

경준이가 내 것까지 합쳐서 건네주었다.

"에게?"

주걱턱이 두 몫을 얻어왔음에도 짐짓 엉뚱한 표정을 지어 보였다.

"뭐가 에게야, 형. 그것도 조금만 늦게 갔으면 못 얻을 뻔했다구."

말은 이리 오라면서도 오히려 자신이 반장 앞으로 다가앉으며 주걱턱은 떡 뭉치를 풀었다. 여러 원생이 침을 삼키며 바라보았지만, 주걱턱은 안중에도 두지 않았다. 심지어 공들여 얻어온 내게도 마찬가지였다. 다만 중선임자 가까이에 해당하는 경준이만 스스로 알아서 끼어 앉았을 뿐이었다.

그날 온종일 내 머릿속은 꼼보의 생각으로 가득 차있었다. 뒷일이 궁금해서였다. 고갯마루에서의 사건이 1반 선임들 귀에 금방 들어갔을 것이고, 보면 결코 그냥 넘어갔을 리는 없겠기 때문이었다. 행여 그를 만날 수 있을까 싶어 밖으로도 나가 보고 복도에서도 서성거려 보았지만 끝내 만날 수가 없었다.

그러다가 기어코 그를 보게 된 것은 그날 저녁 식당에서였다. 한 줄의 식탁을 사이에 두고 본 꼼보의 얼굴은 더욱 말이 아니었다. 한쪽 눈은 거의 감기다시피 부어있었고, 광대뼈도 시퍼렇게 멍들어 있었다. 자기 반에서 또 어떠한 일을 당했는지 말 안 해도 짐작하고 남을 일이었다. 그의 표정은 침통했다. 얼굴의 부기와 멍 때문에 더욱 그렇게 보였다. 다가가서 위로라도 해주고 싶었으나 함부로 자리를 옮길 수도 없었고, 옮겼다 해도 너무 무거운 표정이어서 쉽게 말을 붙일 수도 없을 것 같았다. 밥을 다 먹었는지 꼼보가 묵묵히 일어나 밖으로 나가고 있었다. 그것이 마지막이었다. 이튿날 새벽이었다. 불침번 교대를 마치고 남은 한 시간을 눈붙이려는데 난데없이 비상이 걸렸다. 사장 뱁새에 의해서였다. 부랴부랴 자리를 털고 일어나는 원생들 틈에서 반장의 투덜거림이 들려왔다.

"니미, 어느 반에서 또 누가 토꼈나 보군."

순간 나는 직감적으로 그것이 꼼보가 아닐까 하는 생각이 들었다.

'중요한 건 해골이니까….'

언젠가 영농장에서 그렇게 중얼거리던 것과 어제의 사건 등이 뜻 모를 감(感)으로 지펴 올랐던 것이다. 그 직감은 맞아떨어졌다. 급히 뛰어나가자 옥사 앞은 먼저 나와 줄을 서는 원생들로 다소 혼잡을 띠고 있었다. 여름 문턱의 새벽답게 밖은 상당히 밝아있었다. 뱁새가 사감을 깨우고 나오며 1반 반장에게 물었다.

"이두호란 새끼 상다구에 따발총 맞은 새끼 맞지?"

"음…."

직감했으면서도 그 소리를 듣는 순간 가슴이 철렁 내려앉았다.

'그, 그럴 수가….'

꼼보가 없어지다니, 다른 사람도 아니고 진짜로 꼼보가 없어지다니. 그럼 나는 이제 어쩌란 말인가? 꼼보마저 없는 삭막한 수용소 생활을 무슨 수로 견뎌낸단 말인가? 갑자기 풍랑의 바다 위에 홀로 남은 듯한 고독감이 감당 못 할 무게로 엄습해 오기 시작했다.

'아아! 형, 돌아와. 나를 생각해서 제발 돌아와.'

나는 찬바람 스며드는 가슴으로 그렇게 간절히 빌고 애원했다.

"X팔 새끼. 토낄래면 낮에 토끼든지 하지, 남 잠도 못 자게….."

한 시간의 단잠을 손해 본 원생들의 투덜거림이 여름밤의 모깃소리처럼 혼탁하게 귓속을 어지럽히고 있었다. 곧 사감이 일직 선생과 세 명의 다른 선생들을 데리고 모습을 나타냈다. 그는 1반의 해당 불침번에게 이것저것 빠르게 묻고 나서 우리에게 수색 지역을 분담 지시했다. 우리 3반은 마을과 공동묘지를 거쳐 큰재산까지였다.

"선생님들, 수고 좀 해주십시오."

사감이 지원 나온 선생들에게 부탁하는 소리를 뒤로 들으며 우리 3반은 일직 선생을 따라 급히 마을로 이동했다. 꼼보에게는 미안한 일이지만, 나는 그가 제발 잡혀주기를 누구보다도 애타게 빌며 뒤를 따랐다. 반농반어(半農反漁)의 부지런한 섬사람들답게 마을은 벌써 새벽을 거두고 있었다. 남의 집 뒤란까지 일일이 들여다보며 지나가자 우물가의 두 여인네가 쑤군거렸다.

"또 누가 도망쳤나 보지요?"

"글씨, 그런 모양인디."

마을에선 아무런 낌새도 챌 수가 없었다. 공동묘지 쪽으로 방향을 바꾸며 무릎까지 자란 길가의 보리 이랑을 살피던 주걱턱이 선생이 멀리 떨어진 틈을 타서 비 맞은 뭐처럼 중얼거렸다.

"니미, 탈출 방지할라고 귀신 소문까지 맨들어 퍼뜨리구 하더니만, 자알 한다."

그러자 뒤따르던 또 하나가 맞장구를 쳤다.

"누가 아니래. 그렇게 꼼수 써서 복도에 똥 싸는 놈만 생겼지 별거 있어?"

이게 무슨 소리인가? 그렇다면 귀신 소문은 처음부터 조작된 것이었단 말인가? 내 궁금증을 대신하듯 영태가 한 원생에게 물었다. 약간 다리를 저는 중고참이었다.

"도돔바 형, 저게 무슨 소리유? 귀신 소문이 사기라니?"

"말 그대로 아니냐? 우덜 못 토끼게 할라고 선생덜이 헛소문 낸 거라구."

"그게 헛소문인 걸 어떻게 알아요?"

"뻔한 통빡이지."

"…"

"우선 귀신을 보고 한 달을 앓았다는 그 김 씨라는 사람부터가 누군지 확실치가 않어. 50가구밲이 안 되는 이 X만 한 마을에서 말여. 시상에 옆집 예펜네 속곳 색깔꺼정 아는 동네 사람들이 그런 쇼쿠 먹을 사건을 똑똑히 모른다는 게 말이나 되는 소리여? 선생덜 꼴통을 굴려도 한참 잘못 굴렸지."

그는 더 말할 것도 없다는 듯 절룩절룩 앞쪽으로 걸어갔다.

'그랬구나…'

나는 또다시 수용소의 비정하고 메마른 벽(壁)이 실감 나서 마음이 암울해졌다. 탈출 익사자들의 공동묘지는 마을 너머의 야산에 있었다. 대략 70, 80여 기(基)에 달하는 그것들은 억새와 찔레 덩굴 틈에서 을씨년스럽게 침묵하고 있었다. 한결같이 봉분도 되어있지 않았다. 다만 마지못한 표식으로 나직나직 다져놓은 둔덕들만이 엎어진 조개 껍데기처럼 요철을 이루며 사자(死者)들의 휴면을 대변해 주고 있을 뿐이었다. 주걱턱이 그 무덤들은 향해 농지거리를 던졌다.

"여! 선배님들 안녕하쇼?"

뒤이어 또 하나가 끼어들었다.

"하노~ 쓰카다 다타노부 때부터 와 계신 선배드르께서는 오랜 세워르 어르마나 적적이노 하시겠스므니까. 하이?"

쓰카다 다타노부(塚田忠信)란 일제 때 있던 초대 원장을 말함이었다. 어떤 상념에서일까? 깜상이란 원생이 상두꾼의 만가(輓歌)를 구성지게 뽑아냈다.

가네 가네 나는 가네
북망산이 어드메뇨
건너산이 북망일세
어이나니 넘차 어허야
어허이 어허야
명사십리 해당화야
니 꽃 진다고 설워 마라
영영 가는 나도 있다
어어나니 넘차 어허야
….

"시끄러, 이 자식아!"

한참 뒤에 떨어져 있는 줄만 알았던 일직 선생이 어느 틈에 다가와 깜상의 뒤통수를 철썩 갈겼다. 나는 깜상의 착잡한 기분을 이해할 것 같았다. 아니, 내색은 않지만 무덤을 바라보는 모두의 심정은 마찬가지였을 것이다. 이 무덤 속의 주인공들은 누구일까? 과연 이들의 가족들은 자신의 혈육이 낯선 이곳에 개처럼 묻혀있다는 사실을 꿈엔들 알기나 할 것인가? 자신의 생사를 가족에게 영원한 미제로 남긴 채 아무도 거들떠보지 않는 곳에 홀로 묻혀있어야 한다는 건 얼마나 서럽고 안타까운 일인가!

아아, 이건 남의 일이 아니었다. 바로 우리의 일, 언제 겪게 될지 모를 우리 모두의 일인 것이다. 어느덧 모두의 거동에 김이 빠져있었다. 그냥 건성으로 좌우를 훑어보며 공동묘지를 지나 큰재산으로 향하고 있을 뿐이었다. 아무래도 꼼보는 잡힐 것 같지 않았다. 눈치 빠른 그가 호락호락 잡힐 만큼 계산 없이 뛰쳐나갔으리라곤 생각되지 않았기 때문이었다. 어쩌면 지금쯤 무사히 바다를 건너 마산포를 빠져나가고 있는지도 모를 일이었다. 만약 그렇다면 그는 과연 어떤 방법으로 바다를 건넌 것일까? 겁도 없이 물이 줄어드는 썰물 때를 이용해서 헤엄을 친 것일까? 반장이 느리터분한 목소리로 선생에게 말했다.

"선생님, 아무래도 이 근방에 숨어있을 것 같지는 않은데요?"

"알았어. 철수시켜."

어느새 옥사 앞에는 각 반이 전부 모여있었다. 그들도 꼼보를 찾는 데 실패한 모양이었다. 옥사의 비탈을 오르는 일직 선생을 향해 사감이 목을 빼고 물었다.

"그쪽도 못 찾았습니까?"

"예, 없습니다."

사감은 어쩔 수 없다는 듯 "흠…. 하여간 고생했습니다." 하고는 총괄적인 인원 파악을 해보고 나서 그들과 함께 본관 쪽으로 총총히 사라졌다. 그날 아침 식사를 하면서 나는 참으로 놀라운 설렘을 경험했다. 그것은 환희였으며 격정이었다. 뜨거운 불덩어리는 삼킨 듯 전신에 충만하는 일종의 스릴이었다. 꼼보의 탈출로 인한 충격 때문은 이미 아니었다. 중요한 건 해골이라며 그가 몸소 실천으로 보여준 증험의 교훈 때문이었다. 그렇다! 지금까지 나는 무엇을 하고 있었는가? 어째서 탈출의 모험을 나와는 거리가 먼 저쪽의 일로만 생각하고 있었는가? 내가 남들과 다른 게 무엇인가? 내게도 두뇌가 있고 멀쩡한 사지가 있으며 온갖 고생 다 겪어본 저력도 있지 않은가? 그래, 나가자. 언제까지 타인의 족쇄에 매여 절망하고 있을 수만은 없다. 빨리 이곳을 탈출해서 자유롭게 어머니를 찾자. 이제부터 모든 머리를 동원해서 방법을 찾아보자. 하늘은 노력하는 사람 편이라는데, 꼼보에게 주어진 방법이 나라고 해서 예외가 되란 법은 없지 않은가? 물론, 좀 전의 공동묘지가 마음에 걸리지 않는 건 아니었다. 하지만 익사자가 그렇게 많다는 것은 무엇을 의미하는가? 바꾸어 말하면 그건 탈출에 성공한 사람도 그만큼 많다는 뜻일 것이다. 성공의 본보기가 적잖이 있었기에 제2, 제3의 사고가 끊이지 않는 것일 터였다.

'알았어, 꼼보 형, 우리 밖에서 만나자구.'

나는 콧망울에 송골송골 맺히는 땀을 주먹으로 훔치며 분연히 식당을 나왔다. 어떻게 밥그릇을 비웠는지 기억도 나지 않았다.

12

한 번 결심이 선 일에는 으레 조급함이 뒤따르는 법이다. 그래서인지 실행의 날은 예상외로 빨리 왔다. 그것은 순전히 돌발적 충동에 의한 행동이었다. 꼼보의 탈출이 있은 지 일주일째 되는 날이었다. 연이틀 보리 베기에 동원되고 있을 때였다. 지난밤을 거의 뜬눈으로 새우다시피 해서 중노동의 현장으로 향하는 발걸음은 무겁기만 했다. 요즘 들어 탈출에 대한 기회와 방법 모색, 그리고 꼼보에 대한 이런저런 궁금증으로 자정이 넘도록 잠을 못 이루기가 일쑤였는데, 간밤에 웬일인지 그나마 새벽잠까지 오지 않아서 날밤을 그냥 하얗게 새우고 말았던 것이다. 요사이 내 머릿속은 참으로 분주했다. 그러나 분주한 만큼 난제의 해결 방안은 쉽사리 떠오르지 않았다.

첫 번째 난제는 두말할 것도 없이 무슨 수로 바다를 건너느냐 하는 것이었다. 사실 바닷물은 하루에 두 번 어김없이 나가고 들어온다. 내가 지금까지 보아온 바로는 경기만 해협은 간만(干滿)의 차가 심해서 한 번 물이 빠지면 개펄이 상당 부분 드러나는 게 사실이긴 했다. 그때는 마산포와 실제 물의 거리가 400미터 남짓이라고 하던가? 하지만 그렇다고 해서 물살 강한 그 400미터를 헤엄칠 용기와 능력이 내겐 없다. 아닌 게 아니라 익사자가 끊이지 않는 가장 큰 이유도 바로 그 400미터에 불과하다는 거리상의 유혹 때문이라고 한다. 그게 이무기의 함정인 줄도 모르고, 잘만 하면 자유의 몸이 될 수도 있다는 착념(錯念)에 너나없이 충동 짓을 한다는 것이었다.

두 번째는 시간의 한계였다. 설사 목숨을 걸고 수영을 한다 해도 그랬다. 물 빠지는 시간에 맞춰 옥사를 빠져나갈 기회가 주어질 리도 없지만, 주어진다고 해도 마찬가지였다. 우선 해변까지 들키지 않고 무사히 당도해야 한다. 그런 다음 무릎까지 푹푹 빠지는 개펄을 통과해야 하고, 이번엔 다시 400미터에 이르는 수영을 시작해야 한다.

이런 3단계 과정을 모두 거치자면 최소한 한 시간 이상의 여유는 가져야 할 것이었다. 하지만 한 시간 이상의 확약된 공백이란 어림도 없는 일이었다. 짜여진 일과, 단체 행동, 수시의 인원 점검, 정해진 행동반경의 제약, 그리고 수많은 눈, 눈, 눈들…. 그것뿐이 아니었다. 무사히 옥사를 나와 수영을 한다 해도 해변에서 보면 마산포까지 바다 전체가 한눈에 드러나는 가시적 취약점도 그렇고, 예측 불허의 각종 배도 문제인 것이다. 밤에는 더욱 불리했다. 이용할 수 있는 시간이 30분밖에 안 되는 데다 밤에 혼자 바다에 뛰어든다는 것은 상상도 못 할 일이기 때문이었다. 더구나 헛소문이라고는 하지만, 귀신 얘기까지 흉흉하게 나도는 섬이고 보면…. 그 때문에 나는 요즘 썰물 때와 그에 일치하는 일상의 빈틈, 그리고 물을 건너는 방법, 이 3박자가 절묘하게 어우러지는 천혜(天惠)의 묘수를 찾기에 고심하느라 채 여물지 않은 머리를 밤새도록 굴리곤 했던 것이다.

담당 구역에 도착한 우리는 곧 임무를 할당받았다. 나는 보릿단 운반조였다. 낫질조가 보리를 베어 놓고 가면 그것을 다발로 묶어 건너편의 빈 논으로 옮겨다 세우는 일이었다. 한동안 보릿단과 씨름을 하다 보니 옷 속으로 보리꺼럭이 들어가 몸이 말할 수 없이 따갑고 껄끄러웠다. 새참 때가 되자 언제나처럼 주걱턱이 밀빵을 한 개씩 나눠주었다. 그걸 받아들고 평평한 풀 위를 골라 앉았다. 먼발치로 30여 정보에 달하는 기설염전의 구획선이 모형판처럼 선명하게 바라보였다. 수용소에서 고용한 마을민들과 차출된 열댓 명의 원생들이 뒤섞여 한창 죽가래질로 채염(採鹽)을 하는 중이었다. 최초 저수지를 통하여 유입시킨 해수(海水)가 '난치'라 불리는 몇 단계의 증발지를 거치면서 농축되고, 그것이 마지막 결정지(結晶地)에 모여 태양열과 건조한 바람을 받고 순백색의 결정염(結晶鹽)이 탄생하는 것이었다.

나도 지난 4월 보수공사 때 꼭 한 번 끼여 일한 적이 있는 곳이었다. 겨우내 얼었다가 풀리면서 엉망이 된 결정지에 다시 고운 흙을 실어다가 깔고 다지는 '발발이' 공사였다. 깔아놓은 흙을 여럿이 돌아가며 밟고 롤러를 굴린 다음 그 위에 바닷물을 가뒀다가 빼기를 수차례 반복하다 보면 바닷물의 고른 하중과 수분을 머금고 지반은 단단하게 응고되기 마련인 것이었다.

"X도, 저리 팔려 갔으면 꼽싸리 껴서 모주(술)나 한 따까리 하지."

어느 틈에 옆자리에 와 앉은 영태가 염전을 바라보면 씨부렁거리는 소리였다. 그의 손은 날보리를 비벼 껍질을 벗기느라 한창 바쁘게 움직이는 중이었다. 언제 먹어치웠는지 밀빵은 자취도 찾아볼 수 없었다.

"반찬도 없는 밀밥 몇 숟갈 먹여놓구 X빠지게 부려먹기는 X발…. 야, 용남아. 오늘부터 우리도 밥계나 하자."

그가 손안의 보리를 입에 털어 넣으며 말했다.

"밥계?"

"그래. 애들 몇 명 더 모아가지고 우리도 가끔씩 배불리 좀 먹어보 잔 말야. 그런 낙이라도 있어야지, 어디 살겠냐?"

하지만 나는 동의하지 않았다. 언제 이곳을 뜰지도 모르는 마당에 내 몫을 제대로 찾아 먹는다는 보장이 없었기 때문이었다. 내게서 별 반응이 없자 그는 맥 빠지는 듯 또다시 중얼거렸다.

"X팔 놈들. 밀밥 한 주먹에 시래깃국 한 가지를 먹으라고 주는 거야 뭐야? 강아지 새끼라도 맨날 그렇게는 안 먹이겠다, 니미."

그는 나보다도 배고픈 고통이 훨씬 심한 모양이었다. 하기야, 나보다 머리 하나쯤이 더 큰 그고 보면 오죽하겠으랴? 나는 불현듯 입소 동 기인 영태를 포섭하여 함께 탈출하면 어떨까 하는 데에 생각이 미쳤 다. 아닌 게 아니라 영태도 현재 그 일을 꿈꾸고 있는지도 모르는 일 아닌가? 방금 그의 불만 때문이 아니었다. 그도 사람인 이상 어찌 이 런 생활이 좋을 리가 있겠는가? 그렇다. 그의 의중을 떠볼 필요가 있 다. 나 하나의 머리보다 두 사람의 머리가 백번 낫기도 하려니와, 이 런 일에 동지가 있다는 건 얼마나 든든한 일인가?

"저…, 영태 형."

나는 나보다 한두 살 위로 보이는 그를 형이라고 불렀다. 풀줄기를 꺾어 질겅거리던 영태가 힐끗 돌아보았다.

"저…."

"…."

막상 부르긴 했지만 망설일 수밖에 없었다. 대체 무슨 말을 어디서부터 꺼내야 옳단 말인가? 자칫하면 내 비밀만 발설한 채 스스로 무덤을 파는 건 아닐까?

"불렀으면 말을 해라."

영태가 두꺼비처럼 눈을 껌벅거렸다. 하지만 나는 끝내 말을 꺼내지 못하고 말았다. 뒤이어 곧 사감의 집합 명령이 떨어졌기 때문이었다.

"아, 아무것도 아냐, 형. 다음에 말할게."

나는 엉덩이를 털고 일어서며 그대로 얼버무렸다. 그러면서도 속으로는 기필코 내일 낮까지 그의 의중을 떠보리라 다짐했다. 한데 그게 뜻대로 되지 않았다. 앞서 말했듯 그날 밤 불시의 충동이 유발됨으로써 영태에 대한 계획을 한참 뒤로 유보해야만 했던 것이다.

"5분 간격으로 복도 내다봐. 똥 싸러 가서 30분 안에 안 오는 놈 있으면 반장님 깨우고."

나를 깨운 앞 근무자 경준이가 귀에 못이 박일 지경인 그 얘기를 습관처럼 지껄이며 제자리로 찾아들었다.

일요일 새벽이었다. 따라서 기상 시간도 평일에 비해 한 시간 늦은 일곱 시가 되는 날이었다. 다섯 시밖에 안 됐는데도 벌써 돈짝만 한 창문으로 어름어름 미명이 기어들고 있었다. 나는 채 가시지 않은 잠의 여운을 털어내기 위해 문을 열고 복도부터 한번 내다보았다. 어둠에 잠긴 일직선의 복도는 폐광(廢鑛)의 갱도처럼 음산스러웠다. 하지만 복도에서의 방분을 우려할 만큼 켕기는 어둠은 이미 아니었다. 갑자기 오줌이 마려웠다. 복도를 따라 밖으로 나갔다. 서늘한 해기(海氣) 속에서 누리는 평온하게 잠들어 있었다. 해상의 암회색 공간을 뚫고 저 멀리 털미와 어도가 어슴푸레 윤곽을 드러내고 있었다. 아늑하고 고요한 모습이었다. 같은 섬이라도 이곳과는 자유와 속박이라는 엄청난 차이를 가진 곳이었다.

그쪽을 향해 소변을 깔기고 막 돌아서려는 순간이었다. 갑자기 섬광보다 빠르게 뇌리를 스치는 그 무엇이 있었다. 뜻밖의 발상이었다. 그렇다. 어차피 탈출할 것이라면 지금이 어떨까? 영태의 포섭이 중요한게 아니라 문제는 기회였다. 지금은 새벽, 모두가 잠들었으니 감시의눈도 소홀하고 새벽빛이 적당하니 행동도 기민하게 할 수 있지 않은가? 더욱이 지금은 내 근무 시간이다. 하나 남은 말번 근무자도 내가깨우지 않는 한 계속 잘 것이 분명한 만큼 기상 시까지 두 시간은 확보해 놓은 셈이 아닌가? 다행히 중간에 누군가 잠을 깨는 야발 맞은망조만 없다면 이건 절호의 기회가 아닐 수 없는 것이다. 까짓 물이야 어떤 부유물(浮游物)에 의지한다면 못 건널 것도 없을 것 같았다.다만 지금이 썰물 때가 아니라는 게 흠이라면 흠일까? 하지만 그것도헤엄을 치려는 게 아닌 이상 큰 차이는 없었을 것이다. 썰물 때 부유물을 끌고 푹푹 빠지는 개펄을 통과한 다음 물에 들어가는 2단계 과정을 거치나, 밀물 때인 지금 아예 처음부터 부유물에 매달려 물살을헤치나, 걸리는 시간은 거기서 거기일 것이기 때문이다.

'그래. 기회는 지금이다. 망설이지 말자. 그까짓 내 한 몸 지탱할 부유물 정도야 산에 올라가면 얼마든지 구할 수 있을 것 아닌가.'

걷잡을 수 없이 일기 시작한 충동은 조급함을 가속화했고, 그건 다시 내 이성을 마비시키는 최면 효과를 수반했다. 나는 일단 방으로 들어가 보기로 했다. 분위기를 다시 한번 점검해 보기 위해서였다. 그곳은 지극히 정상이었다. 윤기 없는 몰골들의 코 고는 소리뿐, 어떤 망조의 자장(磁場) 같은 건 아직 감지되지 않았다. 심장이 더욱 요란하게두방망이질 쳐댔다. 우선 옆구리에 걸리적거리는 스푼과 칫솔부터 떼어 관물대 속에 처박았다. 그리고 조심스럽게 다시 방을 나왔다.

험한 당산으로 들어가 나룻개 쪽으로 방향을 잡았다. 순간 축사에서 홰를 치고 우는 닭의 소리가 들렸다. 그게 더욱 나를 황겁하게 만들었다. 나무뿌리에 채고 나뭇가지에 얼굴을 긁히면서 숨 가쁘게 기슭을 탔다. 속새풀이 자꾸만 발목을 휘감았다. 그렇게 허겁지겁하면서도 나는 쉬지 않고 사방으로 눈알을 굴렸다. 쓸 만한 통나무를 찾기 위해서였다. 최소한 내 몸통 정도의 크기는 돼야만 물에서의 부지가 용이하리라. 나뭇가지에 찢기기라도 했는지 이마가 쓰리기 시작했다. 마땅한 통나무는 쉽사리 눈에 띄지 않았다. 낮에 잘린 잔가지들은 많이 널려있었으나 아무리 찾아봐도 죽어 나자빠진 고사목(枯死木) 하나가 없었다. 울고 싶도록 초조했다. 그런 것쯤이야 산에 흔하리라 생각했던 순간적 발상이 백팔십도 빗나가는 중이었다. 새벽이 점차 빠른 속도로 눈을 떠가고 있었다. 당산을 정신없이 헤매던 나는 어느새 나룻개의 산비탈을 내려서고 있었다.

순간, 가슴이 철렁 내려앉으며 아뜩한 현기증이 일었다. 아아, 보라. 저 한 치의 융통성도 보이지 않는 유장(悠長)의 새벽 바다를! 긴 횡선을 이루며 겹겹이 밀려와 사그라지는 포말을! 그리고 생각보다 만만찮게 느껴지는 마산포와의 거리를! 대번에 기가 꺾였다. 그건 설사 누가 든든한 통나무를 한 개 갖다 준다 해도 내 배짱으로는 쉽게 엄두 못 낼 광경이었다. 갑자기 모든 게 두려웠다. 어설픈 방법으로 바다에 뛰어든다는 것도 두려웠고, 한번 들어가면 그 어떤 비상사태가 발생해도 아무런 구원의 손길을 기대하지 못한다는 것도 두려웠다. 나는 망념(妄念)에 빠져있었던 것이다. 경험도 없으면서 무조건 부딪치면 되리라는 생각으로 겁 없이 뛰쳐나온 것이다. 확실히 나는 아직 어렸다. 경황없이 사춘기를 넘겨 성대에 변화는 없지만, 아직 사고(思考) 단순한 철부지에 불과했던 것이다. 초조감 속에서의 시간은 더욱 빠른 모양이었다.

　벌써 마산포 쪽의 하늘이 진홍빛으로 물들이기 시작하고 있었다. 이제는 옥사로 되돌아가기에도 틀린 시간이었다. 아니, 어쩌면 지금쯤 나에 대한 수색이 시작되고 있을지도 모를 일이었다. 어디 적당한 은신처라도 있어야 일단 몸부터 숨기고 다음 방도를 강구해 보련만 그런 것도 눈에 띄지 않았다. 모두가 못 미더운 곳뿐이었다. 이쪽 골짜기에 숨으면 산 위에서 내려다볼 것 같고, 저쪽 숲 속에 숨으면 옆으로 난 사잇길이 불안했다. 발을 동동 구르며 갈팡질팡했지만 뾰족한 수가 있을 리 없었다. 그때였다.

　"야, 인마. 너 거기서 뭐 하는 거야?"

　정신이 번쩍 났다. 그건 웬 털북숭이의 사내였다. 시간으로 보나 마을과의 거리로 보나 전혀 뜻밖의 인물이었다.

　"너 원생이지? 이 자식 이제 보니 큰일 날 생각하고 있구나. 응?"

　그는 성큼성큼 걸어오더니 내 손목을 덥석 잡아 쥐었다.

　"아, 아저씨 안돼요. 놔, 놔주세요. 엄마가 나를…. 크, 큰일 났어요. 누가 나를 포, 포대기 끈…."

　뭔가 절박한 사정을 얘기하고 벗어나야겠건만, 워낙 다급한 나머지 내 말은 두서없는 토막이 되어 실속 없이 흩어지고 있었다. 그는 애써 들으려고도 하지 않았다.

　"이 녀석이 지금 뭔 소리를 하는 거야. 인마, 너 바다가 어떤 덴 줄 알기나 해? 이놈 이거 죽을려구 환장했네. 잔말 말구 따라와. 내가 선생한테 잘 얘기해 줄 테니 돌아가자."

　그는 필사적으로 뻗대는 나를 단단히 잡아끌며 옥사로 향했다. 그러나 더 이상 그의 수고로움은 필요치 않았다. 벌써 사감과 뱁새를 필두로 한 떼의 원생들이 나룻개 저쪽에 모습을 드러내고 있었기 때문이었다.

"선생님, 저기요!"

나를 가리키는 누군가의 손가락질을 신호로 모두 우르르 몰려 내려왔다.

"이 노무 자식!"

사감은 다가오기 무섭게 따귀부터 오지게 올려붙였다. 나는 힘없이 고꾸라지고 말았다.

"거, 내 눈에라도 띄었기에 망정이지 큰일 날 뻔했습니다."

털북숭이 사내가 끼어들자 그제야 사감도 인사를 했다.

"이거, 정말 고맙습니다. 박 씨 아저씨."

"고맙긴요. 저 죽을 줄 모르고 물에 뛰어들려는 놈을 그럼 어쩌겠습니까? 저도 자식이 있는 사람인데요."

"예, 어련하시겠습니까? 그런데 여긴 어떻게…?"

"예, 어제 한잔하고 배에서 잤어요. 허허!"

재수 없게도 그는 나룻개에 정박 중인 기곗배의 선원이었던 것이다. 우리가 처음 잡혀 오던 날 선착장에서 보았던 두 척의 그 배들은 이곳 선감도와 뒤쪽의 대부도, 그리고 인천과 마산포를 연결하는 물자 수송선 겸 비상선(非常線)이었다. 따라서 외지 사람이기는 하나 한 달 중 거의 절반을 이곳 마을에 들어와 지내는 선원들이고, 보면 마을 사람들과의 유대감은 두말할 필요가 없는 일이었다. 그런 사람에게 들켰으니 용빼는 재주 있을 리 없었다. 아마도 전날 술을 마시고 배에서 자다가 새벽바람에 숙취를 씻기 위해 나왔던 모양이었다.

"거 아직 어린 녀석이니 말로 잘 타일러 보십시오."

털북숭이가 사라지자 사감이 뱁새에게 지시했다.

"데려가서 복도에 꿇어 앉혀 놔."

뱁새가 내 뒷덜미를 틀어쥐고 앞으로 밀려는 찰나였다.

"으아악!"

훨씬 아래쪽 해변에서 누군가의 외마디 비명이 터져 나왔다. 나를 찾기 위해 해안선을 뒤지던 또 다른 수색조 틈에서였다. 사감도 부리나케 달려갔고 원생들도 우르르 뒤를 따랐다. 뱁새도 나를 그쪽으로 밀며 따라갔다.

"헉!"

하마터면 나는 그 자리에서 까무러칠 뻔했다. 파도에 밀려와 해변에 반쯤 걸친 채로 떠 있는 시체. 아아! 그건 꼼보였다. 살이 불 대로 불어 흡사 미륵불처럼 두루뭉술한 형상이었지만 그건 틀림없는 꼼보였다. 한쪽 눈은 물고기가 파먹은 듯 이미 빠져나간 상태였고, 이마에는 작은 조개류들이 덕지덕지 붙어있었다.

"우욱!"

원생 모두가 고개를 돌리며 헛구역질을 해댔다.

"빨리 가서 들것 가져와."

사감이 몇 명에게 그렇게 이르고는 내게로 시선을 돌렸다.

"너, 이 자식, 이 기회에 아주 똑똑히 봐 둬!"

그러나 내 귀엔 사감의 그 소리가 들리지 않았다. 보이는 것도 없었다. 다만 아득해지는 의식으로 토담처럼 주저앉는 심장의 소리만 몇 차렌가 들었을 따름이었다. 그날 꼼보의 시신이 공동묘지로 운반되고 원장의 명령하게 가매장될 때까지 나는 복도에서 기합을 받았다. 팬티 차림의 원산폭격이었다. 이마에 혹이 일도록 머리를 박고 있었지만, 이상하게도 고통은 느껴지지 않았다. 꼼보에 대한 충격이 더 큰 힘으로 작용하는 까닭이었다. 늘 새로운 정보에 귀 기울이며 남보다 한발 앞서려고만 하던 꼼보, 표정과 행동 하나하나에도 언제나 남다른 자생력이 엿보이던 꼼보, 그처럼 생기 있고 능동적이던 꼼보가 전혀 그답지 않은 비참한 모습이 되어 돌아온 것이다. 따라서 나는 머리의 통증보다 꼼보에 대한 어지러운 만감과 그의 주검이 암시하는 또 하나의 절망에 감당 못 할 고통을 느끼고 있었다.

'형, 하늘나라에 가거든 다시는 부모랑 헤어지지 마. 다시 태어나더라도 거지는 되지 말구.'

나는 머리를 박은 채 이마 위로 눈물을 뿌리며 진심으로 그의 명복을 빌어주었다. 애초 한 시간으로 정해졌던 나의 기합은 20분을 더 초과하고 나서야 감독자인 반장의 명령에 의해 해제되었다. 꼼보의 주검이 발견되어 분위기가 어수선한 데다 내가 말썽 없이 잡혔다는 점에서 그 정도로 끝낸 모양이었다. 하지만 그건 어디까지나 사감의 손에서만을 말함이었다.

그날 오후 일과가 끝나기 무섭게 이번에는 선임들의 폭거가 나를 기다리고 있었다. 그들은 내게 두 주먹을 깍지 끼고 바닥에 대게 한 다음 다리를 관물대 위에 올려놓도록 하여 거꾸로 서게 하였다. 이른바, '근무 이탈죄'와 '안면 침해죄', 그리고 '분위기 훼손죄'에 대한 대가라는 것이다. 주먹이 으스러질 것 같은 데다 팔에 힘이 빠져 밑으로 굴러떨어지면 주걱턱이 그대로 옆구리를 걷어찼다. 그런 가혹한 시련을 장시간 더 치르고 나서야 간신히 해방되었지만, 그 뒤로 나는 마비된 손깍지를 풀기 위해 또 한차례 무진 애를 먹어야만 했다.

꼼보의 주검은 나로 하여금 몇 날 며칠을 불면에 시달리게 하였다. 실로 엄청난 충격이었다. 그러나 그의 주검이 충격이라는 것이지 그로 인하여 내 의지까지 완전히 꺾였다는 뜻은 아니었다. 그처럼 한 번 일기 시작한 불꽃은 좀체 잡기가 어려운 것이었다. 게다가 어이없이 좌절은 했지만, 쓸 만한 부유물과 물에 대한 약간의 용기만 있다면 그 방법에 충분히 승산이 있을 것이라는 미련, 그 미련이 자꾸만 나를 부추기기까지 하는 중이었다. 그리고 무엇보다도 어머니가 그리웠다. 미치도록 그리웠다. 하루하루 늦을수록 모든 게 그만큼 불리해진다는 초조감이 갈수록 나를 애타게 하는 것이었다.

두 달 후, 그러니까 꼼보의 주검에 대한 충격이 어느 정도 아물어갈 무렵, 한 번 더 기회가 생겼다. 나를 부추긴 건 다름 아닌 영태 형이었다. 통나무가 아니라 부력이 좋은 화장실 문을 뜯어 살살 붙잡고 가면 쉽게 건널 수가 있다는 말이었고, 그의 설득에 넘어가 착실히 준비해 실행했지만, 또 한 번 실패의 쓴잔을 맛볼 수밖에 없었다. 남은 건 '영태를 죽인 새끼'라는 호칭과 매타작, 속절없이 흐르는 시간뿐이었다.

비껴가는 운명

13

수용소의 그 암담한 생활 속에서도 알게 모르게 시간은 흘러 어느 덧 1년 4개월이 꼭 차가고 있었다. 그 일 년 넘은 세월의 약은 어느새 한 치 이상 훌쩍 커버린 내 머릿속에서 꼼보와 영태에 대한 상혼(傷魂) 의 기억들을 말끔하게 지워주었다. 그리고 커진 머리만큼 나를 좀 더 의연한 성격으로 길들여 놓기도 했다.

그동안 원생의 수도 대폭 늘어있었다. 처음 600여 명이던 것이 지 금은 천여 명을 헤아리게 된 것이다. 따라서 나의 위치도 바닥권에서 한 단계쯤 올라갈 수 있었다. 원생 수가 늘어난 만큼 탈출 빈도 또한 높아지는 건 당연한 일이었다.

그간의 적잖은 탈출 사건 중 가장 기억에 남는 건 우리 반의 경준이 사건이었다. 불침번 근무 도중 썰물 시간에 맞춰 옥사를 빠져나간 것 인데, 물을 절반도 못 건너고 그만 허우적거려야 했던 것이다. 그러나 다행히 그 시간이 새벽녘이었던 관계로 어떤 부지런한 어부에 의해서 수장(水葬) 직전에 건져지긴 했다. 하지만 수색을 나갔던 우리가 어부에게서 그를 인계받았을 때 그는 복어처럼 불룩한 배를 하고 죽어있었다. 아니, 죽은 것이나 다름없었다. 한데 혹시나 하는 사감의 지시에 따라 다섯 명이 번갈아 인공호흡을 시도한 끝에 미미한 불씨처럼 가물거리던 그의 목숨이 극적으로 회생된 것이다. 탈출에 실패는 했어도 '기적의 실패'를 한 셈이다.

반면에 성공하는 사람도 제법 있었다. 우리가 그들의 성공 여부를 확실하게 알 수 있는 근거는 누구든지 중도에서 죽으면 그 시체가 물에 밀려 어김없이 되돌아온다는 사실 때문이었다. 익사할 때의 위치나 간만의 변화에 따라 영태처럼 마산포까지 밀려가는 경우도 종종은 있지만, 어쨌든 시체는 반드시 발견되었다. 따라서 탈출자의 성공 여부는 대략 열흘 정도만 지나면 알게 되는 것인데, 여기서 열흘이라고 하는 것은 겨울철을 기준으로 한다는 뜻이다. 가라앉은 시체가 여름에는 3일 안에 떠오르지만, 겨울에는 일주일 이상 지나야 떠오르는 까닭이었다.

아무튼 내가 영태와의 사건 이후 잠잠하게 있었던 것은 탈출에 대한 의욕이 꺾여서가 아니었다. 형편상 냉각기를 가진 것뿐이었다. 영태의 죽음으로 나를 더욱 강하게 의식하는 눈들도 그렇거니와, 또 실패하면 이번에는 정말 끝장일지 모른다는 중압감에 그만큼 신중할 수밖에 없었다. 물론 빨리 어머니를 찾아 나서지 못한다는 게 안타깝기는 했지만, 더욱 완벽한 여건을 마련하기 위해서는 참아야 할 것이었다.

신록의 6월! 고립된 수용소에도 사계(四季)의 안배는 공정했다. 녹음이 절정을 이루면서 산비탈 부대 밭엔 밀이 영글고 밤이면 당산 숲에서 부엉이가 울었다. 그즈음 우리는 제초 작업 겸 퇴비 증산으로 매일 보내고 있었다. 사의 오물과 섞어 썩히는 일이었다.

마을의 누구 집에 제사가 있는 날이라던가? 하루는 작업을 마치고 식당에 가보니 그곳에서 뜻밖의 일이 벌어지고 있었다. 수많은 원생이 멀찍이 둘러서서 구경하는 가운데 악종으로 소문난 각심사 사감 유 선생의 격분한 욕설이 들려왔다.

"이 X팔 새끼야. 아무리 덜떨어졌기로 할 일과 해서 안 될 일을 그렇게도 구별 못 하냐? 이 새끼야! 이 새끼야!"

"선대임, 달못했떠요! 앙 그께요, 더, 덩말 앙그께요!"

알 만한 목소리였다. 다가가 원생들 틈을 비집고 보니 아니나 다를까? 그 건 각심사의 바보 온달이었고, 유 선생이 굵직한 몽둥이로 그를 사정없이 후려 패는 중이었다.

"용더해 두데요. 선대임. 아, 아퍼요! 아퍼요!"

바보 온달은 매가 떨어질 때마다 구둣발에 채는 강아지처럼 자지러지면서도 순간순간 엉덩이를 들썩거리며 싹싹 빌기를 멈추지 않았다.

"저 새끼 왜 그러나?"

주걱턱이 한 아이에게 물었다.

"마을에 들어가서 누구네 제사 지낼 음식을 왕창 거덜 냈나 봐."

"뭐어?"

"쉽게 넘어갈 일 같지가 않어. 오늘 제사를 못 지내게 됐다는데 뭐."

그는 인정사정없이 매타작을 당하는 바보 온달을 바라보며 착잡하게 말했다. 대번에 보통 일이 아님을 느낄 수 있었다. 하기야, 바보 온달이 마을에 들어가 음식을 훔쳐먹은 게 어제오늘의 일은 아니었다. 낮이면 거의 비어있다시피 하는 마을을 그는 일주일이 멀다 않고 드나들며 남의 부엌을 뒤지곤 했던 것이다. 마을 사람들에게 몇 번 들키기도 했지만 피해가 크지 않아 동정심 차원에서 묵과하곤 했는데,

이번만큼은 참을 수 없었던 모양이었다. 다른 것도 아니고 며칠 전부터 어렵게 준비해 온 제수(祭需)가 아닌가? 그 원생의 얘기로는 북어 쪽 하나 성하게 남긴 것이 없는 모양이라고 했다. 제수에 욕심은 나고 배 속은 한정돼서였는지 과일이나 포육(脯肉) 같은 건 두세 번씩 물어 뜯고 팽개쳐 놨더라는 것이다. 하다못해 버무려 놓은 소채(蔬菜)까지도 엉망으로 들쑤셔놓았다고 했다.

마침 제사 준비를 위해 일찍 들어온 주인 내외에 의해 바보 온달은 현장에서 잡혔고, 화가 머리끝까지 난 주인은 이장과 함께 찾아와 항의했다는 것이었다.

"히야! 그 자식 어쩔 수 없구만. 엊그제는 겁도 없이 원장 관사에 들어가서 밥 훔쳐먹고 허벌나게 깨지더니, 또…"

주걱턱이 어이없다는 표정으로 말했다. 얼마나 고통스럽고 다급했던 것일까? 바보 온달은 식당 굴뚝 아래 솥뚜껑만큼 허물어진 구멍으로 자꾸 머리를 쑤셔 박았다. 매질을 피해 아궁이 속으로라도 들어가려는 듯한 절박한 행동이었다. 하지만 유 선생은 매질의 빈도를 조금도 늦추려 하지 않았다. 마치 그동안 손꼽아 별러오기나 했던 것처럼 아주 진뿌리를 뽑으려 하고 있었다. 그렇지 않아도 인간을 다스리는 데는 매질이 최고라고 믿는 게 수용소의 철학 아닌가! 게다가 나이 스물다섯의 건장한 육덕을 가진 바보 온달이고 보니 유 선생은 매질의 강도를 참작할 필요도 없다 싶은 모양이었다. 전혀 예측 밖의 일이 벌어진 건 그때였다. 맞다 맞다 지친 바보 온달이 갑자기 "으아아아!" 하고 짐승 같은 괴성을 지르며 튀어 오르더니 까까머리 그대로 식당의 유리 창문을 힘껏 들이받은 것이다. 와장창그르르!

유리창의 날카로운 파열음이 송곳처럼 귓속을 후벼 파는 순간, 우리는 아연 긴장했다. 지렁이도 밟으면 꿈틀한다던가? 끝을 보이지 않

비껴가는 운명

는 유 선생의 매질에 끝내 울화가 발동한 모양이었다. 바보 온달의 머리 위에서 순간적 유보 현상을 일으켰던 선혈이 본격적으로 흐르기 시작한 것은 몇 초 뒤였다. 처참한 광경이었다. 한 번 솟기 시작한 피는 귓바퀴와 눈꼬리, 콧대의 골을 타고 걷잡을 수 없이 흘러 옷 속으로 스며들었다. 그럼에도, 제 분을 이기지 못한 바보 온달은 괴성을 계속하며 유리가 깨져나간 빈 창문틀을 몇 번이고 들이받았다. 한데 더욱 놀라운 것은 유 선생의 태도였다. 팔짱을 낀 채 눈 하나 깜빡 않고 바라보며 빈정대는 것이었다.

"얼씨구! 병신 새끼 댄스하고 자빠졌네. 에구 에구! 논다 놀아."

그러더니 우리를 향해 느긋하게 말했다.

"애들아! 거 불쌍해서 못 봐주겠다. 그지? 약 좀 발라주게 주방에 들어가서 소금 좀 한 주먹 집어와라."

하지만 그 말을 듣고 움직이려는 사람은 하나도 없었다. 그러자 유 선생이 이번에는 직접 식당 주번 원생을 불렀다.

"야, 주번! 빨리 가서 소금 가져와."

주번이 소금을 가져오자 유 선생은 한 손으로 바보 온달의 목덜미를 누르고 피가 낭자하게 흐르는 상처 위에 그것을 슬슬 뿌리기 시작했다.

"어이구, 얼마나 아플꼬? 자, 약 발라줄 게 조금만 참아라. 에이구, 딱하지."

바보 온달은 오래 버티지 못했다. 곧 피범벅의 머리를 싸잡고 괴롭게 울부짖으며 땅바닥을 뒹굴기 시작한 것이다.

"쯧쯧! 약이 좀 독한 모양이구만. 하지만 금방 나을 테니까 조금만 참아라, 응? 에구, 착하지."

한동안 그렇게 빈정대며 구경하던 유 선생이 이윽고 각심사 사장을 부르더니 "끌고 가. 가다가 육갑 댄스 또 하거든 소금 한 번 더 뿌려줘라." 하고는 남은 소금을 탈탈 털어주고 태연하게 본관 쪽으로 사라졌다. 언제 나타났는지 경준이가 그의 뒷모습을 노려보며 잇새로 나직이 씨부렸다.

"개애새끼!"

다음 날 아침, 나는 간밤에 바보 온달이 머리에 붕대를 감은 채 탈출했다는 소문을 식당에서 들을 수 있었다. 그리고 다시 나흘 후, 이슬비가 유난스레 추근대던 날 방파제 부근에서 그의 시체를 건져냈다는 소식도 들었다. 그의 죽음은 원생들 간에 적잖은 동요를 일으켰다. 유 선생의 비인간성도 그렇거니와, 우리도 사람인 이상 어느 정도 견디게끔 해주면서 도둑질을 못 하도록 하는 게 원칙 아니냐는 것이었다. 한 시간도 못 가 배가 꺼지는 밀밥 한 주먹에 시래깃국 하나가 말이 되느냐고 했다. 어린애 배도 충족시키지 못하는 양과 질로 바보 온달 같은 육덕이 어떻게 견딜 수 있었겠냐며, 차제에 단합하여 처우 개선을 강력히 요구하는 게 어떠냐고 했다.

"X팔, 말 나온 김에 한 번 엎어?"

선임 원생들은 모이기만 하면 그 문제로 쑥덕거렸다. 화근을 우려하는 목소리도 있었다.

"글쎄, 그런다고 누가 우리 말에 귀나 기울이려고 할까? 그보다는 무력을 사용해서 더 쉽고 빠르게 해결할라구 할걸?"

상대적으로 자식에 찬 지론도 만만치 않았다.

"물론 그럴 수도 있겠지. 명색이 천 명씩이나 가둬놓은 정부 수용손대 호락호락할 리가 있어? 하지만 소문에 의하면 위에서 누가 우리 몫을 떼먹는 게 확실하다는 거야. 우리 힘으로 증거를 잡기는 어렵지만, 높은 데서 나와가지고 조사해 보면 틀림없이 뭔가 나온다구. 만약 그렇기만 한다면 지네덜도 뒤가 구린 이상 우릴 함부로는 못하지."

그러한 의견들이 한동안 은밀하게 오고 갔다. 그러나 그건 어디까지나 쑥덕공론에 불과할 따름이었다. 쉬쉬하며 말들만 오갔지 실제 어떻게 하자는 구체적 계획은 좀체 나올 줄 몰랐던 것이다. 죄인으로 취급되는 신분상의 약점도 그렇고 이런 일에 잘못 나섰다가는 어떤 화를 당할지가 두려워서였을 것이다. 그러던 중 자칫 흐지부지될 뻔했던 그 일에 본격적으로 불을 당기는 사건이 발생했다. 그리고 그것은 내게 또 한차례의 탈출을 시도하는 계기를 만들어주기도 했다. 그건 종심사의 열다섯 살짜리 원생에 의해서였다. 들어온 지 얼마 되지 않은 그 아이가 어느 날 배고픔을 못 이긴 나머지 부대 밭의 밀을 따서 비벼 먹다가 왕겨가 목에 걸려 어이없이 급사하고 만 것이다.

　그 아이가 가마니에 둘둘 말려 공동묘지로 가는 걸 보면서 우리는 하나가 되지 않을 수 없었다. 그건 우리에게 확실한 당위성을 부여하고도 남을 만한 사건이었다. 모든 건 빠르게 진행되었다. 옥사 간에 은밀한 모의가 살처럼 빠르게 오가더니 드디어 실행의 날짜까지 잡혔다. 이틀 후 아침이라고 했다. 그날 식당에 도착하는 대로 각자 밥과 국을 타들고 원장 관사 앞의 도로에 모이기로 한 것이다. 강력하게 의사 표명을 하되 공권력도 경계할 겸 폭동까지는 삼가자고 했다.

　드디어 그날이 왔다. 아침이 되어 식당에 도착하니 그곳엔 벌써 많은 원생이 집결되어 있었다. 줄 맞춰선 모습들이야 전과 다를 게 없었지만, 전체에 감도는 분위기는 전 같지 않았다. 그날은 식당 앞에서 위압을 가하는 '노란 완장'도 보이지 않았다. 하지만 그렇다고 해서 대열을 흐트리거나 잡담을 하는 사람도 없었다. 이윽고 전 옥사가 빠짐없이 도착하자 몇몇 선임들이 먼저 들어가 양손에 밥과 국을 타들고 나왔다. 그게 시발이었다. 달리 누가 명령한 것도 아닌데 나머지 모두도 줄줄이 들어가 밥을 타가지고 나왔다. 그렇게 관사로 향한 우리는 도착하는 순서대로 들고 온 식기들을 도로변에 쌓기 시작했다. 선생들이 달려온 건 불과 5분도 안 돼서였다.

"뭐냐? 지금 뭣들 하는 거야?"

원생계가 휘둥그레 놀라며 물었지만, 누구 하나 대꾸하는 사람도 없었다. 그저 기계처럼 식기를 올려놓고 약속이나 한 듯 도로에 열 지어 앉을 뿐이었다. 곧 도로변엔 2천여 개의 식기들이 쌓이면서 장엄한 은빛 산을 형성했고, 그 모습은 다시 우리들의 항변의 무게를 적절하게 가중시켜 주고 있었다. 일을 끝내고 모두 앉기를 마치자 원생계가 다시 앞으로 나섰다.

"어이, 너희들 왜 그래? 말을 해야 할 거 아냐, 말을…."

그래도 아직은 모두 꿀 먹은 벙어리였다. 아무도 선뜻 나서지 못하는 건 선생들 눈에 첫 표적이 된다는 사실을 의식해서일까? 그러나 그렇지만은 않은 모양이었다.

"이거 봐. 너희들 말야. 할 말이 있으면 차근차근 지휘 계통을 밟아서 하든지 해야지, 무조건 이러면 되겠어?"

원생계의 또 한 차례 힐책이 끝나기도 전에 대열 속에서 누군가가 외쳤다.

"거, 원장이나 나오라구 하쇼!"

그러자 사방에서 "에이~ 왜 그래? 거, 누구야?" 하는 작은 웅성거림이 일었다. 그건 처음부터 험악한 분위기를 만들기에 꼭 알맞은 건방진 언동이었기 때문이었다. 불의의 일격을 당한 원생계는 반쯤 입을 벌리고 잠시 멍하게 서있더니 아무래도 권위 유지는 해야겠다 싶었는지 "방금 누구야, 엉? 그거 어디서 배운 말버릇이야. 어디 일어나 봐." 하고 위엄을 부렸다. 그러나 꼭 밝혀내고 말겠다는 의지 같은 건 엿보이지 않았다. 그때 유일하게 지도계를 겸하고 있는 우리 사감이 그를 제치고 선뜻 나섰다.

"모두 주목! 에~, 대충 눈치를 보아하니 무슨 뜻인지 알겠는데, 한 가지 묻자. 너희들 모두 각자의 신분을 잊었나?"

그는 단번에 기선부터 잡으려 했다.

"너희들은 사회에 온갖 물의를 일으켜 민심을 어지럽히고, 나아가서 국가의 발전을 저해하며 나라의 권위까지 실추시킨 범법자들이다. 따라서 법에 의해 보호조치에 처해진 몸들이야. 요구사항이니 뭐니 따질 신분도, 위치도 아니란 말이다. 그런데 자숙은 못 할망정 지금 정부의 법 앞에 도전하겠다는 거냐?"

아무리 태반이 미성년자고 관권이 막강하다 해도 천여 명의 원생들 앞에서 그렇게 거리낌 없이 말한다는 건 보통 배짱이 아닐 수 없었다. 그러자 드디어 우리 중에서 하나가 일어섰다. 키가 훌쩍한 게 그도 스무 살은 넘어 보였다.

"예, 좋습니다. 보호조치 중이라는 건 저희들도…."

"소속부터 대라."

"예, 세심사 5반 김창숩니다."

"말해."

"예. 보호조치 중이라는 건 저희들도 잘 알고 있습니다. 때문에 저희들이 뭘 어떻게 하겠다는 것이 아닙니다. 다만 우리는 선생님들의 명백한 해명을 들었으면 하는 것뿐입니다."

"뭐냐?"

"예. 잘 아시겠습니다만, 얼마 전 각심사에서 한 원생이 극심하게 매를 맞고 여길 나가다 죽었습니다. 선생님들은 이 문제를 어떻게 생각하시는지 알고 싶습니다."

"그럼 우리가 여길 탈출하라고 시켰단 말이냐?"

"그게 아니라 각심사 사감 선생님의 매질이 너무 가혹했다고 생각하지 않으십니까?"

"들은 바 있다. 하지만 그 원생은 그만한 죄를 지었어. 성스러운 남의 집 제사를 망치고 우리 선감학원의 얼굴에 먹칠을 했지. 더구나 그 원생은 아주 상습적이어서 주의와 경고와 체벌을 받은 게 한두 번이 아니었다. 물론 다소 모자라는 원생이기는 하나, 그래도 나쁜 짓이 뭔가는 분별할 능력이 있는 원생이었다. 체벌이 가혹하니 어쩌니 따지기 전에 먼저 규율을 어기지 않으면 될 일 아닌가? 규율을 잘 따르는데도 손찌검하는 선생이 있거든 어디 말해 봐라."

역시 보통 배짱이 아니었다. 그러나 핵심을 파고드는 원생의 말 수단도 여간 아니었다. 확실한 전력은 알 수 없지만, 부랑아 출신치고는 상당히 똑똑한 편이었다.

"저희들이 궁금한 건 바로 그것입니다. 과연 그 원생은 왜 혹독한 체벌을 감수하면서까지 남의 부엌을 뒤졌겠습니까? 그리고 며칠 전에는 종심사에서도 원생 하나가 밀을 털어먹다 죽었습니다. 왜 밀을 털어먹었겠습니까?"

"그게 요점이냐?"

"그중 일부분입니다."

"너희들의 식사량이 다소 부족한 건 안다. 그러나 재정이 그것뿐이기도 하지만, 그건 또한 전국의 모든 수용소와 동일한 양이기도 하다. 또 말해라."

그러자 또 하나가 못 참겠다는 듯 벌떡 일어섰다.

"아까 말씀 중에요. 우리는 나라 발전을 저해하는 부랑아들이라 뭘 요구할 자격도 없다고 하셨는데요. 도대체 그 부랑아란 말뜻이 어떤 건지 말씀해 주십시오."

"몰라서 묻는 거냐? 한마디로 일정한 주소도 직업도 없이 떠돌아다니는 애들을 말한다."

"그렇다면요. 저희는 부랑아가 되고 싶어서 됐겠습니까? 대부분 전쟁통에 부모를 잃었거나 내다 버려진 애들 아닙니까? 그것만 해도 억울한데 무슨 큰 죄인이나 되는 것처럼 취급한다는 건 이해가 안 됩니다."

"물론 법이 너희들 개개인의 사정을 일일이 참작하지 못한다는 건 유감이다. 하지만 그렇다고 해서 멀쩡한 삭신으로 떼 지어 다니며 문전걸식이다, 패싸움이다, 도둑질이다 하는 건 분명 국가 차원의 대역죄야. 그래서 너희들에게 갱생과 자립의 기회도 줄 겸, 민폐를 방지하고 좀더 건설적인 나라를 만들기 위해서 일정 기간 보호한다는 거다."

그때였다. 갑자기 심상찮은 소요가 인다 싶더니 곧 노골적인 항변이 사방에서 폭죽처럼 터져 나오기 시작했다.

"우~! 집어치쇼! 찢어진 대가리에 소금 뿌리는 게 보호하는 거요!"

"갱생과 자립의 기회는 맨날 시래기만 먹어야 생기는 거요!"

"밀 따 먹고 죽은 귀한 목숨 살려내쇼!"

한 번 일기 시작한 소란은 연쇄반응을 일으키며 걷잡을 수 없는 아우성으로 변했고, 그건 다시 원생들을 여기저기 일어서게까지 하였다. 분위기가 긴박하게 변하고 있었다.

"정말 재정상태가 이 정도밖에 안 된단 말입니까?"

"웃기지 마쇼! 관청에 연락해서 어디 감사 좀 받아봅시다!" 하는 자못 똘똘한 외침도 들렸고 "X까지 마라. X팔 놈들아!" 하는 원색적 욕설도 묻어나왔다.

그러나 사감은 털끝만큼도 자세를 흐트리지 않았다. 다소 굳은 표정이기는 했으나 여전히 눈알에 힘을 주고 우리를 주시하고 있었다. 마치 자신의 순간적 기분 여하에 따라 그대로 공권력과 직결된다는,

따라서 우리에게 엄청난 화가 초래된다는 점을 분명하게 주지시키려는 듯한 자세였다. 그 굳건한 태도에 주눅이 들어서일까? 뒤이어 "에이! 그럼 안 돼. 앉아, 앉아", "말로 해, 말로." 하는 만류의 소리가 뒤따랐고, 그건 폭발 일보 직전의 소요를 누그러뜨리는 데 상당한 기여를 하고 있었다. 하지만 그건 그때뿐이었다. 사감의 계속된 답변이 끝내 모두를 자극하고 말았다. 김창수란 원생이 다시 말했다.

"말씀을 정리해 주십시오. 그러니까 갱생과 자립을 위해 그러는 것이니만큼 주면 주는 대로 먹고 때리면 때리는 대로 맞아라, 이 말씀이십니까?"

"말버릇이 건방지다. 지금 누구 앞에서 공갈치는 거냐?"

"죄송합니다. 그저 확답이 듣고 싶어서일 뿐입니다."

"에~, 앞으로 너희들 규율 태도를 보아 체벌 문제는 선생님들과 숙의해 보겠다. 그러나 아까도 말했듯이 식사 문제는 그리 쉬운 일이 아냐. 워낙 대식구이기도 하지만, 모든 예산은 위에서 결정돼 내려오기 때문이다."

"그렇다면 식사에 관한 개선책은 전혀 강구해 볼 수 없다는 말씀입니까?"

"당장은 그렇다고 할 수 있다."

그 말이 떨어지자마자 "안 돼, 안 돼. 더 얘기해 보나 마나야", "끝까지 우릴 개 취급하겠다는 뜻이야", "집어쳐라, 집어쳐!" 하는 소란과 함께 모두는 다시 우르르 일어섰다. 물론 사감으로서는 관리자 차원의 위신도 있는 데다 이런 일에 순순히 타협하기 시작하면 버릇이 될 수도 있다는 우려에서 단호하게 나왔는지는 모르지만, 그건 끝내 원생들의 감정을 폭발시키고야 말았다.

"감사반을 불러라!"

"그럴 거 없이 합심해서 이 X 같은 데를 빠져나가자!"

고래고래 악을 쓰던 몇 명이 갑자기 쌓아 올린 식기 더미로 달려들어 냅다 걷어차 버렸다. 위태롭게 놓여 있던 윗부분이 폐가(廢家)의 토담처럼 와르르 무너져 내리자, 이번에는 수백 명이 달려들면서 그것들을 사방으로 집어 던지기 시작했다.

"관사에 쳐들어가서 선생들도 이렇게 먹고 사나 확인해 보자!"

"야이 X팔 놈들아. 개 취급 말고 우릴 내보내라!"

당황한 선생들이 은폐물을 찾아 허둥대는 가운데 수많은 식기가 내용물을 흩뿌리며 허공에 난무했고, 온갖 욕설이 당산에 메아리쳤다. 일찌감치 사무실에 나가있던 원장이 부원장과 함께 나타난 건 그때였다. 벌겋게 상기된 얼굴로 급히 달려온 그는 사감의 귀엣말에 몇 번 고개를 끄덕이고 나서 앞으로 나섰다.

"아아, 조용 조용! 모두 앉아. 앉아서 얘기하자구."

그러나 냉정함을 잃은 원생들의 난동은 좀체 누그러들 기미를 보이지 않았다. 참다못한 원장이 버럭 소리를 질렀다.

"그런데 이 녀석들이 왜 이리 말을 안 들어. 좀 앉으라니까!"

초로의 원장 일성(一聲)에는 확실히 효과가 있었다. 원장이란 직위의 중량감 때문이었을 것이다.

"그래, 하고 싶은 얘기가 뭐야? 누구 한 사람 일어나서 얘기해 봐."

소란이 급격하게 하향곡선을 이루면서 하나둘 자리로 찾아들자 원장이 따지듯 물었다. 하기야, 이제는 집어 던질 식기도 남아있지 않은 상태였다. 김창수가 다시 나섰다.

"세심사 5반 김창숩니다. 다름이 아니라, 저희들 일일 급식 정량이 얼마인지 알고 싶습니다."

"흠! 그러니까 밥이 좀 적다 이건가 본데, 그거야?"

"…."

"아니, 이놈들아. 그렇게 따지고 싶은 게 있으면 지휘 계통을 밟든지 해야지, 이게 무슨 난리통이야? 이놈으 자식들을 그냥….'

"…."

"그리고 말이 나왔으니 하는 얘긴데, 너희들 밥 말야. 그거 함부로 투정할 게 못 돼. 너희는 고사하고 지금 나라 지키느라 애쓰는 군인들도 그것보다 낫지는 않아. 알아? 그게 바로 우리나라 현실이야. 또 그렇게 먹는 것부터가 배고픔을 이기는 훈련이기도 한 거구."

"그렇지만 군인들한테 일 년 열두 달 시래깃국만 주지는 않을 거라고 생각합니다."

"자신 있게 말하지만, 그보다 나을 것도 없다. 다 오십보백보야."

중간에서 약간의 소란이 또 일었다.

"거짓말 마십시오. 군인들 먹는 게 부랑아 수용소랑 똑같다는 걸 누가 믿습니까?"

"우리도 군대 얘기는 듣고 살았단 말입니다!"

원장이 황급히 두 팔을 휘저었다.

"아, 조용 조용! 근데 왜 이리 질서가 없어, 이 녀석들이. 그렇다면 그런 줄 알 것이지."

"…."

"그리고 너희들 몰라도 너무 모르는데 말야. 너희 혹시 지금 먹고 있는 급식비가 다 어디서 나오는 건지 한 번쯤 생각들 해봤어?"

"…."

"다 국민들 세금이야. 국민들이 허리띠 졸라매면서 낸 세금이란 말이야. 그걸 고맙게 생각할 줄도 알아야지."

이번에는 오른쪽 끄트머리에서였다.

"그러니까 이 기회에 감사 한번 받아보자는 거 아닙니까?"

그러자 원장의 얼굴에 일순 찬바람이 감돌았다.

"그거 누구야, 엉? 이 녀석들이 듣자 듣자 하니까…."

그러나 원장의 노기 띤 표정에도 불구하고 기왕 내친걸음이다 싶었는지, 제2, 제3의 공격이 꼬리를 물었다.

"맞습니다. 귀중한 세금이니까 더욱 확실하게 짚고 넘어가야 합니다!"

"감사에도 문제가 없으면 우리도 두말하지 않겠습니다!"

"속 시원하게 지금 당장 오라구 하십쇼!"

원장이 다시 두 팔을 내저었다.

"아, 글쎄 조용하고 차근차근 얘기하란 말야. 차근차근."

하지만 이제 원생들은 더 이상 들으려 하지 않았다. 백 번 얘기해 봐야 어느 한구석 우리의 요구를 수렴할 기미 같은 건 찾아볼 수 없었기 때문이었다. 원생들의 질서 잃은 고함은 이제 "우우~" 하는 야유로 변하고 있었다. 더 이상 설득이 어렵겠다고 생각했는지 원장은 급히 선생들을 불러 모으고 한동안 무슨 말인가를 쑤군거렸다. 그러더니 다시 우리를 향해 손바닥을 탁탁 치며 "아아, 좋아 좋아. 모두 그대로 주목! 에, 이러다가는 종일 해도 끝이 안 나겠어. 그러니까 다른 사람들은 그 자리에서 대기하고 각 반 반장들만 대표로 나와라. 그게 낫겠어." 하고 못 박았다. 그 얼굴에 경륜의 노련미가 유액처럼 흐르고 있었다. 반장들이 앞으로 나가자 원장은 눈앞에 보이는 잔디밭으로 그들을 데리고 갔다. 그러나 그들의 대화도 그리 쉽게 끝나지는 않았다. 동그랗게 둘러앉아 나누기 시작한 대화는 초여름의 태양이 정수리를 지날 때까지도 계속되었다. 배고프고 지루한 나머지 꾸벅꾸벅 조는 원생들이 늘어가고 있었다. 이윽고 우리의 그림자가 서너 뼘가량 더 길어졌을 때 사업계장이 성큼성큼 우리 앞으로 걸어왔다.

"주목해라. 모두 보다시피 회의가 언제 끝날지 알 수 없다. 그러니 무작정 이렇게 앉아만 있을 게 아니라, 우리한테 주어진 임무는 완수하면서 회의 결과를 기다리는 게 좋을 것 같애. 그러니까 염전 작업조는 앞으로 나와라."

소금가마 운반 때문이었을 것이다. 며칠에 한 번씩 육지에서 배가 오면 소금가마를 실어줘야 하는데 그 작업조가 현재 시위에 동참 중인 것이다. 하지만 선임들로만 구성된 그들이 이런 분위기에서 작업에 응할 마음이 있을 리도 없었을 것이다. 뒤에서 누가 외쳤다.

"나르기만 하면 될 텐데 꼭 우리가 가야 할 게 뭐 있습니까? 쫄따구들 보내십시오!"

그러자 사업계도 분위기가 분위기인지라 별 까다로움을 부리지 않았다.

"그래? 하긴 뭐…. 알았어. 그럼 각 반에서 한 명씩 알아서 내보내."

그 말이 떨어지기 무섭게 나를 찾는 주걱턱의 목소리가 들렸다.

"야! 임용남, 어딨냐? 너 나가라."

그렇게 해서 일일 염전 작업조로 차출된 나는 일행과 함께 식당으로 향했다. 바닥에 뒹구는 아무 식기나 집어 들고 가서 식사부터 한 다음 염전으로 갔는데, 육지에서 온 선주(船主)들이 우리를 맞이하며 이구동성으로 물었다.

"데모 끝났냐? 잘 해결됐어?"

그러고 보니 소문은 이미 섬 전체에 퍼질 대로 퍼진 모양이었다. 사업계장의 지시로 우리는 네 명이 일 개조가 되어 창고에 쌓아둔 소금가마를 방파제 너머로 운반했다. 그곳에는 세 척의 소금 배가 대기해 있었는데, 그중에는 달구지 두 대 크기의 소형 배도 한 척 섞여있었다. 아마도 개인적으로 온 소금 도매상 소유인 것 같았다. 한데 그것도 운명인 것일까?

나는 거기서 또 한 차례의 탈행(脫行)을 충동하는 최적의 요건과 조우하고 말았던 것이다. 우리 조 네 명이 그 소형 배에 첫 번째 소금가마를 들고 막 다가서는 순간 선주가 선판의 뚜껑을 열고 안에서 오일통을 꺼내는 게 보였다. 그곳은 선구(船具)를 넣어두는 창고 같았다. 언뜻 보아 나 하나 정도는 충분히 엎드릴 수 있을 만한 공간이었다. 돌연 나는 긴장하지 않을 수 없었다. 그렇다! 저 안에 숨어들 수만 있다면 그보다 더 확실한 방법이 또 어디 있을 것인가? 아무리 운이 없기로 그 얼마 되지 않는 육지까지의 운행 도중 선주가 새삼 선구 창고를 열어봐야 할 일은 생기지 않으리라. 그렇게 들키지 않고 육지에만 닿게 된다면 번개처럼 튀어나가는 거야 어렵지 않을 것 아닌가! 아니, 설령 선주에게 붙잡힌다 해도 눈물로 처지를 하소연하면 그도 사람인 이상 구태여 나를 다시 이곳까지 데려와 인계하는 수고는 하지 않으리라.

거기까지 생각이 미치자 또다시 가슴부터 요란하게 뛰기 시작했다. 하지만 그것은 어디까지나 희망 사항에 불과할 따름이었다. 계속되는 선적 작업으로 빈틈을 불허하는 배의 상황, 조 편성에 따른 각개의 행동 제약, 게다가 작업 종료 후에 필수적으로 거칠 인원 파악, 이런 것들을 생각하면 그 최적의 요건에 부합할 가능성이란 전무한 셈이 아닌가? 그럼에도 시종 그 배에 대한 미련은 뇌리에 거머리처럼 달라붙어 떨어질 줄을 몰랐다. 나도 모르는 사이 손바닥에 땀이 배어가고 있었다.

그런데 그 전무할 것 같던 기회가 기적처럼 찾아온 것은 막판에서였다. 세 시간가량 걸려 선적 작업이 완료되자 사업계와 선주들이 한데 모여 얘기를 주고받았다. 그러더니 어떤 계산상의 문제가 생겼는지 모두는 곧 제일 끝에 있는 첫 번째 배로 향하는 게 아닌가? 그야말로 주위에 원생들만 없다면 절호의 기회가 되는 것이다. 일행 중 가장 큰 아이가 사업계장의 뒤통수에 대고 외쳤다.

"선생님, 우리는 어떡합니까?"

사업계가 고개만 잠깐 돌리고 수월하게 말했다.

"오케이! 네가 그대로 인솔해."

나는 뭔가 딱 부러지게 결정을 내려야 할 순간임을 깨달았다. 옥사로 향하면서 슬그머니 일행의 꽁무니로 처졌다. 그런 다음 마을의 중간쯤에 이르렀을 때 나는 영태와의 그날처럼 잽싸게 옆 골목으로 빠져들어 갔다. 물론 방파제로 다시 가본다 해서 그 실낱같은 기회가 지금까지 지속하리란 보장은 없었다. 만약 그렇기라도 하다면 나는 다시 일행을 쫓아가서 급한 생리 현상이었음을 핑계 댈 참이었다. 그처럼 포기해도 눈으로 한 번 더 확인해 보고 포기해야만 미련이 안 남을 것 같았다.

골목을 타고 되돌아온 나는 마른 수초 덤불에 몸을 숨기고 방파제 너머로 목을 뺐다. 한데 역시 기회란 찾는 자에게 주어지는 모양이었다. 천만 다행히도 그들은 아직 첫 번째 배에 머물러 얘기를 나누는 중이었다. 이쪽으로 등을 돌린 채 한 사람은 연거푸 소금가마를 세어 보고 있었다. 나는 크게 숨을 한 번 들이쉬었다. 그러고는 번개처럼 빠르게 방파제를 넘어가 소형 배에 뛰어들었다. 내 일생에 두 번 다시 없을 행운이 기적처럼 이루어지는 순간이었다.

창고 안은 좁고 캄캄했다. 게다가 각종 공구가 견디기 어렵도록 온몸에 배겨 들었다. 하지만 그것이 문제는 아니었다. 나는 연신 두방망이질 치는 가슴으로 수용소와의 무사한 결별을 하늘에 빌고 빌었다. 피 마름의 시간이 얼마나 지났을까? 이윽고 다른 두 척의 배에서 시동을 거는 소리가 약간의 사이를 두고 들려왔다. 그러나 그것들이 긴 소음을 남기며 멀어질 때까지도 어쩐 일인지 내가 숨어든 배의 임자는 돌아올 줄을 몰랐다. 한없이 늑장을 부리던 선주가 돌아온 것은 불현듯 이 배가 오늘 이대로 정박하는 건 아닐까 하는 두려움이 왈칵 일었을 때였다. 선판을 쿵쿵 울리는 발소리를 들으며 나는 숨을 죽였다. 아아, 그러나 어쩌랴! 내가 하는 일은 늘 그 모양인 것을. 그다지 이유가 없으리라던 내 계산과는 달리 선주는 올라서자마자 창고의 문짝부터 덜컥 들어 올렸던 것이다.

"으헛!"

그는 기겁하며 엉덩방아를 찧었고, 나는 흙빛이 되어 두 손부터 비벼 보였다. 주위에 사업계가 있을 수 있다는 확률 큰 가능성이 나를 더욱 황겁하게 만들었다.

"아, 아저씨. 제발 조용해 주세요. 이르지 마세요. 이르면 큰일 납니다. 예? 아저씨."

선주가 얼빠진 표정으로 바라보았다.

"바깥에 우, 우리 선생님 있나요? 있어요, 아저씨?"

"네 선생님은 좀 전에 가셨다."

내가 좀 전의 원생 중 하나라는 것을 어렵지 않게 알고 난 그가 멀뚱거리며 대답했다. 그것만 해도 우선은 큰 다행이었다. 나는 좀 더 침착해지기로 했다.

"죄, 죄송합니다. 아저씨. 그렇지만 제 얘기 좀 들어주세요."

"…?"

"있잖아요. 저 사실은 헤어진 엄마를 찾아야 돼요. 빨리 나가서 찾지 않으면 못 만날지도 모릅니다. 그래서 여기 숨어든 거예요. 부탁해요, 아저씨. 제발 저 좀 데리고 나가주세요. 예?"

"헤어진 네 엄마를 찾으려고 그런다구?"

"예, 아저씨."

"언제 헤어졌는데?"

"조금 오래됐어요."

"네 엄마가 어디 있는지는 알구?"

난처한 질문이었다. 무작정 전국을 다 뒤질 거라는 식의 대답은 그를 어이없게 만들기에만 안성맞춤 아닌가? 그렇다고 세상 경험 부족한 나로서는 그럴듯한 거짓말도 쉽지 않았다. 더구나 이런 경우의 섣부른 거짓말이란 자칫 제2의 낭패를 자초하기에도 십상이었을 것이다. 어머니의 소재를 안다고 하면, '그럼 내가 연락해 줄 테니 주소를 알려다오.' 하기 꼭 알맞고, 찾는 방법이 있다고 하면 '어떻게?' 하고 되물어오기 십상 아닌가? 나는 필사적으로 매달리는 수밖에 도리가 없다고 판단했다.

"어디 있는지는 확실히 몰라요. 그렇지만 저는 찾을 겁니다. 대통령을 찾아가서라도 부탁할 거예요. 제발 저 좀 데리고 나가주세요. 예? 아저씨."

나는 어느새 글썽거리기 시작하는 눈물을 손등으로 훔쳐내고 있었다.

"하, 그것참!"

그가 난처한 듯 입맛을 다셨다. 팔을 뻗어 그의 손목을 덥석 잡았다.

"제발 사정 좀 봐주세요, 아저씨. 지금 우리 엄마도 나를 찾을라구 무지 고생하고 있을 겁니다. 죽어도, 정말 죽어도 은혜 잊지 않을게요. 제발 좀 도와주세요, 예?"

그러면서 나는 어머니에 대한 그리움과 기필코 찾고 말겠다는 나의 집념을 비장하게 되풀이했고, 아저씨가 그냥 가시면 나는 여기서 맞아 죽게 된다는 선택의 막중함도 강조했다. 그러나 나 같은 애들의 수란 빤한 것이라고 생각했는지 그는 별로 신경 써서 들어주는 눈치가 아니었다. 그저 입맛 쓴 얼굴로 고개만 몇 번 주억거리더니 "아, 좋아 좋아. 다 좋은데 말야. 나도 여길 3년째 드나든다만, 여기 부모랑 헤어진 애가 어디 너뿐이냐. 안 그래? 그리고 네 엄마가 어디 있는지 확실히 안다면 또 모를까, 그것도 아니면서 무작정 데리고 나가라면 날더러 어쩌라는 거냐, 응?" 하고 되물었다. 예감이 불길하다 싶어 그의 손목을 더욱 힘껏 잡아 쥐었다.

"아, 아저씨 염려 마세요. 정말이에요. 전 찾을 수 있어요. 믿어주세요. 그, 그 대신 여기를 나가면 뭐든지 아저씨 시키는 대로 다 할게요. 예? 아저씨."

"나, 이거야 원…."

고개를 돌리며 다시 한 번 입맛을 다시던 그는 아무래도 안 되겠다 생각했는지 정색을 하고 말했다.

"자, 그럼 이렇게 하자. 나는 지금 이장님 댁에 맡겨둔 짐을 찾아와야 되거든? 그러니까 그동안 여기서 잘 생각해 봐. 그러고도 결심을 못 바꾸겠다면 할 수 없는 일이고."

"예?"

참으로 난감한 순간이었다. 그의 의중은 대체 뭐란 말인가?

"정말…, 이장님한테 가시는 건가요?"

"왜? 너한테 거짓말하는 것 같으냐?"

"아니, 그저…."

"걱정 마라. 너한테 조금이라도 약이 되게 하지, 독이 되게는 안 할 테니까."

그는 의미심장한 말을 끝으로 배에서 내려갔다. 도무지 불안해서 견딜 수가 없었다. 슬그머니 배에서 나와 방파제의 경사면에 엎드려 마을 쪽을 살폈다. 마을로 들어간 선주가 한길에 다시 나타난 건 그리 오래지 않아서였다. 가슴이 철렁 내려앉는 순간이었다. 우려했던 대로 선주는 혼자가 아니었다. 시위가 끝났는지 김윤길 사감과 똥자루가 뒤를 따르고 있었다. 그 빠르기로 보아 선주는 이미 나의 미귀(未歸)를 보고받고 찾으러 나선 사감과 중도에서 마주쳤던 모양이었다. 뒤쪽은 바다, 숨을 곳도 없었다. 방법은 방파제를 따라 달려서 왼편 감자밭 쪽으로 도망가는 길뿐이었다. 방파제에 올라서는 순간 그들에게 노출되는 것은 정한 이치였다. 하지만 나는 아무것도 생각할 겨를이 없었다. 도망가 봤자 섬 안에서 어디로 갈 것인지, 몇 분 더 버텨서 무엇을 어쩌겠다는 건지 따질 경황이 아니었다. 오직 잡히면 큰일이라는 그 한 가지 생각뿐이었다. 후다닥 방파제 위로 뛰어올라 백여 미터 떨어진 감자밭을 향해서 필사적으로 내달았다. 족히 50미터 이상 떨어진 거리였음에도 똥자루에게 명령하는 사감의 목소리가 바람을 타고 또렷하게 들려왔다.

"가서 잡아와!"

내 재주로 똥자루의 뜀박질을 당할 수는 없는 일이었다.

"너, 안 서!"

방파제를 따라 마을을 끼고 돈 다음 막 감자밭에 들어서려는데, 똥자루는 벌써 서너 발짝 뒤까지 육박해 오고 있었다. 순간, 눈앞에 묏자리만 한 인분 구덩이가 나타났다. 마을 사람들의 공동 거름 구덩이였다. 너무도 다급한 나머지 앞뒤 재지도 않고 그 한가운데로 뛰어들었다. 인분 속으로 수렁처럼 질척하게 빨려드는 순간, 아아! 대번에 뇌세포가 썩어 문드러질 듯한 악취와 그 소름이 돋도록 니글대는 감촉이라니! 어느새 다가온 사감이 오만상을 찌푸렸다.

"거 새끼, 참 더럽게 속썩이네. 빨리 나와. 안 나와?"

"선생님. 봐, 봐주세요. 잘못했어요."

"글쎄, 빨리 나오란 말야. 이 새끼야."

"다, 다시는 정말 안 그럴게요. 한 번만, 한 번만 더 봐주세요. 선생님."

"못 나오겠다 이거지? 좋아. 어디 누가 이기나 해보자."

비껴가는 운명

그러면서 사감은 똥자루에게 굵은 새끼줄을 구해 오도록 지시했다. 말이 그렇지, 내가 그 안에서 버텨봐야 얼마나 더 버틸 것인가? 나는 곧 로프를 목에 건 채 개처럼 끌려가야 했다. 나를 본 원생들이 하나 같이 코를 쥐고 외면하며 투덜거렸다.

　"협상이 잘 끝났다 했더니 첫 거래도 트기 전에 별 X 같은 게 다 초를 치고 지랄이네. X팔."

　"이러다가 간신히 타협 본 거 말짱 도루묵 되는 거 아냐?"

　그들의 따가운 눈총을 받으며 나는 곧 마당 한끝에 벌거벗은 몸으로 세워졌다. 사감의 명령에 따라 원생들이 내게 쉬지 않고 물을 끼었었다. 그렇게 수십 번 물벼락을 맞으며 씻고 씻어도 냄새는 쉽사리 가시지 않았다. 마치 땀구멍 속속들이 파고 들어가 몸 안에 배어버린 것 같았다. 한껏 뒤틀린 얼굴로 노려보기만 하던 사감이 똥자루에게 말했다.

　"저 자식 살가죽이 벗겨져도 좋으니까 냄새가 완전히 가실 때까지 씻겨놓고 감시해. 난 회의에 참석해야 하니까."

　그러고는 정말 회의 때문에 시간이 없어선지, 아니면 오늘의 농성을 참작해선지 두말 않고 자리를 떴다. 그러나 반장 똥자루를 비롯한 선임들은 그대로 넘기려 하지 않았다. 대강 냄새가 가시자 나를 벌거벗은 그대로 다시 복도 끝에 세웠다. 또 사고무를 시작하려는 것이었다.

　"이 X팔 새끼야. 도망가도 분위기 봐가면서 토껴야 할 거 아냐? 남은 대우 좀 낮게 받아보자고 X 빠지게 용쓰는데 너는 소금을 뿌려? 어디 X뺑이 한번 쳐봐라, X팔 놈아. 뛰엇!"

　그러나 이번만큼은 두 발짝도 못 뛰고 나는 고꾸라져야 했다. 누군가가 고의로 내 다리를 걸어 넘어뜨린 것이었다. 그 뒤 무수히 쏟아지는 발길질 속에서 나는 무언가 둔탁한 것에 뒤통수를 얻어맞고 그만 정신을 잃고 말았다.

죽음의 그림자

14

어머니, 당신은 지금 어디에 계십니까?

당신이 품어야 할 어린 새 날개 꺾여 우는 소리 들리지 않으십니까?

할딱이는 가슴에 깊어가는 피멍이 보이지 않으십니까?

오늘도 하루해가 저뭅니다. 밤안개 같은 절망입니다.

어머니, 이 땅 어딘가에 계신다면 큰 소리로 저를 한번 불러봐 주십시오.

그 소리 바람 되어 낙도의 이곳까지 들릴 것도 같습니다.

— 임용남의 회상록 중에서

주걱턱이 휘두른 몽둥이에 뒤통수를 잘못 맞고 정신을 잃은 뒤로 다시 2년이 흘렀다. 그 2년 동안 나는 두 번의 탈출을 더 시도했다. 물론 모두 다 실패였다. 한 번은 수용소로 공급되는 연탄 운반선에 숨어들었다가 들켰고, 또 한 번은 염전의 목조 수문을 빼서 이용하려다가 잡혔다. 모진 체형의 기억들이 아물어갈 때마다 주기적으로 반복했던 탈출시도는 이로써 다섯 번이 되는 셈이었다. 다시 잡힐 때마다 어떠한 고초를 치렀는지는 새삼 논할 필요도 없겠지만, 무엇보다 괴로운 것은 나로 인하여 똥자루에게 튀게 되는 애꿎은 불똥이었다. 원생 관리 소홀 죄라는 이름의 생벼락인 것이다. 그것도 회를 거듭할수록 강도가 높아져서 다섯 번째는 나 이상의 매도 모자라 연이틀 팬티 차림으로 화단에 꿇어앉는 수모까지 똥자루는 겪어야 했던 것이다. 결국 그건 다시 몇 배의 크기로 불어 내게로 되돌아왔지만.

나는 이제 수용소 전체가 공인하는 요시찰 인물 1호가 되었다. 당연히 불침번 명단에서도 제외되었다. 내게 불침번을 서게 한다는 것은 곧 마음 놓고 나가라는 말과 마찬가지로 치부되었다. 밤에 화장실조차 마음대로 갈 수 없었다. 아무리 용변이 급해도 또 다른 동행자가 일어나기 전까지는 결코 혼자 내보내 주지 않았던 것이다. 원장은 내게 한 번만 더 엉뚱한 생각을 하면 악명 높은 전라도 감화원으로 보내겠다고 했다.

그러나 무슨 소용인가? 미안하게도 그런 것들로 해서 내 탈출의 의욕이 꺾이지는 않았다. 이제는 고무줄처럼 질긴 모정의 그리움 때문만이 아니었다. 자유가 그리웠다. 수용소 생활이 소름이 끼치도록 지긋지긋했다. 게다가 거듭된 탈출 실패의 미련이 응어리로 퇴적되면서 이제는 정말 안 나가면 안 된다는 강박관념까지 싹터버리고 말았다. 그건 일종의 한 같은 것이기도 했다. 하루를 살다 죽어도 밖에 나가 어머니를 찾고서 죽었으면 더 이상 원이 없을 것 같았다. 또한, 점차 나이가 들어감에 따라 나 자신의 실체를 찾아보고 싶은 욕망도 강렬하게 병행되었다. '내가 지금의 이 꼴이 된 원인은 무엇인가? 나는 누구의 자식이며 어떤 가문에서 태어난 것일까? 형제는 몇이고 아버지는 뭐 하는 사람일까? 혹시 내가 내로라하는 세도가의 왕자 같은 신분은 아니었을까? 아니면 대대로 거렁뱅이나 다름없는 천민의 자식?' 이런 따위의 궁금증은 18세쯤의 성년(盛年)으로 성장한 나로서는 당연하였다.

마침내, 나는 목숨을 담보로 최후의 방법을 쓰기로 했다. 나도 남들처럼 간조를 택해 수영으로 바다를 건너보겠다는 생각이었다. 물론 위험하기 짝이 없는 생각이었을 것이다. 하지만 더 이상 마땅한 방법이 없으니 어쩔 것인가? 아니, 어쩌면 없는 부유물을 찾으려고 애쓰느니 차라리 그게 더 빠르고 속 편한 일일지도 모른다. 나는 정말 이번 기회를 마지막으로 알고 죽기를 각오했다. 또다시 잡혀 모진 고초를 겪고 희망 또한 무한정으로 유보하느니 차라리 그게 나을지도 모르는 일 아닌가?

나는 일단 수영부터 배우기로 했다. 눈여겨 둔 아이가 있었다. 해마다 6월 중순만 되면 다소 이른 철임에, 원생들은 휴식시간 틈틈이 저수지에 뛰어들어 물장난을 하곤 했는데, 거기서 나는 수영에 능통한 원생 하나를 발견했다. 오재우라는 4반 아이로, 이곳에 들어온 지 5개월밖에 안 되는 새내기였다. 어느 날 나는 작업 때마다 한 개씩 주는 밀빵을 받아들고 그에게로 접근했다. 한바탕 시위를 벌인 후로 밥의 양이 조금 많아지고 반찬도 단무지 하나가 더 늘었다고는 하지만, 그래도 배고프기는 마찬가지일 때였다. 나는 둑에 앉아 목이 메도록 빵을 욱여넣는 그에게 내 것까지 불쑥 내밀었다.

"자, 이것도 먹어라."

"…이걸 왜 안 먹고 날 주냐?"

그가 의아스러운 눈으로 바라보았다. 내가 대선배임에도 나이가 한두 살 아래로 보여선지 그는 쉽게 말을 텄다.

"먹어둬. 난 이제 질려서 그래."

"그래? 그렇담 고맙다."

그는 두말없이 받아들였다. 그가 다 먹기를 기다려 슬며시 말을 꺼냈다. 그도 내가 소문난 요시찰 인물이라는 것을 익히 들었을 것이므로 최대한 의심 사지 않도록 말을 해야 했다.

"야, 너 보니까 수영 한번 기차게 하더라. 어디서 배웠냐?"

"거야 뭐, 군산 앞바다가 고향이니까."

"으응, 그러냐? 근데 수영을 하면 몸이 튼튼해진다는 게 사실이냐?"

"…."

"앉았다가 일어나기만 하면 핑 도는데 이거 몸이 약해 그런 거지?"

"빈혈이 있나 보구나."

"그건 모르지만, 하여튼 갈수록 기운이 없어지는 건 사실이야. 요새는 새벽에 ×지도 안 선다니까. 어때, 나한테 수영 좀 안 가르쳐 줄래?"

"수영이라…, 글쎄."

"왜, 어렵겠냐? 그 대신 내가 매일 빵 갖다 줄게."

"빵을?"

"어차피 나는 안 먹을 건데 뭐."

"뭐, 정 그렇다면 맘대로 해. 가르쳐주는 거야 어렵지 않으니까."

그는 내가 대선배인 데다가 빵이라는 미끼에 선선히 승낙했다. 결국, 나는 그날 오후를 시작으로 수영 교습에 임하게 되었다. 타 원생들을 의식해서 최대한 태연함을 가장해야 했다. 하기야, 누가 의심스러운 눈으로 본다 해도 무슨 증거가 나타나는 것도 아닐 테지만.

"그렇게 자꾸 얼굴을 들려고만 하지 말고 호흡에 맞춰서 자연스럽게 들었다 담갔다 하라니까. 팔다리를 오므릴 때는 쳐들고 쭉 뻗을 때는 담그고."

"어푸푸! 자, 잘 안 돼."

"너무 조급하게 맘먹으니까 그렇지. 팔 동작을 넓고 부드럽게 해.

그 속도에 맞춰서 얼굴도 들었다 담갔다 하라구."

"수, 숨이…."

"나 참! 이거 봐. 팔다리를 쭉 뻗을 때 얼굴을 담그면서 숨을 내뿜었지? 그럼 이번에는 양팔을 크게 헤쳐서 가슴에 모으는 동시에 얼굴을 들면서 다시 공기를 마셔. 그렇지…. 아아, 다리도 그렇게 무작정 뻗지 말고 양쪽으로 벌리면서 뻗었다가 힘껏 한데 붙이라니까. 그래야 다리 사이에서 추진력이 생긴단 말이야. 그래, 그래, 그거야 그거."

나는 정말 열심히 배웠다. 개구리 헤엄도 배웠고, 모자비 헤엄도 배웠고, 가장 힘이 적게 든다는 송장헤엄도 배웠다. 일주일쯤 연습하자 어느 정도 요령과 기교가 붙기 시작했다. 처음 팔과 다리 동작, 그리고 호흡의 3박자를 유연하게 맞추기가 까다로워 그렇지, 그걸 익히고 나니 수영도 사실 별건 아니었다. 내가 특히 매력을 느낀 것은 송장헤엄이었다. 속도는 느렸지만, 힘이 별로 들지 않아 무한정이라도 갈 것 같았고, 염분이 많은 바닷물이라 그런지 물 위에 편히 누웠는데도 몸이 잠기지 않고 얼굴 위로만 물이 약간씩 살랑대는 맛이 묘미스럽기까지 했다. 하루는 오후 시간에 수영 연습을 하고 나오려니까 경준이가 슬그머니 다가왔다.

"용남이 너, 요새 수영 연습 한번 열심히 한다."

그러면서 그는 비릿하게 웃었다. 뜨끔했다.

"왜, 어때서? 난 그냥 몸이 약해서 운동 삼아 하는 건데."

"누가 뭐래? 짜식, 괜히 눈을 똥그랗게 뜨고 난리야."

경준이는 또다시 빙그레 웃어 보이고 나서 조용히 지나갔다. 영 개운치가 않았다. 그도 오래전에 수영으로 탈출하려다 극적으로 살아난 경험자이고 보면 무슨 눈치를 챘는지도 모를 일이었다. 하지만 이제 와서 어쩔 것인가? 나는 애써 무시하기로 하고 더욱 연습에 박차를 가했다.

"제법이다. 이제 나보다도 잘하는데?"

다시 며칠이 더 지나자 오재우가 그렇게 칭찬을 해주었다.

"괜히 소쿠리 비행기 태우지 마라."

"아냐. 진짜 많이 늘었어. 타고난 소질도 있었나 보지?"

"그러냐? 하긴 뭐 선생을 잘 만났으니까. 고맙다."

"인제 내가 없어도 되겠다야. 인제부터 너 혼자 그런 식으로 해봐."

그날부터 나는 체계적 전략을 세우고 혼자 연습에 임했다. 아침저녁으로 팔심을 기르기 위해 턱걸이와 팔굽혀펴기를 하고, 수영거리는 매일 10미터 이상씩 늘려가기로 목표를 잡았다. 개구리와 모자비 헤엄으로 나가다가 힘이 부치면 송장헤엄으로 쉬고, 또 그렇게 나가다가 다시 쉬고. 체력의 고른 안배를 위해 아예 처음부터 그렇게 리듬을 정해놓고 거기에 맞춰 반복 훈련을 했다.

그즈음 소내에서는 며칠 전에 실시한 대통령과 국회의원 선거에서 엄청난 부정이 있었다는 소문이 나돌았다. 집권당인 공화당이 온갖 부정을 감행하여 권력을 유지했다는 소문이었다. 선거 무효를 주장하는 학생들의 움직임이 심상치 않다는 소리도 들렸다. 그러나 그것이 나와 무슨 상관이란 말인가? 그들의 당락이 선감도에서의 내 운명에 하등 관계가 없는 한 누가 대통령이 되고 국회의원이 되든 그건 꿈속의 잠꼬대와 다를 바 없는 일이었다. 어느 날 저녁이었다. 식당에서 막 나오는데 경준이가 기다리기라도 했던 것처럼 따라붙었다.

"야, 같이 가자."

공교롭게도 성심사 원생 중에는 우리가 제일 늦게 식사를 마쳤으므로 우리 외에 더 이상 열 지어 갈 사람도 없는 상태였다. 그 애가 말을 걸어올 분위기가 만들어진 것이다. 여간 껄끄럽지가 않았다. 그러나 옥사로 향하면서 하는 그의 얘기는 너무도 의외였다.

"너, 이제 수영에 자신이 좀 생겼냐?"

"운동 삼아 하는데 자신이고 뭐고가 어딨어?"

"짜아식!"

그가 가소롭다는 듯 피식 웃었다.

"왜?"

"짜샤, 차라리 귀신을 속여라."

"뭘?"

"새끼, 끝까지 시치미는…. 하여튼 좋아. 그건 그렇구, 돌아오는 21일날 나랑 같이 토낄 각오하고 있어."

"으잉?"

"놀라기는. 왜 나는 평생 여기서 썩다 깨질 놈으로 보였냐?"

"…."

"너도 알겠지만, 재작년에 한 번 뒈질 뻔하다 살아온 뒤로 기가 팍 죽어서…. 도통 용기가 안 나더라. 그렇지만 언제까지 이대로 있을 수만은 없잖아. 뒈지든 살든 다시 한번 부딪쳐 봐야지."

"그랬었구나. 난 또…."

"왜? 경계할 놈으로 보였냐?"

"아니, 뭐 꼭 그렇다기보다…. 근데 왜 21일이야?"

"그날은 음력으로 달 안 뜨는 그믐인 데다가 개사리잖아."

개사리란 한 달 중 가장 물이 많이 빠지는 날을 말함이었다.

"체, 언제는 그런 날이 없어서 못 나가나? 많이 빠져봐야 거기서 거기지."

"마, 그럼 그보다 더 왕창 빠진다면 여태껏 어떤 놈이 안 나가고 있겠냐?"

"근데, 형은 그렇게 X뺑이치고도 또 헤엄칠 자신 있어?"

"그러니까 뒈질 각오한다는 거 아니냐? 그리고 인마, 누군 뭐 틈틈이 연습 안 하는 줄 알아?"

"…."

"하여튼 그날 물 빠지는 시간은 새벽 세 시 반부터니까 같이 나갈려면 각오 단단히 해둬."

"알았어. 생각해 볼게."

나는 만약을 위해 그렇게 대충 얼버무리고 옥사로 들어갔다. 목숨을 건 마지막 수단인 데다 워낙 여러 번 실패를 맛본 터라 말 한마디, 사람 하나까지도 신중히 경계해야 할 필요가 있었던 것이다. 한데 다음 날로 결정을 내릴 수밖에 없는 일이 생기고 말았다. 다음 날 저녁 똥자루가 전원을 집합시켰다.

"전달사항이다."

그러면서 그는 수첩과 연필을 꺼내 들었다.

"모두 잘 알겠지만, 학원 내에 직업보도부가 있다. 그런데 기술을 배우겠다고 나서는 지원자가 별로 없어서 그야말로 파리만 날리는 실정이랜다. 그래서 다음 달 1일부터 활성적으로 운영될 수 있게끔 각 반에서 무조건 다섯 명 이상씩 추천하라는 거야. 직보부로 가서 기술을 배우나 영농장에 가서 일을 하나 하루 때우기는 마찬가지야. 그러니까 자진해서 나와라. 신청자가 없으면 내 맘대로 뽑겠어."

그러나 모두는 서로의 얼굴만 바라볼 뿐 아무도 나서려고 하지 않았다. 영농 작업을 하다 보면 쉬는 날도 제법 많지만, 직보부는 그렇지 못하다는 게 희망자가 없는 가장 큰 이유였다. 게다가 진짜 써먹게 될지, 안 될지도 모르는 일에 짜인 시간표대로 움직이며 머리를 쓰고 매달린다는 건 얼마나 피곤한 일인가?

"지원자 없냐? 병신들, 아, 언제고 나가게 될 때를 생각해서 기술 한 가지씩 배워두면 좀 좋아?"

"그렇게 좋으면 자루 형이나 가서 배우지 그러쇼?"

주걱턱이 한마디 하고 킬킬거렸다.

"니미 X이다…. 좋아. 지원자가 없으니 이 몸이 지명하지. 먼저 임용남!"

"예?"

"너, 나가."

"…."

"새꺄. 티껍게 생각할 거 없어. 넌 사감님이 꼭 집어넣으라고 했으니까. 자, 어떤 부에 들을래?"

일단 대답은 해야 할 판이었다.

"목…공부요."

"목공부? 좋아."

똥자루는 수첩에다 내 이름과 희망 직종을 적고 나서 다시 네 명을 임의대로 더 호명했다. 대부분 새내기거나 나이가 적은 애들 순이었다. 나는 불현듯 경준이와 21일에 나가지 않으면 안 될 것 같다는 생각이 들었다. 그 이후부터는 곧 직보부에 매어야 하니 더 이상의 수영 연습도 불가능하고 한낮의 탈출 기회도 그만큼 불리해지겠기 때문이었다. 더욱이 밤에 혼자 방을 나가기가 쉽지 않은 처지에 그날은 경준이와 팀을 이룰 수 있다는 이점까지 있지 않은가?

나는 함께 실행하기로 결심하고 그 뜻을 경준이에게 전했다. 경준이도 대단히 만족스러워하며 그 자신도 더욱 열심히 연습에 임하기 시작했다. 나보다 훨씬 오래전부터 했을 텐데도 그의 실력은 나와 비슷한 수준이었다. 그러나 체력 하나는 나보다 월등한 것 같았다. 우리는 일과가 끝나기만 하면 옥사 뒤에서 만나 여러 가지 얘기들을 비밀리에 주고받았다.

"아무래도 20일 정도 배운 실력으로 바다를 건넌다 생각하니까 뜨시긴 뜨시다. 형은 어때?"

"더 배워봤자 너나 나나 우리 실력은 이게 다야. 앞으로 1년을 더 연습한다고 수영선수가 되겠냐, 뭐가 되겠냐? 팔심은 좀 더 늘지 모르지만, 어차피 실력은 거기서 거기라구."

"그럴까?"

"여기 산증인이 있잖아."

"하긴…."

"까짓거 복불복이야. 모든 건 하늘개비짱(하나님)한테 맡기고 색 한 번 쓰는 거다."

"하긴 그래. 죽기 아니면 살기지 뭐."

그러면서 우리는 그날을 대비하여 작전 계획도 세웠다. 우선 작업 때마다 주는 밀빵을 탈출 3일 전부터는 먹지 않고 모아둔다는 것이었다. 수영 직전에 먹기 위함이었다. 그리고 당일이 되면 새벽 네 시에 불침번들이 교대하는 것을 신호 삼아 우리도 자리에서 일어나기로 했다. 물이 세 시 반부터 빠지기 시작하니까 바닥이 충분히 드러나도록 30분가량 지체했다가 나간다는 계산이었다. 그날 밤 화장실 가는 척하려면 러닝셔츠와 팬티 차림 그대로여야 하는데 옷은 어쩔 것이냐고 묻자, 경준이는 그냥 그대로 나가자고 했다. 어차피 수영하려면 벗어야 하기도 하지만, 일단 마산포에만 도착하면 걸어놓은 빨래 정도야 없겠느냐는 것이었다. 자기가 어디서 훔쳐와도 훔쳐올 테니 걱정하지 말라고 했다. 그러면서 경준이는 "너 그때 가서 자신 없다고 딴소리하기 없기다?" 하고 틈만 나면 내게 다짐해 두기를 잊지 않았다. 어쩐 일인지 한번 혼이 난 그답지 않게 갈수록 나보다 더 조바심을 내는 것 같았다.

드디어 그날이 왔다. 그날따라 아침부터 개간사업에 내몰려 전에 없이 고된 하루를 보낸 모두는 자리에 눕기 무섭게 코를 골았다. 경준이와의 밀약대로 네 시까지 잠들지 않고 기다리기로 했다. 하기야, 목전에 둔 생사의 사투를 생각하면 쉽게 잠이 들 리도 없을 것이었다. 그런데 무의식 속으로 마취제처럼 스며드는 잠의 위력 또한 대단한 것이었다. 그만큼 피곤한 몸으로의 여섯 시간이 길기도 했던 탓이리라. 꿈인 듯 아닌 듯 비몽사몽을 헤매다가 누군가가 이마빼기를 쥐어박는 바람에 눈을 번쩍 떴다. 심지를 반쯤 낮춘 남포등의 희미한 미명 속에서 머리맡을 지나가는 경준이가 얼핏 보였다. 시간이 돼도 내가 일어날 생각을 앉자 그가 지나가면서 이마를 쥐어박은 것이다. 벌떡 일어나자 불침번이 물었다.

"뭐여? 너도 변소 갈라구?"

"예."

불침번은 사람 좋은 도돔바였다.

"경준아, 니가 야 좀 책임져야 쓰겄다."

"알았어. 야 나올래면 빨리 나와. 나 급해 죽겠으니까."

경준이가 시치미를 뚝 떼고 짐짓 재촉하는 척했다. 옥사를 나가면서 그가 낮게 핀잔을 주었다.

"얀마. 뒈질지 살지도 모르는 판에 잠이 오냐?"

"미안해. 나도 모르게 깜빡…."

밖은 지독한 안개로 휩싸여 있었다. 가뜩이나 그믐이라 어두운데 그처럼 안개까지 끼다 보니 발아래조차도 분간하기가 어려울 지경이었다.

"X팔, 가는 날이 장날이라더니…. 야, 빨리빨리 움직이자. 꾸물대다간 안개 속만 헤매다가 볼 장 다 보겠다."

경준이가 장애물에 부딪칠세라 손으로 안개 속을 휘저으며 앞서 나갔다. 초여름이었지만, 새벽 안개는 러닝셔츠만 걸친 우리를 으스스하게 만들었다. 그러나 그것도 잠시, 내 얼굴은 곧 땀으로 미끈대기 시작했다. 마음은 급하고 안개 속을 더듬는 건 그만큼 힘이 들었기 때문이었다. 장님이 따로 없었다. 발을 헛디뎌 길섶의 도랑으로 굴러떨어지기도 했고,

갑자기 눈앞을 막아서는 나무나 기둥에 몇 번이나 부딪칠 뻔도 했다.

"그래, 좋다. 토까는 놈이 어려우면 잡으러 오는 놈들도 어렵겠지."

웅덩이를 잘못 디디고 넘어질 듯 휘청거린 경준이가 오기 띤 소리로 씨부렁거렸다. 그렇게 발끝 하나를 촉수 삼아 더듬거리면서도 그리 많은 시간을 허비하지 않고 나룻개에 닿을 수 있었던 것은 순전히 쫓기는 입장의 절박감이 작용한 탓일 것이다. 나는 미간을 오그려 모으고 보이지도 않는 안개 속을 살폈다.

"가만, 배 정박해 둔 데가 여기 어딜 텐데?"

"어디면 왜? 묶어둔 배에 사람이래도 있을까 봐?"

"그래도 배의 위치를 모르니까 불안하잖어. 혹시 알아? 이러다가 진짜로 재수 없게 선원이랑 불쑥 마주치게 될지."

"이놈아, 선원이 있대두 그렇지. 어느 놈이 이 시간에 안 자빠져 자구 나와있겠냐? 재수 없는 소리 말구 빨리 따라오기나 해."

경준이가 개펄로 내려서며 짜증스럽게 말했다. 앞은 안 보였지만 발밑으로 개펄이 밟히는 걸 보니 썰물 때가 맞기는 맞는 모양이었다.

"참, 그러고 보니 빵을 안 가져왔잖아."

경준이가 고무신을 벗어들다가 낭패스럽게 다시 말했다. 안개 속에 길을 찾는 일에 급급한 나머지 옥사 뒤 수풀 속에 숨겨둔 빵을 깜빡했던 것이다.

"할 수 없지. 야, 빨리 가자. 지금쯤 옥사에서도 지랄 염병 났을 거다."

우리는 마산포를 향해 부지런히 걸었다. 그러나 '부지런히'라는 것은 마음뿐이었지, 무릎까지 푹푹 빠지는 펄 속에서 속도를 내기란 그리 쉬운 일이 아니었다. 계속 무릎까지만 빠진다면 또 다행이었다. 어떤 곳은 허리까지 빠지기도 했는데, 그럴 때는 미꾸라지처럼 진흙 위를 빨빨 기다시피 해야 했다. 그때마다 코끼리도 삼킨다는 늪지대 얘기가 떠올라 머리털이 곤두서기도 했다.

"으앗, 따…."

정신없이 앞서가던 경준이가 한쪽 발을 번쩍 치켜들었다.

"왜 그래?"

"조개껍데기에 찔렸나 봐."

"많이 다쳤어?"

"안 되겠다. 난닝구로 감발을 치자."

우리는 각자 진흙으로 철갑이 된 러닝셔츠를 둘로 찢어 발을 싸맸다. 이제 몸에 걸친 것이라곤 그 역시 진흙 범벅이 된 팬티 하나가 전부인 셈이었다. 사방은 쥐죽은 듯 고요했다. 다만 무릎 깊이의 펄 속을 딛고 빼는 우리의 발소리만 "질커덕, 쑤악, 질커덕, 쑤욱…." 그렇게 신음처럼 안갯속을 헤집을 따름이었다. 불안했다. 한 걸음씩 물에 가까워질 때마다 이게 필경 죽으러 가는 길이지 싶기도 했고, 3년 전 눈앞에서 사라지던 영태의 처절한 모습이 사진처럼 선명하게 되살아나기도 했다. 죽을 때의 고통은 어느 정도일까? 그리고 죽은 뒤의 내 영혼은 어디로 가는 것일까? 아니, 정말 천당과 지옥이라는 것이 있어서 앞으로 한 시간 안에 내가 그 심판대에 서게 되는 건 아닐까? 온갖 방정맞은 생각들뿐이었다. 그럴 때마다 나는 내가 제일 자신 있어 하는 송장 헤엄을 떠올리며 용기를 추스르곤 했다.

'그래, 떨 것 없어. 편안히 누워서 천천히 가는 거야. 연습 때처럼 편안한 마음으로 마냥 천천히.'

경준이도 같은 기분인지 별말이 없었다. 어쩌면 그는 다섯 사람의 인공호흡으로 구사일생하던 2년 전의 악몽을 되새기고 있는지도 모를 일이었다. 물은 좀체 나타나지를 않았다. 기이한 일이었다. 평소의 눈대중보다도 훨씬 많이 걸은 것 같은데도 어쩐 일인지 개펄만 끝없이 계속되고 있었던 것이다.

"이상한데, 왜 물이 안 나오지?"

"혹시 마산포까지 몽땅 빠진 게 아닐까, 형?"

"그럴 리가 없는데…."

"…"

"하여튼 좀 더 가보자. 명색이 바다라고 실제 거리가 선감도에서 바라볼 때 하곤 다른가 보다."

경준이가 보폭을 더욱 넓게 잡기 시작했다. 동이 트는 중인지 어둠에 뒤섞였던 안개가 뿌옇게 그 본연의 색깔을 드러내고 있었다. 하긴 그동안 소비한 시간의 양으로 보아 동이 틀 때도 됐을 것이다. 발 옆으로 물이 한 바가지 정도 고인 웅덩이에서 인기척에 놀란 망둥이 새끼 한 마리가 급히 몸을 숨기고 있었다. 그렇게 또 얼마를 더 걸었을까? 몇 발짝 앞서가던 경준이가 또다시 걸음을 멈췄다.

"아냐. 이거 뭐가 잘못된 게 분명해. 이렇게 멀 리가 없어."

그의 목소리는 잔뜩 불안에 젖어있었다.

"이만큼 왔으면 물이 나왔어도 한참 나왔어야 하는데…."

"이왕 여기까지 온 거 조금만 더 가보자, 형. 난 왠지 마산포까지 물이 몽땅 빠졌을 것만 같은 기분이 자꾸 들어."

"말이 되는 소리를 해라. 내내 있던 바닷물이 X 빤다구 몽땅 빠지냐? 바다가 무슨 마당에 고인 빗물 같은 줄 알아?"

"그럼 왜 안 나와? 여태껏 우리가 온 게 얼만데."

"글쎄 그러니까 뭐가 잘못됐다는 거 아니냐? 이 정도 왔으면 물이 아니라 마산포까지래도 도착했을 판인데 말야."

"참 나, X팔…."

"이거 뭐, 앞이 보여야 뭘 해먹든지 하지. 니미…."

"어? 혀엉!"

어느 순간, 모든 신경을 눈앞에 집중시키고 안개 속을 살피던 나는 나도 모르게 그만 큰소리를 지르고 말았다. 음영(陰影)! 자욱한 안개에 가려 형체는 지극히 미미했지만, 저만치 눈앞을 막아서고 있는 건 분명 야산의 그림자였다.

"보이지, 형? 육지야, 육지!"

"이, 이럴 수가!"

미간을 오그리고 내가 가리키는 곳을 주의 깊게 바라보던 경준이도 신음하듯 뇌까렸다.

"그, 그럼 진짜로 물이 몽땅 빠져있었단 말인가?"

"어때, 내가 뭐랬어? 내 말이 맞지?"

"이럴 리가 없는데…. 하여간 이건 기적이다, 기적. 자! 빨리 가자."

경준이가 흥분된 어조로 내 어깨를 철썩 치며 힘을 내기 시작했다.

그러나 흥분도 잠시, 그 음영의 실체 앞에 다다랐을 때 우리는 참으로 난감하지 않을 수 없었다. 육지는 육지로되 이곳의 위치도, 나가야 할 방향도 좀체 어림할 수가 없었다. 우리는 시야가 좀 더 트일 때까지 기다리기로 했다. 그러나 반 시간가량 더 지나 어느 정도 주위의 윤곽이 잡혀가기 시작할 무렵, 우리는 그 자리에 돌처럼 굳어버렸다. 우리가 도착한 야산 옆으로 더욱 커다란, 그리고 어딘지 눈에 익은 또 하나의 음영이 희미하게 나타났기 때문이었다.

"아니! 저거 선감도 아냐? 그, 그렇다면 여긴 불…."

나는 그 자리에 털썩 주저앉고 말았다. 그랬다. 우리가 온 곳은 마산포가 아니라 선감도 옆의 불도였다. 어이없게도 짙은 안개로 시계가 불투명한 나머지 우리는 넓게 포물선을 그리며 되돌아와 불도에 도착하고 말았던 것이다. 그 지긋지긋한 선감도와는 불과 백여 미터밖에 안 떨어진 곳. 따라서 하루 두 번 썰물 때만 되면 언제든 선감도와 왕래가 가능한 곳이기도 했다.

"그럼 그렇지, 기적은 무슨…? 정말 되는 일 더럽게 없네. X팔!"

경준이의 얼굴에 핏기가 가셔가고 있었다.

"어, 어떡하지?"

"머지않아 물이 들어올 텐데 방향도 모르면서 다시 갈 수도 없고…. 안 되겠다. 일단 숲으로 들어가 숨고 보자. 여기도 사람이 산단 말야."

우리는 부랴부랴 중턱으로 올라가 수풀 속에 몸을 숨겼다. 그리고 얼마 후, 찬연한 태양이 동쪽 꼭대기에 떠오르고 해무(海霧: 바다 안개)가 연기처럼 걷히고 났을 때, 우리는 다시 만조가 되어 해변까지 꽉 들어찬 드넓은 바다를 내려다봐야 했다. 마산포를 평소보다 45도쯤 빗나간 각도로 더욱 멀리 물러나 있었다.

"니기미. 참 안 된다, 안 돼."

경준이가 피부에 달라붙어 거북이 등처럼 갈라지기 시작하는 진흙 덩어리를 떼어낼 생각도 않고 중얼거렸다. 우리는 완전히 흙으로 빚은 토우(土偶) 꼴이 되어있었다.

"형, 인제 우린 어떡하지?"

"난들 아냐? 좀 더 생각해 봐야지 뭐."

"내일 새벽 간조 때 나시 나가면 될래나?"

"몰라. 그것도 그때 가봐야 알아."

우리는 초조한 마음으로 정말 죽은 듯이 숨어 있어야 했다. 선도보다 훨씬 작은, 그야말로 손바닥만 한 섬인데도 그곳 역시 20여 가구 이상이 대를 이으며 사는 곳이기 때문이었다. 그들 역시 선감도의 마을 사람들 이상으로 원생들을 잘 알고 있는 만큼 우리를 발견하면 득달같이 신고하리란 것은 자명한 일이었다.

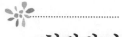

칠전팔기

15

　고개만 돌리면 육중한 무게로 시야를 가로막는 선감도. 눈앞에서 그대로 우리는 덮쳐 누를 것 같은 큰재산의 그 음험한 운기와 우리를 잡기 위해 금방이라도 어디선가 한 떼가 나타날 것만 같은 공포 속에서의 하루는 참으로 긴 것이었다. 간신히 한낮을 견뎌냈다. 그리고 각종 날벌레에게 시달리며 긴 밤도 보냈다.

　그렇게 해서 이튿날 다시 간조의 새벽을 맞았지만, 우리는 이제 아무도 나가자는 소리를 하지 못했다. 이틀 전 저녁 식사를 마지막으로 서른다섯 시간 이상을 입에 물 한 방울 대지 못한 데다가 우리는 이미 전의상실이 되어있었던 것이다. 게다가 알몸으로 물을 건너 당장 옷을 구해 입어야 한다는 또 하나의 과제에도 맥이 빠졌다. 희한하게도 엊그제까지 대수롭잖게 여겨지던 일이 이제 와서 새삼 암담해지기 시작한 것이다.

우리는 서로 아무 말도 하지 않았다. 그냥 저만치 가운데로 밀려가 꺼멓게 죽어있는 바닷물만 맥없이 바라볼 뿐이었다. 그처럼 전의를 잃은 우리는 한낮이 되기 직전 좀 더 높고 우거진 자리로 이동했다. 어느 정도 활동을 해도 좋을 만큼 후미진 곳에 이르자 경준이는 인근 의 풀숲을 샅샅이 뒤지기 시작했다. 먹을 만한 게 있는지 찾는 모양 이었다. 그러나 별반 눈에 띄는 게 없었던지 "이거, 배고파 환장하겠 네. 벌써 얼마를 굶은 거야?" 하며 자리로 돌아와 벌렁 누웠다.

"형, 무슨 수를 쓰든지 해야지 언제까지 이러고 있을 수는 없잖어? 갈수록 배는 더 고파질 텐데."

"할 수 없어. 좀 더 생각해 보고 정 방법이 없으면 이따 밤에 민가 로 내려가는 수밖에."

나는 눈을 동그랗게 떴다.

"민가라니? 아니, 일찌감치 잡혀주자 이거야?"

"골볐냐? 일찌감치 잡혀주게?"

"그럼?"

"민가에 내려가면 부근에 뭔가 심어논 게 있을 거야. 배추나 오이, 그리구 감자 이런 거."

"있으면?"

"뭐가 있으면? 그런 거로라도 배를 채우고 다시 헤엄칠 생각해야지."

"날감자 같은 걸 먹고 헤엄을 칠 수 있을까?"

"그럼 어떡하냐? 이대로 여기서 굶어 죽을래?"

하긴, 듣고 보니 그 말이 맞는 것도 같았다. 게다가 벌거숭이 꼴로 있으니 내려가서 싸리 울타리 위에 널어놓은 옷가지라도 발견한다면 그 얼마나 다행한 일인가!

"그, 그러자 형, 혹시 알아? 내려갔다가 먹을 게 없으면 옷이래도….

아, 아니 하다못해 썩어빠진 문짝이래도 하나 얻어걸릴지."

"문짝?"

"없어서 그렇지, 그런 걸 잡고 가는 게 헤엄치는 거보다야 백번 낫지, 뭘 그래. 옛날에 내가 할 때는 모든 조건이 그렇고 그래서 실패했지만, 지금은 사정이 다르잖어."

"가만…."

"응?"

"맞다! 이 섬에 뗏배가 있어!"

누워있던 경준이가 스프링처럼 튕겨 일어났다. 뗏배란 긴 삿대 하나로 움직이는 일종의 뗏목 같은 것이었다. 순간 내게도 얼핏 짚이는 게 있었다. 하기야, 아무리 소규모 민가라 해도 그런 것 한두 척은 있어야 육지를 왕래할 것이 아닌가? 경준의 얼굴에 화색이 감돌고 있었다.

"봤어?"

"그래. 언젠간 탈출한 놈 찾느라구 저기 큰재산을 돌다가 이 섬에서 나가는 뗏배를 본 기억이 나. 히야! 내가 왜 그 생각을 못 했지?"

"그렇다면 나가는 건 인제 시간 문제네?"

"들키지만 않는다면…. 아이고! 어쨌든 희망을 주셔서 감사합니다요, 모니 형님!"

그는 입으로는 석가모니를 찾으면서 손으로는 성호를 긋고 있었다. 그러더니 "다섯 번씩이나 실패한 놈하고 손을 잡아서 나까지 재수 옴 붙었구나 했더니, 그게 아니구나. 흐흐흐!" 하면서 농담까지 했다. 이제야 좀 살 것 같은 모양이었다. 그 마음은 나도 마찬가지였다. 이번 탈출을 마지막으로 알고 죽음까지 각오했던 내게 뗏배란 그 얼마나 큰 행운의 소리인가? 내 목소리도 흥분으로 가볍게 떨고 있었다.

"그, 그럼 먹는 거랑 탈 건 됐다 치구, 남은 문제는 옷 한 가지뿐이네?"

"얀마, 배만 해도 큰 다행인 줄 알아. 욕심은…."

"아니, 그렇다고 이 꼴로 나가?"

"야야, 그런 건 닥치고 나간 다음에 또 생각하기로 하구, 우선 잠이나 좀 자두자. 이따가를 위해서."

그러면서 경준이는 다시 팔베개를 하고 벌렁 누웠다. 나도 적이 희망을 가지고 눈 좀 붙이기로 했다. 하지만 잠이 쉽게 올 리 없었다. 그저 눈만 감은 채 자유 속의 '나'를 상상하는데 잠든 줄 알았던 경준이가 불쑥 물었다.

"근데, 용남이 넌 다섯 번씩이나 되게 당하고도 기를 쓰고 여길 나가려는 이유가 뭐냐? 누군 여기가 좋겠냐만, 넌 자유 말고도 뭔가 이유가 있는 거 같애."

"글쎄."

"들리는 얘기로는 니가 뭉치(어머니)를 찾기 위해서라던데, 그래서냐?"

"그게 가장 큰 이유라고 봐야지."

"뭉치가 어디 있는데?"

"몰라. 아주 어렸을 때 서울역 앞에서 헤어졌으니까."

"얼레? 그걸 이제 와서 어떻게 찾아. 이름 같은 건 알구?"

"아니."

"그럼 찾을 만한 근거는 뭐냐?"

"없어."

경준이가 어이없다는 표정을 지었다.

"짜아식! 난 또 무슨 가망이나 있는 일이라구…. 인마, 꿈 깨라 꿈 깨, 그게 바다에서 바늘 찾기지…."

"하지만 난 여태껏 고생한 걸 생각해서라도 꼭 찾아야겠어. 전국을 이 잡듯 뒤지는 한이 있어도."

"미친놈."

"X팔, 꼼보 형만 있었어도…. 그럼 둘이 합심해서 벌써 여길 나가 찾아다닐지도 모르는데…."

내가 그렇게 중얼거리자 경준이가 힐끗 돌아보았다.

"꼼보? 꼼보가 누구냐?"

"어라? 형이 꼼보를 모른단 말야?"

"그게 누군데?"

"나 참! 왜, 오래전에 형이 팬 적도 있잖어. 잔칫집에서 떡 얻어 갖고 오다가 꼼보 형이 1반 걸레 형한테 꼬장 죽이는 거 보구…."

"아…!"

"생각나지?"

"그래, 생각난다. 나한테 허벌나게 쥐 터지고 그날 밤 토끼다가 물에 빠져 죽은 놈 말이지?"

"그래."

"너, 걔 잘 아냐?"

"그럼. 꼬지 노릇 할 때부터 알고 지내던 형이었지."

"그러냐…?"

경준이가 눈알을 뒤룩거렸다.

"너, 그리고 보니 그놈 깨진 뒤로 나 원망 많이 했겠구나?"

"그래 봐야 다 지나간 일인데, 뭐."

그러면서 나는 얼른 화제를 바꿔버렸다. 다소 찜찜한 분위기가 될 것 같아서였다.

"근데 참, 형은 여기 오기 전에 뭐했어?"

"나?"

그는 자조적인 웃음을 실처럼 흘렸다.

"난 의정부에서 이거 했지."

경준이는 손가락 두 개를 집게처럼 벌리고 무엇을 집어 등 뒤로 던져 넣는 시늉을 했다. 넝마주이를 말하는 것이었다.

"개비(아버지)는 중풍으로 일찌감치 깨지고, 양키 물건 취급하던 뭉치는 어떤 새파란 놈팽이란 눈이 맞아서 날 버리고 토꼈어. 그러니 별수 있냐? 고아원 왔다리 갔다리 하다가 열 살에 도망 나와서 그 계통으로 나섰지. 나 고생한 거 말로 다하자면 최소한 이틀은 걸려."

"형도 뭉치랑 헤어진 건 나랑 비슷하구나. 근데 여긴 어떻게 들어왔어?"

"시계 슬쩍 하다가…."

"뭉치 찾고 싶지 않어?"

"놈팽이에 미쳐 자식새끼 팽개치고 간 X발 인간 찾으면 뭐하냐?"

그는 생각하기도 싫다는 듯 다시 눈을 감았다. 파란 하늘을 배경으로 황소 모양의 구름이 뭉개져 가고 있었다. 바다를 마음대로 넘나드는 그것들이 부러웠다. 배 속은 쉬지 않고 꼬르륵 소리를 내고 있었다. 아무래도 먹을 만한 열매라도 찾아보면서 시간을 보내는 게 좋을 것 같아 상체를 일으켰다. 그러다가 나는 기겁을 하고 경준이의 가슴 위로 다시 엎어졌다.

"헉! 뭐, 뭐야? 왜 그래?"

급히 경준이의 입을 틀어막고 턱으로 아래쪽을 가리켰다. 수풀 사이로 아래를 내려다본 경준이의 안색도 핼쑥해졌다. 그건 키가 껑충한 두 명의 청년이었다. 섬사람 같지 않은 깔끔한 복장의 두 청년은 언제 나타났는지 벌써 코앞까지 접근해 오는 중이었다. 다른 곳으로 피하기에도 이미 늦은 시간이었다. 우리는 두꺼비처럼 배를 납작 깔고 엎드리며 숨을 죽였다. 한데 이 무슨 낭패란 말인가? 열심히 얘기를 주고받으며 다가온 청년들이 하필이면 우리 코앞에서 등을 돌리고 앉는 게 아닌가? 그야말로 숨소리만 크게 내도 발각될 만큼 가까운 거리였다. 그런데도, 그들은 얘기에 정신이 팔려 아직 뒤쪽에는 신경을 못 쓰는 듯했다. 스포츠 머리의 청년이 말했다.

"그러니까 넌 끝까지 투쟁하겠다 이거지? 학업을 포기하면서까지라도."

안경을 낀 쪽이 말을 받았다.

"물론이지. 나라가 위정자들 손에 썩어 문드러져 가는데 학업이 다 무슨 소용이야."

"우리 다시 한번 냉정하게 생각해 보자. 우리 몇 명이 이런다고 선거를 다시 치를 리도 없잖아? 그런데도 그 무익한 일에 학업도 포기하고, 또 수배를 받는 손해까지 보면서 싸운다는 건 필요 이상의 감상 아닐까? 국민들도 가만 있는데 말야."

"준수, 너 그새 많이 변했다. 진정 나라를 위해 위정자들과 투쟁한다면서 손익 계산부터 염두에 둔다는 건 지성인의 태도가 아냐. 물론, 우리가 이래 봐야 놈들은 뉘 집 개가 짖나 하겠지. 하지만 그렇다고 놈들이 제멋대로 치는 개 같은 장단에 무조건 따를 수는 없잖아? 누구든지 나서서 이 나라 국민이 모두 바보가 아니라는 것쯤은 보여줘야 할 거 아니냐고? 난 그런 일이야말로 올바른 가치관을 배우는 우리 대학인의 몫이라고 생각해."

"누가 그걸 모르나? 내 얘긴 투쟁도 좋지만, 우리에겐 학업도 그 이상 중대하다는 얘기지."

"하여튼, 자수하고 싶으면 너나 해. 난 끝까지 싸울 테니까."

"…."

"흥, 치졸한 놈들. 뭐 공화당 130석에 신민당 44석? 그리고 뭐? 박정희가 윤보선을 160만2천 표 차로 압승? 공개, 대리, 부정, 환표, 무더기, 피아노…, 온갖 부정을 다 저질러 이기고도 압승했다고 희희낙락하는 꼴이라니."

안경은 뭔가 몹시도 분개스러운 모양이었다. 하나같이 알아듣기 힘든 얘기들뿐이었다. 그러나 한 가지 느껴지는 건 있었다. 그건 그들이 대학생들이며, 왠지 모르게 우리에게 우호적일 것 같다는 느낌이었다. 대화 속에 풍기는 지성미 같은 것들이 우리에게 해를 입힐 만큼 꼭 막혀 보이질 않았던 것이다. 그들의 심각한 얘기는 끝이 없었다. 4·19가 일어난 지 얼마나 됐다고 국민 무서운 줄 모르냐는 둥, 정치인만 되면 낯빛 하나 변치 않고 부정이나 저지르니, 나라 장래가 걱정이라는 둥 끝없이 울분을 토하는 것이었다.

슬슬 오금이 저려왔다. 소변도 마려웠다. 다리라도 쭉 뻗었으면 싶었지만, 발끝에 무수히 걸리는 풀줄기의 부스럭거림이 두려워 그럴 수도 없었다. 경준이의 얼굴도 피가 몰려 벌겋게 달아올라 있었다. 무릎에 괴인 복부가 꽤 고통스러운 모양이었다. 순간, 나는 벌떡 일어나 그들에게 매달리고 싶은 충동을 느꼈다. 더 참다가는 그대로 몸이 마비돼 버릴 것 같아서였다. 한데 다행히도 그 순간 안경이 먼저 자리를 털고 일어섰다.

"하여튼 내가 너한테까지 이래라저래라 할 수는 없는 일이니까, 네 스스로 알아서 처신해. 하지만 자수하더라도 학우 팔아먹는 짓은 하지 마라."

"허 참! 누가 언제 자수한다고 그랬어? 어느 쪽이 우리 자신을 위한 일인가 한 번 더 곰곰이 생각해 보자는 거지."

"좌우지간 내려가서 밥이나 먹고 보자. 외숙모가 기다릴 거야."

그 순간 우리는 눈을 꼭 감았다. 뒤따라 엉덩이를 털던 스포츠 머리가 힐끗 뒤를 돌아본 것이다. 그러더니 아무래도 예감이 이상했던

지 우리가 엎드린 수풀 너머로 기어이 목을 빼고 말았다.

"으악!"

그가 기겁하며 물러섰다. 하기야, 마음 놓고 앉아 얘기를 나누던 곳에 생각지도 않은 벌거숭이들이 흙투성이 꼴로 엎드려 있으니 얼마나 놀랐을 것인가!

"누, 누구야?"

경준이가 벌떡 일어서며 황급히 두 손부터 저었다.

"놀라지 마십시오. 형님들! 진정하고 제 얘기 좀 들어보세요."

"…?"

"어차피 들켰으니 솔직히 말씀드리겠습니다. 우리는 저 선감도에서 탈출한 원생들입니다. 신고를 하시든 말든 자윱니다만, 일단 제 얘기 좀 들어주십시오."

"…."

"우리는 집을 찾아가야 합니다. 그래서 죽음을 무릅쓰고 도망 나온 거예요. 그것도 다섯 번이나 실패하고 이번이 여섯 번쨉니다. 이번에 또 잡히면 집이고 뭐고 우리는 그걸로 세상 끝이지요. 자, 형님들! 어떻게 하시겠습니까?"

경준이가 비장한 톤으로 선택의 여지를 그들의 인도적 양심 속에 쇠못처럼 쑤셔 박았다. 그는 신기하리만치 침착해져 있었다. 안경이 띄엄띄엄 입을 열었다.

"선…감도?"

"예, 그렇습니다. 바로 저 섬입니다."

"아, 저기 부랑아 수용소가 있다더니, 그럼?"

"예, 5년이나 갇혀있었어요."

안경이 고개를 끄덕였다. 어느 정도 경계심이 풀린 듯한 표정이었다.

그런 안경에게 이번에는 스포츠 머리가 물었다.

"저 섬에 부랑아 수용소가 있다고?"

"응. 외삼촌이 그러는데 일본 강점기 때부터 있던 감화원이래. 이름이 뭐라더라?"

경준이가 대신 받았다.

"선감학원입니다."

"그래, 맞아. 선감학원."

"음…. 정기적으로 부랑아들을 단속하곤 하더니 모두 저런 데다 끌어다 놨군."

혼자 중얼거리던 스포츠 머리가 이번엔 경준이에게로 시선을 돌렸다.

"그런데 어쩌다가 집을 나와 부랑아가 된 거지?"

"오래전에 어떤 형들을 따라 나왔다가 집을 잃었어요. 너무 어렸을 때라 주소 같은 건 기억 못 합니다. 그렇지만 우리가 의정부에서 과수원을 하고 있었다는 건 확실히 기억해요. 그래서 의정부에 가서 과수원이란 과수원은 몽땅 뒤져보려는 겁니다."

경준이는 자신의 과거와는 거리가 멀게 사연을 조작해서 말했다.

"그럼 집을 잃은 그때부터 여기서 지낸 거야?"

"아뇨, 첨엔 고아원에 있었어요. 그러다가 5년 전 집을 찾고 싶어서 도망쳤는데, 재수 없게 다음 날로 부랑아 단속에 걸려 이리 끌려오게 된 겁니다."

"으흠. 고생이 많았겠군."

그들에게서 동정의 기미가 엿보이자 경준이는 더욱 부추겨야 한다 싶었는지, 묻지도 않은 수용소의 비인도적 생활상까지 술술 풀어냈다.

"형님들이 몰라서 그렇지, 저긴 정말 사람 살 데가 못 됩니다. 지옥이에요. 선생이 유리에 찢겨 피가 줄줄 흐르는 원생 머리에 소금을 뿌리질 않나….”

“찢어진 상처에 소금을…? 왜?”

“애들 잡겠다고 몽니 부리는 거죠, 뭐.”

그러면서 경준이는 2년 전 바보 온달의 경우를 소상히 얘기해 주었다. 또한 그처럼 살벌한 분위기에 먹는 건 개보다 못하다는 얘기도 했고, 그러면서도 일은 뼈 빠지게 시켜먹는다는 말도 했다. 오죽하면 탈출하다 죽는 애들이 1년에 십수 명씩이겠냐며, 제발 우리를 찾고 있을 부모들을 생각해서라도 좀 도와달라고 했다. 벌써 여섯 번째 도망이라 다시 잡히는 날이면 우리는 그것으로 끝이라고도 했다. 찬찬히 듣고 난 스포츠 머리가 안경을 바라보았다. 그 눈이 ‘어쩌지?’ 하고 묻고 있었다.

“흠! 모두 경제개발 5개년계획이 추려낸 죄인 아닌 죄인들이로군, 거 참.”

안경이 낮게 뇌까리고 나서 내게 물었다.

“넌 뭐야? 너도 집을 잃고 끌려온 거야?”

경준이가 재빨리 끼어들었다.

“애는 서울역에서 뭉…, 아, 아니 엄마랑 헤어졌는데요. 애도 집이 의정부 어디로 기억한답니다. 그래서 같이 나온 거예요.”

안경이 스포츠 머리를 돌아보았다.

“이거 도의상 모른 척할 수가 없겠는데?”

“도와줘야지 뭐. 사냥꾼도 품 안에 날아든 새는 보살펴 준다는데.”

안경이 고개를 끄덕이고 나서 다시 우리에게 물었다.

“어떻게 도와줄까? 물만 건너게 해주면 되는 거야?”

“예? 아, 예예.”

“좋아. 그럼 말야. 이따 날이 어두워지는 대로 요 아래 해변으로들

내려와. 우리가 배를 댈 테니까. 알았지?"

"저, 정말입니까? 고, 고맙습니다, 정말 고맙습니다, 형님들."

구세주를 만난다는 것은 이런 경우를 두고 하는 소리였을 것이다. 우리는 연방 허리를 굽신거렸다. 너무도 감격스러워 금방이라도 눈물이 솟을 것만 같았다.

"배만 필요한 게 아니라 옷도 있어야겠는데?"

스포츠 머리의 말이었다.

"참, 그렇군. 옷은 어디다 잃어버렸어?"

"밤에 변소 가는 척하느라고 잠자던 그대로 나왔습니다."

"선감도에서는 언제 나왔고?"

"어제 새벽에요."

"그럼, 여태껏 굶었겠군?"

"예."

"하여튼 알았어. 조금만 참고 이따가 꼭 내려오라고."

그 말을 마지막으로 청년들은 발을 돌렸다. 경준이가 그들의 등을 향해 물었다.

"형님들, 대학생들이시죠?"

그러나 그들은 대답하지 않았다. 안경이 돌아보며 그저 한번 빙긋이 웃어 보였을 뿐이었다. 그들이 완전히 사라지자 경준이가 털썩 주저앉으며 깊은 안도의 한숨을 쉬었다.

"믿어도 되겠지, 형?"

"믿어봐야지. 그래도 배운다는 학삐리(학생)들인데 야비한 짓이야 하겠어?"

"…"

"하여튼 우린 인제 산 거야. 이 X 같은 데서 드디어 해방되는 거라구."

설렘이 배인 그의 목소리가 가늘게 떨고 있었다. 그날 밤 주위가 완전한 어둠으로 덮이기를 기다려 우리는 조심스럽게 내려가 후미진 곳에 몸을 숨기고 그들을 기다렸다. 아직은 그들의 확실한 정체를 모르니 조심해야 할 일이었다. 그러나 그런 염려는 역시 기우에 지나지 않았다. 잠시 후 삐걱거리며 노 젓는 소리와 함께 청년들이 뗏배를 끌고 나타났는데, 배 위에는 분명 그들 둘뿐이었다.

"형님들, 여기예요!"

우리는 각자 낮은 환호를 지르며 뛰어나갔다. 뗏배 위에는 고맙게도 헌 옷가지와 삶은 옥수수까지 실려있었다. 바닷물에 대충 몸을 씻고 그들이 내주는 옷을 입었다. 뗏배가 어둠을 가르고 바다 한가운데로 들어서자 열심히 노질을 하던 안경이 조용한 소리로 물었다.

"너희들, 아까 우리 보고 대학생들이냐고 물었지?"

"예."

경준이가 입안 가득히 옥수수를 뜯어 문 채 대답했다.

"너희나 우리나 비슷한 신세니까 숨길 것도 없겠다. 맞아. 우리는 서울대학교 법대생들이야."

"아까 형님들 얘기하는 걸 듣고 짐작했습니다. 그런데 고향이 여기십니까?"

"아니, 우리 외삼촌이 여기 살아. 현재 쫓기는 몸이라 친구랑 잠시 와서 숨어지내는 중이야."

"쫓겨요?"

"데모 주동자들이거든."

"어쩐지…"

"이런 말까지 할 필요가 있는지는 모르지만, 지금 바깥세상은 일부 정치인들에 의해 엉망으로 돌아가고 있어. 이번 대통령 선거랑 국회의원 선거에도 엄청난 부정이 있었지. 그래서 데모를 한 건데, 결과는 파업에다 조기 방학, 그리고 이렇게 쫓기는 결과만 얻게 된 거야. 생각 같아서는 너희들 집 찾는 데 끝까지 힘이 돼주고 싶지만, 우리 사정이 그래서 이 정도밖에 못 도와주는 거야. 이해하지?"

"그럼요. 이것만 해도 저희들은 더 바랄 게 없습니다. 형님들을 만난 게 천만다행이에요."

뗏배는 오래지 않아 그렇게도 그리던 마산포에 우리를 내려놓았다. 직선거리고 2킬로 남짓한 길, 썰물 때의 실제 수영 거리로는 400미터밖에 안 되는 길. 어찌 보면 너무도 짧고 가까운 이 물을 건너는 데 나는 무려 3년 3개월이 걸린 셈이었다. 어디선가 귀뚜라미 우는 소리가 들려오고 있었다.

"형님들, 정말 고맙습니다. 이 은혜 죽어도 잊지 않겠습니다."

우리는 진심으로 감사를 표했다.

"그래, 조심들 해서 가. 집 꼭 찾아야 돼."

청년들은 그 말을 남기고 미끄러지듯 다시 어둠 속으로 멀어져갔다. 우리는 민가를 피해 산으로 올라갔다. 그리고 캄캄한 밤임에도 그렇게 산허리만을 타고 동으로, 동으로 걸었다. 밤새껏 산을 탄 우리는 이튿날 아침, 어느 한적한 비포장도로에 내려서게 되었다. 모든 게 새로웠다. 풀 한 포기, 나무 한 그루가 선감도와 달리 정겹게 느껴졌고, 길섶에 뽀얗게 먼지를 쓰고 앉은 엉겅퀴 꽃까지도 꿈결같이 아늑하게 와 닿았다. 끝없이 솟아오르는 감격으로 가슴이 뽀개지는 것 같았다. 아아, 자유! 이 얼마나 살맛 나는 것인가!

"X발, 자유가 좋긴 좋구나, 공기 맛까지 다른 걸 보니."

경준이가 코를 벌름거리며 몇 번씩 심호흡하고 말했다.

"형은 인제 어디로 갈 거야?"

"뭘 어디로 가? 의정부로 가야지. 아는 사람 하나가 있어도 거기 있지, 딴 데 있겠냐?"

"하긴…."

"너도 같이 가자. 아무래도 내 본톤데 둘이 힘을 합치면 뭐는 못하고 살겠어?"

"안 돼. 난."

"너, 그럼 진짜로 전국을 다 뒤지면서까지 뭉치를 찾을 거냐?"

"말했잖어."

"참 내, 자아식."

경준이가 또 한심하다는 표정을 지었다. 하기야, 나 자신도 앞으로의 문제가 암담하지 않은 건 아니었다. 오랜 집념으로 자유의 몸은 됐지만, 당장 생존 문제가 어찌 걱정되지 않을 것인가? 그렇다고 어머니 문제를 놔두고 경준이를 따라가 봐야 무슨 뾰족한 수가 있을 것 같지도 않았다. 중요한 것은 우리가 신분에 관한 한 무엇 하나 내세울 게 없는 무연고자라는 것이다. 그처럼 사회적으로 공인받지 못한 우리가 먹고 살길이란 잘해야 구걸이요, 그도 아니면 도둑질이 십상 아닌가? 그렇다면 똑같은 구걸을 할 바에야 전처럼 어머니를 찾아다니며 하는 게 얼마나 합리적인 일인가? 경준이가 입으로 푸우 하고 바람을 내불고 말했다.

"뭐, 네 뜻이 정 그렇다면 할 수 없지. 하지만 나중에라도 맘이 변하게 되면 의정부로 날 찾아와. 의정부 자일동에 와서 애들한테 물으면 찾게 될 거야. 있어 봐야 그 근방에 있을 테니까."

"자일동? 알았어. 기억해 놓을게."

그때 도로 저쪽 모퉁이를 돌아 버스 한 대가 먼지를 풀풀 날리며 나타났다.

"용남이, 너 저 차 안 탈래?"

"내가 특별히 차 타고 갈 데가 어딨어?"

"그래? 그럼 뭐 여기서 헤어져야겠는데. 난 타고 가야 하거든."

"형, 차비도 없잖어?"

"괜찮아. 차장한테 사정하면 태워줄 거야."

이만저만 섭섭한 게 아니었다. 밉든 곱든 3년 이상을 함께 생활했고, 마지막엔 죽음까지 각오하고 행동을 같이했던 동료가 아닌가?

"형, 그럼 잘 가."

"그래, 너도 잘 가라. 살다 보면 언젠가는 또 만나게 되겠지."

내 손을 굳게 흔드는 그의 목소리도 침울해져 있었다. 버스가 가까이 오자 경준이는 손을 들어 세우고 그대로 올라탔다. 나는 그 자리에 서서 버스가 안 보일 때까지 손을 흔들어주었다. 나는 다시 혼자였다. 천애의 외톨이였다. 멀리 뽕나무 밭둑에 매인 황소 한 마리가 '움매!' 구성진 목청을 뽑고 있었다.

나는 부지런히 걸으며 어디 인심 후해 보이는 집을 만나면 외가를 찾아왔다가 길을 잃었노라, 핑계 대고 밥부터 얻어먹을 생각을 했다. 그처럼 이제부터는 구걸해도 공식적인 꼬지 티를 내면 안 될 것이었다. 그건 위험한 일이었다. 1년에도 몇 차례씩 수용소에 잡혀 오는 부랑아들을 생각하면 단속의 심각성은 짐작하고도 남을 일 아닌가? 뭔가 자연스러운 방법, 좀 더 깔끔한 묘안을 써야 한다. 그러기 위해서는 늘 외모를 깨끗이 해둬야 하리라. 옷도 빨아 입을 형편이 안 되면 자주 훔쳐서라도 입어야 하리라. 그리고 되도록 경찰들과는 마주치지 않는 게 신상에 이로우리라. 물론 이런 생활이 또 언제까지 계속될지는 나 자신도 미지수였다. 하지만 어머니에 대한 미련이 완전히 소멸하거나 내 의식에 어떤 커다란 변화가 오기 전까지는 이 일 말고 달리 할 일도, 할 수 있는 일도 내겐 없는 것이다. 몇 시간을 걸어도 만만한 집은 눈에 띄지 않았다. 아니, 좀 더 정확하게 말하자면 그런 집을 만나도 쉽게 입이 떨어지질 않았던 것이다.

'이번엔 꼭, 이번엔 꼭.'

끊임없이 마음만 다지며 걷다 보니 어느새 나는 어떤 기찻길에 도착하여 있었다. 그대로 철로를 따라 걸었다. 반나절쯤 더 가니까 철로가 여러 갈래로 가지를 치고 엉키면서 멀리 역사(驛舍)가 눈에 들어왔다. 기차 진입로였다.

"위험! 들어가지 마시오."

자리를 우회하여 역사 앞 광장으로 향했다. 어딘지 눈에 익은 곳이다 했더니, 다름 아닌 수원역이었다.

"자아! 대구에서 직송된 싱싱한 꿀사과요. 꿀사과~!"

"따끈따끈한 인절미 있어요. 인절미요!"

"구두 따악! 신 따악!"

광장은 각종 노점상과 가방이나 보따리를 이고 진 여행객들로 붐비고 있었다. 비로소 생명이 숨 쉬는 곳에 온 것 같은 기분이었다. 그러나 애초 수원 땅에서 단속에 걸린 생각을 하면 그리 기분 좋은 곳은 아니었다. 광장 한복판에 서서 잠시 어디로 갈 것인가를 생각해 보았다. 선감도로 끌려가기 전 마음먹었던 평택으로 가볼까? 아니면 도둑차를 타고 서울 다음으로 사람이 많다는 부산으로 갈까? 그도 아니면 다시 서울로? 그러나 뚜렷한 묘책이 없기는 마찬가지인 터에 지역 선택이 무슨 의미가 있단 말인가? 그저 발길 닿는 곳이 내 집이고 목적지 아닌가? 잠시 다리 좀 쉬면서 생각해 볼 요량으로 대합실을 향해 몸을 돌렸다. 그때였다.

"야, 거기 너! 잠깐 이리와 봐."

아아, 이 무슨 지랄인가? 내 행색이 그리도 만만해 보였던 것일까? 아니면 그들은 나처럼 피해 다닐 처지에 놓인 아이들만 족집게처럼 가려내는 남다른 후각을 지니고 있는 것일까? 하필이면 그건 되도록 마주치지 않으려고 했던 순경이었고, 그가 손짓하는 상대는 정확히 나였기 때문이었다. 고분고분 다가갔다가는 큰일 났을 것이다. 요란하게 뛰는 가슴을 억누르며 못 들은 척 지하도 쪽으로 방향을 틀었다. 그리 들어가는 즉시 사력을 다해 도망갈 작정이었다. 그러나 약아먹기는 순경이 한 수 위였다. 갑자기 방향을 바꾸는 내게서 무슨 낌새를 느꼈는지 "얀마! 잠깐 이리 와 보라니까 어디로 가는 거야?" 하면서 그 자신도 지하도 입구를 향해 대각선으로 질러오는 게 아닌가? 나와 정확히 지하도 입구에서 꼭짓점을 이루게 될 계산된 보폭이었다. 몇 발짝 더 가는 척하다가 그대로 몸을 돌려 냅다 시장 쪽으로 내달았다.

"어 어? 너 이 자식 거기 안 서!"

그가 중범을 발견한 민완 형사처럼 맹추격을 해왔고, 나는 시장의 첫머리도 통과하기 전에 뒷덜미를 틀어잡혔다.

"아저씨, 왜 이래요? 난 잘못한 게 없단 말입니다."

"잘못한 게 없는 놈이 도망은 왜 가, 인마, 이거 수상한 놈인데? 따라와!"

그는 나를 뒤돌아 있는 자세 그대로 질질 끌었다. 아무것도 생각나지 않았다. 다만 이대로 끌려가면 영원히 끝장이라는 강렬한 예감 그 한 가지뿐이었다. 이를 악물었다. 눈에 보이는 게 있을 리 없었다. 뒤축에 중심을 두고 돌아서면서 그의 팔을 사정없이 물어뜯었다.

"으아악!"

그는 비명을 지르며 손을 놓았고, 나는 기회를 놓칠세라 힘껏 사타구니를 걷어차고 다시 총알처럼 내달았다. 그러나 그는 역시 이 나라의 치안을 양어깨에 걸머진 법의 사도였다. '중범' 검거를 위해 몸을 아끼지 않는 정의한이었다. 얼핏 사타구니를 싸쥐고 쪼그려 앉는가 했더니, 어느새 일어나 온 힘으로 쫓아오고 있었다. 호각까지 요란하게 불어 제치고 있었다. 자칫 하다가는 어떤 '용감한 시민'에 의해서라도 잡힐 판이었다.

잽싸게 어느 골목으로 꺾어 들었다. 주택가였다. 몇 발짝 더 뛰다 보니 금세 주택이 끝나고 커다란 공터가 나타났다. 달리 숨을 곳도 없는 벌판이었다. 마침 공터 가장자리를 따라 제법 큰 개골창이 나 있었고, 그 한쪽 끝으로 폐수관이 입을 내밀고 있는 게 보였다. 급한 대로 폐수관 안으로 기어들어 갔다. 독한 악취와 가스로 인해 당장 질식해 버릴 것만 같았다. 그러나 하늘은 끝내 내 편이 돼주지 않았다. 골목으로 꺾어지는 것을 누가 귀띔이라도 했는지 순경은 곧 뒤따라왔고, 사냥개처럼 정확하게 폐수관 안의 나를 찾아낸 것이다. 순경은 어느새 두 명으로 불어 있었다.

"너 이 자식, 좋게 말할 때 순순히 나와!"

"지, 진짜예요. 아저씨, 난 잘못한 게 없단 말입니다."

"그러니까 빨리 나오란 말야. 새까!"

사타구니를 차인 순경이 약이 바짝 오른 얼굴로 소리쳤다. 그러나 어찌 순순히 나갈 수 있을 것인가? 그저 눈앞에 캄캄할 뿐이었다. 내가 꼼짝을 않고 무고함만을 주장하자 함께 온 순경이 어디선가 긴 장대를 가지고 왔다. 그리고 사정없이 쑤시기 시작했다.

"너 이 새끼. 이래도 안 나올래? 이래도?"

장대를 피해 좀 더 깊숙이 들어가니까 이번엔 돌을 주워 던졌다. 어깻죽지와 허리께로 돌들이 쉬지 않고 날아들었지만, 이젠 지독한 악취 때문에 더 이상 들어갈 수도 없었다. 더 들어갔다가는 돌보다 먼저 질식해서 죽을 것만 같았다.

"너 정말 안 나올 거야? 네가 거기서 한 달을 버틸래? 1년을 버틸래?"

옳은 소리였다.

"아, 알았어요. 나갈게요. 나갈 테니까 돌 던지지 마세요."

순경은 내가 나오기 무섭게 한 손으로 멱살을 틀어쥐고 따귀부터 연거푸 내리갈겼다.

"사람을 차? 요, 쥐방울만 한 새끼. 너 어디 살아?"

당장 생각나는 주소가 있을 리 없었다. 얼핏 경준이의 말이 떠올랐다.

"의, 의정부요. 의정부 자일동요."

"뭐, 의정부? 의정부에 사는 놈이 수원까지 뭐하러 왔어, 인마? 이거 진짜 수상한 놈인데?"

나는 뭔가 심하게 꼬여간다고 느꼈다. 그들은 나를 수원역 부근의 한 파출소로 끌고 갔다. 그리고 파출소 앞에 당도하는 순간 나는 또 한 차례 하늘이 무너지는 절망감을 맛봐야 했다.

"전국 부랑아 일제 단속 기간!"

입구 위를 가로지른 현수막에서 그렇게 쓰인 열한 개의 선명한 글자를 똑똑히 보았던 것이다. 통탄스럽게도 그처럼 나는 또 한 번의 단속에 어처구니없이 발목이 잡힌 것이다.

16

이럴 수가 없었다. 운명의 신이 노망했거나 한을 못 푼 원귀들이 새까맣게 눌어붙어 심술을 부리지 않고서야 끝내 이럴 리는 없었다. 이튿날 오후, 유령선처럼 다시 선감도를 향해 물살을 가르는 통운호의 갑판 위에서 나는 넋을 놓고 생각했다. 그렇다. 나는 진작 죽었어야 할 몸이었다. 경준이와 함께 나오던 날 그놈의 안개가 원수였다. 제대로 물을 만나 헤엄을 치다가 그대로 고기밥이 됐어야 옳았다. 구차한 목숨 한 사흘 더 연장했다 해서 얻은 게 뭐란 말인가?

나는 또 생각했다. 아직도 기회는 늦지 않았다고. 죽음만이 내가 택할 수 있는 유일한 해방의 길이라고. 이젠 더 이상 손톱만 한 희망도 내겐 남아있지 않았다. 삶에 대한 치졸한 미련 따위도 없었다. 개보다도 못한 팔자에 모정의 그리움은 무엇이며, 자유는 무슨 얼어 죽을 자유란 말인가? 그래, 죽자. 이 잘난 놈의 세상, 선택받은 놈들이나 잘 먹고 잘살게 깨끗하게 사라져 주자. 애초 수용소에서 나올 때 절반씩 각오했던 생사의 확률 중 후자로 결판났다고 치부하면 될 일 아닌가? 벌떡 자리를 박차고 일어섰다. 그러고는 20여 명의 부랑아를 헤치고 튀어나가면서 그대로 난간 너머로 몸을 날렸다. 그러나 순경 하나가 달려들어 내 허리를 끌어안는 게 한 발 먼저였다.

"뭐, 뭐야?"

"놔요, 놔! 난 살고 싶지 않단 말입니다. 놔주세요!"

"아니, 이게 미쳤나? 그만두지 못해!"

"싫어요. 놔요. 왜 맘대로 죽지도 못하게 합니까? 놓으세요!"

"근데 이 새끼가? 예라잇!"

순경이 불끈 힘을 쓴다 했더니 나를 그대로 들어 올려 갑판 한가운데 메어꽂았다. 동시에 또 다른 순경이 달려들면서 옆구리를 사정없이 걷어찼다.

"뭐 이따위 새끼가 있어? 그렇게 겁나면 남의 집 꼴머슴이라도 할 일이지 지랄한다고 부랑아로 돌아다녀? 똑바로 앉아 인마!"

그러면서 그는 내 다리 관절에 방망이를 끼우고 꿇어 앉혔다. 처음의 그 순경이 또 말했다.

"얀마, 저기가 뭐 사람 잡아먹는 귀신들만 사는 덴 줄 알아? 가봐,

인마. 먹여주지, 입혀주지, 기술 가르쳐주지, 부랑아 생활에 비하면 천국이야 천국. 짜식 또 한 번 엉덩이만 들썩했단 봐라."

아마도 그들은 내가 처음 잡혀가는 신출내기로 수용소에 대한 항간의 소문만 듣고 겁에 질려 그런 것으로 생각한 모양이었다. 내 목숨조차 내 마음대로 안 되는, 참으로 더러운 팔자. 나는 갑판에 꿇어앉아 그대로 주먹 같은 통탄의 눈물만 뿌리고 있어야 했다. 배는 머지않아 나룻개 선착장에 옆구리를 들이댔다. 그곳에는 김윤길 사감과 뱁새, 그리고 타사의 사장들 두 번 다시 보고 싶지 않은 얼굴들이 나와 늘어서 있었다.

"별 뚱딴지같은 자식 때문에 하마터면 팔자에 없는 수중 장례식을 치를 뻔했네."

나를 메어꽂았던 순경이 배에서 내려서며 모두 들으란 듯 떠벌렸다. 내가 창백한 얼굴로 내려서자 사감이 앞을 막아서며 싸늘한 미소를 띠고 바라보았다. 아아! 그토록 소름 끼치는 미소를 내 일찍이 본적이 있었던가! 일시에 모든 기력이 빠져나가 그대로 주저앉고만 싶은 기분이었다. 나는 곧 성심사로 끌려가서 전원이 지켜보는 가운데 옥사 옆 화단가에 세워졌다. 발 앞에는 물이 가득 담긴 커다란 양푼이 놓여있었다. 사감이 원생들을 둘러보며 말했다.

"잘 들어라. 여기 끝까지 사람 대접받기를 마다하는 원생이 있다. 따라서 지금부터 소원대로 개, 돼지 취급을 해줄까 한다. 너희들은 간혹 체벌이 가혹하니 어쩌니 하지만, 이쯤 되면 너희들도 양심상 할말이 없을 거다."

그러면서 사감은 나를 향해 "무릎 꿇어!" 하고 명령했다. 그의 양손에는 각각 몽둥이와 결박용 로프가 들려있었다. 시키는 대로 양푼 앞에 꿇어앉았다. 동시에 사감의 입에서 두 번째 명령이 무겁게 떨어졌다.

"얼굴 담가!"

내가 흙빛이 되어 그를 바라보자 사감은 1초의 여유도 두지 않고 구둣발로 가슴을 걷어찼다. 숨통이 탁 막히면서 정신이 아뜩해졌다. 그런데도 그는 숨을 고를 여유조차 주지 않고 계속 다그쳤다.

"빨리 담가라."

"서, 선생님 잘못…."

내 말이 채 끝나기도 전에 이번에는 뒤꿈치로 정수리를 번쩍 내리찍었다.

"한 번 더 말한다. 얼굴 담가."

필사적으로 사감의 다리를 부둥켜안았다.

"선생님, 다, 다시는 안 그럴게요. 한 번만, 딱 한 번만 더 봐주세요. 또 그러면 그때는 진짜 죽여도 좋아요. 정말이에요. 선생님, 제발 한 번만 봐주세요. 저도 인제 나가기 싫어요. 지긋지긋해요. 선생님."

"듣기 싫어. 이 새끼야! 개소리 말고 대가리나 담그란 말야, 대가리나!"

사감이 다리를 뿌리치면서 미친 듯 몽둥이와 채찍질을 퍼붓기 시작했다.

"어디 이 새끼. 누구 고집이 센가 해보자. 스스로 대가리를 처박을 때까지 맛을 보여주겠어. 이 새끼."

입에 거품까지 문 그는 이미 제정신이 아닌 듯했다. 부위를 가리지 않고 내려치다가 내가 로프를 잡고 매달리자 서슴없이 얼굴을 걷어찼다. 눈에 번개가 번쩍 일면서 코피가 주르륵 쏟아졌다. 하지만 이성을 잃은 사감의 매질은 속도를 늦출 줄 몰랐다.

"아, 알았어요. 담글게요. 선생님, 얼굴 다, 담글게요!"

"이 새끼야! 주둥이만 놀리지 말고 실제로 가서 처박으란 말야. 실제로!"

"예 예. 그, 그럴게요. 하, 하잖아요."

우박처럼 쏟아지는 매를 피해 허겁지겁 기어가 양푼 위로 얼굴을 들이밀었다. 그러나 어찌 감히 물속에 얼굴을 담글 수 있을 것인가? 내가 멈칫거리자 사감이 번개처럼 달려들어 목을 밟았다. 그러잖아도 한껏 숨이 차 있던 내게 물은 단 몇 초의 자비도 베풀지 않았다. 대번에 몇 모금의 물이 연거푸 코와 입을 통해 폐로 들어가면서 그대로 심폐기능이 차단되는 엄청난 고통이 시작되었다. 무서운 고통이었다. 살고 싶었다. 아니, 죽더라도 이런 혹독한 방법으로는 죽고 싶지 않았다. 독사에게 머리를 물린 쥐처럼 버둥대던 나는 양손을 땅에 버티고 온 힘을 다해 고개를 빼 들었다.

"어쭈, 이게 대가리를 빼?"

사감이 다시 발길질과 몽둥이질을 닥치는 대로 퍼부었다.

"너 이 새끼, 오다가 바닷물에 뛰어들려고 했다면서? 그런 새끼가 왜 갑자기 뒈지는 것을 겁내냐, 엉? 이 새끼야."

"허헉, 헉! 서, 선생님. 제, 제발 살…."

"시끄러, 새끼야! 아직 멀었어."

이를 악문 사감이 이번에는 뒤로 물러나는 나를 직접 끌어다 물속에 쑤셔 박고 무릎으로 찍어 눌렀다. 다시 팔을 버티고 필사의 안간힘을 썼다. 허사였다. 모든 체중을 실어 짓누르는 사람의 무릎은 그대로 거대한 바위였다. 아아! 지옥의 문턱을 끝없이 넘나드는 그 처절한 고통, 정말, 공포….

나는 그저 발에 밟힌 지렁이처럼 허리만 꿈틀대면서 속수무책으로 물을 들이켤 수밖에 없었다.

'꿀꺽, 큭, 벌컥, 읍, 읍….'

사감은 독하리만치 끈질기게 누르고 있다가 거의 혼절할 지경에 이르러서야 겨우 무릎을 치웠다. 그대로 녹초가 되어 짚단처럼 널브러졌다. 그러나 사감은 그것으로 끝내지 않았다. 땅바닥에 늘어져 불규칙하게 헐떡이는 내게 또다시 채찍질을 퍼부었다. 엄살떨지 말고 일어나라는 것이었다. 어차피 죽으려고 작정했던 놈이니 소원대로 죽여주겠다는 것이었다. 사지로 파고드는 채찍질을 견디다 못해 다시 일어나 손을 비볐다. 그러자 사감은 물배가 꺼져서 몸이 가벼워진 모양이라며 또 끌어다 양푼 속에 머리를 처박았다.

그 몸서리쳐지는 물고문과 매질을 몇 차례나 반복했던 것일까? 드디어 나는 초주검이 되어 화단 턱에 송장처럼 걸쳐졌다. 아무것도 들리지 않았다. 아무것도 느껴지지 않았다. 지구 상의 모든 동적 매개들이 일시에 숨을 죽인 듯 의식의 외부는 완전히 진공 상태였다. 시야도 온통 젖빛이었다.

'안개가 끼었나? 그럴 리는 없고….'

나는 눈에 백태가 낀 모양이라고 생각을 바꾸었다. 잠시 후, 그 답답한 망막을 통해 쭉 둘러선 원생들의 모습이 빛바랜 기념사진처럼 불투명하게 어른거렸다. 그리고 그것은 다시 만화경(萬華鏡)을 통한 듯 이중 삼중 현란한 대칭을 이루며 수없이 겹쳐지고 있었다. 그 어지러움 속에서 목소리 하나가 꿈속에서처럼 살아나고 있었다.

"3반 반장 어딨어? 너 이 새끼 이리 나와!"

굳이 확인해 볼 필요가 없는 목소리였다. 아아, 이제는 똥자루 차례로구나. 나로 인해 그는 또 얼마나 억울한 생벼락을 치러야 할 것인가? 나는 풀릴 대로 풀린 눈알에 신경을 집중시켜 보려고 노력했다. 사감과 똥자루로 추측되는 두 개의 그림자가 중앙에서 만나고 있었다. 그리고 그것은 점차 이해가 가능할 정도로 윤곽이 잡혀가고 있었다. 순간, 사감의 몽둥이가 하늘 높이 치켜진다 했더니 그대로 똥자

루의 어깻죽지를 파고들었다. 똥자루가 어깨를 싸쥐며 고통스럽게 한
쪽 무릎을 꿇었다. 그런 그에게도 사감은 거침없이 채찍질을 가했다.
아무래도 이번 기회를 시범 케이스 삼아 원생들의 사고(思考)에 일대
변혁을 불어넣으리라 작정한 것 같았다.

"뭐, 반장? 반장 좋아하네. 새끼, 니가 허수아비지, 반장이냐? 강아
지한테 시켜도 너보다는 낫겠다, 새끼야."

그러면서 사감은 조준이라도 한 것처럼 그의 턱을 정통으로 걷어찼다.
짧게 터져 나오는 똥자루의 비명이 메마른 바람 소리 같다고 느껴졌다.

"이제 더 얘기하기도 지쳤어. 그러니까 그 잘난 반장 딴 놈한테 넘겨
주고 넌 오늘부터 화장실 청소 담당이나 해. 지금 빨리 화장실로 가.
빨리, 이 새끼야, 빨리이!"

사감은 내게 하던 것처럼 쉬지 않고 닦달을 하면서 손으로는 채찍
질을 멈추지 않았다. 순간, 나는 보았다. 똥자루의 눈에서 무섭게 발
산되는 살기를. 구석으로 몰리면 맞기만 하던 그가 갑자기 사감을 이
글대는 눈으로 쏘아보며 천천히 몸을 일으킨 것이다.

"어라? 이 새끼가 어따 대고 눈깔을…."

"욕하지 마쇼!"

"뭐, 뭐야. 이 새끼야?"

"욕하지 마라!"

"아니, 이게 뒈질라고 환장을…?"

"욕하지 마라. X팔 놈아!"

똥자루가 차갑게 일갈하며 주머니에서 뭔가를 불쑥 꺼내 들었다.
원생들에게서 신음 같은 동요가 짧게 일었다. 그건 부러진 쇠톱을 갈
아 만든 예리한 칼이었다.

"뻑하면 나부터 못 잡아먹어 지랄인데, 야 X팔 놈아, 내가 니 쌘드

빽이냐? 분풀이용 쌘드빽이냔 말야. X새끼야."

사감의 당황한 기색이 역력했다.

"너 이 새끼, 그거 당장 치우지 못해?

"못 치우겠다, X팔 놈아. 어디 니 X 꼴리는 대로 해봐라."

똥자루가 상의 앞섶을 힘 있게 풀어 젖혔다. 단추가 후드득 뜯기며 사방으로 튀었다.

"X팔 새끼. 이런 데 와서 사감질 해 처먹는 게 무슨 큰 출세라도 한 거로 아나 보지? 이 새끼야. 성질은 너만 있는 게 아냐. 알아? 어디 또 칠래면 쳐봐. 나도 인제 이판사판이야. 나도 X같은 세상 더 살고 싶지 않단 말야. 새끼야."

똥자루가 차갑게 코웃음 치며 자신의 노출된 배에 칼을 척 갖다 댔다. 그러고는 왼쪽에서 오른쪽으로 서슴없이 긋기 시작했다. 한 번, 두 번, 세 번….

"어, 어, 어…."

원생들의 술렁임이 한층 드세지고 있었다. 똥자루의 배에 생긴 몇 줄의 붉은 획이 빠른 속도로 농도를 더해가더니 이내 차창의 빗물처럼 걷잡을 수 없이 흘러내리기 시작했다. 그런데도 그는 손을 멈추지 않았다. 눈에 핏발을 세우고 계속해서 배를 그어대는 것이었다. 눈 깜짝할 사이에 그의 바지 앞은 피범벅이 되어가고 있었다.

"이, 이 새끼가!"

한동안 멈칫거리기만 하던 사감이 번개같이 달려들면서 그의 손목을 내리쳤다. 똥자루가 떨어진 칼을 줍기 위해 몸을 구부리는 순간, 사감은 다시 그의 명치께를 힘껏 걷어찼고, 몽둥이로는 그의 뒷덜미를 후려쳤다. 급소만을 연타당한 똥자루가 앞으로 고꾸라지자 닥치는 대로 몇 번을 더 짓밟고 난 사감이 원생들에게 소리쳤다.

"이 새끼 빨리 양호실로 끌고 가, 빨리!"

동시에 사장 뱁새와 각 반 반장들이 똥자루에게 우르르 달려드는 것을 마지막으로 나는 정신을 잃고 말았다. 어디선가 아득히 먼 곳으로부터 아이들의 재잘거림 같기도 하고, 개구리울음 같기도 한 소음들이 꿈결처럼 들려온다고 느껴졌다.

내가 다시 눈을 뜬 곳은 양호실이었다. 얼마나 누워있었는지는 알 수 없지만, 창문을 통해 들어오는 햇볕의 신선도로 보아 아침인 것만은 분명했다. 머리 위에 매달린 링거병에서 반쯤 남은 수액이 호스를 통해 방울방울 떨어지고 있었다. 몸뚱어리가 조각조각 금이라도 간 것일까? 통증을 느끼게 하는 모든 신경세포가 총 가동되어 전신에 뻐근하게 도사리고 있었다. 도무지 움직여 볼 엄두가 나지 않았다. 그 뻐근한 통증을 무시하고 삐끗 움직였다가는 균열돼 있던 낱낱의 살점과 뼈마디들이 일시에 무너져내릴 것만 같은 기분이었다.

곰곰이 지나간 악몽의 순간들을 되짚어 보았다. 여섯 번의 탈출 실패, 사감의 광기 어린 폭력, 수차례의 물고문, 그리고 똥자루의 악에 받친 자해. 나는 비로소 내가 일으킨 파문의 크기가 얼마나 심각했던 것인가를 실감하고서 가늘게 진저리를 쳤다. 똥자루는 어찌 된 것일까? 그의 신상이 몹시 궁금했다. 주위를 살펴보기 위해서 석고처럼 뻣뻣한 목을 조심조심 돌렸다. 놀랍게도 배에 붕대를 칭칭 감은 똥자루가 건너편 침대에 누워있었다. 더욱 놀란 것은 그가 두 눈을 똑바로 뜨고 천장의 한 점을 뚫어지게 응시하고 있다는 사실이었다. 내 쪽의 기척 때문인지 그도 이쪽으로 천천히 고개를 돌렸다. 살기는 가셨지만 표정에 찬바람은 여전했다. 숨이 콱 막혀왔다. 대체 무슨 말을 어떻게 해야 한단 말인가?

"반장님, 미, 미안합니다. 나 땜에 한두 번도 아니고 이렇게…."

기껏 할 수 있는 말은 그것뿐이었다. 그러나 그는 "시끄러. X팔 놈아. X 까는 소리 말고 잠이나 자빠져 자." 하고 차갑게 쏴붙이며 외면해 버렸다.

"정말 입이 열 개라도 할 말이 없습니다. 하지만 다시는, 정말 다시는 이런 일이 없을 거예요. 뭉치고 뭐고, 이제는 깨끗이 잊어버렸거든요."

그건 사실이었다. 여섯 번째 다시 잡혀 통운호에 실리던 그 순간부터 내게서 어머니에 대한 그리움이나 미련 따위는 티끌도 없이 사라져 버렸다. 마치 예정된 순서이기나 하듯, 이토록 철저히 발목이 잡히는 것을 보면 어머니와의 인연은 필시 하늘이 훼방하는 것임이 틀림없을 터였다. 아니, 어쩌면 내게는 애초부터 어머니가 없었을지도 모를 일이었다. 내가 가지고 있는 희미한 기억의 잔영도 실은 그 옛날 청계천의 왕초가 말한 대로 어느 날 한번 꾼 꿈을 사실로 착각하는 것인지도 모른다는 생각이었다. 만약 그게 사실이라면 내가 지금껏 온갖 시련을 감수하면서 쏟았던 노력이란 얼마나 허망하고 억울한 일인가!

나는 이제 그 불확실한 근거에 미련을 두느니 심신의 안위를 좇아 주어진 환경에서 주어진 운명대로 살리라 마음먹었다. 실제 어머니가 어딘가에 있다 해도 마찬가지였다. 아무것도 아는 게 없고, 아무런 대책도 없으면서 부랑아 신분으로 무작정 헤맨다는 게 얼마나 어리석은 짓인가를 뼈저리게 깨달은 것이었다.

"반장님, 퇴실하면 나한테 마음껏 분풀이하세요. 잡아 죽인대도 원망은 안 할 겁니다."

그 말을 끝으로 나는 다시 잠에 빠져들었다. 나는 양호실에서 두 주일을 누워있었다. 고맙게도 양호 선생은 내가 몹시 허약해 있다며 충분히 쉬게 해주었던 것이다. 그 두 주일 동안 내가 똥자루와 나눈 대화는 처음 그 말 외에 한마디도 없었다. 뚜렷하게 할 말도 없었지만,

그의 한껏 냉각된 분위기가 좀체 기회를 제공하지 않았기 때문이었다. 잠자는 시간을 제외하고는 그는 늘 천장의 한 점을 차가운 눈으로 응시한 채 하루를 보냈다. 어찌 보면 깊은 생각에 잠긴 모습 같기도 했고, 또 어찌 보면 뭔가에 대한 증오의 불꽃을 태우는 모습 같기도 했다. 그 증오의 대상은 어느 개인이 아니라, 어쩌면 자신의 삶에 대한 것인지도 모를 일이었다. 좀체 자신에 관한 얘기는 안 하는 그였지만, 그라고 어찌 불우한 처지가 비관스럽지 않을 것인가?

양호실에서 퇴실한 즉시 나는 사감을 찾아갔다. 그리고 용서를 구함과 동시에 내 진실한 각오를 밝히고 목공부로 보내줄 것을 간청했다. 한동안 냉랭하게 훑어보던 사감은 성가신 물건 치우듯 턱으로 목공부 쪽을 힐끗했다. 내가 목공부로 간 지 일주일쯤 돼서 똥자루도 퇴실을 했다. 나보다 늦게 나온 것은 상처가 자꾸 곪아서였다.

양호실에서 나온 똥자루는 몰라보리만치 달라져 있었다. 벙어리라도 된 듯 아예 입을 봉해버린 것이었다. 입실해 있을 때는 말 상대도 없고 모든 게 귀찮아 그러려니 했는데, 그게 아니었다. 반으로 복귀해서도 하루 종일 눈을 감고 벽에 기대어 뭔가를 골똘히 생각하거나 아니면 밖에 나가 멀리 바다를 바라보며 멍하니 앉아있기가 일쑤였다. 원생들은 지휘 감독해야 할 직책임에도 작업조차 나가려 하지 않았다. 자연히 그는 원생들의 충의(忠義) 어린 편법에 의해서 늘 '환자' 내지는 '방 감시'라는 공식적 열외자로 사감에게 보고되었다.

하지만 그것을 모를 리 없는 사감은 며칠 더 두고 보다가 그에게서 반장직을 박탈해 버렸다. 대신 여태껏 반장 직무를 대행하던 주걱턱이 그대로 반장직을 승계했다. 그런 똥자루를 볼 때마다 나는 그저 쥐구멍에라도 들어가고 싶은 심정이었다. 나는 나 자신에게 속죄하는 기분으로 열심히 기술교육에 몰두했다. 여태껏 품어왔던 모든 희망의 단절로 인한 아픔을 잊기 위해서라도 그래야 할 필요가 있었다. 열심히 문짝의 연귀를 맞추고 나비장을 끼워 책상, 걸상을 조립했다. 염전용 수문도 만들었다. 한 달쯤 지나면서부터는 담당 김만술 선생도 내게 특별한 관심을 기울이기 시작했다.

"짜식, 거 보기보단 손끝이 매운데? 인마, 이렇게 솜씨 좋은 놈이 진작부터 할 일이지, 왜 대고 내뺄라구만 했어?"

그러면서 그는 남보다 몇 배의 정성을 내게 쏟아주었다. 실톱이나 애끌, 소도리 같은 귀한 연장도 내게만은 내주기를 꺼리지 않았다. 실습 시간 틈틈이 나는 목상(木像) 하나를 조각했다. 주먹만 한 어머니의 흉상이었다. 어머니를 포기한 대신 그것을 위안의 표상으로 삼아 분신처럼 지니고 다닐 생각이었다. 어머니의 실물에 근접이나 할까마는 나름대로 정성을 다해 만들었다. 얼굴의 선은 달걀처럼 갸름하게 잡았고, 콧날은 최대한 뾰족하게 살렸다. 눈에 쌍꺼풀도 새겨넣기로 했다. 표정도 미소를 머금도록 했다.

내가 그렇게 목상에 몰두할 즈음 원생들 사이에서 불길한 소문 하나가 떠돌기 시작했다. 똥자루와 내가 조만간 딴 곳으로 옮겨진다는 소문이었다. 일각에서는 둘 다 전라도 감화원으로 보내진다고도 했고, 또 일각에서는 나만 가고 똥자루는 군에 입대한다고도 했다. 어느 쪽이 됐건 나의 이송에는 달라질 게 없는 내용이었다. 드디어 올게 왔구나 생각했다. 그렇지 않아도 요즘 들어 어떤 어두운 예감이 마음 한구석에 생선뼈처럼 걸려오던 참이었다. 그토록 물의를 일으켰음에도 전과 달리 원장으로부터 호출 한 번 없었다는 것도 미심쩍었고, 나를 대하는 사감의 눈도 남의 집 자식 보듯 전에 없이 미온적이라는 것도 마음에 걸렸었다. 한마디로 공기가 이상했던 것이다.

불안했다. 악명 높기로 유명한 전라도 감화원. 그곳에서는 또 어떤 일이 나를 기다리고 있을 것인가? 내 운명은 이제 또 어떤 식으로 바뀔 것인가? 너무도 불안해서 식당에 가도 밥알이 목구멍으로 넘어가지를 않았다. 그러나 정작 당사자 중의 하나인 똥자루의 표정에는 그 어떤 변화도 일지 않았다. 그저 언제나처럼 눈을 감고 벽에 기대 있거나 화단에 앉아 어둡게 바다만 바라볼 뿐이었다. 어쩌면 그는 소문의 진상을 자세히 알고 있는지도 몰랐다. 하지만 이번 일에 결정적 계기를 만든 내 입장에선 그에게 가서 염치없이 물을 수도 없는 일이었다. 나는 뭔가 마음의 준비를 단단히 해야 하겠다고 생각했다.

그로부터 다시 며칠이 지난 뒤였다. 그날은 어머니의 목상이 마무리되는 날이기도 했다. 어쭙잖은 솜씨였지만 말끔히 사포질하고 나니 그런대로 균형이 있어 보였다. 그것을 가지고 들어와 잠시 관물대 위에 세워놓고 수건을 꺼내려 할 때였다.

"얀마, 그거 뭐야? 일루 갖고 와봐."

그건 목상을 발견한 반장 주걱턱의 목소리였다.

"아무것도 아녜요."

"갖고 오라면 갖고 와. 새꺄."

주걱턱이 눈알을 부라렸다. 찜찜했지만 가져다 보여줄 수밖에 없었다.

"새끼, 꿈자리 사납게 이런 걸 관물대에…."

"관물대에 둘 거 아녜요."

"당장 갖다 버려. 새…."

목상을 집어 던지려던 주걱턱이 갑자기 무슨 생각을 했는지 연필을 꺼내 들었다. 그러고는 음흉하게 웃으며 목상의 앞부분에 유방을 그려 넣는 게 아닌가? 성냥 알 만하게 유두(乳頭)도 그리고 겨드랑이로 어림되는 양옆에 검은 칠까지 했다. 피가 머리 꼭대기까지 솟구쳤다. 나도 모르게 입에서 욕설이 나직하게 새어 나왔다.

"개…새끼!"

주걱턱이 고개를 번쩍 쳐들었다. 눈에서 번개가 일고 있었다.

"뭐? 너 이 새끼. 지금 뭐라고 했어?"

그러면서 그는 목상을 내게로 힘껏 내던졌다. 목상이 내 관자놀이를 스치는 것과 동시에 주걱턱이 자리를 박차고 일어섰다.

"이 X만한 새끼. 보자 보자 하니까 간뗑이가 완전히 부었구만. 일로 와 새꺄."

주걱턱이 나를 구석으로 몰아붙였다. 원래가 잔인한 성격인 데다 평소부터 나를 곱지 않게 보아오던 그고 보면 제대로 걸린 셈이었다.

"이 X새끼, 뭐라고 했어? 어디 다시 말해봐."

그가 주먹을 번쩍 치켜들었다. 그때였다. 뜻밖에도, 정말 뜻밖에도 벙어리처럼 말이 없던 똥자루의 입에서 착 가라앉은 저음이 무겁게 흘러나왔다.

"야, 반장, 됐다, 놔둬라."

일순, 방 안의 모두는 찬물을 끼얹은 듯 숨을 죽였다. 똥자루의 관록은 차치하고라도 실로 오랜만에 입을 열었다는 자체만으로도 그러기에 충분한 것이었다. 주걱턱도 잠시 멀뚱거렸다.

"많이 맞고 산 놈이니까 이제 좀 놔두란 말야."

조용히 똥자루가 다시 한번 제재를 가했다. 체면을 손상당한 주걱턱의 안면이 약간 씰룩거리는 듯했다. 하지만 선임의 서열로 보나 전임 반장으로서의 관록으로 보나 주걱턱은 아직 똥자루의 상대가 될 수는 없었다.

"너 이 새끼. 오늘은 봐주겠어. 하지만 나중에 어디 보자."

주걱턱이 입꼬리를 파르르 떨며 자리로 돌아갔다. 구석에 떨어진 목상을 찾아들고 밖으로 나왔다. 세면장에서 칫솔로 목상의 낙서를 지우며 나는 똥자루의 갑작스러운 변화를 곰곰이 생각해 보았다. 그에게 있어 나는 눈엣가시 같은 존재가 아닌가? 그런데도 나를 구해준 이유는 무엇일까? 조만간 이곳을 함께 떠날 사이로서의 동지애일까? 아니면 반장직을 뺏기고 난 뒤의 자기 위상 확인일까? 그러나 그런 궁금증이 채 가시기도 전에 나는 그에게 더욱 큰 배려를 입어야 했다. 그리고 그것은 내 일생에 커다란 분기점을 이루는 계기가 되고야 말았다.

다음 날 오후였다. 일과를 마치고 목공부에서 내려오던 나는 중간쯤에 이르러 걸음을 우뚝 멈췄다. 길옆 아카시아 그루터기에 걸터앉아 바다를 바라보고 있는 똥자루를 발견했기 때문이었다. 그도 나를 보았다. 내가 우물쭈물하자 그가 턱짓으로 나를 불렀다.

"여태껏 말은 못 했지만…, 정말 여러모로 미안합니다. 나 땜에 그렇게 당하고 나중엔 반장직까지…."

"앉아."

그는 내 말에는 아랑곳하지 않고 나를 옆에 앉혔다. 그러고는 밑도 끝도 없이 물었다.

"너 정말 니네 뭉치 찾는 거 포기했냐?"

약간 쉰 듯한 목소리였다.

"예?"

"니네 뭉치 말야, 짜식아. 그렇게 찾을라고 갖은 지랄 다 했잖아."

"예에… 예. 그렇습니다."

"사내 새끼가 칼을 뽑았으면 썩은 무래도 짤라야지. 포기할 거 없어. 오늘 밤 다시 탈출해서 네 원대로 실컷 찾아."

"예?"

귀를 의심하지 않을 수 없었다. 분명 뭔가를 잘못 들었으리라.

"이건 너를 위해서 하는 소리야. 그러니까 다른 건 묻지 말고, 무조건 시키는 대로 해."

그의 말소리에는 귀찮은 입을 힘겹게 여는 듯한 피곤함이 역력했다. 뭐가 뭔지 통 갈피를 잡을 수가 없었다. 탈출 실패 때마다 덩달아 도매금 취급을 당하던 그가 어머니를 완전히 포기한 지금 다시 나가라는 것은 무슨 의미이며, 그게 또 마음먹은 대로 되기나 하는 일인가? 나는 불현듯 '너를 위해서'라고 하는 그의 말뜻이 감화원으로의 이송 문제를 암시하는 것 같다고 생각했다. 나보다 늦게 목공부에서 나온 원생들이 우리를 힐끔거리며 지나가고 있었다. 그러나 최선임자 똥자루와의 대화에 감히 참견하는 사람은 아무도 없었다.

"내가 감화원으로 옮겨진다는 게 사실이에요?"

일단 궁금했던 그 문제부터 물어보는 게 순서일 것 같았다. 그가 두어 번 고개를 주억거렸다.

"반장님도 같이요?"

"이것저것 묻지 마, 짜식아. 넌 그냥 시키는 대로 튀기만 하면 돼. 그걸로 일은 끝나는 거야."

그가 약간의 짜증기 섞인 목소리로 말했다.

"…"

"이건 내가 여기를 떠나기 전에 처음이자 마지막으로 베푸는 아량인 줄만 알아둬. 밖에 나가도 부랑아 단속 기간이 끝났을 테니까, 너만 조심하면 쉽게 잡히지 않을 거야. 그런데도 이번에 또다시 잡혀 왔다 가는 그땐 내 손에 남아나지 못할 줄 알아. 알았냐?"

"그렇지만 무슨 수로 물을…."

"그건 걱정 마라. 떡대(몸)에 물 한 방울 안 묻히고 건너는 방법을 가르쳐줄 테니까."

"예에? 그런 방법이 있어요…? 어, 어떻게요?"

똥자루는 대답 대신 잔 나뭇가지 하나를 꺾어 멀리 털미를 가리켰다. 건너야 할 마산포와는 90도쯤 벌어진 전혀 엉뚱한 방향이었다.

"터, 털미요?"

"좋아. 그럼 저기 저 섬은?"

그가 이번에는 털미와 마산포의 중간에 위치한 어도를 가리켰다. 털미는 무인도지만, 어도는 사람이 사는 섬이었다.

"어도요."

"그래, 그럼 지금부터 내 말 잘 들어."

그러면서 그는 몇 번의 잔기침부터 했다.

"너희들은 탈출할 때 자꾸 마산포까지 곧장 헤엄칠 생각만 하는데, 그건 뒈질라고 색 쓰는 짓이야. 여기 어부들 외에는 비밀이지만, 한 달에 두세 번 헤엄을 안 치고도 건널 수 있는 날이 있어. 바로 물이 여덟 매, 아홉 매, 열 매인 오늘부터 사흘간이다."

나는 벌어진 입을 다물 수 없었다. 그게 사실이라면 나의 지난 세월은 그만두고라도 그동안 수영으로 목숨을 잃은 원혼들은 얼마나 애통할 것인가? 그리고 그걸 알면서 똥자루 자신은 왜 여태껏 안 나가고 있었더란 말인가? 그의 설명은 계속되고 있었다.

"내 계산대로라면 오늘 물 빠지는 시간은 새벽 두 시쯤이다. 그러니까 너는 물이 빠지면 마산포로 방향을 잡지 말고 저기 털미로 가란 말야. 여기서 털미까지는 물이 전부 빠지니까 펄만 밟고 갈 수가 있어."

"그, 그담엔요?"

"털미에 도착하면 다시 어도로 가는데 문제는 거기다. 털미에서 어도까지는 황새목 땜에 물이 흐르고 있거든."

"황새목요?"

"깊은 골이 황새목처럼 길게 패여있단 말야. 거기 물이 고여 흐른다구."

"아, 예."

"그 폭이 상당히 넓은 편이야. 그러니까 괜히 헤엄친답시고 폼 잡지 말고 더 아래쪽으로 돌아가란 말야. 어도까지 아주 아주 넓게 원을 그리면서 돌아가다 보면 황새목 골이 점점 얕아지면서 물도 발목까지 밖에 안 차게 되거든."

"아!"

"그렇게 해서 어도까지 도착하자면 대충 잡아 서너 시간은 걸려. 그러다 보면 이번에는 마산포로 향하기도 전에 다시 물이 들어오게 되지. 그러니까 거기서 더 가지 말고 일단 어도에 재주껏 숨어서 다음 물 빠질 때까지 기다려."

"그런 담에 다시 물이 빠지면 마산포로 가란 말이지요?"

"그래. 거기서부터 마산포까지는 별거 아냐. 거긴 수심이 얕아서 언제든지 물만 빠지면 사람이 왕래하는 길이 드러나니까."

나는 반사적으로 물었다.

"그, 그게 진짜라면 반장님은 왜 여태 안 나갔어요?"

"그건 니가 알 필요 없어, 짜식아."

그는 내 질문을 단칼에 묵살해 버리고 다시 말을 이었다.

"한 번 더 얘기하지만, 이번에 또 잡혀 오면 내가 가만두지 않는다. 또 잡히려거든 차라리 내 눈에 안 띄는 딴 데로 잡혀가든지 해."

똥자루는 그 말을 마지막으로 자리에서 일어섰다. 산처럼 밀린 일감을 간신히 끝내고 난 뒤의 홀가분함 같은 게 그의 얼굴에 가득 흐르고 있었다. 나는 잠시 혼란에 빠졌다. 대체 이게 무슨 조화 속이란 말인가? 이제부터 주어진 환경에서 주어진 운명대로 살리라 결심했었다.

그런데 그 결심이 완전히 굳기도 전에 다시 감화원행이라는 절대난경에 봉착했다. 그리고 뒤이어 똥자루의 뜻 모를 심경변화가 그것을 피할 수 있는 돌파구를 열어주었다. 도대체 어느 쪽을 좇는 것이 참다운 내 운명이란 말인가? 감화원이든 지옥이든 고삐 잡힌 송아지처럼 이끄는 대로 따라가야 하는가? 아니면 감화원을 피해 어머니까지 포기해 버린 바깥세상으로 다시 한번 모험을 해야 하는가? 바깥으로 나가봤자 당장 발붙일 곳이 암담하다. 그렇다고 전처럼 어떤 희망이 남아있는 것도 아니다.

게다가 똥자루가 가르쳐준 정보의 확실성도 아직은 보장 못 한다. 그런데도 무작정 나갔다가 또다시 잡히면…? 그건 두 번 다시 생각하기도 싫다. 지긋지긋한 일이다. 지금까지의 전례로 보듯 내 불운이 어디 보통 불운인가? 그렇다면 감화원은 어떤가? 소문에 의하면 그곳은 구제불능의 악종들만 모인 곳으로, 그야말로 인생 종착역이라고 했다. 맞아 죽는 경우도 허다하다는 것이다. 정말 심각한 고민이 아닐 수 없었다. 그렇다고 시간을 두고 더 생각해 볼 여유도 없는 일이었다. 쓸데없이 뭉그적거리다가는 한발 먼저 감화원행이 될지도 모르기 때문이다.

나는 어느새 탈출 쪽으로 마음이 서서히 기울어가고 있음을 느꼈다. 희망은 없다 하더라도 자유에 대한 미련만은 어쩔 수 없었기 때문이었다. 게다가 나로 향한 똥자루의 심경변화를 언짢게 할 용기도 없었다. 어디로 가는지 확실히 알 수 없으나 그가 이곳을 떠나기 전 특별히 베푸는 호의이니만큼 충실히 이행하는 게 내가 지켜야 할 신의이며 도리일 듯싶었다. 나는 그의 정보를 믿고 탈출하기로 마음을 굳혔다.

"알았어, 자루 형. 오늘 밤에 나갈게. 나가서 다시는 안 잡히도록 노력할게."

나는 그렇게 뇌까리며 두 주먹을 불끈 쥐었다. 무사히 나가게만 된다면 곧장 의정부로 뛸 생각이었다. 불현듯 둘이 힘을 합치면 무슨 일은 못 하고 살겠냐던 경준이가 떠올라서였다. 물론 그곳에 간다 해서 정말로 그를 만나게 될지는 미지수였다. 하지만 뒷일은 그때 가서 생각할 참이었다. 정 무엇하면 통운호에서의 순경 말대로 밥만 먹여주는 꼴머슴 자리라도 찾아볼 것이고, 그도 여의치 않으면 경준이처럼 넝마장을 찾아가 넝마통이라도 걸머질 생각이었다. 자리에서 일어나 옥사로 돌아가니 똥자루는 어느새 우물에 혼자 나와 앉아 양말과 수건을 빨고 있었다. 세탁을 늘 아래 애들에게 시키던 똥자루고 보면 그 역시 그답지 않은 행동이었다. 조용히 다가가 내 뜻을 말했다.

"오늘 밤…, 나갈게요, 반장님."

"…."

"그런데 참. 이따 밤에 무슨 수로 방을 빠져나가지요?"

그가 돌아보지도 않고 말했다.

"저녁때 나와서 아예 들어가지 마."

"예?"

"이따 저녁이나 먹고 그대로 산속으로 들어가서 간조까지 숨어있으란 말야. 뒤늦게 너 없어진 걸 알아도 금방 어두워져서 쉽게 찾으러 나가지는 못할 거다."

"아, 예… 예. 알았어요."

나는 간단하게 대답을 하고 얼른 그 자리를 떴다. 원생들 눈에 띌까 봐서였다.

그날 저녁 식사 시간이었다. 그러니까 일이 순조롭게만 된다면 그곳에서의 마지막 식사 시간인 셈이었다. 그릇을 거의 비워갈 무렵, 뒤늦게 온 똥자루가 밥을 타 들고 와서 앞자리에 앉았다. 그러더니 곧 자신의 밥을 절반이나 덜어 말없이 내 밥그릇에 옮겨주는 게 아닌가? 상당수가 이미 빠져나가고 듬성듬성 앉은 원생 중에서 그것을 본 사람은 없는 것 같았다. 가슴이 뭉클했다. 많이 먹고 힘내라는 뜻이리라. 묵묵히 숟가락질을 하는 그에게서 도태된 자의 고적감과 협객의 외로

움 같은 게 교차한다고 느껴졌다. 그는 대관절 어디로 가게 되는 것일까? 그것이 몹시도 궁금했지만, 나는 다시 묻지 않기로 했다. 말하지 않는 이면에는 어떤 사연이 있는지도 모른다고 생각했기 때문이었다.

식사를 끝내고 일어서면서 그에게 마지막 눈인사를 보냈다. 그가 알 듯 모를 듯 고개를 한 번 끄덕여 보였다. 그 마지막 모습을 뒤로하고 식당을 나왔다. 그러고는 옥사로 돌아오기 무섭게 쓸데없이 화장실을 들락거리며 원생들이 모두 들어가기를 기다렸다가 잽싸게 당산 안으로 잠입해 들어갔다. 오래도록 수풀 속에 엎드려 있다가 밤이 이슥해졌을 무렵 해변 가까이로 다시 장소를 옮겼다. 사감이 이 사실을 알고 나서 과연 어떤 표정이 되었을까? 아마도 극도의 분을 삭이지 못해 혼자서라도 나를 찾아 나섰을지 모른다. 캄캄한 밤임에도 온 산을 샅샅이 뒤져 잡아 죽이려고 할지 모른다.

나뭇잎의 바스락거림에도 심장이 허물어지는 것 같은 피마름 속에서 참으로 오랜 시간을 버틴 끝에 드디어 나는 간조의 시간을 맞이했다. 지극한 심야였으나 쾌청한 하늘 아래 서서히 드러나는 개펄을 나는 똑똑히 볼 수 있었다. 우선 옷과 신발을 벗어 머리에 이고 칡넝쿨로 턱까지 잡아 돌렸다. 경험대로 러닝셔츠를 찢어 감발도 쳤다. 그러고는 똥자루가 가르쳐준 정보의 확실성 여부에 긴장하며 개펄에 첫발을 내디뎠다. 털미까지는 마산포 이상으로 멀고 험했으나 그때같이 힘이 들지는 않았다.

혼자서 불확실성에 목숨을 걸었다는 긴장감에 힘든 것을 느낄 수가 없었다. 다행히 똥자루의 얘기는 틀림없는 것 같았다. 푹푹 빠지는 펄을 때로는 기기도 하면서 어렵게 털미에 다다르자, 과연 이번에는 어도와의 사이를 가로막는 바닷물이 나타났다. 이른바 황새목이란 곳이었다. 그가 가르쳐준 대로 하류를 따라 상당히 멀게 반원을 그리며 어도로 향했다. 멀리 돌면 돌수록 골의 깊이가 점점 낮아지면서 평지를 이루었고, 따라서 허벅지까지 빠지는 펄의 깊이를 제외하면 사실상 물도 정말 발목까지밖에 차오르지 않았다.

새삼 똥자루의 치밀한 정보력에 감탄하지 않을 수 없었다. 해변으로의 접근도 불법인 터에 그는 이곳의 실태를 어찌 그리 잘 알고 있었던 것일까? 수용소의 최선임자답게 일찌감치 마을 사람 누군가를 포섭하여 정보를 캐두었던 것일까? 그리고 언젠가 한 번 확인 삼아 이곳까지 와보았던 것은 아닐까?

거기까지 생각이 미치자 또다시 그의 헤아릴 수 없는 내면에 궁금증이 일었다. 그렇다면 여기까지 왔던 그는 왜 수용소로 다시 돌아간 것일까? 일단은 최선임자라 남들보다 편한 데다, 당장 나가봐야 뚜렷하게 의지할 곳도 없고 해서였을까? 나는 일각의 소문대로 그가 이번에 가게 되는 곳은 감화원이 아니라 어쩌면 군대일지도 모른다고 생각했다. 수용소 생활에는 진력이 나고 밖에 나가자니 갈 곳도 없고 해서 아예 군대를 자원했는지도 모른다는 생각이 들었던 것이다. 그렇지 않고서는 그어떤 가정으로도 수용소에 남아있는 그가 이해되지 않았기 때문이었다.

내가 어도에 무사히 도착한 것은 새벽이 열리고 다시 밀물이 시작될 즈음이었다. 그리 위험한 곳은 없었으나 참으로 멀고 더딘 걸음이었다. 진흙 덩어리가 되어 어도에 도착한 나는 숨 돌릴 틈도 없이 몸을 씻고 복장을 갖춘 다음 찔레덩굴 속으로 몸을 숨겼다. 그렇게 다시 하룻낮 하룻밤을 꼬박 숨죽여 보내고 나서 이튿날 새벽, 드디어 나는 펄위에 드러난 통행로의 단단한 지반을 밟고 마산포에 안착했다.

'자루 형, 잘 있어. 어디로 가든 잊지 않고 형의 행복을 빌어줄게.'

나는 새벽 속에 음험하게 엎드린 선감도의 모습을 향해 그렇게 뇌까리고는 빠르게 그곳을 빠져나갔다.

악인의 길

17

"경준이라…. 글쎄, 못 듣던 이름인데?"

시장 초입에 터를 잡고 앉은 중년의 구두닦이가 꼬질꼬질한 얼굴을 갸웃해 보였다. 저녁나절의 의정부 자일동 일대는 비교적 평화로웠다. 어디를 가나 가장 번화가에 위치한다는 시장도 마찬가지였다. 술집 골목을 통해 흘러나오는 혀 꼬부라진 '번지 없는 주막'과 간간이 흐리터분한 목청을 뽑는 채소장수들의 외침 외에 이렇다 할 활기는 찾아볼 수 없었다. 선감도를 탈출한 지 이틀째였다. 물과 나무 열매, 그리고 완전하게 찾은 자유의 공기만으로 배를 채우며 발바닥에 물집이 잡히도록 달려왔건만, 어디를 가도 경준이는 없었다. 눌어붙은 배 창자를 움켜쥐고 자일동 중심부를 거의 다 뒤지다시피 했지만, 그를 안다는 사람조차도 만나볼 수가 없었다.

나는 어느덧 경준이보다도 실신할 것 같은 허기와 그날의 잠자리를 본격적으로 걱정하기 시작했다. 허술한 식당을 만나면 솔직하게 사정이라도 해볼 생각으로 간판들을 훑어보는데 시장 골목에서 경준이 또래의 청년 하나가 걸어 나오고 있었다. 마지막이라 생각하고 그에게 물었다.

"경준이? 얼마 전에 수용소에서 나온 김경준이 말하는 거요?"

맘보바지 차림의 그가 껌을 딱딱 씹으며 되물었다. 정신이 번쩍 났다.

"아, 예예. 아십니까?"

"저기 시장 뒤 목포집에 가보슈. 아까 거기 있는 거 같던데."

"목, 목포집이요? 가, 감사합니다."

그에게 고개를 꾸벅하고 나서 부리나케 시장 한복판을 가로질러 뛰었다. 목포집을 찾는 건 그리 어렵지 않았다. 경준이는 정말 거기 있었다. 나방 한 마리가 어지럽게 맴도는 흐릿한 백열등 아래서 어느 까까머리와 술잔을 기울이고 있었다.

"경준이 형!"

"어? 이게 누구야? 너, 용남이 아니냐, 으응?"

내가 반갑게 부르자 그가 눈을 커다랗게 뜨고 일어서더니 곧 득달같이 달려와 손목을 요란하게 흔들었다.

"이야! 이거 정말 반갑다. 잘 왔다, 잘 왔어."

"말 마 형. 형 찾느라구 얼마나 X뺑이 쳤는 줄 알아? 어디 안다는 사람이 있어야지."

"여기서는 이름보다는 깡새라는 별명으로 통해서 그래. 자, 이리 와, 앉아."

경준이가 악수하던 그대로 나를 잡아끌었다.

"선감도 동지를 만나 이렇게 마주 앉으니까 감개가 무량한데? 그래, 그동안 뭉치 찾으러 많이 돌아다녀 봤냐?"

그가 자리에 앉기 무섭게 털어 마신 술잔을 내게로 돌리고 먹을 줄
도 모르는 술을 그득하게 부어주며 물었다.

"돌아다니기는 뭘? 어제 새벽에 탈출해 가지고 여기까지 쎄빠지게
걸어온 건데."

경준이가 얼빠진 듯 잠시 멀뚱거렸다.

"어제 새벽에 나오다니? 너 나랑 저번에 같이 나왔잖아."

"형이랑 헤어지고 나서 곧바로 다시 걸렸어."

"뭐어?"

"재수 없게 부랑아 후리가리(일제단속)에 또 걸린 거지 뭐."

또다시 눈을 크게 뜬 경준이는 한동안 벌어진 입을 다물지 못했다.
그 백치 같은 표정 위로 온갖 만상이 빠르고 복잡하게 얽혀들고 있었
다. 도대체 무엇을 어디서부터 물어야 할지 갈피를 못 잡는 얼굴이었
다. 그러다가 한참 만에 입을 연 경준이는 나를 빤히 바라보며 "개피
봤겠군." 하는 한마디로 모든 질문을 대신했다.

"말도 마. 사감한테 씹창 나게 터지구 보름 동안 양호실에서 꼼짝
못 하고 누워있었으니까. 자루 형이랑 같이."

"자루 형? 반장은 또 왜?"

"사감 앞에서 칼로 배 긋고 난리 죽였잖아."

"배는 뭣 땜에 그었는데?"

"맞다 맞다 뽈따구 난 거지 뭐."

"얀마. 얘기를 하려면 좀 차근차근 알아먹게 해라. 그렇게 미친년
널 뛰듯 하지 말구."

침까지 튀기는 경준이의 목소리는 잔뜩 조바심에 젖어있었다. 나는
그에게 처음 수원역 폐수관에서 잡히던 일을 시작으로, 사감에게 받
은 무자비한 매질과 물고문, 똥자루의 무거운 자해, 보름간의 입실,

똥자루의 반장직 박탈과 전라도로의 이송 소문, 그리고 똥자루의 도움으로 다시 나오게 되기까지의 경위를 하나도 빼놓지 않고 얘기해 주었다. 간간이 놀라는 표정을 지으면서도 아무 말 없이 끝까지 듣고 난 경준이는 신음 같은 한숨부터 쉬었다.

"그러니까, 그렇게 힘 안 들이고 감쪽같이 빠져나오는 수가 있더라, 이거지?"

"그렇다니까."

"과연 최고선임답군. 그런 거까지 다 알아 놓구. 씨팔, 그럼 난 뭐야. 그것두 모르구 뒈질 뻔하면서까지 꼬박 5년을 썩었잖아."

경준이는 자신이 치른 고생과 노력에 대한 허무감을 못내 삭이기 어려운 모양이었다.

"근데 나는 도무지 알 수가 없단 말야. 그러면서 정작 자루 형은 왜 안 나오는 건지?"

그러자 경준이도 나와 비슷한 생각을 말했다.

"글쎄, 나가봐야 마땅히 갈 만한 데가 없어서겠지 뭐. 반장쯤 되면 먹고 잘 데 없는 밖에서 고생하는 거보다야 낫거든."

"형 생각도 그렇지?"

"그거 말고 딴 이유 있겠냐? 그러고 보면 이번에 간다는 곳도 감화원이 아니라 아마 군대가 맞을 거다. 자루 형이 지원했거나 아니면 영장이 나왔을 거야."

그러면서 그는 담배를 꺼내 물고 불을 당겼다. 그때까지 옆에서 잠자코 듣고만 있던 까까머리가 불쑥 끼어들었다.

"야, 깡새 이 새끼야. 손님이 왔으면 인사부터 시키는 게 순서 아니냐? 둘이서만 속닥이며 맞추면 나는 개X에 보리알이냐?"

"아, 아 참 그렇지. 미안하다, 작두야."

경준이가 재빨리 사과하고 나서 우리를 인사시켰다.

"여태까지 들어서 알겠지만, 앤 용남이라고 선감도에서 같이 있던 애다. 내 후배지. 그리고 이쪽은 작두라고 내 불알친구야. 다행히 선 감도에서 나오자마자 만나가지고 신세 참 많이 졌다."

그가 먼저 손을 내밀었다.

"나 오경수다. 나이가 나보다 아래 같으니까 말 놔도 되겠지?"

"아, 예. 그럼요. 임용남이라고 합니다. 잘 부탁합니다."

경준이가 끼어들었다.

"용남이 너도 말 놔라. 같이 늙어가는 처지에 형이라고 부르면 됐 지, 거북하게 존대말까지 할 거 뭐 있냐?"

"으응. 아, 알았어."

"짜아식 수줍어하기는. 그나저나 하여튼 잘 왔다. 그러잖아도 한 사 람 필요하던 참인데."

"사람은 왜?"

"응. 이따 집에 가서 얘기해 줄게."

그러자 작두가 먼저 일어서며 말했다.

"이따가는 뭐 이따가냐? 술도 다 먹었으니 이제 그만 일어나야지."

우리는 그대로 목포집을 나와 그들이 기거한다는 무허가 자췻집으 로 향했다. 가는 길에 경준이는 나의 탈출과 재회를 경축한다며 구멍 가게에서 소주 두 병과 오징어, 그리고 라면 등을 또 샀다. 그들의 자 취방은 전깃불도 안 들어오는 외진 곳에 틀어박혀 있었다. 그리고 그 것은 돼지우리를 방불케 할 만큼 낡고 지저분했다. 작두가 촛불을 밝 히자 도배지가 군데군데 찢어진 벽으로 흙벽돌이 살풍경하게 모습을 드러냈다. 시멘트 부대가 깔린 방바닥 위로 냄새나는 담요 두 장과 찌 그러진 냄비 하나가 뒹굴고 있었다. 그러나 나는 난생처음 자유가 보장된 곳에 들어섰다는 사실로 벅차도록 가슴이 설렜다. 작두가 등산용 버너에 라면을 안치고 경준이가 술병을 땄다.

"용남이 너, 우리랑 무슨 일이든지 함께할 각오 돼있냐?"

경준이가 이번에는 오징어를 북북 찢으며 물었다. 나는 하는 일이 뭐냐고 물으려다 그만두고 고개를 끄덕이는 것으로 대답을 대신했다. 물으나 마나 그들이 하는 일이란 비정상적인 것임이 틀림없을 테고, 나 역시 그들에게 신세를 져야 할 마당에 이것저것 입맛을 가릴 수는 없었기 때문이었다.

"좋았어."

경준이는 시원시원한 내 대답에 만족해하면서 세 개의 종이컵에 술을 돌렸다.

"그런데 한 사람 더 필요했다는 건 무슨 얘기야?"

내가 그 한 가지 질문으로 모든 것이 드러날 것임을 계산하면서 묻자, 단숨에 잔을 비운 경준이가 오징어 다리를 뜯으며 간단하게 말했다.

"갯짱(시계)을 왕창 털어야 하는데 손이 모자라거든."

"갯짱? 어디서?"

"짜식, 답답하기는 그때나 지금이나 변함이 없군. 너 같으면 갯짱을 갯짱집 말고 어디서 털겠냐?"

경준이는 그렇게 핀잔하고 나서 자세한 얘기를 들려주었다. 시내로 들어가면 그리 넓지 않은 길 하나를 사이로 한쪽은 주택, 다른 한쪽은 점포가 늘어선 곳이 있다고 했다. 그 점포 중 하나가 시계포인데, 바로 그 옆 점포가 마침 내부 수리를 시작했다는 것이다. 무엇을 하려는지는 알 수 없으나, 현재 기존 시설은 물론 앞유리 문까지 몽땅 뜯어낸 상태라고 했다. 그 때문에 저녁이 되면 주인은 공사 중이라 자물쇠도 채우지 않고 그냥 함석 덧문만 끼워놓은 채 돌아간다는 것이었다. 그러니까 우리가 내일 밤 통행금지 시간에 그 점포 안으로 들어가서 벽을 뚫고 옆의 시계포로 침입한다는 것이었다. 점포끼리의 벽은 시멘트 블록으로 돼있어서 어렵지 않게 뚫을 수 있다고 했다. 그의 설명을 듣는 동안 나는 자연스럽게 옛날 대빡들과 보급소를 털던 일을 상기해 냈다. 그리고 동시에 내 삶은 결국 이런 한계를 못 벗어나는구나 하는 자멸감에 마음이 어두워졌다.

"그런데 내가 할 일은 뭐야?"

"넌 망을 봐야 돼."

"또 망야?"

"또 망이라니?"

"아, 아냐. 아무것도."

"원 짜식, 언제 우리랑 일이나 해본 것처럼 얘기하네. 하여튼 네 일이 우리가 하는 일보다 훨씬 어렵고 중요하다는 것만 알고 있어. 안에 들어간 우리 두 사람 목숨은 순전히 네 손에 달려있다구."

"안에 들어가서 덧문을 완전히 닫고 일을 할 거 아냐?"

"그렇지."

"그럼 밖에서 망보다 갑자기 사람이 나타나면 난 어디로 숨어?"

작두가 대신 말했다.

"덧문 바로 앞에 서있으면 시야도 좁고 위험해서 안 돼."

그들은 그동안 현장 주변을 꽤 소상하게 파악해 둔 것 같았다. 그의 얘기로는 그 점포에서 길 건너 주택 쪽을 바라보면 그중 한 집의 화장실이 정면으로 보인다고 했다. 그 화장실 지붕이 바로 장독대인데, 거기 올라가 엎드려서 고개를 빼면 도로의 왼쪽 입구에서부터 오른쪽 끝까지가 한눈에 드러나게 돼 있다는 것이었다. 따라서 나는 그 장독대로 올라가 길을 살피고 있다가 사람이 나타나는 즉시 자기들이 들어간 점포를 향해 플래시로 신호만 보내면 된다고 했다. 자기들도 덧문 틈새를 통해서 교대로 계속 이쪽 편의 나를 주시할 거라고 했다.

"건너편까지 후래쉬를 비추면 다른 사람 눈에도 금방 띌 텐데?"

"그러니까 후래쉬 유리 속만 겨우 불그레 해지도록 다 닳은 밧데리를 끼워야지. 그럼 빛이 안 뻗쳐서 정면에서 보는 사람 외에는 절대 눈에 띄지 않는단 말야."

"후래쉬는 있어?"

"구해야지. 어디 후래쉬뿐이냐? 등산복, 등산 장비, 정, 빠루, 망치…, 구할 게 한두 가지가 아니야."

"등산 장비는 또 왜?"

"물건을 담을 배낭도 필요하지만, 통행금지가 해제되기 무섭게 시내를 활보하려면 등산객 차림이 제일 안전하거든."

그의 설명 속에는 제법 치밀하게 머리를 짜내려고 한 흔적이 역력히 보였다.

"근데 망치로 벽을 때리면 소리가 요란할 텐데?"

"조심해야지. 하지만 아무려면 벽에 엄지손가락만 한 구멍 하나야 안 들키고 못 내겠냐? 더구나 속이 빈 부록큰데."

"엄지손가락만큼 뚫어서 뭐하게?"

"그다음부터는 빠루를 끼우고 잡아제쳐서 조금씩 조금씩 허물어내는 거지. 그리고 부록크 벽은 원래 처음 구멍 내기가 힘들지 한번 뚫었다 하면 그다음부터는 조금씩 구멍을 넓혀가는 건 식은 죽 먹기야."

"아하!"

"하여튼 너는 그런 줄만 알고 각오나 단단히 해둬. 이번 일만 잘되면 우리는 큰돈을 만질 수가 있으니까."

경준이가 그렇게 끼어들며 자신의 빈 잔에 또 술을 채웠다. 목포집

237
악인의 길

에서 한잔하고도 또 이처럼 연거푸 마시는 걸 보면 그의 주량은 상당한 것 같았다. 작두가 내게 술잔을 들어 보였다.

"용남이 너도 한잔해라. 너 땜에 사 온 술이니까."

"으응. 그, 그러지 뭐."

나는 그날 난생처음으로 술을 마셔 보았다. 가슴이 터질 것 같은 해방감이 나로 하여금 겁 없이 잔을 비우게 만들었다. 거의 한 병을 혼자 마시다시피 한 나는 그날 밤 화장실에서 똥물이 올라올 정도로 토악질을 하고서 그대로 인사불성이 돼버렸다.

다음 날 내가 눈을 뜬 것은 점심때가 훨씬 지나서였다. 수용소의 습관대로 새벽에 한 차례 눈을 떴으나 여기가 의정부고 나는 자유의 몸이라는 사실을 새삼 깨닫고 다시 깊은 잠에 빠져들었다.

"얼래? 그래도 죽지 않구 살아나네. 속 괜찮냐?"

플래시를 점검하던 경준이가 속이 뒤집힐 것 같은 표정으로 일어나는 내게 물었다. 언제 나가서 구해 왔는지 그들 앞에는 각종 등산 장비와 연장들이 어지럽게 널려있었다.

"언제… 나가서 이걸 다 구해 왔어?"

"언제? 짜샤, 우리가 그동안 이런 거 구할라구 어디까지 갔다 왔는지 알아?"

"왜, 나 깨우지?"

"술 먹고 뻗은 놈을 깨우긴 짜샤…. 그나저나 그렇게 술이 약해가지구 어따 쓰냐?"

"형도 참, 꼭 술을 잘 먹어야 쓰는 일도 있나?"

그때 등산 복장을 완전히 갖추고 배낭까지 짊어진 작두가 패션모델처럼 폼을 잡으며 물었다.

"야, 니들 나 어떠냐?"

푸른 등산모에 목에는 타올도 한 장 척 걸려있었고, 손에는 피켈까지 들려 있었다.

"그래그래. 인물 난다, 인물 나."

"무슨 인물? 도둑놈 인물?"

작두가 히죽 웃고 나서 다시 혼잣말처럼 중얼거렸다.

"X도, 이거 장사 밑천이 너무 많이 드는데? 이렇게 잔뜩 밑천 만들어 놓고 삐꺽하는 날이면…."

"마, 하나님두 양심이 있지, 설마 삐꺽하게야 만들겠냐? 이틀 동안 우리가 들인 공이 얼만데."

"원, X발새끼 별 데서 다 양심을 찾네. 하늘개비짱이 언제 도둑놈한테 양심 써준다고 하디?"

"참. 성경책에 그 약속은 없던가?"

"미친놈. 야, 용남이 너도 그만 일어나서 여기 청바지랑 조끼 입어봐."

작두가 허름한 청바지와 가죽 조각을 잇대 만든 조끼 하나를 던져주었다.

"내 것도 있어?"

"그럼, 넌 등산객 아니냐?"

"알았어."

"배낭은 우리 둘만 멜 거니까 넌 그것만 입어."

내 옷은 맞춤이나 한 듯 꼭 맞았다. 경준이가 물끄러미 바라보며 말했다.

"거, 한 번 입고 버리기는 아까운데?"

"아니, 이 청바지를 왜 버려?"

"마, 한 번 범죄에 사용했던 옷은 두 번 다시 안 입는 게 좋은 거야. 사건이 알려지면 범인 복장을 기억해 내는 놈이 꼭 한둘씩 나타나서 여물통을 놀리기 마련이라구."

그러자 작두가 "어디 옷뿐이냐? 연장도 한 번 썼으면 전부 갖다 버리는 게 좋아." 하고 거들며 정과 망치의 대가리를 헝겊으로 몇 겹씩 감싸기 시작했다. 정을 때릴 때 울리는 소리를 최소화시키기 위해서였을 것이다. 경준이가 내게 플래시와 시계를 내주었다. 플래시를 켜보니 정말 정면에서 똑바로 보지 않고는 알아볼 수 없을 만큼 불빛이 미미했다.

"자꾸 켜보지 마. 그러다가 밧데리가 아주 닳아버리면 곤란하니까. 그리고 시계는 케이스 가리지만 잘 맞을 거다. 그걸 보고 통행금지 끝나고 십 분쯤 더 지나거든 우리한테 신호를 보내."

"신호는 어떤 식으로 할까?"

"사람이 나타나면 한 번, 사라지면 두 번을 깜빡거려. 마지막에 나와도 좋다는 신호는 동그라미를 그리구."

"알았어."

"한 번인지 두 번인지 구분을 명확하게 해서 깜빡거려야 돼."

"글쎄 알았다니까. 한 번이랑 두 번을 연거푸 눌러서 헷갈리게 하지는 않을 테니까 염려 말라구."

"짜식, 그럴 때는 대가리가 제법 돌아가는데?"

작두가 연장을 한쪽으로 밀어놓고 일어섰다.

"이제 준비는 다 됐으니까 나가서 시다이(밥)나 쪼자. 오늘은 아직 한 끼도 안 먹었잖아."

우리는 시장으로 가서 순댓국으로 빈속을 채웠다. 얼큰한 국물을 훌훌 마시고 나니 메슥거리던 속이 한결 부드러워졌다.

드디어 밤이 되었다. 긴장을 풀기 위해 막걸리를 사다 한 잔씩 먹고 난 우리는 등산 복장을 갖추고 방을 나섰다. 의정부역 부근에 있다는 그 현장은 다리가 아플 만큼 꽤 멀었다. 길을 걸으면서도 작두는 통금 시간 직전에 보폭을 맞추기 위해 자꾸 시계를 들여다봤고, 아직 현장이 멀었음에도 경준이는 비상로라도 살펴두려는 듯 골목 골목을 유심히 관찰하며 걸었다. 우리가 현장 입구에 다다른 것은 밤 11시 40분 경이었다. 시가지는 어느덧 깊은 적막에 잠겨 고른 숨을 쉬고 있었다. 간간이 시간에 쫓겨 종종걸음을 치는 몇 사람의 행인들 외에는 개 짖는 소리 하나 들리지 않았다.

"바로 저 집이야."

대로를 왼쪽에 끼고 어느 중간길로 꺾어 들어 얼마쯤 가자 작두가 나직하게 속삭였다. 과연 비슷비슷한 크기로 줄지어 선 주택들 가운데 화장실 위로 장독대가 설치된 집 하나가 눈에 들어왔다. 반사적으로 건너편을 바라보았다. 첫눈에 감이 잡히는 점포가 대칭선상에 있었다. 도로까지 침범하고 나와 앉은 깨진 벽돌 더미며 부서진 선반, 기타 각종 폐자재들….

"우리가 번쩍 들어줄 테니까 잽싸게 올라가서 엎드려. 그 너머 집 안 사람들 조심하구."

장독대 밑을 서너 걸음 남겨두고 작두가 빠르게 사방을 살폈다. 나는 곧 두 사람에 의해서 솜뭉치처럼 가볍게 들어 올려졌다. 내부의 끝 방에는 아직 불이 켜져있었다. 그러나 다행히 안쪽으로 여러 개의 항아리가 줄지어 있어서 배를 깔고 엎드린 내가 쉽게 발각될 것 같지는 않았다. 나를 번개처럼 올려준 두 사람은 저만치 가던 방향 그대로 총총히 사라지고 있었다. 그렇게 얼마쯤 더 가다가 건너편으로 되돌아올 것이다. 방에서 어린아이의 칭얼거림이 낮게 새어 나오고 있었다. 벌써부터 모기들도 기분 나쁜 비행음을 내며 꼬여 들고 있었다. 곧 경준이와 작두가 살쾡이처럼 주위를 살피면서 건너편 점포 앞에 나타났다. 작두가 힐끗 나를 바라보는 것 같았다. 시야가 확 트인 내가 자신 있게 플래시를 두 번 깜빡여 보였다. 그들이 맨 끝쪽 덧문을 반쯤 빼고 총알처럼 들어가 다시 닫는 데는 3초도 안 걸린 듯했다. 잠시 후, 점포 안에서 톡톡 망치질하는 소리가 들리기 시작했다. 매우 미약한 소리였다. 그러나 면도날처럼 신경을 곤두세운 내 귀에는 북소리만큼이나 크게 느껴지는 소리였다.

멀리서 방범대원들의 호루라기 소리가 간헐적으로 들려오고 있었다. 시계를 비춰보았다. 아직 1분 전 열두 시. 시간은 한없이 더뎠다. 한세월 저편에 자리한 듯한 통금해제 시간으로의 초침이 그렇게 무거워 보일 수가 없었다. 일의 진척이 어떻게 돼가는 것일까? 다행히 망치질 소리는 멎었지만, 내부 사정이 이만저만 궁금한 게 아니었다. 그날 밤, 두 명의 방범대원들이 점포 앞과 내 턱밑으로 지나간 것은 모두 세 번이었다. 그때마다 나는 충실히 신호를 보내주었다. 그처럼 완벽하게 손발을 맞춘 덕택으로 마지막 순찰자가 시계포의 덧문을 플래시로 슬쩍 한번 비춰보고 지나간 것 외에 이렇다 할 상황은 발생하지 않았다.

정확히 새벽 네 시 10분, 내 신호를 받고 점포를 빠져나온 두 사람은 곧 의정부역 쪽으로 방향을 잡고 빠르게 그곳을 벗어났다. 나도 장독대에서 뛰어내려 급히 뒤를 따랐다. 멀리서 자동차의 경적과 함석문 여는 소리가 사이를 두고 들려 바야흐로 도심지가 서서히 기지개를 켜는 것이었다. 우리는 대로를 따라 유유히 그곳을 빠져나온 다음 버스를 타고 멀리 외곽을 돌아 자취방으로 돌아왔다. 방으로 들어서기 무섭게 경준이와 작두는 메고 온 배낭을 방 한가운데 쏟았다. 상당히 많은 양의 시계가 쏟아져 나왔다. 세어 보니 이백하고도 예순여섯 개였다. 경준이와 작두의 입이 함지박만 하게 벌어졌다.

"하룻밤 수고치고는 수확이 제법 쏠쏠한데?"

"에또! 이게 뭐냐? 씨, 씨티⋯즌? 그리고 이건 오, 오메⋯, 오메⋯아, 이게 바로 오메가라는 거구나. 그럼 이거 댓금짜리 아냐?"

작두가 바닥에 깔린 시멘트 부대를 집어 들고 시계를 옮겨 담았다. 경준이가 못 미더운 얼굴로 말했다.

"이거 이대로 왕창 넘겼다가 댓금짜리 갯짱까지도 도매금으로 똥값 취급당하는 거 아냐?"

"걱정 마. 이 장사는 어디까지나 신용으로 시작해서 신용으로 끝나는 거야. 나중에 신문에 보도되는 액수랑 턱없이 틀렸다가는 마장동 박 씨도 이 계통에서 매장당한다구."

마장동 박 씨란 전문 장물아비를 말함이었다. 작두의 얘기로는 여러 가지 복합한 경로를 거쳐야 그를 만날 수 있다고 했다. 작두가 물건을 꾸려 놓고 빈 몸으로 일어서며 말했다.

"그럼 기다리고 있어. 나갔다 올게."

"오늘 중으로 연락이 닿을까?"

"모르지. 하여간 먼저 갈채 다방에 전화해서 오 사장이란 중간책부터 찾는 게 순서야."

그렇게 나간 작두가 다시 돌아온 것은 저녁이 다 돼갈 무렵이었다.

"야. 왜 이제 오냐? 걱정했잖아."

"수소문하느라고 X빵이쳤다야. 그동안 마장동 박 씨가 연락처를 싹 바꿨더라고."

"연락은 된 거야?"

"마, 내가 누구냐? 자, 빨리 물건 갖고 나가자. 30분 후에 학교 앞 짱깨집에서 만나기로 했어."

"여기까지 와주겠대?"

"그러믄 차 가진 작자가 와야지, 우리가 어떻게 물건을 들고 멀리까지 가냐?"

"알았어. 야, 용남아, 일어나자."

그러자 대뜸 작두가 말렸다.

"아냐, 아냐. 용남이 넌 여기서 그대로 기다려. 쓸데없이 몰려다녀서 좋을 건 없으니까."

그들이 나가고 난 뒤 나는 곰곰이 생각해 보았다. 이로써 나는 직업적인 도둑놈의 세계로 첫발을 내디딘 것이다. 도대체 내 삶은 언제까지 이처럼 어둡고 불안정한 궤도만을 타야 하는가? 지금까지 살아오면서 단 한 번이라도 가슴 펴는 생활을 해본 적이 있었던가? 없었다. 거렁뱅이를 시작으로 고아원, 수용소 등 외진 곳만을 기어오는 동안 가슴은커녕 나 스스로 한번 환하게 웃어본 기억조차도 없었다. 그런데도 수용소를 빠져나오기 바쁘게 이번에는 도둑놈 세계가 자연스럽게 나를 맞이했다. 물론 예상을 안 한 건 아니지만, 내 인생 노선이 너무나도 정형화되었다는 사실이 나는 억울한 것이다. 이 일에 계속 매이다 보면 조만간 콩밥을 먹게 되리란 추측은 그리 어려운 게 아니었다. 그걸 알면서도 쉽게 벗어나지 못하도록 옥죄어진 팔자란 얼마나 더럽고 기구한 것인가!

불현듯 밖으로 뛰어나가 아무나 붙잡고 물어보고 싶은 심정이었다. 이처럼 내 운명이 일찍부터 어긋나게 된 원인이 무엇이냐고? 도대체 나는 누구이며 그 뿌리가 어떤 것이냐고? 아무리 생각해도 내가 당당한 신분으로 정상적인 삶을 영위할 시대는 오지 않을 것만 같았다.

나는 암울한 심정으로 옆구리에 매달린 목상을 떼어 들여다보았다. 목상이 나를 향해 엷은 미소를 짓고 있었다. 나는 그것을 한참 동안 바라보다가 그대로 쓰레기통에 쑤셔 박아버렸다. 지니고 다녀봐야 마음만 뒤숭숭한 데다 모든 게 부질없다는 생각에서였다. 아니, 좀 더 솔직히 표현하자면 어느새 가슴 속에서 어머니에 대한 증오가 서서히 고개를 들기 시작했기 때문이라고 봐야 할 것이었다. 경준이들이 돌아온 것은 두 시간 정도 지나서였다. 흥정이 대체로 만족스러웠는지 밝은 표정들이었다.

"자, 넣어둬라."

작두가 내게 돈뭉치를 던져 주었다. 16만 원이었다. 그들은 얼마씩 가졌는지는 모르지만 내겐 이것도 큰 액수였다. 이 나이가 되도록 구경조차 못 해본 돈이었다.

"니가 조금 적더라도 이해해라. 누가 뭐래도 이 바닥을 개척한 고참이랑 갓 들어온 쫄짜가 같을 수는 없는 거니까."

"나도 알어. 그리고 이번 일도 어려운 건 형들이 다 했지, 나야 뭐 한 게 있나?"

"짜식! 그렇게 생각한다니 다행이다. 자, 그럼 일찌감치 쐬주나 사다 한 따까리 하고 해골 굴리자. 피곤하니까."

작두가 일어서며 말했다. 하루 사이에 황송하리만치 큰돈을 만지게 된 내가 인사치레 삼아 한마디 했다.

"작두 형. 그럴 거 없이 어디 나가서 왕건이래두 좀 뜯자. 내가 살게."

경준이가 눈을 휘둥그레 떴다.

"얀마. 꼬리 잡힐라구 작정을 했냐? 벌써부터 돈 팡팡 쓸라고 폼 잡게."

"그, 그런가?"

작두가 맞장구를 쳤다.

"그래, 함부로 쐬티 내고 다니지 마라. X되는 수가 있으니까. 돈도 당분간 너 혼자만 아는 데다 짱박아 두고 비상금만 조금씩 가지고 다녀."

"알았어, 형."

그날 밤 4홉들이 소주 한 병을 사다 나눠 마시고 잠이 든 우리는 다시 이튿날 점심때가 돼서야 눈을 떴다. 아침 겸 점심으로 라면을 사다 끓여 먹었다. 주머니가 두둑해서일까? 그토록 별식으로 생각되던 라면도 별맛을 느낄 수가 없었다. 젓가락을 놓기 무섭게 경준이가 상의를 걸치며 작두를 재촉했다.

"작두야, 그럼 어디 일어나 보자."

"벌써 가게? 좀 빠르지 않냐?"

"빠르긴 짜샤. 내 똘똘이(성기)는 새벽부터 깨서 난리다."

"원, X새끼. 그것도 연장이라고 대낮부터 밝히기는…. 좋아. 그럼 용남이 너도 빨리 준비해라."

내가 눈을 동그랗게 뜨고 물었다.

"어디 가는데?"

"어디긴 새꺄. 모처럼 빠구리(성교) 한탕 하러 가는 거지."

"잉?"

"왜 그러냐?"

"시, 싫어. 난 안 가."

나는 대번에 고개를 흔들었다. 지금까지 여자라고는 발목 근처에도 못 가보고 살아온 내가 무작정 따라가서 뭘 어쩌란 말인가? 부끄러운 건 둘째치고 망신만 당하게 될지도 모를 일이었다. 작두가 희한하다는 표정을 지었다.

"너, 똘똘이(성기)도 목욕 안 시키면 녹슨다."

"하여튼 안 가. 그러니까 형들이나 갔다 오라구."

경준이가 작두를 잡아끌었다.

"놔둬. 저놈은 아직 신뼁이라 뭘 모른단 말야. 나중에 공부 좀 시켜

가지고 딱지를 떼주든지 하자구."

"그래? 그렇담 할 수 없지. 마, 지금부터라도 잡지책 사다놓고 좀 배워."

그들이 나가고 난 뒤 나도 라면 그릇을 닦아놓고 밖으로 나왔다. 옷을 한 벌 사 입기 위해서였다. 버스를 타고 녹양동까지 가서 가을 잠바와 바지, 그리고 속옷을 샀다. 등산용 칼 한 자루와 담배도 사 넣었다. 담배는 피울 줄 몰랐지만, 어차피 이 길로 들어선 이상 그런 걸 지니고 있어야 이 바닥의 '나'다울 것 같아서였다. 저녁 늦게 경준이와 작두는 우리가 턴 시계포 뉴스를 가지고 돌아왔다. 예상대로 우리의 사건은 신문에 취급되었고, 경찰은 전문털이범의 소행으로 보고 동일 전과자들을 상대로 탐문수사를 시작했다는 것이었다. 작두는 우리에게 아직 큰 절도 건수가 없어서 수사의 촉수가 뻗칠 가능성이 희박하다면서도, 당분간 전에 하던 일을 계속하는 척하자고 했다. 주위의 눈을 따돌리기 위한 연막술이었다.

그가 하자고 하는 것은 소위 '앵벌이'라는 것으로서 차 안에서 물건을 파는 일이었다. 경준이는 자신이 선감도를 나와 작두를 만나면서 최초로 시작한 일이 그거였다고 했다. 우선 신문이나 볼펜, 껌, 칫솔 따위를 사서 가방에 담아 들고 버스에 오른다. 그러고는 통로 앞에 서서 한바탕 청승을 떠는 것이다.

"복잡한 차 중에 잠시 소란을 끼치게 되어 대단히 죄~쏭합니다. 본인은 병든 할머니와 어린 두 동생을 책임지고 있는 한 가족의 가장입니다. 일찍이 열한 살의 나이로 조실부모하고 험한 세파 속에 가랑잎처럼 떨어져야 했던 저는, 삶이 너무나도 힘겨워 그동안 수차례 죽어도 볼까 생각했었습니다. 그러나 그때마다 병석에서 반신불수로 쿨럭이는 할머니와 허기진 배를 물로 채우고 밖에 나와 병든 닭처럼 꾸벅

거리는 동생들의 모습이 떠올라 차마 죽을 수도 없었습니다.

산다는 것이 이리도 힘든 것일까요? 하지만 손님 여러분, 저는 믿습니다. 아직 이 사회가 그리 냉정하지만은 않다는 것과 올바름 양심으로 꿋꿋하게 살다 보면 언젠가는 반드시 우리에게도 행복의 웃음이 찾아오리라는 것을 말입니다. 그래서 오늘도 저는 수많은 죄악의 유혹을 물리치고, 가난하게는 살아도 더럽게 살아서는 안 된다는 일념으로 볼펜 몇 자루에 여러분의 동정을 구하고자 이렇게 버스에 뛰어오른 것입니다. 물론 시중에 나가시면 몇십 원에 구입할 수 있는 볼펜입니다만, 부득이 이 자리에서는 일금 백 원에 모실까 합니다. 부디 외면하지 마시고 지나는 길에 한 자루씩 구입해 주십시오. 그러면 저는 용기 있게 살라는 채찍질로 알고 더욱 열심히 살도록 노력하겠습니다. 감~싸합니다. 죄~쏭합니다.”

그러고 나서 승객들 무릎 위에 물건을 쫙 돌리는 것인데, 부지런히 뛰면 밥은 먹을 수 있다고 했다. 곧 경준이는 먼지투성이의 다락을 뒤져 쓰던 가방을 찾아냈고, 작두는 밖으로 나가 볼펜을 한 아름 사 들고 들어왔다.

그렇게 준비한 물건을 들고 우리는 다음 날부터 규칙적인 시간에 맞춰 방을 나섰다. 길에서 아는 건달들을 만나면 까놓고 앵벌이 나간다고 말해 두는 것도 잊지 않았다. 그러나 우리는 그 어디에서도 앵벌이는 하지 않았다. 그저 집을 나서는 대로 곧장 극장으로 향하거나 유원지로 가서 질탕하게 놀며 하루해를 보냈다.

그리고 일주일 후, 세상 모르게 단잠에 빠져있던 우리는 느닷없이 들이닥친 형사들에 의해 기어코 차가운 쇠고랑을 받고 말았다. 장물아비인 마장동 박 씨가 잡히는 바람에 그 역추적에 우리가 걸려든 것이다.

재 회

18

자고 나면 하루다. 세월은 쉬지 않고 과거의 저편으로 소리 없이 곤두박질치고 있다. 향토 예비군 창설, 경부고속도로 개통, 정인숙 피살, 와우 아파트 붕괴, 대연각 호텔 대화재, 육영수 여사 저격 피살, 남침용 땅굴 발견, 지하철 개통…. 그러나 목표를 잃고 표류하는 내 삶은 속절없이 뜨고 지는 태양의 의미를 자각하지 못한다. 감옥에 있는 동안 세월은 급격하게 퇴적물을 남기며 멀어져 가고 있었다.

형을 마치고 나온 나는 한 달가량 영등포 일대에서 더 뒹굴다가 의정부로 갔다. 그동안 헤어졌던 경준이와 작두의 근황이 궁금해서였다. 그러나 그들은 의정부에 없었다. 우리가 몇 년간 기거하던 무허가 자췻집도 흔적없이 철거된 상태였다. 목포집으로 가서 알아보니 작두는 몇 달 전에 지방으로 떴고, 경준이는 자동차 부속상을 털다가 구속되었다고 했다. 나는 간단하게 왕대포를 한 잔 시켜먹고 목포집을 나왔다. 경준이들이 없는 의정부 땅은 내게 무의미한 것이었다. 영화나 보면서 하루를 때우고 다시 영등포로 내려갈 생각이었다. 평일이어서인지 극장은 한산한 편이었다. 먼저 소변부터 미리 볼 생각으로 화장실을 찾았다. 바로 그때 누가 내 어깨를 툭 쳤다.

"야, 용남이 너 오랜만이다."

그건 족제비파라는 놈들로, 극장 주변을 무대로 하는 건달들이었다. 모두 세 명이었다.

"너, 요새 한동안 안 보이던데 재미 좋은가 보다?"

족제비가 털 하나 돋지 않은 자신의 턱을 슬슬 쓰다듬으며 빈들빈들 웃었다.

"재미는 뭘…."

"오리발은 변하지도 않는구나. 하여튼 할 말이 있었는데 잘 만났다. 나랑 얘기 좀 하자."

족제비가 내 팔뚝을 잡아끌었다.

"무슨 얘긴지 여기서 하지."

"글쎄, 잠깐 좀 따라와 봐."

그들이 나를 데리고 간 곳은 무대 옆 대기실이었다. 그처럼 건달들이 음침한 곳으로 끌고 갈 때는 좋은 의도가 아니라는 증거였다. 나는 주머니 속에 손을 넣어 등산용 칼을 미리 펴두었다. 화면 속에서 한창 정사가 벌어지는 여자의 농도 짙은 신음이 끊임없이 터져 나오고 있었다. 족제비가 나를 구석에 세워놓고 사타구니에 손을 찔러넣으며 말했다.

"우리 솔직히 얘기하자. 그동안 네가 우리 구역에서 물 잡은 게 어디 한두 번이냐? 그대로 우린 여태껏 곰(형사)들한테 입 한 번 뻥끗 안 했어."

"본론이 뭐지?"

"까놓고 말해서 이제 국물 좀 나눠 먹자 이거다. 요즘 워낙 궁짜가 껴서 말야."

"미안하지만 없다. 빵깐에서 두 바퀴를 돌고 나온 게 엊그제야."

족제비 옆에 있던 놈이 어깨를 으쓱하며 나섰다. 못 믿겠다는 눈치였다.

"이야, 임용남 주머니에서 오까네 떨어질 때가 다 있어?"

"그래, 없다."

"그런 새 X 째지는 소리 말고 대포값이나 좀 내놔라. 좋은 게 좋은 거 아니냐?"

"아무리 그래도 없는 건 없는 거다."

"X팔 새끼. 좋게 말해서 안 되겠군. 그만큼 남의 구역에서 재미 봤으면 인사라는 게 있어야 할 거 아냐."

족제비가 달려들면서 복부를 힘껏 가격했다. 나는 배에 힘을 잔뜩 주고 익숙하게 그 주먹을 받아낸 다음 번개처럼 칼을 꺼내 그의 어깨를 쑤셔버렸다. 족제비는 단말마의 비명을 지르며 무릎을 꿇었고, 두 놈은 바람처럼 밖으로 도망을 쳤다. 내친김에 족제비의 팔과 옆구리를 두어 번 더 쑤셔주고 나도 황급히 자리를 피했다.

내가 형사들에게 잡힌 것은 이틀 후 영등포의 한 당구장에서였다. 한창 내기 당구에 열을 올리고 있는데, 느닷없이 두 명의 건장한 사내가 들어오더니,

"어이, 너 임용남이지?"

하면서 철커덕 수갑을 채웠던 것이다. 나는 두 눈을 꼭 감았다. 의정부에서 멀리 벗어나 있으니 쉽게 잡히지 않으리라고 생각했던 게 불찰이었다. 신고를 받은 경찰은 내 전과기록을 어렵지 않게 찾아냈고, 알 만한 건달들을 수소문하여 내가 잘 드나드는 곳을 알아낸 것이다. 나는 태만하게 영등포 바닥에서 얼쩡거린 것을 후회하며 순순히 연행에 응했다.

그렇게 해서 나는 그날부로 피해자의 거주 지역인 의정부 경찰서로 압송되었다. 족제비는 생명에 지장은 없으나 중상을 입었다고 했다. 나의 조서를 맡은 담당 형사는 다부진 체격의 오십 대였다. 내가 수갑을 차고 앞에 앉자 그는 일단 담배부터 한 대 빼 물고 타자기를 끌어당겼다.

"우리 피차 같은 말 두 번씩 반복하는 일 없도록 하자. 이름."

"임용남요."

"생년월일."

"모릅니다."

"어쭈, 이놈 봐라? 벌써부터…."

과히 익숙하지 못한 솜씨로 타자기를 두들기던 그가 대번에 눈꼬리를 말아 올렸다.

"정말 모릅니다. 못 믿으시면 제 전과기록 한번 뒤져보세요. 어디고 제 생년월일 똑바로 기록된 데는 없을 겁니다."

"…."

"좋아. 그럼 나이는."

"글쎄요. 한 스물다섯쯤?"

"나이도 확실히 모른단 말야?"

"예."

"그럼 본적은?"

"그것도 모릅니다."

"부모는?"

"…."

"부모는 있어, 없어?"

"글쎄요?"

"그것도 몰라?"

"예."

"좋다. 그럼 주소는?"

그는 이제 아예 타자기에서 손을 떼고 입으로만 묻고 있었다. 기록은 둘째치고 대관절 어디까지 모른다고 할 건지 그걸 두고 보겠다는 심사 같았다.

"주소도 뚜렷한 게 없습니다."

그러자 질문을 포기하고 물끄러미 바라보며 연방 담배만 빨던 그는 곧 의자에서 일어섰다.

"이거 원 나이도 어린놈이 칼부림이라?"

"정당방위였습니다."

"시끄러, 짜식아!"

그가 불이 일도록 따귀를 올려붙였다.

"인마, 평소 알고 지내던 놈이 술값 좀 꿔달라니까 다짜고짜 칼을 꺼내 찔러놓고도 그게 정당방위냐?"

"예에? 아니, 누가 그래요? 족제비 새끼가 그럽디까?"

"목격자도 둘이나 있어. 그놈과 안면이 있는 두 명이 극장에 놀러 갔다가 네가 족제비를 무대 대기실로 끌고 가는 걸 우연히 목격했다는 거야."

"어휴! 나 이거 미치겠네. 아니, 형사님. 그 새끼들 말을 믿습니까? 그거 다 한패예요. 세 놈이 나를 끌고 가서 돈 내놓으라고 먼저 주먹질을 했다 이겁니다."

"하여간 나는 진술하는 대로만 적는 거니까 억울한 게 있으면 검사한테 가서 따져."

"나 참, 별명이 족제비라더니 X발 새끼 하는 짓도 꼭…."

나의 투덜거림을 듣는 둥 마는 둥, 형사가 서류를 훑어보며 다시 물었다.

"에또! 그러니까 네 얘기인즉, 지금까지 고아로 살아왔다 이건가 본데…."

"예."

"어떻게 해서 고아가 됐지?"

"모릅니다."

"모른다? 그렇게 기억이 전무할 정도라면 아주 어려서부터 고아가 됐다는 얘긴데, 그렇다면 지금까지 어떻게 살아왔다는 거냐?"

"그냥…, 꼬지로 시작해서 고아원에도 있다가, 또 부랑아 수용소에도 끌려갔다가…."

"첨에 거지 노릇부터 시작했다구?"

"예."

"너 금방 왜 고아가 됐는지 기억 안 난댔잖아?"

"예…? 예."

"아 참, 그 자식 웃기네. 첨에 거지로 시작했다는 건 알면서 무슨 이유로 거지 노릇을 시작해야 했는지 그건 모른단 말야?"

"…."

"그냥 어느 날 잠에서 깨보니 거지가 돼있더라 이거냐?"

그는 다시 새 담배를 꺼내물며 여유 있게 파고들었다. 담뱃불은 붙이지 않았지만 꽤나 골초인 모양이었다. 하찮은 말꼬리까지도 놓치지 않는 노련미로 보아 대번에 베테랑급임을 알 수 있었다.

"한, 일곱~여덟 살 됐을까? 아주 어렸을 때 뭉치가 나를 서울역에 놔두고 사라진 거 하난 기억합니다. 그때부터…."

"어머니가 서울역에 놔두고?"

"예. 뭐 빵을 사 올 테니까 기다리라던가요? 그런데 형사님, 꼭 그런 거까지 물으셔야 합니까?"

"왜, 대답하기 귀찮다, 이거야?"

"웬만하면 족제비나 대면시켜 주시고 그냥 빨간 집 보내시죠. 다른 형사님들은 모르면 모르는 대로 주소 불명, 나이 불명, 이렇게만 써가지고도 잘만 보내던데요."

"어쭈, 이 자식 봐라? 인마, 네가 형사야? 그냥 보내고 안 보내고는 내가 알아서 할 일야, 인마!"

그가 주먹으로 머리를 된통 한 대 쥐어박았다. 슬그머니 오기가 일었다. 나도 모르게 목소리가 투박하게 변해서 튀어나왔다.

"글쎄, 아무리 짜봐야 족보에 대해서는 더 이상 아는 게 없으니까 그렇죠. 내가 굳이 기억하는 거라곤 뭉치가 나를 서울역에 버린 거랑 그 이전에 어떤 꼰대가 나를 목 졸라 죽일라구…."

"뭐?"

"아, 아닙니다. 아무것도 아녜요."

"말을 하다 말고 아무것도 아니라니? 이 자식이 지금 누구랑 장난하나?"

"확실하지가 않으니까 그렇죠."

"뭐가 인마!"

"아주 어렸을 때 어떤 꼰대가 포대기 끈으로 나를 죽이려고 했던 것도 같은데 그게 꿈인지 사실인지…."

그때였다.

"뭐? 포, 포대기 끈…?"

갑자기 형사의 미간이 묘하게 일그러졌다. 그렇게 일그러지는 미간 위로 미로를 더듬는 곤충의 촉수 같은 게 빗살처럼 꽂히고 있었다. 그러나 그것도 잠시. 그는 곧 눈을 커다랗게 뜨면서 나를 뚫어지라 바라보았다. 아아, 나의 그 한마디, 바로 그 한마디가 내 운명의 물줄기를 송두리째 뒤바꿔 놓게 될 줄을 나는 꿈에도 생각 못 했다. 형사가 재빨리 전과기록을 다시 한번 들여다보았다.

"그래, 맞아. 임용남… 성도 이름도 맞아. 이럴 수가…."

그가 신음처럼 뇌까렸다.

"왜… 그러십니까?"

"안 되겠다. 저리 좀 들어가자."

그는 멀뚱거리며 반문하는 나를 아무도 없는 취조실로 데리고 들어갔다. 그러고는 자리에 앉기 무섭게 물었다.

"너 혹시 임병수라는 이름 들어본 거 같지 않냐?"

"임병수요? 그게 누굽니까?"

"그, 그렇지. 기억이 전무한데 그걸 알 리가 없지. 그럼 이걸 물어보자. 서울역에서 네 어머니랑 헤어질 때 말이다. 그때 너희 모자 단 두 사람뿐이었냐? 혹시 네 어머니가 어린애 하나 안 업고 있었어?"

나의 기억력은 그의 질문에 양분을 공급받은 듯 안갯속의 18년 전으로 빨랫줄처럼 뻗어 들어갔다.

"아! 그, 그러고 보니 누구 하나 업고 있었던 것도 같습니다."

"하! 그, 그래?"

형사는 자신도 긴장되는 듯 아까부터 물고만 있던 담배에 떨리는 손으로 성냥불을 그어 당겼다.

"좋아. 그럼 이제 말야. 아무거나 좋으니까 네가 살던 동네에 대해서 뭐 기억나는 게 없는지 잘 좀 생각해 봐."

"그런데… 절 아십니까?"

"묻는 말에 대답이나 해."

"글쎄요. 뭐 별로 기억나는 게…."

"그렇게도 떠오르는 게 없단 말이냐? 하다못해 산이나 동네 모습 같은 거라도…."

"하긴 뭐, 개울에서 놀던 생각이 어렴풋이 나긴 해요. 가끔 진달래가 많이 핀 산도…"

그러자 형사는 그 대목에서 확증을 잡았다는 듯 끄응 신음을 내며 고개를 끄덕였다.

"그런데 형사님이 어떻게 그걸…?"

"내 동료 중에도 자기 아들을 포대기 끈으로 목 졸라 죽이려고 했던 사람이 있었다. 임병수라는 사람인데, 보아하니 99프로 네 아버지다."

"예에?"

정신이 띵해졌다. 쇠망치로 뒤통수를 호되게 얻어맞은 기분이었다. 아아! 이 무슨 기연이란 말인가! 그는 다름 아닌 아버지의 옛 동료 양찬주 순경이었던 것이다. 아버지가 나를 죽이려고 하던 날, 어머니의 고함을 듣고 제일 먼저 달려와 아버지를 야단치던 바로 그 사람이었다. 내 머릿속은 엄청난 혼란으로 질서를 잃어가고 있었다. 영원히 미궁 속에 잠길 줄만 알았던 나의 과거지사가 이토록 어이없는 계기를 빌미로 실마리를 찾게 되다니.

이것이 과연 운명이라는 것인가? 이것이 신의 섭리라는 것인가? 뭔가 묻기는 물어야겠건만, 입속만 바짝바짝 타들어 갈 뿐 쉽게 입이 떨어지지도 않았다. 한동안 마른침만 애꿎게 꿀꺽이던 끝에 간신히 입을 떼었다.

"도, 동료라면… 그럼, 제 아버지도 겨, 경찰관이었단 말씀입니까?"

양 형사는 대답 대신 측은한 표정으로 고개를 끄떡여주었다.

"지금 어디 살고 있는지는 아시구요?"

"돌아가셨다."

"예?"

"네 어머니가 너랑 네 동생을 데리고 집을 나간 지 일주일 만에 돌아가셨지. 우리 동료들이 묻어줬다."

"왜 죽었습니까? 어머니가 우리를 데리고 나간 이유는 또 뭐구요? 좀 자세히 말씀해 주십시오."

아버지더러 '왜 죽었느냐'고 표현하는 언어의 불손함도 깨우칠 만한 계제가 아니었다. 양 형사가 딱하다는 듯 물끄러미 바라보았다.

"아무리 어렸을 때 일이기로서니 자기가 직접 겪었던 일을 저렇게 까맣게 잊어먹었다니, 참 내."

"우리 집안에 어떤 말 못할 사연이 있었던 겁니까?"

"…"

"말씀해 주십시오. 제 집안이랑 저에 관한 얘기라면 제가 마땅히 알아야 되는 거 아니겠습니까?"

"물론 그렇기는 하다만, 남의 집안 얘기를 제3자인 내가 어떻게…?"

나는 애가 타서 매달리듯 다시 사정을 했다.

"혀, 형사님. 지금까지 그 족보 때문에 제가 얼마나 답답해했는지 아십니까? 사람답게 살고 싶어도 쥐뿔도 모르는 신분 때문에 그럴 수도 없었던 제 심정 상상이나 하시겠어요? 그런데 하늘이 도와서 이렇게 저를 아는 분을 만났는데 여기서도 그냥 넘어가야 한다면 그게 말이나 되는 얘깁니까? 어떤 얘기라도 괜찮으니 말씀해 주십시오. 어머니가 저를 버린 중요한 사실을 아는데, 집안에 무슨 일이 있었다고 제게 더 이상 대수로울 게 뭐가 있겠습니까?"

그러자 물끄러미 바라만 보던 양 형사는 그 대목에서 수긍이 갔는지 다시 한번 고개를 끄떡였다. 아마도 내가 어머니를 만나기 전에 어머니에게도 그만한 사정이 있었음을 미리 옹호해 둘 필요가 있다고 느낀 모양이었다.

"하긴 네 말도 일리가 있구나. 더구나 어차피 알게 될 일이기도 한데…"

그러면서 그는 아직도 반이나 남은 담뱃불부터 비벼 끄고 잔기침으로 목청을 가다듬었다. 나는 비로소 아버지와 제일 친했고, 집도 바로 이웃이던 그를 통하여 내 유년의 비정한 내력을 소상히 들을 수 있었다. 무지한 데다가 도박과 도벌을 일삼던 경찰관 아버지의 품행으로부터 그로 인한 파면, 갑작스러운 폐결핵, 사이비 선사의 황당무계한 요설, 나에 대한 아버지의 발악적인 저주와 포대기 끈으로의 살해 미수, 나의 불안정한 돌림 생활, 어머니의 삶에 대한 탈진, 그리고 우리 세 모자의 가출에 이르기까지 그 거짓말 같은 얘기를 나는 숨죽여 듣고 있었다.

이윽고 모든 얘기를 끝낸 양 형사는 안쓰러운 눈으로 내 표정을 살폈다. 그의 표정은 이미 죄인을 앞에 둔 형사의 모습이 아니었다. 나만 한 자식을 가진 어버이 공통의 자애로운 모습이었다. 나는 반사적으로 물었다.

"그렇다면 뭉…, 아니, 어머니는 집을 나올 때부터 나를 버리기로 작정했던 걸까요?"

"글쎄, 그거야 내 알 수 없는 일이지. 하지만 설사 그렇다손 치더라도 너는 네 어머니 심정도 이해를 해야 돼. 오죽 막막했으면 그런 결심을 했겠냐? 가망도 없는 네 아버지 병간호하랴, 동냥잠으로 떠도는 너 보살피랴, 게다가 동생 둘러업고 돈 벌러 다니랴, 그 양반도 이만저만 고생한 분이 아니었지."

양 형사는 그렇게 어머니를 두둔하며 나를 달랬다.

'참, 개 X 같은 팔자로구나. X팔!'

나는 내 기구한 유년의 베일이 확연히 벗겨졌을 때 속으로 먼저 그렇게 웅얼거렸다. 곧 진땀이 일도록 머릿속이 어지러워지면서 그동안 다소 잊고 지내던 어머니에 대한 증오심이 다시금 용암처럼 끓어올랐다. 내가 귀한 집 자식은 못 되더라도 최소한 평범한 가정의 아들쯤은 될 줄로 믿었었다. 한데 사정이 전혀 그렇지 못하다는 데서 오는 반발심이 더욱 감정을 부추기는 것이었다. 세상에 이토록 무지한 집안, 그토록 비정한 부모들이 어디 있단 말인가? 저 살겠다고 자식을 죽이려던 인간이 어찌 아버지겠으며, 아무리 고생이 심하다 한들 자기 배로 낳은 어린 자식을 험한 세파 속에 내팽개친 인간이 어찌 어머니란 말인가? 더욱이 동생은 잊지 않고 데려가면서 일곱 해 살붙이인 나는 버리다니. 그런 인간을 찾기 위해 온갖 시련 다 헤쳐온 지난 세월이 이만저만 억울한 게 아니었다. 그처럼 가치 없이 흘려보낸 세월을 나는 어디 가서 보상받아야 한단 말인가?

"그럼, 어머니가 지금 어디 사는지는 알고 계십니까?"

나는 끓어오르는 증오심을 가까스로 찍어 누르며 떨리는 목소리로 물었다. 결코 어머니가 보고 싶거나 미련이 남아서가 아니었다. 이제는 만난다 해도 서로에게 모자지간으로서의 의미는 찾아보기 어려울 것이다. 설사 나를 버릴 당시에 손톱만 한 죄책감이 있었다 해도, 이제 그나마 까마득한 18년 세월의 풍화작용으로 흔적 없이 녹아버렸을 터였다. 그런 줄 알면서도 묻는 건 변명이 듣고 싶어서였다. 만날 수만 있다면 자기 손으로 버린 자식 앞에서 대체 뭐라고 변명할지 그게 궁금해서였다. 아니, 여차하면 나는 그 가슴에 칼을 꽂게 될지도 모른다는 생각마저 하고 있었다. 양 형사는 낮지만 또렷하게 대답했다.

"모른다. 하지만 찾도록 힘써 볼 테니 너무 걱정 마라."

"찾을 만한 방법은 있으십니까?"

"함께 살던 양평군 양동사무소에 조회해 보면 뭔가 나오겠지. 그리고 네 작은아버지가 오산 미군 부대에 계셨다는 얘기도 들은 적이 있고 하니."

"아, 아니. 저한테 그럼 작은아버지도 있단 말씀입니까?"

"그래. 오산 미군 부대에서 전화교환수로 계신다는 얘기를 들었다.

혹시 모르지. 지금도 그 일을 계속하고 계실지…."

"…."

"그건 그렇고, 이제 네 얘기 좀 들어보자. 그래, 그동안 어떻게 지냈니?"

내가 고개를 푹 수그리고 복잡한 심사를 삭이려니까, 이번에는 양 형사가 그간의 내 행적을 물어왔다. 말하고 싶은 기분은 아니었으나, 그의 얘기에 대한 답례로 나도 그간의 행적을 대강 털어놓았다. 다 듣고 난 양 형사는 버릇처럼 고개를 끄떡이면서 "부모 잘못 만난 탓에 네 고생이 이만저만 아니구나. 하지만 다 잊어야 어떡하겠냐? 모르긴 해도 네 어머니 역시 그날 이후로 발 한 번 맘 편히 뻗고 잔 날이 없으실 거다." 하면서 다시 한번 어머니를 옹호했다. 그날 양 형사와의 사적인 대화는 일단 그것으로 끝이 났다. 뒤이어 족제비와의 사건에 대한 조서를 마치고 나는 그날로 미결수들이 가는 구치소로 이감되었다. 나를 보내면서 양 형사는 고생스러워도 조금만 참고 있으라고 했다. 그동안 자신은 어머니와 숙부를 수소문하겠다고 했다. 구치소에서의 20여 일은 내게 정신적 방황이 참으로 극심했던 기간이었다. 너무나도 급작스레 닥친 일이다 보니 그만큼 감정을 수습하기가 더욱 어려운 것이었다.

어머니를 만나면 어떻게 처신해야 할 것인가? 지금까지 쌓여온 응어리에 앙금이 남지 않도록 정말로 그 가슴에 칼을 꽂아버릴까? 아니면 온갖 저주를 퍼부으며 그 얼굴에 침이라도 뱉어주는 것으로 끝낼까? 그처럼 서리서리 증오의 칼을 갈면서도, 한편으로는 또 다른 갈등도 없지 않았다. 만약 자신의 잘못으로 인하여 그동안 나 못지않게 회한의 세월을 살아온 어머니가 다짜고짜 끌어안고 통곡이라도 한다면 그때는 어찌해야 할 것인가? 아니, 18년 전 어머니가 서울역으로 돌아오지 않은 것은 실은 나를 버리기 위해서가 아니라 피치 못할 사고가 발생해서였다면 그때는 또 어찌해야 할 것인가? 혼란스런 생각은 그것만이 아니었다. 내게는 동생과 숙부도 있는 등 그런대로 가문의 명맥이 존립한다는 데 대한 소속적 자긍심이 고개를 드는가 하면, 반대로 나는 버려진 놈이라는 반감도 뒤따랐다.

또 동생에 대한 본능적 우애감이 고개를 드는가 하면, 그놈은 어머니가 잊지 않고 챙긴 놈으로 둘 다 한통속이라는 적대감이 꼬리를 쳤다. 그처럼 눈을 감으면 인간적 갈등이 마음을 괴롭혔고, 눈을 뜨면 자식 버린 죄과를 까맣게 잊고 희희낙락하는 혐오스러운 여인의 얼굴이 파리똥 즐비한 천장에 쉴 새 없이 어른거리는 것이었다.

20여 일이 다 가도록 양 형사에게서는 별다른 소식이 없었다. 수소문하는 일이 그리 여의치만은 않은 모양이었다. 그러던 중 재판이 눈앞으로 다가온 어느 날이었다. 그날도 무릎 사이에 얼굴을 묻고 깊은 생각에 빠져있는데, 창살 밖에서 난데없는 찬송가 소리가 들려왔다.

죄 짐을 지고서 곤하거든
네 맘속에 주 영접하며
새사람 되기를 원하거든
네 구주를 영접하라
의심을 다 버리고
구주를 영접하라….

고개를 들어보니 검은색 가운을 걸친 목사 하나를 비롯하여 예닐곱 명의 여자들이 창살 앞에 죽 늘어서서 목청을 뽑고 있었다. 교도소나 구치소에 가끔 찾아오는 선교단들이었다. 마치 자신들이 천당의 한 귀퉁이를 보장받은 '차후의 천사'라도 되는 듯, 한껏 황홀경에 도취하여 목청을 뽑는 모습을 보면서 나는 속으로 코웃음을 쳤다. 그들이 아무리 꾀꼬리 같은 음성으로 '거룩'을 떨어도, 찬송가를 전철 속의 걸인들이 애용하는 구걸용 레퍼토리쯤으로 아는 내겐 그 모두가 낯간지럽게만 보이는 까닭이었다. 이윽고 합창을 끝낸 목사가 온화한 미소를 띠고 창살 속의 우리를 둘러보았다.

"형제님들, 고생 많으십니다."

그러나 누구 하나 그 말에 대꾸하는 사람은 없었다. 그저 어느 한 곳 눈길을 고정하지 못하는 부자유스러움만 방 안 전체를 어색하게 만들 뿐이었다. 덕분에 그들 옆에서 참관하고 서있던 간수가 대신 민망한 표정을 지어야만 했다. 우리에게서 이렇다 할 반응이 없자 목사는 창살 쪽에 가장 가깝게 앉아있는 내게로 시선을 고정했다.

"형제님, 하나님을 아십니까?"

신이 앞에 있다면 당장 멱살잡이라도 할 판이던 나는 미련 없이 도리질을 해주었다. 하지만 그 정도의 냉담한 반응쯤은 충분히 예상했던 일인지 목사는 계속해서 말을 시켜왔다.

"하나님은 우리를 지으신 창조주십니다. 영혼의 아버지시지요. 그래서 그분은 언제나 우리를 사랑하시고, 또 모두와 함께하십니다. 물론 형제님에게도요."

목사는 내가 끝내 한마디 하지 않고는 못 견디게 하는 재주를 가지고 있었다. 도대체 이 무슨 개뼈다귀 같은 소리란 말인가? 어린 내가 그 숱한 고난과 싸울 때는 코빼기도 삐쭉 않던 하늘개비짱이 이제 와서 늘 함께하다니. 그만 나도 모르게 한마디 불쑥 중얼거리고 말았다.

"흥! 꼰대들한테 버림받고 X 빠지게 고생할 때는 상판도 안보이더니 이제 와서 늘 함께하기는 니기미…."

그러자 그 불경스러운 상소리에 목사는 잠시 어리둥절한 얼굴을 했다. 그러나 그는 곧 좀 전의 온화한 표정으로 어렵지 않게 돌아가고 있었다.

"버림을 받다니요? 형제님께서는 뭔가 남다른 사연이 있나 보지요?"

하지만 나는 그대로 외면을 하고 두 번 다시 대꾸도 하지 않았다. 내게서 답을 듣기 위해 약간의 시간을 끌던 목사는 내가 끝까지 요지부동의 태도를 보이자, 곧 포기하고 원래의 목적대로 설교를 하기 시작했다. 하지만 설교를 하면서도 그의 시선이 줄곧 내게로 와서 꽂힌다는 것을 나는 어렵지 않게 감지하고 있었다. 이윽고 설교를 다 마친 목사는 기도와 또 한 차례의 찬송까지 하고 나서 몸을 돌렸다. 그러다가 나와 눈이 마주치자 걸음을 멈추고 말했다.

"저…, 형제님과 얘기를 좀 했으면 싶은데 시간이 한정돼 놔서 안타깝군요. 듣자 하니 남달리 기구한 삶을 사신 모양인데, 에…, 이러면 어떨까요? 모름지기 하나님의 진리란 한마디 말로 다 설명할 수 없는 부분이 상당히 많습니다. 그러니까 무조건 하나님을 원망하고 불신하기 전에 우선 이 성경책 속에서 형제님 스스로 한번 하나님의 진리를 체험해 보시지요. 그런 다음에 우리 다시 만나 얘기할 기회를 가져보도록 합시다. 어떻습니까?"

그러면서 그는 창살 틈으로 자신의 두툼한 성경책을 들이밀었다. 나는 그것마저 거절해서 그를 무안하게 할 필요는 없겠다 싶어 순순히 받아들였다. 하지만 속으로는 엉뚱하게도 두툼한 그 성경책이 베개로 쓰기에 안성맞춤이라는 생각을 하고 있었다.

"저는 노량진 목양 감리교회의 배상길 목사라고 합니다. 훗날 저와 다시 만나 얘기를 나눌 기회가 반드시 오기를 빕니다."

목사는 그 말을 끝으로 성가대원들과 함께 창살 앞을 떠났다. 나는 그 뒤로 그가 준 성경책은 거들떠보지도 않았다. 아니, 목사가 사라진 직후 건성으로 한 번 펴보기는 했지만 대충 훑어보고 그대로 내던져 버렸던 것이다. 평이체로 쓰인 소설도 읽기 싫어하는 내게 성경의 난

해한 구절구절은 골머리만 쑤시는 것이었다. 느브갓네살과 예리미아가 어떻고, 예루살렘 왕 아도니세덱과 야르뭇 왕 비람이 어떻고, 벧이므라와 숙곳이 어떻고…. 하나같이 발음도 까다로운 데다 문장의 말미마다 '하지 아니하였던도다' 혹은 '하였다 하지 아니하더냐' 하면서 혓바닥을 피로하게 하는데 우선 입맛이 떨어졌다. 그 때문에 내게 그 성경책은 두툼한 베개일 뿐 그 이상 아무것도 아니었다.

나는 곧 재판을 받고 의정부 송산 교도소로 이송되었다. 형량은 10개월이었다. 양찬주 형사가 조서를 어떻게 처리했는지 전과와 죄질과 비교하면 상당히 가벼운 형량이었다. 교도소로 옮겨지고도 수개월이 지나도록 양 형사에게서는 이렇다 할 연락이 오지 않았다. 하지만 조만간 틀림없이 찾아오리라는 것을 믿고 나는 차분하게 기다렸다. 내 마음은 어느덧 예전의 평정을 되찾아가는 중이었다. 하루는 너무도 무료한 나머지 나도 모르게 머리 때로 반들거리는 베개, 아니 성경책을 집어 들었다. 거의 무의식적인 행동이었다. 가장 까다롭고 희한한 명사들을 찾아보면서 성경을 한 장 한 장 뒤적여나갔다. 그러다가 그런 것들이 발견되면 비슷한 우리말로 고쳐 읽으며 시간을 죽였다. 요단강은 요강단지, 하박국은 호박국, 고린도는 꼬린내, 학개는 똥개, 아가는 빽새끼, 창세기는 창아리, 느헤미아는 니기미야, 말라기는 말타기, 아브라함은 아부래기….

그처럼 싱거운 짓으로 책장을 넘기던 나는 어느 부분에 이르러 손을 딱 멈추고 말았다. 그토록 깨알같이 많은 글씨 중에서 하필이면 그 대목이 발견된 것부터가 예사롭지 않은 일이었다.

"구원의 하나님이시여, 나를 버리지 말고 떠나지 마옵소서. 내 부모는 나를 버렸으나 여호와는 나를 영접하시리이다…."

시편 27편 중간쯤이던가? 유독 '내 부모는 나를 버렸으나…' 하는 대목이 내 시선을 사로잡았던 것이다. 신기했다. 물론, 내용 전체에 비추어 그것은 하나의 첨언(添言)에 불과한 것인지도 모르지만, 해석의 폭이 단순한 내게는 꼭 나를 두고 하는 소리 같이 생각되었다. 더구나 부모도 버린 자식을 하나님은 영접하신다니. 그것은 또 나의 어떤 보상심리를 자극하는 말이기도 하지 않은가?

계속해서 뒷부분을 읽어보았다. 어딘가 그 문장의 이해를 돕는 또 다른 구절이 있지 않을까 해서였다. 그러나 내게는 역시 난해하기 짝이 없는 얘기들뿐이었다. 물론 토막토막 알아먹을 만한 얘기가 전혀 없는 것은 아니었지만, 문장이 너무 까다롭고 얘기의 전개 방식이 딱딱해서 내 능력으로 어떤 속 시원한 해답을 구하기는 쉽지 않았다. 그러나 분명하게 짚이는 건 있었다. 그 책 속에 엄청나게 많은 교훈이 담겨있는 것 같다는 느낌이었다. 의인의 길은 돋는 햇볕 같아서 점점 빛나고, 악인의 길은 어둠 같아서 그가 거쳐 넘어져도 그것이 무엇인지 깨닫지 못한다느니, 망령되이 얻은 재물은 줄어가고 손으로 모은 것은 늘어간다느니, 지혜로운 자와 동행하면 지혜를 얻고, 미련한 자와 사귀면 해를 입는다느니⋯. 한마디로 나 같은 놈 들으란 듯한 소리가 구석구석에서 끝없이 발견되었다. 나는 교도소 생활도 적당히 때울 겸 틈나는 대로 성경에 대해 알아보는 것도 손해는 없으리라 생각했다.

내가 제일 궁금한 것은 우선 하나님의 존재 여부였다. 일차적으로 같은 방에 있는 수인들을 상대로 물어보았다. 그들 중에는 한때 교회를 다녔던 사람들이 제법 있었다. 그러나 내 궁금증을 해소해 줄 만큼 성경적 근거를 확실하게 제시해 주는 사람은 없었다. 그보다 자신들의 선입견이나 추상적인 논리로 모처럼의 궁금증에 제동을 걸려는 축들이 대부분이었다.

"새꺄. 하나님이고 성경이고 X나발 불지 말라 그래. 하늘개비짱이 있다면 아프리카 난민들이 죄 없이 팍팍 깨지는 걸 왜 보고만 있대냐? 인간은 다 사랑하는 지 새끼들이라면서."

"용남이 형, 종교는 다 인간이 만들어낸 거유. 하나님이 인간을 만든 게 아니라 인간이 하나님을 만들었다, 이 말이유."

나는 기회가 생기면 그 방면에 도통한 사람을 만나 알아봐야겠다고 생각했다. 기왕에 궁금해진 문제라면 한 번을 들어도 제대로 아는 사람에게 들어야 판단이 쉬우리란 생각에서였다. 모든 실망은 그때 가서 해도 늦지 않겠거니와, 내게 성경을 준 목사나 다른 교인들은 그럼 이곳 수인들보다 못해서 하나님을 믿겠는가 싶었기 때문이었다. 그 뒤 나는 어려우면 어려운 대로 틈틈이 성경을 펴들곤 했다. 그러던 중 하루는 어떤 선교단체에서 목사 일행이 왔다는 소식이 들렸다. 설교를 듣고 싶은 사람은 모두 강당으로 집결하라는 것이었다. 나는 수년을 벼러온 사람처럼 주저 없이 일어섰다. 여러 번의 교도소 생활을 해오는 동안 그런 기회야 심심찮게 있었던 터였지만, 한 번도 참석할 마음을 가져본 적은 없었다. 한데 신기하게도 이번만큼은 나부터가 서두르는 꼴이 돼버린 것이다. 연단의 목사는 연로한 나이에 비해 꽤 카랑카랑한 목소리를 가지고 있었다.

"우리는 누구나 할 것 없이 흙으로 지음받은 하나님의 피조물입니다. 따라서 이 세상과의 하직 후에는 누구나 흙으로 되돌아가는 것이 정한 이치입니다. 성경에 말씀하여 이르되, 죄의 값은 사망이라 하셨습니다. 형제 여러분, 이 말씀을 되새겨보십시오. 죄의 값이 사망이라면 말씀대로 행하는 자의 값은 무엇이겠습니까? 나쁜 일에 벌이 따른다면 옳은 일에 상이 따르는 것이 순리 아니겠습니까? 그렇습니다. 여기서 우리는 참진리를 행하는 자의 가장 큰 상인 영생이라는 것을 생각해 볼 필요가 있는 것입니다. 사망의 흙으로 돌아가지 아니하고 영생을 얻을 수 있는 길은 무엇일까요…?"

그는 우리가 수인이란 것에 초점을 둔 듯 시종일관 '선과 악의 대가'를 주제로 열변을 토하고 있었다. 그러면서도 설교 중간중간에 '돌아온 탕자' 같은 얘기를 곁들이면서 우리 같은 수인에게도 하나님의 무한한 사랑과 놀라운 축복의 기회가 있음을 강조했다.

나는 어느새 그의 시원시원한 설교에 깊이 빠져들고 있었다. 주제가 주제인지라 내가 궁금해하던 하나님의 존재 여부는 언급되지 않았지만, 그것은 가슴에 와 닿는 또 다른 뭔가가 있는 설교였다. 그러나 그의 설교를 음미하면 할수록 제2, 제3의 의문들이 꼬리를 무는 것도 사실이었다. 과연 인간을 하나님이 흙으로 만들었다는 게 사실일까 하는 것들이었다. 그게 사실이라면 왜 하나님은 부탁하지도 않은 우리 인간을 자기 멋대로 만들어 놓고 이 고생을 시키는 것일까? 그리고 이왕 만들 바엔 애초부터 완벽한 여건도 부여해 줄 것이지, 왜 죄라는 함정까지 만들어 놓고 지옥 운운하는 것일까? 하나님은 정말 천체의 수많은 별 중에 한 점 먼지에 불과한 이 지구에만 생명체를 만든 것일까? 그처럼 끝없이 의아해하면서도 어떤 면에서는 하나님의 창조론에 수긍이 가는 바도 없지 않았다.

인간의 신체 구조만 봐도 그랬다. 필요한 곳에 적절한 크기와 개수로 자리 잡은 신체 기능과 그 철저한 유기적 관계, 상처가 나면 저절로 치유되는 항체작용, 새 생명을 만드는 남녀 음양의 오묘한 신비….그 모든 하나하나가 누군가의 기막힌 설계에 의하지 않고는 자연발생적으로 만들어졌다고 보기는 어려운 것이었다. 목사의 설교를 듣고 온 뒤로 나는 더욱 깊은 생각에 잠기는 시간이 많아졌다. 완전히 담을 쌓고 살던 세계였기에 빠져드는 속도가 그만큼 더 빠른 것인지도 모를 일이었다. 하루는 복도 앞으로 간수가 지나가기를 기다려 불러세웠다.

"저…, 교도관님."

"뭐야?"

그가 간수 특유의 딱딱한 표정으로 다가왔다.

"저…, 한 가지 어려운 부탁을 좀 드렸으면 하는데요."

그건 내가 생각해도 신기할 정도로 진지한 태도였다. 그러나 그는 반 건성으로 받아들이고 있었다.

"아아, 어려운 부탁이면 하지 마라. 난 누구를 위해서 어려운 일을 하는 건 딱 질색이니까."

"아니, 그게 아니구요. 저…."

"그럼 뭐야? 빨리 말해."

"혹시, 이 안에 어디 기독교에 관한 책 아무거나 한 권 구해볼 데 없을까요? 헌책이라도 상관없는데요."

그러자 간수가 입가에 묘한 웃음을 흘렸다.

"너, 목사가 되려고 그러냐?"

"아, 아뇨. 목사는 무슨…."

"야 야, 다른 건 다해도 목사는 하지 마라. 담배 못 피워, 술 못 먹어, 오입질 못해…. 그게 바로 지옥이지, 지옥이 별거냐?"

"예. 뭐, 하긴 그렇습니다만, 전 좀 알아보고 싶은 게 있어서요."

"알았다. 오다가다 눈에 띄면 내 하나 갖다 주지."

간수는 지나가는 말처럼 가볍게 내뱉고 사라졌다. 그런데 고맙게도 그는 며칠 후 정말 한 권의 책을 내게 넣어주었다. 겉표지와 앞장 몇 페이지가 달아나버린 헌 만화책이었다. 차근차근 읽어보니 그것은 다름 아닌 한얼산 기도원장 이천석 목사의 간증기였다. 만화로 꾸며져서 읽기도 수월하고 재미도 있었다.

이천석, 그는 소년 시절부터 삼촌 댁의 황소를 훔쳐다 팔아먹기도 하고 혼자서 일본으로 밀항도 하는 등 도대체 겁이 없는 인물이었다.

그렇게 제멋대로 커서 청년이 된 그는 혈기 하나만으로 국방경비대에 입대한다. 그리고 김일성 고지 전투에서 총상을 입게 된다. 곧 후방으로 후송된 그는 총상으로 썩어들어가는 오른쪽 다리를 절단한다. 병상에서 깬 그는 충격과 실의에 빠져 몇 번의 투신과 할복으로 자살을 기도한다. 하지만 모두 무위로 끝나고 만다.

얼마 후, 한쪽 다리로 제대한 그는 악만 남은 거리의 망나니로 변한다. 그러다가 좀 더 힘을 키우기로 결심하고 상이용사들을 규합하여 일단의 깡패조직을 결성한다. 그 뒤 미군 병사들과의 난투, 당시 거물 깡패 이정재에게 도전 등 그 세계에 숱한 일화를 남긴다.

그러던 어느 날, 시경으로부터 한강 백사장에서 열리는 부흥집회를 해산시켜 달라는 부탁을 받는다. 수만 명 교인의 용변으로 인하여 한강 전체가 오물통이 될 판이건만, 종교의 자유가 있는 나라다 보니 시경 측에서는 손을 댈 수가 없다는 것이다. 쾌히 승낙한 그는 부하들을 이끌고 한강의 집회 군중 속에 잠입한다. 한데 일을 벌이기도 전에 그 자신부터가 부흥사의 설교에 정신을 뺏겨버린다. 설교를 다 듣고 크게 감명을 받은 그는 얼마 후 기독교에 귀의한다. 그리고 머지않아 목사로 거듭난 그는 수많은 고생과 노력 끝에 경기도 가평군 한얼산에 기도원을 세운다. 만화책의 전체 줄거리는 대강 그런 것이었다.

책을 다 읽고 난 나는 하나님에 대해서 더욱 진한 흥미를 느꼈다. 그 망나니 중의 망나니가 보이지도 않는 하나님에게 어찌 그리 쉽게 빠질 수 있었던 것일까? 성령의 힘이 어떤 것이기에 한쪽 다리밖에 없는 전직 깡패로 하여금 기도원 터를 구하기 위해 험한 한얼산을 하루에도 몇 차례씩 오르내리게 했던 것일까? 그러다 보니 나 이상으로 밑바닥 삶을 살아온 이천석이란 인물이 궁금해졌고, 그를 자신의 더없는 종으로 만든 하나님의 존재가 더욱 신비하게 느껴졌다. 나는 기회가 오면 한얼산으로 그를 찾아가 보리라 마음먹었다. 이 사람을 만나면 내게도 뭔가 크게 얻어지는 게 있을 것 같다는 기대심에서였다.

어느 날 성경의 '잠언' 부분을 들춰보고 있으려는데 면회라는 전갈이 왔다. 대번에 양 형사일 것으로 직감하고 면회실로 나갔다. 예상대로 그는 양 형사였고, 그는 또 다른 정장 차림의 중년 한 사람을 대동하고 있었다.

"네 작은아버지시다."

양 형사의 첫마디였다. 체구가 왜소한 중년의 신사가 유리 칸막이 앞으로 바짝 다가왔다.

"네가… 용남이냐…? 정말, 세월이 무섭기는 무섭구나. 벌써 이렇게 성장을 하다니…."

숙부는 목이 잠기는 듯 잠시 말을 잇지 못했다. 나는 고개를 한 번 꾸벅해 보이는 것으로 장구한 18년 세월의 모든 인사를 대신했다.

"여기 양 형사한테서 자세한 얘기 들었다. 그래, 그동안 어린 나이로 객지를 흘러다니면서 얼마나 고생했니?"

그러는 숙부의 어깨너머로 양 형사가 끼어들었다.

"알고 보니 작은아버지께서도 네가 버려진 사실을 오래도록 까맣게 모르고 계셨더구나. 하긴 뭐, 네 어머니가 집을 나간 뒤로 연락 한 번 주고받은 적이 없다니까 그럴 만도 하겠지."

숙부가 뒷말을 이었다.

"그렇다. 나도 네 어머니가 너희 형제들을 데리고 나간 거랑 네 아버지가 돌아가신 걸 한참 뒤에야 알았어. 어차피 고생이 싫어서 병든 남편 버리고 나갔으니 잘살겠지 하고 나 역시 찾을 생각을 안 하고 있었는데, 그 뒤로 너까지 버렸을 줄이야…."

할 말이 없었다. 내겐 직접적인 관련도 없는 데다 지금껏 우리에게 그처럼 크게 관심 두지 않았던 숙부에게 무슨 할 말이 있을 것인가?

나는 숙부보다 양 형사를 향해 물었다.

"어머니…는 어떻게 됐습니까?"

"아, 곧 찾게 될 거다. 그동안 얼마나 많이 옮겨 다니셨는지 내가 추적한 전출지만도 자그마치 열여섯 군데야."

"그럼 그 열여섯 번째 주소에 살고 있는 겁니까?"

"아직은 모르지. 현재 확인 중이니까."

"아, 예…."

"그리고 너무 조급하게 맘먹을 거 없어. 설사 지금 찾았다 해도 이 안에서 이런 꼴로 만날 수는 없지 않겠냐? 출소부터 하고 난 다음에 밖에서 조용히 만나야지."

그 말에도 일리가 있다고 생각했다. 되도록 자유로운 상태에서 만나야 경우에 따라 그 어떤 보복이든 마음대로 할 수 있겠기 때문이었다. 이번에는 내 얼굴을 놓치지 않고 뜯어보던 숙부가 입을 열었다.

"하여간 이렇게라도 다시 만나게 됐으니 천만다행이다. 여기 양 형사님 아니었으면 어떡할 뻔했냐?"

"저도 그렇게 생각하고 있습니다."

"그래, 어디 아픈 데는 없고?"

"예."

"고생스럽겠지만 조금만 더 참아라. 이제 네 집안도 찾고 했으니 출소해서 마음 잡고 사람답게 살 생각을 해야지."

숙부와의 대화는 고작 그게 전부였다. 면회시간 10분이 그리 긴 것도 아니었고, 막상 얼굴을 대하고 있으니 할 말이 그리 많이 떠오르는 것도 아니었다. 다만, 내가 한 가지 더 얻어들은 게 있다면 아버지가 노름과 도벌 외에도 아편까지 상용했었다는 의외의 사실이었다. 그건 눈을 아래로 까는 숙부의 중얼거림 속에서 묻어나온 소리였다.

"쯧! 집안 오래 못 갈 줄을 내 애저녁에 알아봤지…. 똥 싸고 매화타령을 해도 유분수지, 소위 경찰이란 위인이 처자식 돌볼 생각은 않고 만날 노름이다, 도둑질이다, 게다가 아편까지. 온갖 구색은 다 갖추고 살더니만…."

나는 아버지의 인품에 더 이상 충격을 받을 일도 없고 해서 굳이 캐묻지는 않았지만, 속으로는 참 여러 가지 하는구나 생각했다. 그날 숙부는 시간 나는 대로 또 오겠다는 말과 함께 적지 않은 영치금을 넣어주고 돌아갔다. 양 형사도 어머니의 소재가 파악되는 대로 다시 오마고 했다. 한데 까맣게 잊고 지냈던 조카가 18년 만에 전과자로 나타난 것이 부담이 돼서일까? 아니면 그동안에 우리와의 혈연적 의미가 그만큼 퇴색해 버린 것일까? 시간이 나는 대로 다시 오리라던 숙부는 그 뒤로 다시 오지 않았다. 대신 양 형사가 한 번 더 찾아와서 어머니에 대한 정보를 알려주었을 뿐이었다.

어머니는 현재 평택군 팽성면이라는 곳에 적을 두고 있다고 했다. 그러나 어머니는 남의 식당에서 일을 해주는 관계로 집에는 며칠에 한 번씩 들른다는 거였다. 동생 용운이도 어떤 철공소에 취직해서 나간 지가 5년이 넘었다고 했다. 그 때문에 집주인을 통하여 이쪽 연락처만 남겨놓았을 뿐, 아직 아무도 만나보지는 못했다고 했다. 내 얘기도 전해놓으셨냐고 묻자 양 형사는 고개를 절레절레 흔들었다. 갑자기 내 얘기부터 귀에 들어가면 얼마나 당황하겠느냐며, 그건 나중에 직접 만나서 차근차근하는 게 좋다겠다는 것이었다.

"저희 때문에 너무 수고가 많으십니다."

내가 그렇게 인사를 하자 양 형사는 끄덕이는 고갯짓을 답례로 남기고 돌아섰다. 그도 꽤 많은 영치금을 넣어주고 갔는데, 나는 그것들을 한 푼도 쓰지 않고 모두 적립해 두었다. 출소하면 돈이 필요할 것 같아서였다.

제2부

종착지

어긋난 인연

19

내가 출소를 하던 날은 구름이 잔뜩 낀 우중충한 날씨였다. 정문을 나서자 그곳에는 양 형사가 와서 기다리고 있었다.

"욕 많이 봤다. 일단 우리 집으로 가자."

"어머니는요?"

"그건 집에 가서 얘기하기로 하고."

양 형사는 간단하게 말을 맺고 나서 때마침 코앞에다 승객을 내려놓는 택시를 잡았다. 그의 집은 의정부시의 변두리에 있었다. 'ㄱ'자 한옥이었다. 안으로 들어서자 부엌에서 그의 부인이 황급히 달려 나와 내 손을 붙잡았다.

"아이구, 바로 이 총각이 용남이구먼, 으응? 이 총각이 용남이야."

"안녕…하십니까?"

"정말 몰라보게 성장했네…. 이렇게 크도록 혼자 떠돌아댕기느라 얼마나 고생이 많았을까, 으응?"

그녀는 마치 자신의 이산가족이라도 만난 것처럼 안쓰러워하며 금시로 눈자위를 빨갛게 물들이고 있었다. 일찍이 한 집 건너에서 살았던 데다 남편들까지도 동료였으니만큼 그녀 역시 어머니와는 각별한 사이였을 것이다. 그녀가 치맛자락으로 콧물을 한 번 쥐어짜고 나서 다시 물었다.

"저 양반한테 얘기 들었어요. 그동안 외딴섬에 끌려가서 죽을 고생도 숱하게 했다구?"

"예…."

"저런, 쯧쯧쯧! 그래도 무사히 빠져나와서 저 양반을 만났으니 다행이지 이때까지 잡혀 있었으면 어떡할 뻔했누."

"…."

"그래, 감옥소 생활은 불편하지 않았구?"

"예. 불편한 거 없었습니다."

"에이구, 묻는 내가 바보지. 아무렴 감옥소가 뉘 집 안방 같을라구…."

자신의 객쩍은 질문을 스스로 책망하고 난 그녀가 생각난 듯 내 등을 밀었다.

"자, 이럴 게 아니라 우선 방으로 좀 들어가요. 내 밥 지어놨어."

나는 곧 양 형사를 따라 장판지에 콩기름이 반들거리는 안방으로 들어갔다. 그의 부인은 정말 미리부터 준비하고 있었던 듯, 우리가 자리에 앉기도 전에 부엌과 통하는 샛문으로 밥상부터 들이밀었다. 이윽고 상은 푸짐한 음식물로 채워졌고, 부인은 그것을 내 턱밑으로 바싹 들이다 놓았다. 하얀 쌀밥 옆으로 고깃국이 뜨거운 김을 모락모락 피워 올리고 있었다.

"자, 식기 전에 어서 들어요. 으응?"

그녀가 반찬을 내 앞으로 당겨주며 재촉을 했다.

"같이 드시지요?"

"그래그래. 나도 곧 먹을 테니까, 걱정 말구…. 에이구, 까막손을 해 갖고 온 동네를 천방지축으로 뛰어놀던 모습이 엊그제같이 눈에 선한데 어쩌다가…."

그녀는 수저를 드는 나를 물끄러미 바라보며 옛날 얘기들을 주섬주섬 늘어놓기 시작했다.

순전히 내가 말썽을 피우던 일과 자신과 내 어머니의 추억담들뿐이었다. 우리의 '가정사'는 애써 언급하지 않으려는 것으로 보아 말조심을 하려는 뜻임이 분명했다. 나 역시 그녀가 말하지 않는 부분을 애써 캐물어서 그녀를 난처하게 만들고 싶지는 않았다. 상을 물리자 양 형사가 재떨이를 끌어당기며 말했다.

"엊그제 네 어머니를 만나고 왔다."

"마, 만나셨습니까?"

나도 모르게 거친 목소리가 되어 튀어나왔다.

"그래."

"뭐라고 합니까?"

"예상했던 대로 이만저만 당황해하시지 않더라."

"그, 그래서요. 안 오겠답니까?"

"자식을 찾았는데 안 오실 리야 있겠냐? 다만 너무 급작스러운 일이라서 그런지 며칠 정신을 가다듬을 시간을 좀 달라고 하시더라."

'정신을 가다듬을 시간?'

나는 그 말에 또 한 차례 분노를 느끼며 지그시 어금니를 깨물었다.

'자식을 이 지경으로 만들어놨으면 득달같이 달려와 해명을 하든지 쥐꼬리만큼이라도 뉘우치는 기색을 보일 일이지, 뭐? 자기 좋을 대로

정신 가다듬을 시간을 줘?'

이것으로써 고의로 나를 버렸던 것임이 여실히 증명된 셈이었다. 아무리 분노를 자제하려 해도 표정에 나타나는 것은 어쩔 수 없는 모양이었다.

양 형사가 충고하듯 말했다.

"나하구는 언제라두 연락이 닿도록 돼있으니 조만간 만나게 될 거다. 다시 한번 말하지만, 부모는 곧 하늘이야. 그러니 만나거든 다소 섭섭한 일이 있더라도 네가 참아라. 용서도 일종의 복수인 거야."

나는 일단 부모만 되면 자식을 죽이거나 버려도 하늘 대접은 받는 거로구나 생각하며 속으로 코웃음을 쳤지만, 상대가 양 형사인지라 말대꾸는 하지 않았다.

"알고 보니 그동안 네 어머니도 그리 편케 살아오신 건 아니더라. 말할 수 없이 많은 육체적·정신적 고통을 겪으셨어."

"무슨 고통을요? 저 때문인가요?"

"글쎄, 그거야 뭐 차차 알게 될 테고…."

그러면서 양 형사는 재빨리 말머리를 돌렸다.

"하여간 기껏해야 며칠일 테니까, 네 어머니한테 연락이 올 때까지 여기서 차분하게 기다려. 그렇다고 그리 불편해할 거 없다. 그저 네 집이다 생각하구 편히 지내면 되는 거야. 알겠어?"

"예…."

"좋아. 그럼 나가서 목욕이나 하고 와라."

양 형사가 지폐 한 장을 꺼내 내밀었다.

"저도 돈 있습니다."

"글쎄, 아무 소리 말구 받아."

"예. 가, 감사합니다."

나는 고개를 깊숙이 숙여 보이고 나서 그의 앞을 물러 나왔다. 그러고는 모처럼 목욕탕을 찾아가 뜨거운 물에 몸을 담그고 애써 마음을 가라앉혔다. 저녁이 되자 각각 직장과 학교에 나갔던 양 형사의 자제들이 돌아왔다. 양 형사는 내게 그들을 소개했다. 그러고 보면 옛날에 서로 안면이 있을 만도 한 사이겠으나 나보다 훨씬 아래여서인지 그들 역시 나를 기억하지는 못했다.

다음 날부터 나는 아침만 먹으면 밖으로 나돌며 시간을 죽였다. 머리 큰 객식구가 남의 집에서 매일 빈둥거리는 모습을 보이기가 싫어서였다. 그러던 며칠 후 토요일이었다. 가까운 야산에 올라가 늘어지게 낮잠을 자고 난 나는 오후 두 시쯤에 이르러 터덜터덜 양 형사의 집으로 돌아갔다. 그날은 양 형사가 일찍 퇴근하는 날이어서 나 역시 일찍 들어가는 게 예의일 것 같아서였다. 대문을 미는 순간 김칫거리를 다듬고 있던 부인이 반색하며 일어섰다.

"아유! 다행히 일찍 들어오는구먼. 용남이 총각."

"왜요?"

"왜라니? 어머니 오셨는데."

"예?"

나는 그 자리에 우뚝 굳어버렸다. 마치 수만 볼트의 고압 전류가 급격하게 뒷골을 관통하는 기분이었다. 가슴이 요란하게 뛰기 시작했다. 부인의 말소리를 들은 듯 양 형사가 드르륵 방문을 열고 내다봤다.

"어디 갔다 오는 거냐? 어서 들어와라."

'아아, 만났다. 드디어 만난다. 오랜 세월 그렇게도 그리웠고, 그렇게도 저주스러웠던 장본인을 만난다.'

나는 심하게 울렁거리는 가슴과 복잡하게 얽혀드는 감정을 가까스로 억누르며 천천히 방으로 들어갔다. 자줏빛 한복을 입은 여인이 들어서는 나를 당혹스러운 눈으로 바라보고 있었다. 핏기 잃은 안색이 잿빛을 띠고 있었다. 알맞은 체구, 토끼처럼 똘망하고 맑은 눈, 꿈을 꾸는 듯한 이마, 흰 살결, 조각 같은 코…. 젊었을 때의 미모를 한눈에 가늠케 할 만큼 고운 얼굴이었다. 아아! 이래서 피는 물보다 진하다고 하는 것일까? 그 얼굴을 똑바로 보는 순간 전혀 낯설지가 않은, 어디서 많이 본 것 같다는 느낌을 지울 수가 없었던 것이다.

"어머니시다. 인사 올려라."

부자연스럽게 서있는 내 귓전으로 양 형사의 말소리가 날아들었다. 하지만 나는 아무런 인사도 하지 않았다. 대신 한구석에 얌전히 앉아주는 것으로써 양 형사의 체면을 조금 덜 손상시켰을 뿐이었다. 어머니의 입에서 신음과도 같은 소리가 느릿느릿 새어 나왔다.

"마, 많이…, 커, 컸…구나…."

"…."

"고, 고생…, 많았지?"

그건 다음 얘기를 기다리기가 지루할 만큼 답답하고 느린 억양이었다. 나는 어금니에 힘을 주고 본격적인 얘기가 나오기를 끈기 있게 기다렸다. 하지만 어머니는 더 이상 입을 열지 않았다. 이슬인 듯 안개인 듯 뿌옇게 성에가 차오르는 눈으로 잠시 나를 바라보더니 그나마 이내 자신의 발끝으로 거둬가 버렸던 것이다. 그러고는 "고, 고생…, 긴…세월…. 하나님도…." 하며 알아듣지 못할 소리를 혼자서만 입안에 굴리는 것이었다. 나는 왠지 올바른 해명을 듣기는 쉽지 않을 것 같다는 생각이 들었다. 그 무거운 침묵이 어색했는지 양 형사가 헛기침하며 담배를 빼 물었다. 그러나 정작 그 무거운 분위기에 새 바람을 넣어준 건 양 형사의 부인이었다. 일을 끝낸 그녀가 때마침 머릿수건으로 손을 닦으며 들어서더니 "아니, 왜 모자간에 말씀들이 없으셔?"

하며 어머니 옆에 착 붙어 앉았던 것이다. 한마디로 눈치 빠른 그녀가 분위기를 유도해 주려는 것이었다.

"하여간 사람은 오래 살고 볼 일인가 봐요. 세상에 스무 해 전에 헤어진 용운이 어머니를 이렇게 다시 만나게 될 줄 누가 꿈엔들 생각이나 했겠어요? 용운이도 잘 있죠?"

"예…. 덕분에요."

"쯧쯧! 그동안 여자 몸으로 얼마나 고생이 많으셨을까? 그래도 얼굴 바탕 고운 건 여전하시네요. 머리 윤기도 아직 그대로구."

"뭐, 뭘요. 그동안 세월이 얼만데, 아무렴…."

"차암 넓고도 좁은 게 세상이라더니 그 말이 맞는 모양이에요. 작년 여름이던가? 하루는 저 양반이 퇴근해 들어와서는 혼자 '그것참! 그것참!' 하면서 입맛을 쩝쩝거리지 뭐겠어요? 그래서 왜 그러냐고 물어봤더니 뭐, 용남이를 만났다나요? 난 첨에 용남이가 누군가 하고 한참 동안 생각했지 뭐유. 나중에 저 양반이 '아, 오래전에 폐결핵으로 죽은 내 친구 임병수 있잖아. 그 친구 큰아들 용남이 몰라?' 하길래 그때서야 알았지만요."

그 과정에서 어머니가 슬쩍 한번 나를 건너다보았다.

"헤어진 사연이야 내 자세히 모르겠지만, 얘기 들어보니 그 뒤로 용남이 총각 이만저만 고생한 게 아닙디다. 어린 몸으로 쓰레기통 뒤져가며 그 추운 겨울에도 남의 집 처마 밑이랑 다리 밑을 전전하며 살았다니, 말이 쉽지 그게 가당키나 한 일이에요? 거기다 또 외딴섬에 끌려가서 죽을 고비를 수없이 넘기다…."

"허, 그 사람 참!"

점차 분별력을 잃어가는 부인의 수다에 양 형사가 짐짓 제동을 걸었다. 그제야 자신의 언사가 어머니에게 얼마나 난처한 것인가를 깨달은 부인이 재치있게 말머리를 돌렸다.

"하여간 죽지 않고 이렇게 다시 만나니 얼마나 다행한 일이에요. 어머니 아직 젊겠다, 큰아들 저렇게 머리 크겠다. 이제 빨리빨리 돈 벌어서 행복하게 사는 일만 남았네요? 그죠?"

부인의 부추김에 힘을 얻은 듯, 쉽게 입을 떼지 않을 것 같던 어머니가 본격적으로 포문을 열기 시작한 건 그때부터였다. 첫 포문은 한숨과 함께 섞여 나왔다.

"행복해야지요. 그… 급살 맞은 위인이 미련만 안 떨었어도 우리가 지금 이렇게까지는 되지 않았을 텐데…."

그건 분명 죽은 아버지를 두고 하는 소릴 터였다. 부인이 대신 물었다.

"용운이 아버지 말씀인가요?"

"그 인간이 아니면 누구겠어요?"

"…?"

"흥! 천벌을 받아 마땅할 인간 같으니…. 아주머니도 잘 아시겠지만, 그 위인이 미련을 떨었어도 어디 보통 떨었어요? 세상에 아무리 지 목숨이 아깝다기로, 어디 사는 누군지도 모르는 중놈 말만 믿고 자식을 죽이려고 했으니 그게 말이 되는 소리냐구요?"

"예에…."

"하긴 뭐, 자식 못 거둔 나한테도 죄가 있으니 이런 말 하기는 뭐 하지만…. 정말 그때 생각하면 지금도 이가 득득 갈려요. 그 인간이 그때 쟤를 죽이려다 실패하고 뭐라는 줄 아세요? 초여름에 살을 품고 나온 지네 새끼라 명도 질기다는 거예요, 글쎄. 그런 무지막지한 인간인 줄은 모르고 공무원이란 직업 하나 보고 시집간 내가 정신 나간 년이지. 아니, 그렇게 돈 잘 벌 때 하다못해 밭뙈기라도 몇 마지기 장만해 놨더라면 누가 손가락질한답니까? 그럼 저도 좋고 지금 우리 식구도 이렇게까지는 안 됐을 거 아녜요? 마누라랑 새끼들은 옴짝달싹 못 하게 하고 버는 족족 노름으로 털어 날리던 인간이 그래도 죽기는 싫어서…. 자, 그러니 제가 어쩌겠어요? 그 인간은 맨날 방구석에서 무슨 점쟁이를 모셔와라, 무슨 부적을 받아와라 난리죠. 당장 가진 건 없죠…. 참 내. 그래도 저는요, 그 고생 꾹꾹 참고 할 만큼은 했어요."

아아! 차라리 나는 귀를 막고 싶었다. 통곡은 않더라도 최소한 어미를 용서해 달라는 한마디쯤은 할 줄 알았다. 한데 뻔뻔스럽게도 여인은 지금 모든 것을 죽은 아버지에게 전가하는 중이었다. 그렇게 아버지의 무지한 과거사만 들춰내다 보면 자신의 죄는 그 속에 묻혀 자연히 희석될 것으로 아는 모양이었다. 내게 막다른 인생을 살게 한 여자, 그런데도 털끝만큼의 뉘우침도 없이 자신의 죄를 합리화시키기에만 급급한 여자. 이 여자를 찾기 위해서 나는 기나긴 고통의 세월을 억새처럼 버텨온 것이다. 바로 이 여자가 그리워서 혹독한 매를 감수하며 시퍼런 바다에 목숨까지 걸었던 것이다.

'그래. 침을 뱉어주자. 속이 후련하도록 저 얼굴에 침을 뱉어주고 일어서자.'

가슴 밑바닥에서 그러한 충동이 끝없이 자맥질해대고 있었다. 곤혹스럽게 일그러지는 내 표정을 양 형사의 곁눈질이 힐끗 핥고 지나갔다. 그녀의 얘기는 점입가경을 이루고 있었다.

"정말 어떻게 해볼 도리가 없더라구요. 쟤를 이 집 저 집 동냥잠 재우는 것도 하루 이틀이지 언제까지 그 짓을 시키겠어요? 그렇다고 집에 데려다 놔봐야 그 귀신 너울 쓴 인간이 언제 무슨 짓을 할는지도 모르구요. 그러니 어쩝니까? 에라 모르겠다. 어차피 죽을 인간은 죽을 인간이니 남은 우리라도 살고 보자, 그렇게 모진 맘 먹고 쟤네들을 끌고 나왔지요. 그런데 봄 날씨가 춥기는 또 왜 그리 추워요? 수중에

돈은 없지요, 갈 데는 막막하지요. 그때를 생각하면 참…"

그날 일의 자초지종을 끝까지 엮어낼 것만 같던 어머니는 얘기가 나를 버리는 상황쯤에 이르자 슬그머니 흐지부지 해버렸다.

"흥! 그렇게도 자식을 못 죽여 환장하더니, 그 죄가 다 딴 데로 갈 줄 알고? 어림 반푼 어치도 없다. 노름으로 집안을 다 망쳐놓고, 그것도 모자라서 나중에는 뭐? 저 살겠다고 자식까지 죽이겠다구? 에라, 급살 맞을 인간!"

그러면서 어머니는 진짜 옆에 아버지가 있기나 한 것처럼 벽을 향해 소리를 버럭 질렀다.

"그만두십쇼!"

나는 목이 찢어져라, 소리를 지르며 자리를 박차고 일어섰다. 양 형사로도 어쩔 수 없는 기세였다. 칼로 무 베듯 말문을 닫은 어머니가 놀란 토끼 눈으로 나를 올려다보았다.

"알았습니다. 알았으니 그만하쇼, 에? 내가 언제 당신한테 죽은 꼰대 욕해 달라구 했소? 당신이 나를 버린 것처럼 나 역시 지금까지 내게 뭉치가 있다고는 눈곱만큼도 생각해 본 적이 없다, 이 말입니다. 그러니 개발새발 노가리 풀지 말고 딴 데 가서 알아보쇼. 에?"

나는 그렇게 쏘아붙이고 나서 바람처럼 방을 뛰쳐나왔다. 뒤에서 양 형사가 다급하게 부르고 있었지만, 두 번 다시 돌아보지도 않았다. 그렇게 양 형사의 집을 벗어난 나는 도로에 들어서면서 먼저 주책없이 흐르는 눈물부터 손등으로 찍어눌렀다. 이게 뭔가? 이게 무슨 꼴인가? 저것이 바로 내가 그토록 가슴 아프게 찾아 헤매던 어머니의 참모습이라니. 그래도 명색이 어머니라고, 가슴 한구석에 실오리 같은 모종의 미련을 갖고 있었던 내가 한심한 놈이었다.

지나간 세월이 울고 있었다. 지나간 비애의 날들이 부도난 수표처럼 가슴 속에서 갈가리 찢기고 있었다.

'그래, 잊자. 원래부터 나는 이런 팔자를 타고난 놈이 아닌가? 어쩌면 이것저것 속 썩일 것 없이 차라리 잘된 일인지도 모른다. 잊자. 깨끗이 잊어주자.'

입술을 깨물며 하늘을 올려다보았다. 자꾸만 솟아 나오는 눈물을 주체하기가 어려워서였다. 하늘은 구름 한 점 없이 투명했다. 그러고 보니 갈 곳이 없었다. 갑자기 세상은 텅 빈 듯하였고, 내 작은 육신 하나 감출 곳 없으리만큼 넓어진 듯도 했다. 양 형사의 동네를 한참 벗어난 네거리에 서서 잠시 어디로 갈 것인가를 생각해 보았다. 다시 영등포로 내려가 볼까 하다가 얼핏 떠오르는 게 있었다. 바로 한얼산의 이천석 목사였다.

'그래. 어차피 실망만 맛보면서 살아온 몸, 궁금한 게 있으면 빨리빨리 알아보고 실망을 해도 빨리 해버리자. 그래야 개운할 테니까.'

지나가는 사람마다 붙잡고 한얼산이 어디 있는가를 물었다. 모두가 고개만 갸웃거릴 뿐 안다는 사람을 만날 수가 없었다. 일찍이 이천석 목사의 만화책에서 주소를 외워두지 못한 것을 후회하며 잠시 묘안을 생각해 보았다. 불현듯 노량진 목양감리교회의 배상길 목사라는 사람이 생각났다.

'그렇지. 초록은 동색이라고 했으니….'

가까운 공중전화 박스를 찾아가 전화번호부를 뒤졌다. 목양감리교회는 어렵지 않게 찾을 수 있었다.

"여보세요?"

수화기 저쪽에서 목쉰 여자의 음성이 차분하게 들려왔다.

"실례합니다만, 거기 혹시 배상길 목사님이라고 계십니까?"

"목사님은 지금 사택에 계신데 누구시죠?"

긴 얘기가 필요치 않다 싶어 간단하게 말했다.

"예. 뭐 배 목사님을 그냥 좀 아는 사람인데요. 다른 게 아니라 한얼산 기도원이 어디 있는지 아시나 해서요."

"예에. 한얼산 기도원요. 그거라면 제가 가르쳐 드리죠, 뭐. 잠깐 기다리세요."

그러더니 잠시 부스럭거리는 소리가 들렸다. 나는 곧 그녀가 불러준 주소를 머릿속에 두 번 세 번 새겨넣으며 경춘선 열차에 몸을 실었다. 그리고 양평역에서 내려 다시 버스를 갈아탔다.

양평. 양 형사에게 들은 바대로라면 이곳 어딘가 아버지 손에 목숨까지 잃을 뻔했던 나의 향리였을 것이다. 하지만 나는 두 번 다시 과거를 돌이키고 싶지 않아 관심을 끊기로 했다. 한얼산 기도원은 경기도 가평군 외서면 대성리 소돌말이란 곳에 있었다.

버스에서 내리고서도 산길로 2킬로를 걸어 올라가야 한다고 했다. 산길은 비좁고 험했다. 때로는 나뭇가지에 체중을 의지해서 올라서야 하는 곳도 있었고, 때로는 바위와 바위 틈새를 빠져나가야 할 때도 있었다. 이런 험한 길을 이천석 목사가 한쪽 다리로 하루에도 몇 차례씩 오르내렸다는 게 믿어지지 않았다. 흐르는 땀을 수없이 닦아내며 한 시간 정도를 오르니 비로소 기도원이 눈앞에 나타났다. 아직 건축물의 질서가 다 잡히지 않은 기도원은 흡사 화전민촌 같기도 했고, 난민들의 집단 수용소 같기도 했다. 땅도 돌부리와 크고 작은 웅덩이들로 요철이 심했으며, 그나마 진흙투성이였다. 강당으로 보이는 중앙의 한 건물에서 찬송 소리가 드높게 울려 퍼지고 있었다. 정면의 작은 블록 건물 앞으로 걸어가 문을 두드렸다. 수더분한 인상의 중년이 고개를 내밀었다.

"저…, 이천석 목사님을 좀 뵀으면 해서 왔는데요?"

"아, 목사님은 현재 지방 순회강연 중이십니다. 안 계세요."

"예…? 언제 돌아오시는데요?"

"내일모레 월요일 날 오십니다."

"X발 참…. 이렇게 되는 일이…."

내가 낙담한 표정으로 그 자리에 쪼그려 앉자, 흔히 있는 면담 신청자라 생각하고 문을 닫으려던 그가 다시 문을 열었다.

"무슨 특별히 볼 일이 있으신 겁니까?"

"아니 뭐, 특별할 거까지는 없구요. 그냥 좀 만나 뵀으면 싶어서 오늘 이렇게 맘먹고 찾아온 겁니다."

"예에…. 하지만 목사님이 계신다 해도 개인면담은 어려울 걸요. 워낙 뵙자는 사람이 많은 데다 시간이 없어서 말이죠."

"…."

"하여간 목사님 오실 때까지 기다리시겠다면 그렇게 하세요. 신도들이 기거할 방은 준비돼있으니까요."

"아니, 낼모레까지 어떻게…?"

"이틀이 뭐 깁니까? 여긴 매일 기도만 하면서 몇 개월씩 머무르는 사람도 있는데요?"

그가 나를 찬찬히 훑어보며 말했다. 아마도 내 풍모 전체에 기름처럼 밴 불량기를 신앙의 촉수로 감지하려는 것 같았다. 나는 어떻게 할 것인가를 생각해 보았다. 하기야, 내려간대도 당장 갈 곳도 마땅찮고 시간도 늦었다. 산에 가려 보이진 않았지만, 이미 해도 완전히 떨어진 듯하다. 게다가 한번 내려가면 또 언제 오게 될지 기약도 없는 일이다. 아니, 또 있다. 어머니 문제로 감정이 온전치 못한 이 마당에 공기 맑은 이곳에 잠시 머물러 마음을 가라앉혀 보는 것도 나쁠 건 없지 않은가? 나는 이천석 목사를 기다리는 쪽으로 마음을 정하고 그에게 물었다.

"좋습니다. 이왕 올라왔으니 기다려보죠. 꿀림, 아니 참! 방은?"

그가 방에 앉은 채로 머리만 밖으로 길게 빼고는 어느 한쪽을 손가락질했다.

"저쪽에 번호표가 붙은 방들이 보이지요? 저기 가서 자리를 찾아보세요. 한 방에 보통 대여섯 명씩은 들어가니까 빈자리가 있을 겁니다."

"시다이, 아니 식사는 어떡하는 겁니까? 각자 해먹는 건가요?"

"저기 한얼식당이라고 쓰여있는 게 신도들 식당입니다. 거기서 사 잡수세요."

"예에…."

나는 주머니 속의 영치금 액수를 머릿속으로 계산해 보며 닭장 같은 숙소로 향했다. 모두 예배에 참석했는지 방들은 대부분 비어있었다. 그러나 각종 침구류와 옷 가방들이 어지러운 것으로 보아 한눈에 만원임을 알 수 있었다. 가장 단출해 뵈는 방을 골라 안으로 들어갔다. 그러고는 벌렁 큰 대 자로 누워버렸다. 그러자 곧 자신의 죄를 합리화시키기에 급급하던 어머니의 뻔뻔스러운 얼굴이 눈앞에 어른거리기 시작했다. 그 얼굴을 향해 마음껏 욕설을 퍼부었다. 그러다가 깜빡 잠이 들었던 모양이었다.

"어? 손님이 와 계시네."

부스스 눈을 떠보니 교복을 입은 다섯 명의 학생들이 문을 열고 들여다보고 있었다. 고등학생들이었다.

"이거 주인 없는 방에서 실례가 많았구만. 미안허우."

그러자 학생들은 이내 표정을 환하게 바꾸며 말했다.

"아니, 그냥 누우세요. 하나님이 모두를 위해 만든 방인데 주인이 따로 있나요?"

그러면서 안으로 들어온 그들은 곧 나라는 존재에 개의치 않고 자기들끼리 토론을 나누기 시작했다. 너무도 진지하고 선량한 모습들이어서 건달 티 완연한 나 자신이 옆에 있기가 머쓱할 정도였다. 나중에 인사를 통해 알고 보니 그들은 명륜동에 있는 명광성결교회에서 수련회를 온 학생들이었다. 나는 하나님의 '하' 자도 모르는 사람인데, 이천석 목사를 만나보면 뭔가 궁금증이 싹 해소될 것 같아서 찾아왔노라고 나를 소개했다. 그러자 회장이라는 학생이 눈을 똘망하게 뜨고 말했다.

"어휴! 그 목사님 만나기 어려울 걸요?"

"그렇게 바빠?"

"그럼요. 그분 혼자 주도하는 예배가 하루에 몇 번씩인데 안 바쁘시겠어요? 잠깐 시간이 난다 해도 또 다음 설교 준비해야죠. 또 그분도 목이 아프고 다리가 아플 테니 틈틈이 좀 쉬어야죠. 어려울 거예요."

하지만 나는 반드시 만나보고 말리라, 각오를 다졌다. 아무래도 그 목사 외엔 이 세상 그 누구도 내게 확실한 깨달음을 줄 것 같지가 않아서였다. 게다가 그가 아무리 바쁘다 해도 나와는 같은 밑바닥 출신의 선·후배 관계로서 그 어떤 교감이 상통할 것 같기도 했다.

"그 목사님 유명하신 거야 저희들도 인정하지만, 그렇다고 하나님의 진리를 그분만 알고 계신 건 아닙니다. 그러니까 다른 목사님 설교도 들어보세요. 좋은 말씀 많이 하십니다."

학생회장이 진심으로 그렇게 권유해 왔다.

"그, 그러지 뭐. 하여튼 이천석 목사부터 좀 만나 보구."

나는 짐짓 미소까지 지어 보이고 나서 밖으로 나왔다. 저녁을 사 먹기 위해서였다. 다음 날 아침, 지저귀는 새소리에 잠을 깬 나는 기도원 내를 한 바퀴 둘러보았다. 그리고 한얼식당에서 온통 식물성뿐인 아침밥을 사 먹은 뒤 산 중턱으로 올라가 낮잠으로 하루를 때웠다. 선량하고 지적인 학생들 틈에 끼어 앉아있기가 어쩐지 부자유스러워서였다. 예배가 있다면 참석해 보고 싶었으나 기도원은 일반 교회와 달리 일요일은 쉰다고 했다. 대부분의 신도들이 일요일을 피해 입산과 하산을 하는 까닭이었다. 자신들이 소속된 교회가 별도로 있기 때문이었다.

저녁에 되어 사위에 어둠이 내리자 근처의 계곡에서 울부짖는 기도소리가 들리기 시작했다. 남아있는 신도들이 계곡에 들어가 통성기도를 하는 소리였다. 시끄럽기도 하고 기분이 으스스하기도 해서 산에서 내려와 방으로 들어갔다. 이천석 목사는 다행히 월요일 오전에 도착했다. 아침을 먹은 뒤 줄곧 낮잠으로만 소일하는 내게 그 소식을 알려준 건 학생회장이었다. 이천석 목사가 여장을 풀고 한바탕 어수선한 귀임(歸任)의 절차가 끝나기를 기다려 그의 방으로 찾아갔다. 오후였다. 그의 방도 내가 머무르는 숙소와 마찬가지로 돌을 쌓아 올린 벽에 슬레이트를 얹은 돌집이었다. 약간 긴장되는 마음으로 그를 불렀다.

"목사님, 목사님 계십니까?"

문은 열리지 않고 대신 걸걸한 목소리가 바위처럼 굴러 나왔다.

"누구요?"

"예. 저는 임용남이란 사람입니다. 목사님 좀 만나 뵐까 하고 의정부에서 왔는데요."

그래도 문은 열리지 않았다.

"무슨 일입니까?"

"뭐, 별건 아닙니다. 그냥 목사님한테 하나님에 대해 좀 알아볼 게 있어서요."

그러자 두꺼운 합판 문을 뚫고 나온 건 의외의 냉담이었다.

"아니, 그런 문제라면 가서 설교를 들으면 될 것 아닙니까?"

"예. 물론 설교도 듣겠습니다. 하지만 그보다 먼저…."

"글쎄 시간이 없다니까요."

얘기는 그것뿐이었다. 두어 번 더 불러봤지만, 이젠 대답도 하지 않았다. 참담했다. 뭔가 심하게 배신을 당한 기분이었다. 그렇다고 대답 없이 찬바람만 감도는 방문 앞에 언제까지 그렇게 서있을 수도 없는 노릇이었다.

'니미 X도, 나를 까질렀다는 뭉치나 하늘개비짱의 진리를 전파한다는 목사나 하나같이 그게 그거구만. 그저 내 X심으로 살아가는 거 외엔 어느 년놈 하나 믿을 게 없는 세상이니 X팔…!'

부글부글 끓는 얼굴로 돌아가자 학생회장이 대번에 눈치를 채고 말했다.

"어렵죠? 하지만 목사님 입장도 이해하셔야 해요. 만나자는 사람 일일이 다 만나줬다가는 언제 쉬고 언제 설교합니까?"

"그래도 최소한 내다는 봐야 할 거 아냐? 하여튼 알았어. 기왕에 여기까지 올라온 거 그냥 내려갈 수는 없으니까, 내일 다시 한번 찾아가 보기로 하지."

나는 오기 있게 씨부렁거리고 나서 머리끝까지 담요를 뒤집어썼다. 생각할수록 기분 나쁘고 나 자신이 비참했다. 이게 무슨 꼴인가? 내 더럽고 기구한 팔자에 한 가닥 희망의 빛이라도 있을까 싶어 찾아왔건만, 얼굴 한 번 안 내밀고 문전박대라니.

나는 내일 한 번 더 찾아가서도 계속 이런 식이라면 미련 없이 이곳을 내려가리라 마음먹었다. 하나님이고 성경이고, 모두 말 잘하는 사기꾼들이 만든 쇼라고 치부할 작정이었다. 어차피 매사의 결과는 꼭 실망이나 좌절로 끝나는 팔자, 하나님에 대해 한 번 더 실망한다고

292

선감도 아리랑

해서 내 인생이 달라질 건 없겠기 때문이었다.

다음 날 오전이었다. 이천석 목사가 주도하는 한 차례의 예배가 끝나기를 기다려 다시 그의 방으로 찾아갔다.

어제 아침까지만 해도 그의 설교를 듣고 싶은 마음이었으나 한 번 문전박대를 당한 뒤로는 그것도 싫어져서 나는 예배에 참석하지 않았다. 면담도 거부한 사람의 설교를 뒷전에 가서 듣는다는 게 자존심도 상하고 왠지 구걸하는 기분이 들었기 때문이었다. 따라서 나는 아직 그의 얼굴도 보지 못한 상태였다.

"실례합니다. 목사님 계십니까?"

"누구요?"

어제처럼 걸걸한 목소리가 변함없이 굴러 나왔다. 어제오늘 갑자기 불어난 신도들이 끊임없이 지나다니며 나를 힐끗거렸다.

"예. 어저께 면담을 거절당한 임용남이란 사람입니다."

나는 당당하게 말함과 동시에 속으로는 '어이, 이 형, 문 좀 열지.' 하고 비꼬아주었다.

"그런데요?"

"예. 저는 여기 온 첫째 목적이 목사님을 뵈러 온 거지 설교를 들으러 온 게 아닙니다. 설교야 다른 교회에서도 얼마든지 들을 수 있지 않겠습니까?"

안에서는 아무 말도 없었다. 아무래도 내 더러운 삶을 한 토막 밝혀야 호소력이 있겠다 싶었다.

"목사님, 부모한테 버림받고 18년간을 떠돌이로 개처럼 살아온 놈입니다. 하나님의 '하' 자도 모르고 살아온 놈이란 말씀입니다. 그러다가 교도소 안에서 목사님의 간증기를 읽고 감동을 해서 뭔가 알아보려고 찾아왔는데, 그리고 사흘이나 여기서 기다렸는데 이렇게 사람

취급도 안 하실 수가 있는 겁니까?"

여전히 안에서는 대꾸가 없었다.

"다른 건 다 필요 없습니다. 제 궁금증만 풀어주십시오. 목사님 말고는 그 누구도 제 속을 후련하게 해줄 분이 없을 것 같아서 찾아온 겁니다. 저한테 하나님이 진짜로 계시다는 확신만 들게 해주십시오. 그럼 깨끗하게 물러나겠습니다."

그러자 다시 이천석 목사의 묵직한 대꾸가 천천히 흘러나왔다.

"글쎄, 그러니까 설교를 들어보라잖소. 하나님을 믿겠다는 마음의 자세는 갖춰지지 않고 무조건 궁금증만 풀려고 하니, 그게 바로 손 안 대고 코 풀겠다는 발상이 아니고 뭐요? 나를 만난다 해도 성경 속의 그 무한한 진리를 한마디로 다 이해시켜 줄 재간이 없소. 그러니 돌아가서 설교를 들어요. 자꾸 듣다 보면 하나둘 이해하게 돼있습니다."

역시 그것뿐이었다. 그는 더 이상 대답도 하려 하지 않았다. 계속해서 몇 번을 더 사정했지만, 들리는 건 나를 힐끗거리며 지나가는 신도들의 수군거림뿐이었다. 참담을 넘어 피가 역류하는 기분이었다. 문을 박차고 들어가고 싶은 마을을 가까스로 억제하며 몸을 돌렸다.

"왜 그러세요? 가실려구요?"

방으로 돌아가기 무섭게 붉으락푸르락 상의를 걸치는 내게 학생회장이 어벙한 표정으로 물었다.

"가야겠어. 알고 보니 이놈의 기독교란 종교는 아주 얍싸한 습성을 가지고 있잖아, 니미."

"예?"

"안 그런가 생각해 보라고. 왕초라는 하늘개비짱이나 그 종이라는 목사나 하나같이 필요할 때는 코빼기도 안 비치고 말야. 꼭 쓴맛 단맛 다 보고 난 담에야, '나 여태껏 네 옆에 있었네.' 요러면서 뒤통수칠 계산만 하지 않냐구."

"아니, 어떻게 그런…?"

"다 필요 없어. 세상은 그저 내 X심대로 사는 게 최고라구. 내 운명 내가 사는 거지, 하나님이 참견할 일이 아냐. 하나님이 언제 내 삶에 보태준 거 있냐구?"

그렇게 혈압을 올리며 방문을 밀자 학생회장이 나머지 네 명의 학생들과 급히 무엇인가를 쑥덕였다. 그러더니 곧 문지방에 걸터앉아 신을 꿰는 내게 "저, 있잖아요. 그러시지 말고 이왕 여기까지 오셨으니 우리랑 같이 이천석 목사님을 한 번 더 찾아가 보는 게 어떨까요?" 하고 반짝이는 눈으로 말했다.

"으응, 같이?"

"예. 아무래도 그 목사님한테 단단히 기대를 걸고 오신 모양인데, 여태껏 기다렸다가 허무하게 그냥 내려가시기는 뭐 하잖아요."

"글쎄, 같이 가면 만나줄까?"

"여럿이 한 번 통사정을 해보는 거죠 뭐. 그리고 이것도 저희한테 주어진 전도의 사명이라면 사명일 테니깐요."

나는 잘하면 지금까지의 기다림에 본전은 건지겠구나 생각하며 얼른 표정을 바꾸었다.

"그럼 염치없지만, 부탁 좀 해볼까?"

그렇게 해서 나는 다시 다섯 명의 학생들과 함께 이천석 목사의 방 앞으로 갔다. 학생회장의 맑은 목소리가 합판 문을 두드렸다.

"목사님 계세요?"

"누구요?"

"예. 저희들은 명륜동 명광교회에서 수련회를 온 학생들입니다. 목사님께 꼭 좀 드리고 싶은 말씀이 있어서요."

"뭔데?"

"다름이 아니라, 저희랑 한방을 쓰고 계신 아저씨 한 분이 목사님을 꼭 좀 만나 뵀으면 합니다."

"아저씨?"

"예. 목사님께 두 번이나 면담을 거절당하고 지금 막 내려가시겠다는 걸 저희가 다시 모셔왔습니다. 그럴 만한 사정이 있으신 분 같은데, 저희를 봐서라도 잠깐 면담 좀 허락해 주십시오."

"나 원, 그 양반 참…."

이천석 목사는 딱하다는 듯 입맛을 다셨다. 학생회장이 다시 한번 간청했다.

"목사님, 꼭 좀 부탁드립니다. 저희들이 보기에도 어쩐지 목사님 같은 분을 꼭 한 번쯤은 만날 필요가 있는 분같이 생각됩니다."

그러자 한동안 뜸을 더 들이던 이천석 목사가 어쩔 수 없다는 듯 허락을 했다.

"알았어. 들어오시오."

학생회장이 밝은 얼굴로 나를 돌아보고 나서 조심스럽게 방문을 열었다. 그곳에 태산 같은 거구 하나가 앉아있었다. 그는 우리가 문을 열자 걷어 올린 바짓부리를 끌어내려 뭉텅 잘려나간 오른쪽 다리부터 감추었다. 이천석 목사는 휴식시간 때면 언제나 의족(義足)을 풀어놓고 쓰리고 짓무른 착용 부위에 통풍부터 시키는 습관이 있단다.

'아! 이 사람이 바로 이천석 목사로구나.'

그렇게 생각하며 학생들을 따라 들어가 꾸벅 인사를 했다.

"귀찮게 해서 죄송합니다. 임용남이라고 합니다."

이천석 목사가 근육질의 두툼한 얼굴을 천천히 들어 올렸다. 목사라는 선입감만 버리면 그대로 뒷골목의 보스라 여겨질 만큼 우람한

풍모였다.

"그래. 뭐요? 나를 그렇게 만나려는 이유가?"

체구에 걸맞은 목소리가 침착하게 날아들었다.

"예, 그러니까 제 말씀은요. 에…, 그…."

막상 얘기를 하려니 무슨 말을 어떻게 해야 좋을지 갈피가 잡히지 않았다. 너무나도 단도직입적 상황이 돼버린 탓이었다. 모름지기 얘기란 편하게 여유를 갖고 해야 술술 풀리는 법이 아닌가? 내가 우물거리기만 하자, 고맙게도 이천석 목사 쪽에서 먼저 질문의 요지를 함축해서 되물어주었다.

"그러니까 하나님이 정말 계신지 안 계신지, 내게 그걸 확인시켜달라 그겁니까?"

"예, 예."

그렇게 듣고 보니 내가 생각해도 왠지 무리가 있는 질문 같다 싶었지만 그대로 밀고 나갔다. 꼭 그런 건 아니더라도 물으려던 것과 비슷했기 때문이었다. 이천석 목사가 한동안 나를 빤히 바라보더니 엉뚱하게 다시 물었다.

"듣자 하니 아주 험한 세상을 살아오신 모양이던데?"

"예. 일곱 살 때 부모한테 버림받고 본의 아니게 그렇게 됐습니다."

"부모한테 버림을 받으셨다?"

"그렇습니다."

나는 대답을 하고 나서 그가 시키지도 않은 내 더러운 삶의 얘기를 띄엄띄엄 풀어놓았다. 아버지 문제로 시작하여 어머니에 의해 서울역에 버려지던 얘기, 그리고 교도소에서 우연히 배상길 목사를 만난 것과 이천석 목사의 간증기를 읽게 되기까지의 경위는 물론, 18년 만에 만난 어머니의 뻔뻔스러움에 분노하며 곧장 이리로 오게 된 얘기까지 대강, 그러나 한 군데도 빼지 않고 모두 얘기해 주었다.

내 딴엔 그것은 같은 밑바닥 출신으로서의 동질감을 형성해 보려는 일종의 암시이며 작전이기도 한 것이었다. 나의 제법 긴 얘기를 이천석 목사는 시선을 내리깐 채 묵묵히 듣고 있었다. 얘기가 다 끝나자 정작 놀라워하는 것은 다섯 학생들이었다. 특히 수원까지 나왔다가 다시 잡힌 선감도 탈출 얘기와 양 형사를 만난 경위, 그리고 어머니의 무책임한 태도 등에 이르러서는 숫제 벌어진 입을 다물지 못했다. 얘기가 다 끝났어도 이천석 목사는 계속 침묵으로만 일관하고 있었다. 그 오랜 침묵이 답답하여 내가 먼저 물었다.

"목사님, 진짜 하나님이 계신 겁니까? 그렇다면 자기가 만든 자식이 그처럼 억울하고 비참한 운명을 살 때 하나님은 도대체 어디서 뭘 하고 있었단 말입니까?"

그러자 비로소 이천석 목사는 느릿느릿 입을 열었다. 그건 아까보다도 더욱 엉뚱한 소리였다.

"골짜기로 들어가시오."

"예?"

"골짜기로 들어가서 기도를 하란 말입니다."

그가 말하는 골짜기가 어제 신도들이 통성기도를 하던 바로 그 계곡을 가리키는 게 아닌가 직감하면서 반사적으로 물었다.

"골짜기라니요?"

"아닌 게 아니라, 형제께서는 누구보다도 하나님부터 만나 봬야 할 필요가 있는 분 같소. 그러니 샘솟듯 하는 수만 가지 궁금증을 짧은 시간에 내 입으로만 들으려고 하지 말고 직접 하나님을 만나보란 말입니다. 특히 형제같이 의심이 많은 사람에게는 그게 더 효과적일 테니까."

"그, 그럼 골짜기에 들어가면 하늘개비, 아니 하나님을 만날 수 있단 말씀입니까?"

"기도를 해야지요. 가슴을 열고 진심에서 우러나오는 소리로, 애타게 간구하는 마음으로, 굳은 믿음과 신념으로."

"기도를 할 줄 모르는데요?"

"기도에 무슨 법이 있습니까? 진심으로 하나님을 열망하면서 눈물로 뵙기를 간청하면 그게 기도지."

"아, 예…."

"알았으면 가보시오. 오늘부터 기도 시작하는 거 잊지 말고."

나는 뭣에 홀린 것처럼 어리벙벙했지만, 일단은 자리에서 일어나는 수밖에 없었다. 내가 다시 고개를 숙여 묵례하고 등을 돌리자, 이천석 목사가 "잠깐 기다려요." 하며 내 발을 멈춰 세웠다. 그러고는 서랍에서 무엇인가를 한 뭉치 꺼내 내밀었다. 그건 다름 아닌 한얼식당의 식권이었다. 족히 백여 장은 될 듯싶었다.

"하나님을 만날 때까지 여기에서 내려가지 마시오."

"예. 가, 감사합니다. 그럼 오늘 밤부터 골짜기에 들어가 보도록 하겠습니다."

나는 엉겁결에 지레 그렇게 약속을 하고 그의 앞을 물러 나왔다.

"어휴! 첫눈에도 어딘가 남다른 데가 있는 분이라 했더니, 정말 상상하기도 힘든 삶을 살아오셨군요. 아저씨."

밖으로 나오기 무섭게 학생회장이 하는 소리였다.

"흐음! 한마디로 더러운 팔자지 뭐. 하여튼 오늘 정말 고마웠어."

내가 다섯 학생을 일일이 바라보며 웃어 보이자 학생회장이 걸음을 우뚝 멈췄다.

"저, 이럴 게 아니라요 아저씨, 제가 아주 좋은 분을 소개해 드릴게요.

만나보지 않으실래요? 아저씨한테 여러 가지 도움이 될 겁니다."

"누군데?"

"우리랑 함께 오신 저희 교회 전도사님입니다."

"…."

"연세가 비슷해 뵈니까 얘기도 잘 통할 걸요? 방에 가서 기다리세요."

그러면서 회장은 내 대답도 듣지 않고 어디론가 뛰어갔다. 한참 만에 그가 데리고 온 사람은 나보다 서너 살 위로 보이는 말끔한 신사였다.

"학생회장에게 말씀 들었습니다. 피눈물 나는 험로를 걸어오셨다구요?"

"아 예. 뭐…."

그가 성큼 들어서며 먼저 손을 내밀었다.

"명광성결교회의 김준영 전도사라고 합니다."

"예, 임용남입니다."

"하여간, 이렇게라도 하나님을 찾게 되셨다니 다행입니다. 그럼 우리 시간도 있고 하니 얘기나 좀 나눌까요?"

"그, 그러죠 뭐."

'나는 일견 잘됐구나.' 하고 생각했다. 교도소에서부터 품어왔던 궁금증을 풀 기회라 여겨졌기 때문이었다. 최대한 예의를 갖추리라 노력하면서 물었다.

"저…, 이왕에 오셨으니 하나님에 대해서 몇 가지 질문 좀 드렸으면 하는데 괜찮겠습니까? 제가 이 방면에 몰라도 너무 몰라서 말입니다."

"뭐 그러시죠. 제가 아는 건 별로 없지만, 힘닿는 데까지는 대답해 드리겠습니다."

그가 쾌히 승낙했다.

"예. 첫째는 말입니다. 왜 하나님은 부탁하지도 않은 우리를 자기 멋대로 만들어 놓고 이 고생을 시키느냐 하는 겁니다. 특히, 나 같은 놈을 말입니다. 나 역시 하나님한테 나 좀 태어나게 해주십사 부탁한 기억이 없거든요?"

그러자 김준영 전도사는 빙그레 미소부터 지었다. 그러더니 "형제님께서 비참한 삶을 살아오셨으니까 그런 불평을 하는 것이지, 만약 고대광실(高臺廣室) 높은 집에서 태어나 행복하게 살고 있다면 그런 소리가 꿈엔들 나오겠습니까? 그때는 '아이구 하나님, 이렇게 행복하고 즐거운 세상에 태어나게 해주셔서 감사합니다.' 아마 그럴걸요?" 하면서 지극히 평범하게 역공을 해왔다. 하긴 그렇기도 하겠구나 싶은 게 벌써부터 말문이 궁색해졌다. 김준영 전도사가 설명을 계속했다.

"지금 형제님께서 왜 원하지도 않은 우리를 멋대로 만드셨냐고 하나님께 항의를 하셨는데요, 우리 하나님까지 갈 것 없이 그냥 형제님을 낳아주신 친아버지를 두고 생각해 보죠. 친아버지께서 형제님을 낳으실 때 '장차 이 아이가 커서 왜 나를 낳았냐고 항의하면 어떡하나?' 이런 걱정을 염두에 두고 형제님을 낳으셨을까요?"

"그, 그렇지는 않겠지요."

"바로 그겁니다. 친아버지께서는 꿈에도 그런 생각 안 하시고 오직 당신의 계획과 목적에 따라 형제님을 낳으셨을 거라 이거지요. 가문의 대를 잇고 후손을 번창시키고자 하는 목적 말입니다. 그러니까 그건 형제님이 원하든 말든 아버지의 절대적인 권한인 셈이지요. 하나님도 마찬가지예요. 하나님도 이 땅에 번성하여 모든 생물을 관장케 할 목적으로 우리를 지으셨다 이겁니다. 당신의 권한으로요."

나는 일단 그 문제에는 승복하기로 했다. 진위야 어떻든 논리상 빈틈이 없었기 때문이었다.

"좋습니다. 그럼 이번에는 이걸 물어보지요."

"말씀하세요."

"하나님이 당신의 권한대로 우리를 만들었다 칩시다. 그럼 이왕 만들 바에 그만큼 좋은 여건도 함께 만들어 줄 일이지, 왜 죄라는 함정까지 동시에 만들어 놓고 지옥 운운하며 겁주는 겁니까?"

"죄는 하나님이 만든 게 아닙니다."

"예?"

"하나님은 인간을 창조하시면서 6,000년의 역사를 인간의 자유 의지에 맡기셨어요. 그런데 그 자유 의지 속에 사탄이란 마귀가 침투하여 죄라는 것을 잉태케 한 겁니다. 사탄이란 하나님을 배신한 천사로서 하나님과 함께 태초부터 존재해 온 것이고요."

"그럼 빨리 하나님의 능력으로 그 사탄을 쓸어버리면 될 것 아닙니까?"

"그렇게 말씀하실 줄 알았습니다. 그러나 우리가 죄에 시달리는 것은 아담과 이브 두 조상의 죄로 인한 업보이기도 하고, 또 사탄을 쓸어버리지 않는 건 인간의 자유 의지에 맡긴 기간이 아직 안 끝났기 때문입니다. 하지만 하나님이 계획하신 기간이 다 차면 그때는 하나님께서 사탄을 징벌하시게 되겠지요. 그때 있을 사탄과의 전쟁을 성경에서는 아마겟돈 전쟁이라고 부릅니다."

나는 말이 나온 김에 아담과 이브가 지었다는 죄의 원초적 생성과정까지 거슬러 올라가 하나님의 방임행위를 따져보고 싶었지만 그만두기로 했다. 거침없이 나오는 그의 답변에 지레 주눅이 든 탓이었다. 대신 다른 걸 물어보았다.

"무슨 뜻인지 대충 알아듣겠습니다. 근데 참, 하나님께서는 정말 이 수많은 별 중에 한 점 먼지에 불과한 지구에만 생명체를 만드신 겁니까?"

"글쎄요. 성경은 어디까지나 지구에 사는 인간을 대상으로 쓰인 것이니 언급되지 않은 세계까지 우리가 알 수는 없겠지요. 하지만 하나님이 계신 천국도 외계로 친다면 외계에도 생물이 존재한다고 봐야 할 것입니다. 요한계시록 5장 11절에 '내가 또 보고 들으매 보좌와 생물들과 장로들을 둘러선 많은 천사의 음성이 있으니 그 수가 만만이요 천천이라.' 하는 말씀에 미루어 말입니다."

나는 그날 김준영 전도사에게 참으로 많은 얘기를 들었다. 신학대학을 졸업한 지 얼마 되지 않았다는 그는 모든 것이 논리정연했고, 그건 다시 텅 빈 머리로 반평생 가까이 살아온 내게 과분할 정도로 성경에 대한 지식을 안겨주었다. 나도 어느 정도 교인의 기본기를 갖춘 기분이었다. 부쩍 하나님과의 거리가 가까워진 듯한 느낌이기도 했다. 그날 김준영 전도사는 마지막으로 내게 이렇게 말했다.

"형제님, 이왕 하나님에게 호기심이 생기셨다면 그대로 믿으세요. 천당이니 지옥이니 따지기 전에 정신적으로 믿고 의지할 곳이 있다는 게 얼마나 든든한 일입니까? 하나님께 의지하면 마음이 평화로워지고 그 어떤 좌절과 고통도 이겨나갈 힘이 생깁니다."

김준영 전도사와 헤어진 뒤 나는 그가 했던 모든 얘기를 되뇌어 정리해 보면서 남은 오후를 보냈다. 생각할수록 정이 끌리는 해박한 사람이었다. 이곳에 있는 동안 그에게 더 많은 얘기를 들어보리라 결심했다. 그날 밤 나는 학생들에게 빌린 담요 한 장을 들고 계곡으로 들어갔다. 정말 하나님을 만나게 될까 하는 두려운 생각을 하면서였다. 그러나 두려우면 두려운 대로 하나님의 실체를 확인하고 싶다는 욕망 또한 누구보다 강렬했다. 계곡은 통성 기도하는 신도들의 울부짖음으로 아비규환을 이루고 있었다. 신도가 없는 곳까지 깊이 들어가 평평한 바위에 자리를 잡았다. 막상 자리를 잡았지만 기도할 용기는 나지 않았다. 그대로 바위에 담요를 깔고 누워버렸다. 기도 대신 하늘을 똑바로 바라보며 마음속으로 하나님과의 영적 교신을 시도해 볼 생각이었다.

'하나님, 당신을 원망깨나 한 임용남이요. 진짜로 계신다면 잠깐 얼굴이라도 좀 보여주십쇼. 그래야, 나도 당신께 의지해서 희망 한번 품어볼 게 아닙니까?'

상수리 나뭇잎 틈새로 유달리 영롱한 별 하나가 비로드 위의 한 점 진주처럼 빛을 발하고 있었다. 계곡의 아래쪽에서는 그 아비규환의 기도 소리가 절정을 이뤄가고 있었다. 나는 머리털이 쭈뼛거리는 모종의 긴장감을 끈기 있게 참아내며 빙판 같은 밤하늘을 언제까지고 뚫어지게 바라보았다. 마음속에서는 어색한 대로 하나님이란 석 자를 끝없이 되뇌면서였다. 강렬한 기대와 호기심 탓인지 그 넓은 하늘에서 정말 뭔가가 나타날 것도 같은 느낌이었다.

심화하는 긴장과 더불어 신경도 바늘처럼 예민해져 가고 있었다. 하지만 하늘은 역시 하늘일 뿐 아무런 변화도 일어나지 않았다. 굳이 변화가 있다면 시리게 박혀있는 상현달의 허리께를 한 올의 구름이 띠처럼 질러간다는 것뿐이었다. 밤은 점점 깊어가고 있었다. 몇 시쯤 되었을까? 이젠 그 소란스럽던 기도 소리도 한풀 꺾어 들고 있었다.

'역시 난 아직 하나님을 만날 자격이 안 되나 보군. 아니, 버릇없이 편히 누워서 하나님을 찾으니까 그런가?'

나는 기다린 김에 반 시간 정도만 더 기다려보고 일어나야겠다고 마음먹었다. 어느덧 조금 전까지만 해도 하나님을 찾던 입에서 다시금 불평의 소리가 새어 나오고 있었다. 솔직히 말해서, 그건 진짜 불평이라기보다 긴장이 풀어지는 데서 오는 일종의 여유라고 봐야 할 것이었다.

'하나님. 도대체 언제까지 숨어만 계시면서 우리더러 믿으라고 할 겁니까? 나 같은 무식한 놈한테 한 번쯤 확신이 들게 해주시면 어디가 덧납니까? 난 배운 건 없어도 의리 하나는 있는 놈이라구요. 혹시 압

니까? 내가 제대로 되먹은 당신의 진짜 종이 될는지요.'

어디선가 "아버지~!" 하는 여인의 처절한 절규가 단말마처럼 일었다가 긴 꼬리를 남기며 맥없이 잦아들고 있었다. 그 소리를 마지막으로 나는 깜빡 잠이 들었던 모양이었다. 계곡의 찬 공기에 으슬으슬 한기를 느끼며 다시 눈을 떴을 때는 사위가 쥐죽은 듯 고요했다. 정신이 번쩍 들면서 뒤통수가 오싹해졌다. 급히 담요를 거둬 들고 한달음에 계곡을 내려왔다. 첫날의 수확은 그게 전부였다. 하지만 그 정도로 쉽게 물러설 내가 아니었다. 나는 다음 날에도, 또 다음 날에도 밤이면 그 계곡 그 바위로 찾아들기를 멈추지 않았다. 이천석 목사에게 약속한 대로 어떤 해답이 얻어질 때까지— 불성실하게 누운 자세로 쉽게 해답이 얻어질까는 모르겠지만 — 산삼을 찾는 심마니의 기분으로 계곡의 염원을 계속할 참이었다. 그러는 한편, 낮에는 예배에도 참석했다. 특히 이천석 목사의 설교는 빼놓지 않고 들으려 노력했다. 생긴 모습과 마찬가지로 그의 설교 속에는 늘 힘과 어떤 공포가 배어있었다. 주먹을 부르쥐고 중요한 대목을 강조할 때는 그 목소리가 심산을 뒤흔드는 호랑이의 포효 같기도 했고, 광야를 휘몰아치는 폭설 같기도 했다.

"임신한 여자가 언제 어느 때 해산할지 모르듯, 예수께서는 언제 어느 때 이 땅에 도적같이 임하실지 모릅니다. 그러나 그때가 가까웠음을 우리는 압니다. 예수께서 말씀하여 가로되, 민족이 민족을, 나라가 나라를 대적하여 일어나겠고, 처처에 기근과 지진과 환란이 있으며, 사람이 사람을 미워하고 온갖 불법이 성행한다 하셨습니다. 무화과나무의 가지가 연하여지고 그 잎이 나면 여름이 가까워진 것을 알 듯이, 이러한 일들이 일어나면 너희는 인자가 문앞에 이른 줄 알라 하셨습니다. 보시오! 지금이 바로 그때임을 우리는 알아야 합니다…."

그처럼 성경의 예언들이 마이크를 통해 쩌렁쩌렁 울릴 때면 아직 여러 가지 의심이 풀리지 않은 상태임에도 공연히 기분이 으스스해지곤 했다. 나는 강의라기보다 연설에 가까운 그의 설교를 열심히 경청했고, 의심이 가는 부분은 지체없이 김 전도사에게 조언을 구했다.

　"전도사님, 말세에 하나님께서 이 땅을 불로 심판한다고 하셨는데요, 그렇다면 이미 죽어서 땅속에 묻혀있는 사람들은 어떡합니까? 그 사람들은 무시무시한 불세례도 안 받고, 살아있는 우리보다 차라리 더 잘됐네요?"

　"더 잘된 것도 없습니다. 그 사람들은 별도로 심판한다고 하셨으니까요."

　"전도사님, 아담의 아들 가인이 결혼했다는 게 웃기지 않습니까? 최초의 인간 아담과 이브 사이에서 태어난 가인이 도대체 어디서 누구랑 결혼했다는 겁니까? 같은 배에서 나온 형제가 두 명 더 있다고 해봐야 그나마 전부 남자들이라면서요."

　"성경을 건성으로 읽은 사람들이 가끔 그런 의심을 합니다만, 그건 그렇지 않습니다. 성경에 아들 셋만 기록됐다고 해서 그 3형제가 전부라고 보는 건 이르지요. 성경을 계속해서 읽어보면 아담이 '형제'를 낳았다고 하지 않고 '자녀'를 낳았다고 기록된 것을 알게 됩니다. 그러니까 아담은 3형제 외에 딸도 낳았던 것이고, 따라서 가인은 자신의 여동생이나 조카와 결혼했을 것이란 추측이 가능해지는 것이지요."

　"전도사님, 하나님께서 내 앞에 다른 신을 네게 두지 말라고 하셨다는데요, 그건 일종의 억지 아닐까요? 우리가 인간답게만 살면 되는 거지, 무엇을 믿든지 그게 무슨 대수냐 이겁니다."

　"억지라니요? 하나님 입장에서 보자면 당신께서 생명을 준 자식들이니만큼 당신만을 아버지로 믿고 섬기라는 말씀이야 지극히 당연한 요구 아닐까요? 신이니 뭐니 따지기 전에 우선 인간적 차원에서 생각해도 그렇지요. 세상에 어느 아버지가 자기를 외면하고 양아버지를 만들어 섬기는 자식을 좋아하겠습니까?"

김 전도사는 샘솟듯 하는 나의 의문점들을 때로는 직설적으로, 때로는 비유적으로 재치 있게 설명해 주었고, 더불어 나는 의심의 매듭들을 하나하나 힘 안 들이고 풀어나갔다. 그처럼 나름대로 성경공부와 계곡기도를 되풀이하던 어느 날이었다. 한얼산에 들어온 지 9일째가 되는 날이었다. 그날 저녁, 땅거미가 가득히 몰려드는 시간에 맞춰 계곡에 들어선 나는 우선 흐르는 물에 세수부터 했다. 그날따라 까닭 없이 몸이 무거운 데다 초저녁부터 졸음인 듯 아닌 듯 눈꺼풀이 자꾸 가라앉아서였다. 근래에 없던 컨디션 이상이었다. 너무나 차가워서 인근에 농사가 안 될 정도라는 한얼산의 계곡 물, 그 물에 세수를 하고 나니 어느 정도 정신이 맑아졌다. 입안까지 한 번 헹구고 나서 계곡 위로 올라갔다.

평평한 바위는 태초부터 나를 위해 마련된 것이기라도 한 듯 오늘도 그 자리에서 묵묵히 나를 기다리고 있었다. 담요를 두 겹으로 접어 깔고 그 위에 무릎을 꿇었다. 그리고 예배시간에 하던 것처럼 두 손을 깍지끼었다. 그처럼 기도하는 모양새는 갖추었지만, 아직도 입은 자발적으로 열리지 않았다. 아니, 기도는 고사하고 웬일인지 몸뚱어리만 자꾸 천근만근 무거워 오기 시작했다. 뭐랄까? 그것은 전신으로 마취약이 퍼지는 기분 같기도 했고, 누군가의 최면에 깊이 빠져드는 기분 같기도 했다.

'찬물에 세수도 했는데 왜 이러지? 몸살인가? 아니, 연일 계곡의 찬 바람을 쐐서 감기에 걸렸나 보군.'

나는 어쭙잖은 기도 자세를 풀고 여느 때처럼 담요 위에 벌렁 누워

버렸다. 피로가 견딜 수 없이 전신을 짓눌러와서였다. 유달리 영롱하게 빛을 발하던 별. 오늘도 그 별은 변함없는 생기를 가지고 상수리 나뭇잎 틈새를 통하여 나를 내려다보고 있었다.

'하나님, 사정상 이렇게 또 눕습니다. 하지만 당신을 만나고 싶은 마음은 누구보다도 강렬한 편입니다. 제발 제가 믿게끔 한 번만 나타나 주십시오.' 나는 그렇게 중얼거리다가 그대로 잠이 들고 말았다.

한데 육신의 오감(五感) 기능 중 어느 한 가지를 제외하고 나머지만 잠이 드는 경우도 있을까? 분명히 나는 잠이 들었는데도 귀로는 절정을 이룬 계곡의 통성기도 소리가 생시처럼 똑똑하게 들려왔다.

동시에 나는 꿈을 꾸고 있었다. 환몽(幻夢)이었다. 사람의 발길이 닿지 않는 곳, 아니 알아도 발길을 들여놓고 싶지 않은 미지의 음침한 땅에 거대한 호수가 있다. 지금은 밤이다. 아니, 수면을 안개가 엷게 선유하는 것으로 보아 새벽일지도 모른다. 어둠침침한 대기 속에 죽은 듯 말이 없던 호수의 수면이 갑자기 무섭게 끓어오르기 시작한다. 섭씨 수백 도쯤 될 듯한 기세로 여기저기 비눗방울 같은 수포들을 무더기로 일구며 끓어오른다. 자칫 빠지기라도 하는 날엔 순식간에 살이 흐물흐물 풀어져 나가고 뼈만 추려질 것 같다.

그렇게 생각하는 순간, 이번에는 수면을 뚫고 사방에서 인간들의 손이 튀어나온다. 처절한 울부짖음과 함께 익어 터진 손뼈만 남은 손들이 들쭉날쭉 치솟는다. 그 아우성이 어쩐지 귀에 익다. 가만히 생각해 보니 그건 열린 귀로 들어오는 신도들의 요란한 통성기도 소리다.

'참, 여긴 계곡이지.'

비몽사몽을 헤매던 나는 그렇게 생각하며 눈을 번쩍 떴다. 말할 수 없이 추운 데다가 그 잠깐의 꿈이 대단히 기분 나빠서 계곡을 내려가고자 급히 상체를 일으켰다. 바로 그때였다.

'어…?'

나는 순간적으로 동작을 멈췄다. 뭔가 이상한 현상을 목격한 것 같아서였다. 그건 별이었다. 상수리 나뭇잎 사이에서 유달리 영롱하게 빛을 발하던 바로 그 별이었다. 그것이 갑자기 점멸등처럼 심하게 깜빡이기 시작한 것이다.

'아 아니! 저, 저게 왜 저러지?'

나는 신경을 곤두세우고 그 명멸의 변화를 뚫어지게 지켜보았다. 점차 속도가 빨라지고 있었다. 흥분한 맥박 같았다. 그렇게 가쁘게 깜빡이던 별이 굳어버린 듯 동작을 멈춘 건 수 초 뒤였다. 그러더니 이번에는 달아오르는 석쇠처럼 급격하게 빛을 내기 시작했다. 무서운 발광(發光)이었다. 눈이 부실 지경이었다. 공포가 물밀듯 엄습했지만, 기이하게도 몸이 움직여지질 않았다. 별에 고정한 시선도 마찬가지였다. 마치 내 모든 기를 그 별이 흡수해 버리기라도 한 것처럼, 그래서 나는 껍데기만 남은 것처럼 도무지 움직일 수가 없었다. 그 순간이었다.

"쐐애애액."

갑자기 태양만큼이나 밝아진 그 별이 거대한 불덩어리가 되어 내 이마를 향해 무서운 속도로 떨어졌다.

"으아아악!"

나는 반사적으로 튕겨 일어나며 그대로 바위에 얼굴을 처박았다. 그러자 이번에는 난데없이 바람이 일기 시작했다. 태풍이었다. 이 나이 먹도록 경험 한 번 해보지 못한, 저 선감도에서 겪었던 그것보다도 훨씬 무서운 위력의 태풍이었다. 그것이 가공할 포효와 돌풍을 일으키며 나를 공략하기 시작한 것이다. 내가 올라 있는 바위까지도 뿌리째 뽑아 올려 그대로 기도원 마당까지 날아다 꽂아버릴 듯한 기세였다. 필사적으로 배를 깔고 손톱이 으깨지도록 바위의 모서리를 움켜쥐고 버텼다.

"사, 사람 살려! 하나님, 살려주세요! 제발 살려주세요! 으아!"

하나님 소리가 저절로 튀어나왔다. 하긴, 이처럼 무시무시한 괴변 앞에서, 그리고 여기가 기도원이라는 점에서 하나님 말고는 마땅히 찾을 것도 없었다. 다행히 태풍은 그리 오래가지 않았다. 몇 번 더 나를 들어 올리던 태풍은 나의 절규를 들은 듯 '휘이이잉' 하는 경고의 소리를 남기며 계곡 사이로 빠져나갔다. 나는 그 빠져나가는 바람 소리가 얼핏 '용남아!'라는 누군가의 탄식 소리 같다고 생각했다. 기회를 놓칠세라 후다닥 바위에서 뛰어내렸다. 한데 괴이한 일이었다. 그 엄청난 태풍이 한얼산 전체를 삼킬 듯 휘몰아쳤어도 주변은 그대로였던 것이다. 나무젓가락처럼 부러져 나갔어야 옳을 상수리나무도 그대로였고, 그밖에 초목이나 잔돌멩이들도 그대로였다. 아니, 심지어 내가 깔고 있던 담요조차도 어느 한구석 바람에 휘몰린 흔적은 찾아볼 수 없었다. 담요를 거머쥐고 허둥지둥 계곡을 내려왔다. 너무 허둥대다가 그만 계곡의 중간쯤에서 막 기도를 끝내고 일어서는 누군가의 등에 걸려 그대로 곤두박질을 치고 말았다.

"아쿠쿠!"

"아! 죄, 죄, 죄송합니다."

나뭇등걸에 쑤셔박힌 나보다도 무릎에 옆구리를 찍히고 나뒹군 그가 더 아프겠지만, 어떻게 사과 치레를 할 정신적 여유가 내겐 없었다. 그저 죄송하단 소리만 앵무새처럼 몇 번 더 하고 나서 도망치듯 그곳을 벗어났다. 학생들은 모두 잠들어 있었다. 방에 들어와서 한동안 정신을 수습할 수 없기는 마찬가지였다. 이 세상 누구에게도 설명할 수 없고 증명할 수 없는 체험을 나 혼자만 치렀다는 내밀한 전율. 그리고 그것이 하나님의 이적(異蹟)인지 다른 무엇인지는 아직 확실히 알 수 없지만, 어쨌든 어느 절대적인 힘 앞에 내가 제대로 포착된 것만은 사실인 것 같다는 두려움. 나는 그 두려움의 미진과 싸우느라 언제까지고 어둠 속에서 눈알만 뒤룩거리고 있어야 했다. 잠을 자긴 이미 틀린 일이었다. 잠은커녕 시간이 갈수록 정신만 더욱 맑아졌다. 나는 어서어서 아침이 오기만을 기다렸다.

그날 아침, 식사를 마치고 나오는 길에 김 전도사를 만났다. 그렇지 않아도 막 그를 찾아가려던 참이었다. 나는 그에게 간밤의 체험을 일단 덮어두고 다음과 같은 질문부터 했다.

"전도사님, 이천석 목사님 얘기로는 간절히 기도하면 하나님을 만날 수 있다고 하셨는데요. 그때는 하나님이 직접 모습을 나타내시는 겁니까, 아니면 목소리를 들려주시는 겁니까?"

"사람에 따라 여러 가집니다. 직접 하나님의 형상을 목격했다는 사람과 그 음성을 들었다는 사람도 있지만, 어떤 초자연적 은사로 응답을 받았다는 분들이 많지요."

"초자연적 은사라니요?"

"이를테면 불치의 병 고침을 받는다든가, 방언, 그리고 하늘에서 불이 쏟아지는 것 등등을 보는 경우지요. 그 외에도 많습니다."

"갑자기 별이 떨어지거나 주위에서 태풍이 일거나 하는 경우도 있습니까?"

"뭐 그럴 수도 있겠지요. 하여간 여러 가지니까요."

이로써 간밤의 그것은 귀신의 장난도 아니요, 자연의 이변도 아닌, 하나님의 은사였음이 명백해진 셈이었다.

"예에, 그렇군요. 난 또 하나님을 만난다는 게 꼭 그 형상이나 목소리를 듣게 되는 건 줄로만 알았거든요."

"왜요? 그런 초자연적 은사를 받으셨습니까?"

"예, 받았습니다. 어젯밤에요."

"정말입니까? 어떻게요."

눈을 반짝이며 반문하는 그에게 나는 간밤의 일들을 사실대로 털어놓았다.

"제 머리로 별이 떨어졌습니다. 가만히 있던 별이 갑자기 심하게 깜빡거리더니 곧 거대한 불덩어리로 변하면서 저를 향해 무섭게 떨어졌어요."

"호! 그래요?"

"그것뿐이 아닙니다. 그다음엔 제 주위에서 태풍이 일었어요. 제가 여태껏 한 번도 겪어보지 못한 정말 어마어마한 위력의 태풍이었습니다. 그게 당장 저를 날려버릴 듯이 휘몰아치다가 제가 큰 소리로 하나님을 찾으며 살려달라고 비니까 그대로 사라지더군요."

"흠! 정말 대단한 은혜를 받으셨군요."

"그런데 그게 다 무슨 뜻일까요, 전도사님?"

"무슨 뜻이겠습니까? 존재 입증의 은사지요."

"존재 입증이요?"

"그렇습니다. 연일 샘솟듯 하는 형제님의 의심들을 단칼에 도려내 주시려는 존재 입증의 은사예요."

"예에….."

"하여간 잘됐군요. 축하합니다."

김 전도사가 밝은 표정으로 내 어깨를 잡아 흔들었다. 하지만 신기하게도 그는 처음부터 내가 기대했던 것만큼 놀라워하는 것 같지는 않았다. 그저 열심히 간구했으면 당연한 일 아니겠느냐 하는 정도였다. 내가 다시 물었다.

"그런데 혹시 전도사님께서도 그런 은사를 받아보신 적이 있으십니까?"

"글쎄요. 저는 기도하는 성의가 부족해선지 아직 그러지는 못했습니다. 하지만 꼭 그런 이적만이 은사라고는 할 수 없겠지요. 우선 나 같은 죄인을 사랑으로 인도하여 당신의 품으로 오게 해주신 것부터가 더없는 은사 아니겠습니까?"

"예. 그 말씀도 이해는 하겠습니다. 하지만 제가 이상하게 생각하는 건 말이죠, 전도사님 같은 분도 아직 받지 못한 그런 초자연적인 은사가 어떻게 믿음도 적고 며칠 되지도 않은 저한테는 이렇게 쉽게 오느냐 하는 겁니다. 물론 하나님의 실체의 증거를 간절히 원한 건 사실이지만, 그렇다고 성의 있게 기도를 한 것도 아닌데요."

"그야 강권 은사라는 것도 있으니까요."

"강권 은사라니요?"

"본인의 뜻이나 믿음의 강도와 관계없이 하나님 자신께서 필요한 사람을 골라 강제로 내리는 은사지요. 사도행전 9장 15절에도 나옵니다만, 하나님께서 사울에게 내린 은사 같은 거예요."

"…."

"사울로 말하면 그 사람처럼 기독교인을 탄압한 사람도 드물지요. 그런데도 하나님께서는 그를 꼭 필요한 사람으로 지목하시고 그의 능력을 역으로 쓰시고자 회개의 은사를 내려주셨던 겁니다."

나는 그 강권 은사라는 말에 더욱 큰 부담과 두려움을 느끼지 않을 수 없었다. 도대체 내 몸 어느 구석에 하나님이 필요로 하는 능력 요소가 숨어있다는 말인가? 그리고 그것이 사실이라면 나는 이제부터 하나님의 조준선(照準線) 안에 제대로 묶여버렸다는 뜻이 아닌가? 내가 그 점을 다시 물으려는데 김 전도사가 한 발 먼저 입을 열었다.

"하여간 하나님의 특별한 은혜를 입으셨으니 앞으로 더욱더 믿음에 힘쓰셔야겠습니다."

"아, 예예…"

"참, 그리고 저희들은 오늘 내려갑니다. 그동안 형제님을 만나 여러 가지로 즐거웠습니다."

일순 가슴을 타고 허전한 한줄기 찬바람이 일었다.

"예? 오, 오늘 내려가신다구요?"

"그렇습니다. 오늘로써 수련회 일정이 다 끝났거든요."

"이, 이거 섭섭해서 어떡하지요? 계속 같이 있으면서 여러 가지를 배우고 싶었는데요."

"예. 저도 섭섭합니다. 하지만 걱정할 거 뭐 있습니까? 형제님께서 언제든 우리 교회로 찾아오시면 또 만날 수 있을 텐데요."

"아 참! 그, 그러면 되겠군요."

"하산하시면 언제든지 찾아오세요. 기다리고 있겠습니다. 혹시 압니까? 이것을 인연으로 앞으로 서로에게 어떤 도움이 될는지요."

그러면서 그는 내게 주소와 약도를 자세히 적어서 건네주었다. 학식에 걸맞게 인간미 또한 넘치는 사람이었다.

그날 오후, 한 차례의 예배에 더 참석한 뒤 그는 정말 학생들과 함께 산에서 내려갔다. 내게 담요 한 장을 남겨주고 말이다. 그들이 떠나기 무섭게 나의 숙소는 또 다른 사람들로 인하여 금방 초만원이 되었다. 그날 밤 나는 또다시 계곡으로 찾아들었다. 그렇다고 처음부터 선뜻 맘이 내켰던 것은 아니었다. 솔직히 말해서 무서웠다. 잘못하다가는 내가 제명에 못 죽는 게 아닐까 하는 두려움까지 일었다. 하지만 한편으로 생각해 보니 안 올라갈 수도 없는 노릇이었다. 김 전도사의 말대로 내가 강권 은사의 대상자로 지목된 운명이라면 무조건 피해서 될 일도 아니었기 때문이었다. 더욱이 어제의 그런 경험 단 한 번으로 두 손 번쩍 들 만큼 평소 하나님에 대한 내 의구심의 강도가 약한 것도 아니었고, 게다가 베드로인가 누군가 하는 사람처럼 내가 정말 종교 차원에서 특별한 인물이 아닐까 하는 호기심도 없지 않았다.

계곡은 오늘따라 바람까지 제법 심하게 불고 있었다. 소란스럽게 바스락대는 나뭇잎 소리를 들으며 나는 또 바위 위에 담요를 펼쳤다. 그러나 이젠 감히 눕겠다는 생각은 나지 않았다. 조용히 무릎을 꿇고 고개를 숙였다. 그리고 떠듬대는 소리로나마 처음으로 기도다운 기도를 시작했다.

"하나님, 은혜를… 내려주셔서… 가, 감사합니다. 하지만… 저는 아직 잘 모릅니다…. 하나님의 그, 그런 강권 은사…의 뜻을 말입니다. 하나님 가르쳐주십시오…. 제가… 무, 무엇을 어떻게 해야 합니까? 이왕 강권 은사를 내려주셨으면… 거기에 따른… 이, 이유도… 설명해 주셔야… 되지 않겠습니까…?"

나는 참으로 오래오래 기도를 드렸다. 나름대로 성의를 다해서였다. 그것은 무서운 경험 뒤의 당연한 몸사림이었을 것이다. 바람은 아까보다도 더욱 거세지는 것 같았다. 그러나 나는 기도를 멈추지 않았다.

"하나님 아버지. 간절히 빌고 원하옵…나이다. 지금까지… 뜬구름처럼 방황하며 살아온 제게… 하나님의 크신 자비를 베푸시어… 저의 갈 길을 인도하여 주시옵소서…. 보람 있는 일을 하며 사람답게 살 수 있도록 살펴주시고…."

무엇이든 하다 보면 느는 것인가? 시간이 갈수록 언어의 구사가 제법 진짜 기도다운 구색을 갖춰가고 있었다. 퍼뜩 이상한 예감이 든 건 그때였다. 기도를 멈추고 조심스럽게 귀를 기울였다. 분명히 누군가가 나를 부른 것 같아서였다. 아니나다를까?

"용남아!"

이번에는 좀 더 크고 똑똑하게 들려왔다. 그 소리는 마치 나 자신의 몸속에서 영혼의 가닥을 타고 흘러나오는 소리 같기도 했고, 수백 광년 저쪽에서 하늘 전체를 진동판 삼아 울리는 소리 같기도 했다.

"누, 누구십니까?"

공포 어린 목소리로 빠르게 물었다. 그러나 말로만 물었을 뿐 눈은
뜨지 않았다. 무엇인가 눈에 보일 것만 같은 무서움 때문이었다.

"용남아, 내가 네 옆에 함께 있거늘, 너는 무엇을 그리 의심하고 괴
로워하느냐?"

"하, 하나님 아버지시옵니까?"

"그러하느니라. 내가 내 계획에 따라 너를 인도하는 것인즉, 너는 비
관하거나 슬퍼하지 말라. 의심하지도 말라. 이제 내가 네 옆에 있음을
다시 한번 증거하려 하나니."

흠칫 나도 모르게 뒤로 무릎걸음 쳤다. '다시 한번 증거하려 하나
니' 하는 마지막 부분이 누군가 코앞으로 다가와 하는 소리로 들렸기
때문이었다. 그러나 그것은 무의미한 동작일 뿐이었다. 갑자기 깍지낀
내 손 위로 물방울 같은 게 한 번 떨어졌고, 그와 함께 두 손이 무겁
게 뜨거워지기 시작한 것이었다. 그리고 그것은 다시 팔을 타고 어깨
를 거쳐 순식간에 몸 전체를 불덩어리로 달구어 버렸다. 그대로 살가
죽이 오그라붙을 것만 같은 무시무시한 열이었다.

아아, 지옥불! 지옥의 유황불에 빠진다면 그런 고통일까?

"으흐! 뜨…뜨뜨…으…뜨…!"

나는 연탄불 위에 오징어처럼 사지를 뒤틀다가 바위 아래로 굴러떨
어져 버리고 말았다. 그리고 그대로 실신해 버렸다. 아니, 아뜩하나마
아직 의식은 열려있으니 완전한 실신으로 보기에도 어려운 반생반사
(半生半死) 상태였다. 내 입에서 괴상한 말들이 주술처럼 쏟아지기 시
작한 건 그때부터였다. 몸은 오한으로 사시나무 떨듯 하는데, 입에서
는 거품과 함께 여태껏 한 번도 해본 적도 없고, 들어본 적도 없는 소

리가 신들린 듯 쏟아져 나오기 시작한 것이다.

"류카나라 요카 예스나라이 로카라나가이 하나님… 요로나이 야니스 니에스 갸라게 스가나이 하나님 감사…, 요카 예스나라이…"

그것은 내 의지로는 결단코 제어시킬 수 없는 어떤 강력하고도 절대적인 힘에 의해서였다. 나는 속수무책으로 쏟아지는 그 방언의 은사 앞에 부들거리는 몸을 언제까지고 내맡길 수밖에 없었다. 그런 상태가 얼마나 지속됐던 것일까? 주위에서 후두두둑 하는 소리가 들렸다. 빗방울 소리였다. 그 차가운 빗방울이 몇 개 내 이마에 떨어지는 것과 동시에 정신없이 쏟아지던 방언도 차츰 잦아들기 시작했다. 내가 완전한 상태로 되돌아와 몸을 일으켰을 때 비는 본격적으로 내리고 있었다. 머리가 수정처럼 맑아지면서 가슴이 환희로 충만해지고 있었다. 계곡의 아래쪽에서는 비를 피하려는 신도들의 법석이 한창이었지만, 나는 허둥대지 않았다. 하나님에게 선택되었음을 확신한 나는 비까지도 감미로울 따름이었다.

아아…! 이제 나는 부랑아 임용남이 아니었다. 아무것도 무서울 게 없었다. 더 이상 의심할 것도 없었다.

'주여! 감사하옵니다. 당신만을 믿고 따르겠사오니, 이 미천한 몸 당신의 계획대로 인도하여 주시고 거두어 주시옵소서!'

나는 본격적인 우기(雨氣)의 밤하늘을 향해 그렇게 뇌까리고는 천천히 계곡을 내려왔다. 그리고 처마 밑에서 젖은 옷을 짜 입은 다음, 방으로 들어가 조용히 고개를 숙이고 엎드렸다. 이 미천한 시정잡배에게, 그리고 처절하도록 가엾은 생명에게 확실한 은혜로 역사하여 주신 하나님께 진심으로 다시 감사의 기도를 드리기 위해서였다. 나는 그 기도를 날이 샐 때까지 계속할 생각이었다.

깨어나는 신(神)

20

내가 한얼산에서 내려온 것은 정확하게 한 달 보름 만이었다. 그동안 나는 참으로 놀라운 하나님의 여러 가지 또 다른 이적들을 경험했다. 그것은 위암 말기의 환자가 예배 중에 갑자기 암 덩어리를 토해내는 것이라든지, 하반신 마비의 장애인이 벌떡 일어나 걷게 되는 등등의 기적들이었다. 그야말로 경이와 영광의 나날들이었다. 한 달 보름 후, 나는 이천식 목사의 방을 찾아갔다.

"목사님 계십니까?"

"누구요?"

"예. 일전에 목사님과의 면담 문제로 여러 번 귀찮게 해드렸던 임용남이란 사람입니다."

"아, 그렇습니까? 한데 무슨 일입니까?"

그는 나를 제대로 기억하고 있었다.

"인사를 드릴려구요. 전 지금 산에서 내려가려 합니다."

"하나님의 실체에 대한 의심은 푸셨습니까?"

"예. 풀었습니다. 그리고 많은 은혜를 받았습니다."

"그것참 다행이오. 내려가셔서도 믿음을 소홀히 하지 말기를 바랍니다."

"명심하겠습니다. 그럼 안녕히 계십시오."

나는 내다보지도 않는 그를 향해 정중히 머리를 조아리고 돌아섰다. 그리고 시내산에서 십계명을 받고 내려오는 모세처럼 그렇게 초연히 산에서 내려왔다.

먼저 명광교회로 김준영 전도사를 찾아갔다. 보고도 싶었고 의논할 일도 있어서였다. 명광교회는 창경원(창경궁)에서 가까운 한 상가건물의 2층에 자리 잡고 있었다. 아직 시작한 지 얼마 되지 않은 작은 개척교회였다. 문을 열고 들어가자 텅 빈 예배실에서 혼자 피아노를 치고 있던 그가 반색하며 달려왔다. 그러고는 굳게 내 손을 잡아 흔들면서 전혀 새로운 사실에 그는 놀라워했다. 한눈에 봐도 내가 너무 변해버린 걸 알겠다는 것이었다. 처음 산에서 만났을 때 풍기던 불량기 하며, 언행의 마디마디에 배어있던 오만과 불신 등등이 말끔히 벗겨진 것 같다는 것이었다. 하나님을 알게 되고부터 몸조심을 하다 보니 그렇게 됐나 보다고 하자, 김 전도사는 껄껄 웃으며 나를 한쪽에 딸린 방으로 안내했다. 그러고는 내게 작설차를 끓여 권하면서 뒷얘기들을 물었다. 나는 우선 그와 헤어진 뒤에 겪었던 또 하나의 강력한 은사 얘기와 함께 하나님만을 위해 일평생을 바치겠다는 결심부터 밝혔다. 김 전도사는 시종 미소를 잃지 않고 내 얘기를 들어주었다.

"그런데 전도사님, 제가 하나님을 위해 할 수 있는 일은 어떤 것들이 있을까요?"

"하나님께서 당신의 계획에 따라 인도하시는 거라고 하셨다면서요?

그렇다면 머지않아 형제님께서 해야 할 일도 가르쳐 주시겠지요."

"그럼 무작정 기다리기만 하면 되는 겁니까?"

"우선 성경공부에 더욱 힘을 쓰시면서 남들에게 전도도 하고 그러세요. 주께서 땅끝까지 전도하라 하셨으니 그보다 좋은 일도 없을 겁니다."

"전도라…. 하지만 그것도 처지가 돼야지 당장 내 몸 하나 추스르지도 못 되는데…."

그건 순전히 본의 아니게 튀어나온 말이었다. 물론 그 문제가 가장 시급하고 걱정스럽기는 했으나 입 밖에 낼 뜻은 추호도 없었다.

"참! 그러고 보니 거처가 확실치 않으시겠군요."

"아, 아닙니다. 신경 쓰지 마세요. 친구들도 있고 한데 설마…."

그러자 김 전도사는 내 말엔 아랑곳없이 손가락 두 개를 턱에 붙이고 무언가를 곰곰이 생각했다. 그러더니 "저, 이렇게 합시다. 우선 마땅한 거처가 생길 때까지 여기서 제 일을 좀 도와주세요. 어떻습니까?" 하며 진지한 표정으로 눈을 깜빡거렸다.

"여, 여기서요?"

"예. 그리 할 일이 많은 건 아니지만, 그래도 나 혼자 꾸려가자니 손이 딸릴 때가 많네요."

"무슨 일을 하는 겁니까?"

"별거 아네요. 청소 같은 잔일들이죠 뭐. 가끔 등사기도 좀 밀어주시고…."

나는 예상치도 않던 뜻밖의 행운에 소리치듯 대답했다.

"예. 하, 하겠습니다. 제가 하겠어요."

"그러시겠습니까? 좋습니다. 잘 생각하셨어요."

그가 무릎 위의 내 손을 덥석 잡고 흔들며 시원하게 웃었다. 그렇게 해서 나는 그 교회의 집사가 되었다. 교인들의 직분을 말하는 집사가 아니라, 주인 옆에서 집안일을 맡아본다는 그런 뜻의 집사였다. 당장 갈 곳이 막연했던 내게 보통 다행스러운 일이 아니었다. 한결 가볍고 편해진 마음으로 김 전도사와 얘기를 나누고 있으려니까 곧 학생들이 하나둘 모여들기 시작했다. 마침 그날이 토요일이어서 학생부 예배가 있는 까닭이었다. 내가 제일 먼저 알아본 것은 산에서 만났던 다섯 학생들이었다.

"어이구! 오랜만이네."

열어놓은 방문을 통해 내가 먼저 아는 체를 하자 학생회장이 의외라는 듯 멀뚱거렸다.

"어? 아저씨!"

"그동안 잘들 있었어?"

"예, 덕분에요. 근데 아저씨가 어쩐 일이세요?"

"학생들 보고 싶어서 왔지 뭐, 하하하!"

김 전도사가 대신 설명을 했다.

"당분간 여기 머무르시면서 우리 교회 일을 돌봐주시기로 하셨어. 그러니까 그런 줄 알고 모르는 일이 있으면 여러분이 잘 좀 도와드리고 그래."

"그래요? 야, 그것참 잘됐네요. 저희가 없는 시간 쪼개서 봉사하느라고 어려움이 많았는데."

학생들도 나를 진심으로 환영해 주었다. 다음 날부터 나의 집사 생활이 시작되었다. 잠은 교회 안에 딸린 마루방에서 잤고, 밥은 김 전도사가 지정해 준 간이식당에서 대놓고 먹었다. 내가 할 일이란 청소 외에 집기 관리, 각종 우편물과 세금 고지서 접수, 그리고 약간의 심부름 정도가 고작이었다. 나는 하루도 거르지 않고 교회를 쓸고 닦았다. 매일 예배가 있는 것도 아니어서 별반 어지러질 일도 없었지만, 나는 나 자신을 수양하는 기분으로 매일 걸레질을 했다. 틈틈이 녹 제거제를 구해다가 강대상의 촛대와 청동 십자가도 반짝반짝 윤이 나도록 닦아놓았고, 커튼도 더러워지는 즉시 걷어다 빨았다.

그러면서 가끔은 옛날 미군 부대의 교회에서 봉사활동 하던 일을 떠올리고 나 혼자 쓸쓸하게 웃기도 했다. 김 전도사도 기대 이상으로 개과천선 된 나를 대단히 만족스러워하는 것 같았다. 그는 굳이 하나님의 초자연적 은사가 아니더라도 내가 머지않아 하나님의 품 안에 들 사람으로 처음부터 믿었다고 했다. 한얼산까지 올라와 이천석 목사를 만나기 위해 노력하던 것 하며, 자신에게 끝없이 질문을 해대던 것들로 그것을 직감했다는 것이었다. 의심이 많다는 것은 반대로 그만큼 관심이 많다는 뜻 아니겠느냐는 것이었다.

나는 교회를 내 집같이 돌보는 한편, 기도와 성경공부 또한 게을리 하지 않았다. 또 토요일이면 학생들과 어울려 배구 시합도 하곤 했다. 학생들도 나를 잘 따라서 시간만 있으면 내게 선감도 얘기를 해달라고 졸랐다. 그처럼 평화로운 생활을 몇 개월쯤 하고 나자, 김 전도사는 내게 만리동의 어느 골방 하나를 얻어주었다. 8만 원짜리 전세였다. 곧 겨울이 닥치는데 교회의 날바닥에서 지낼 수는 없지 않겠느냐는 것이었다. 그러면서 다달이 최저생활비 정도는 책임지고 지원해 주겠다고 했다. 이로써 형편없이 궁색하기는 했지만, 그런대로 사람다운 삶의 틀이 잡히기 시작한 것이었다.

내 머리에 놀라운 발상이 떠오른 것은 그해 초겨울의 어느 날이었다. 학생들과 함께 며칠 후에 있을 부흥회 포스터를 동네마다 붙이고 만리동 자취방으로 돌아가는 길에서였다. 어찌 생각하면 황당하기까지 한 그 발상은 다름이 아니라 나도 목회자가 될 수 없을까 하는 것이었다. 그것은 다음과 같은 두 가지 이유에서였다.

첫째는 나도 인간인 이상 뭔가 커다란 인생목표가 있어야 하지 않겠느냐는 것이었다. 배운 것도 없고, 가진 것도 없으면서 언제까지 이런 식으로 세월을 보낼 수는 없는 일이기 때문이었다. 그리고 둘째는 하나님의 계시였다. 하나님께서는 분명히 나를 당신의 계획에 따라 인도하신다고 하지 않으셨던가? 그렇다면 이러한 내 생활이 전지전능하신 하나님의 계획은 아닐 것이다. 고작 교회의 청소 일을 시키기 위해 늘 내 옆에서 나를 인도하신다는 게 말이나 되는 소리인가? 분명히 무슨 큰 뜻, 내가 가야 할 크고 참다운 길이 있을 것이다. 그렇게 생각하자 자격에 따른 가능성도 알아보기 전에 이상하게도 가슴부터 몹시 설레기 시작했다. 다음 날 김 전도사를 만나기가 무섭게 나는 그 문제부터 상의했다.

"저… 전도사님, 한 가지 여쭤보고 싶은 게 있는데요."

"말씀하세요."

"저…."

"…?"

"목회자가 되려면 어떻게 해야 합니까?"

"왜요? 목회자가 되고 싶으세요?"

그는 별로 놀라는 표정이 아니었다. 아마도 그는 놀라지 않는 것에 남다른 훈련이 돼있는 것 같았다.

"예. 뭐 좀…, 저 같은 사람은 어렵겠지요?"

"아니 뭐, 꼭 그렇지는 않습니다. 뜻과 믿음이 확고하다면 길이 전혀 없는 건 아니에요."

"예? 그, 그게 정말입니까? 어떻게 하면 되는데요?"

"신학교를 졸업하시면 됩니다."

"신학교는 학력이 없어도 들어갈 수 있습니까?"

"학력을 굳이 따지지 않는 군소 신학교도 많아요."

"저, 전도사님. 이왕 저를 도와주신 김에 좀 부탁드립니다. 저 좀 신학교에 들어가게 해주세요. 예? 그 은혜 잊지 않겠습니다."

"글쎄요. 저보다는 어떤 영향력 있는 목사님이 추천만 해주신다면 그게 더 쉬울 텐데…."

"모, 목사님 추천요?"

순간, 번개처럼 스치는 것은 목양교회의 배상길 목사였다. 나는 갑자기 비를 만난 망아지처럼 서두르기 시작했다.

"전도사님, 시간 좀 허락해 주십시오. 잠깐 다녀올 데가 있습니다."

"어디 가시려구요?"

"다녀와서 말씀드리겠습니다."

나는 그의 대답도 듣지 않고 뛰쳐나와 노량진 방면으로 가는 버스를 탔다. 다행히 배상길 목사는 교회의 목사실에 나와있었다. 어느 여사무원의 도움으로 어렵지 않게 배 목사 앞에 안내되었다.

"안녕하십니까, 목사님?"

그는 나를 기억하지 못하는 눈치였다. 그런데도 그는 내 신분을 묻기 전에 손을 내밀어 악수부터 청했다. 그런 다음 권하는 자리에 내가 앉는 것을 보고서야 용건을 물었다.

"어디서 무슨 일로 오셨습니까?"

"목사님, 저를 기억 못 하시겠습니까?"

"글쎄요. 우리가 구면이던가요?"

"예, 그렇습니다. 저로 말씀드리면 목사님께 누구보다도 큰 은혜를 입은 사람 중의 하나입니다."

"호! 그래요?"

대단히 흥미로워하는 그에게 나는 지난날 구치소에서의 인연을 소상하게 얘기해 주었다. 물론 그때의 불손함에 대한 사과까지 곁들여서였다. 그러자 무릎을 한 번 철썩 치고 난 배 목사가 다시 손을 뻗어 악수를 청했다.

"아, 맞아요. 맞아! 생각납니다. 그때 제가 성경책까지 한 권 드렸지요."

"예. 바로 목사님께서 주신 그 성경책 때문에 오늘날 제가 이렇게 새 삶을 찾게 되었습니다."

나는 그 점을 다시 한번 감사해하고 나서 그때 내가 불손할 수밖에 없었던 어두운 배경을 설명했다. 그 얘기는 또한 배 목사 자신이 구치소에서 내게 물었었던 사항이기도 했다. 그는 때로는 놀라는 얼굴로, 때로는 굳어지는 얼굴로 내 살아온 얘기들을 주의 깊게 경청해 주었다. 그러고는 얘기가 끝남과 동시에 깊은 한숨부터 쉬었다.

"흠! 한 마디로 한국판 빠삐용이로군요. 아니, 성이 임 씨시라니 임삐용이라고 해야 더 정확할까?"

나는 빠삐용이 누군지는 알 수 없었지만 묻지는 않았다. 지금 내게 중요한 건 그게 아니었기 때문이었다.

"목사님, 제가 간절한 청을 드리기 위해서 지나온 과거사를 말씀드리기는 했습니다만, 제게 중요한 건 그게 아닙니다. 지나온 세월이 어떻든, 부모에게 어떤 배신을 당했든, 중요한 건 하나님과의 미래지 지나간 과거가 아니지 않겠습니까?"

배 목사가 자세를 고쳐잡았다.

"옳으신 말씀입니다. 그래, 뭔가요? 제게 부탁할 청이라는 게?"

"목회자가 되고 싶습니다. 저를 신학교에 추천해 주십시오."

"신학교요?"

"예. 그렇습니다."

"…"

"부탁드립니다. 제게 새 삶의 길을 열어주셨으니 끝까지 잘되도록 도와주십시오. 달리 아는 목사님이 없어서 그렇습니다."

나는 다소 구차하다 싶을 정도로까지 목소리를 구기고 있었다.

"허…, 그게 그리 간단한 문제가 아닌데…."

배 목사는 난색을 감추지 못했다. 하기야, 구치소에서 단 한 번 마주친 인연을 빌미로 추천장까지 쓴다는 게 선뜻 내키는 일은 아니었을 것이다. 그러나 나는 이것이 내 장래의 중요한 첫 고비라 생각하고 끈기 있게 버틸 결심을 했다. 그러나 내 모습이 만만치 않다고 느꼈는지 장시간 말이 없던 배 목사가 비로소 이것저것 물어오기 시작했다. 순전히 내 믿음의 강도와 목회자에 대한 의욕 등을 타진해 보는 질문들이었다. 그때마다 확고한 어조로 또박또박 대답하자 그는 더 이상 어쩔 수 없다는 듯 반허락을 했다.

"뭐, 좋습니다. 결심이 정 그러시다면…."

"허, 허락해 주시는 겁니까?"

"아니, 꼭 그렇다는 건 아니고 한번 알아는 보겠다는 뜻입니다. 여기다 연락처나 적어두고 가시지요."

"가, 감사합니다. 저는 그저 목사님만 믿겠습니다."

나는 그가 내미는 메모지에 명광교회와 만리동 자취방 주소까지 함께 적어주고 나서 그곳을 나왔다. 뭔가 잘 되어갈 것 같은 기분이었다. 목사라는 신분으로 보나 오랜 고심 끝에 내리는 대답 등등이 왠지 믿음이 갔기 때문이었다.

"어딜 그렇게 급히 갔다 오셨습니까?"

명광교회로 돌아오자 김준영 전도사가 먼저 그렇게 물어왔다.

"구치소에 있을 때 알게 된 목사님 한 분을 만나러 갔다 왔습니다."

"신학교 추천 때문입니까?"

"예."

"허락은 해주셨구요?"

"뭐, 반승낙 정돕니다."

"잘됐으면 좋겠군요…. 근데 참, 여태껏 혼자 떠돌이로 살아오셨다면서 호적엔 이상이 없구요?"

그 정곡을 찌르는 질문에 가슴이 철렁했다. 여태껏 그 생각을 까맣게 잊고 있었던 것이다.

"참, 그, 그게 또 문제가 되나요?"

"그야 물론이지요. 증빙서류 하나 없이 말만으로 들어갈 수 있는 학교나 단체가 세상천지 어디 있겠습니까?"

나는 곰곰이 생각해 보았다. 아닌 게 아니라, 학교가 아니더라도 사람으로 인정받고 살기 위해서는 조만간 호적 문제도 알아는 봐야 할 일이었다. 물론, 그간 20년 가까운 세월이 흘렀으니 십중팔구 내 호적이 온전치는 않을 것이다. 따라서 그 문제를 해결하기 위해서는 두 번 다시 만나고 싶지 않은 어머니와 또 한 번의 상면이 불가피할 일이었다. 하지만 어차피 언젠가는 해야 할 일이므로 이 기회에 밀고 나가기로 결심했다.

"어머니랑 본적지랑 찾아다니면서 알아봐야죠. 설마 당사자가 이렇게 뻔히 살아있는데 사망신고까지야 했겠습니까?"

"사망신고라니요. 실종 수십 년이 돼도 확실한 증거 없이는 마음대로 못 하는 게 그건데요."

"아, 그렇습니까?"

나는 그 말에 일단 안심을 했다. 그날 저녁이 되기를 기다려 나는 양 형사에게 전화를 걸었다. 마침 양 형사는 퇴근해 있었다.

"그동안 안녕하셨습니까, 아저씨? 저 용남입니다."

저쪽에서 깜짝 놀라는 소리가 들려왔다.

"아니, 너 지금 어디 있냐? 지금까지 어디서 뭐 하고 있었어?"

"뭐, 별일 없었습니다. 여기 서울 명륜동이에요."

"명륜동? 너 아직도 못된 짓 하고 다니냐?"

"아뇨, 그렇지 않습니다. 저 맘 잡았는데요, 뭐."

"그으래?"

"예. 믿으셔도 됩니다."

"그렇다면 다행이고…. 그건 그렇고 이놈아. 내가 그렇게 당부를 했는데, 그날 그게 무슨 행동이야? 어머니 말씀이 섭섭하게 들렸을 거라는 건 나도 인정한다만, 그렇다고 그렇게 면박을 주고 달아나서 어쩌자는 거야? 아무리 그런다고 어머니가 남 될 줄 알어?"

양 형사는 벼르고 있기라도 했던 것처럼 일방적으로 몰아세웠다.

"죄송합니다, 아저씨. 그런데 그날 어머니는 바로 내려갔습니까? 다른 얘기는 더 없었어요?"

나는 어머니란 소리를 입 밖으로 떠올리고 싶지도 않았으나 당장 아쉬운 건 나였던 탓에 꾹 참고 물었다. 마음속에서 원수를 사랑하라는 성경 구절이 그렇게 부담스러울 수가 없었다. 아무리 하나님의 은사를 받은 몸이라 해도 역시 나는 인간이기 때문이었다. 나의 고분고분한 말대꾸에 양 형사의 목소리가 약간 누그러지고 있었다.

"우리한테 무슨 하실 얘기가 있겠냐? 너 뛰쳐나간 뒤로 금방 내려가셨다."

"저, 그래서 말씀인데요. 어머니 집 주소랑 일하고 계신 식당 전화번호 좀 알 수 있겠습니까?"

그러자 양 형사는 내가 마음을 고쳐먹고 어머니를 찾는 것으로 생각했는지 생기 띤 소리로 물었다.

"왜, 만나 뵙게?"

"예, 그렇습니다. 가서 제 호적이 어떻게 됐는지도 알아봐야겠구요."

"그래그래, 잘 생각했다. 아무렴, 그래도 하늘 아래 단 한 분인 어머닌데 네 쪽에서 먼저 그래야지. 잠깐 기다려라."

곧 양 형사는 또박또박 주소를 불러주었고, 나는 급한 대로 손바닥에 받아적었다. 연락처를 다 불러준 양 형사가 다독거리듯 다시 말했다.

"네가 현재 어떻게 살아가고 있는지는 내 알 수 없다. 하지만 되도록 죄 안 짓고 살도록 노력해. 그리고 가끔 나한테 연락도 하고."

"예. 잘 알겠습니다. 꼭 그러겠습니다."

"그래. 어머니 만나면 내가 안부 전하더라고 말씀드려라."

"예."

나는 양 형사와 통화를 끝내고 나서 한 차례 심호흡부터 했다. 어머니에게 전화하기 위해서였다. 죽기보다 하기 싫은 일이었지만, 나는 눈을 찔끔 감았다가 뜨고 나서 다이얼을 돌렸다.

"여보세요?"

"식당이죠? 거기 일하는 아주머니 좀 바꿔주시겠습니까?"

"어떤 아주머니요?"

"강순덕 씨라고 50대 아주머닌데요."

"예예…. 근데 누구시죠?"

"잘 아는 사람입니다."

죽어도 아들이란 소리는 나오지 않았다. 곧 수화기를 바꿔 드는 소리가 들렸다.

"여보세요?"

아아! 그 목소리였다. 양 형사 집에서 가증스럽게 자신을 합리화하던 바로 그 뻔뻔스러운 목소리였다. 입술을 지그시 깨물며 내 이름을 밝혔다.

"용남입니다."

순간, 저쪽에서 단절하듯 말을 끊었다. 그러나 수화기를 타고 전해지는 당황한 기색을 나는 역력히 느낄 수가 있었다. 간단하게 용건만 얘기했다.

"좀 만나야 할 일이 있습니다."

"무슨…?"

'무슨은 뭔 얼어 죽을 놈의 무슨이오? 자식새끼가 그럴 일이 있다는데!' 나는 말꼬리를 끄는 상대를 향해 그렇게 소리치고 싶은 것을 가까스로 참아넘겼다.

"제 호적 문제 때문에 그렇습니다. 설마 이상하게 돼있지 않겠지요?"

"이, 이상하게라니?"

"이상하게만 안 돼있으면 됐습니다. 내일 계신 집으로 찾아가죠."

그 말을 끝으로 철컥 수화기를 내려놓았다. 그러고는 하늘을 향해 속으로 말했다.

'주여! 용서해 주십시오. 원수를 사랑하는 일이 현재의 저로서는 불가능합니다. 아니, 원수를 쉽게 사랑할 수만 있다면 그게 신이지 어디 사람이겠습니까? 이렇게 그 여자를 한 번 더 만나기로 결심한 것만도 제겐 커다란 용기임을 알아주십시오. 이 문제에 관한 한 앞으로 많은 시간이 필요할 것 같습니다.'

다음 날, 김준영 전도사에게 전후 사정을 말하고 평택으로 내려갔다. 반나절 정도 걸려서 찾은 어머니의 집은 숨이 탁 막힐 만큼 빽빽이 들어찬 판잣집의 끝머리에 있었다. 누구를 부를 것도 없이 그대로 함석 대문을 밀었다. 대문의 모서리가 땅바닥을 부욱 갉아먹으며 멎는 것과 동시에 문간방에서 부스스한 얼굴을 드러내는 사람이 있었다. 어머니였다.

"와, 왔구나…."

어머니는 애써 반기는 것 같은 표정을 지었지만, 그것은 지극히 희미하고 부자연스러워서 내겐 혐오감만을 더해줄 뿐이었다. 쪽마루 너머로 힐끗 본 어머니의 방은 만리동의 내 자취방과 별반 차이가 없을 만큼 옹색하고 초라했다. 다른 게 있다면 어느 정도의 세간이 갖춰져 있다는 것과 여자 살림답게 깔끔하다는 정도였다. 어머니가 어색한 소리로 들어오라고 했지만 나는 들어가지 않았다. 대신 빚쟁이처럼 당당한 어조로 본론만을 얘기했다. 마주 보고 서있다는 사실만으로도 피차간에 고통이라는 것을 아는 까닭이었다.

"제 호적은 어떻게 돼있습니까?"

"그, 그게…."

"실종으로 돼있습니까?"

어머니가 시선을 피하며 끄떡였다. 하기야, 어머니로서는 그 문제가 거론된다는 것부터가 혹독한 형벌이었을 것이다. 더 이상 길게 얘기해야 할 이유가 없었다.

"좋습니다. 어쨌든 호적은 바로잡아야 하니까 그런 줄 아세요. 여기 이장댁이 어딥니까?"

그제야 어머니는 중대한 일을 잊고 있었던 사람처럼 급히 조끼를 걸치고 따라 나왔다. 그날부터 나는 이장 집을 시작으로 면사무소, 본적지, 보증인, 파출소 등등을 쫓아다니는데 꼬박 일주일을 소비해야 했다. 그리고 다시 두 달쯤 걸려서 가정법원의 가사심판으로 나의 호적 문제는 완전히 해결되었다. 그야말로 18년 만에 비로소 내 자리를 찾았다. 재판이 끝나고 최종 판결 정본을 본적지 호적과에 접수하고 나오던 날, 어머니는 내게 처음으로 이런 소리를 했다.

"용남아, 정말 볼 낮이 없구나. 미안하다. 용서해다오."

분명 그토록 기다린 사과의 말이었다. 지금까지 품어온 울분의 소용돌이를 풀 수 있는 유일한 말이기도 했다. 그러나 버림받음으로써 지금까지 겪을 수밖에 없었던 억울한 지난 삶들이 뇌리를 스치며, 그토록 부르고 싶었던 '어머니'라는 말이 입에서 차마 떨어지지 않았다. 나는 그런 어머니를 뒤로하고 명광교회로 다시 돌아왔다.

깨어나는 신(神)

그러고 나서 다시 한 달 후, 나는 배 목사로부터 참으로 반가운 한 통의 편지를 받았다. 추천장을 써놓았으니 오라는 것이었다. 나는 모든 일이 순조롭게 진행되는 것을 하나님께 감사했다. 그러고 보면 하나님의 계획과 내 뜻하는 바가 서로 일치하기는 하는 모양이었다. 김 전도사도 나 이상으로 기뻐해 주었다. 역시 사람은 각자 가야 할 길이 정해져 있는 것이라며 열심히 해보라고 격려를 했다. 그러면서 신학교의 학비는 그리 비싸지 않으니 자신이 힘닿는 데까지 지원을 해주마고 약속했다.

그렇게 해서 다음 해인 1976년 2월, 나는 드디어 서대문에 위치한 '밥 존스' 신학교에 입학할 수가 있었다. 정원이 100여 명에 불과한 작은 학교였다. 그러나 막상 공부를 시작하는 데는 적잖은 어려움이 따랐다. 그도 그럴 것이, 공부라고는 처음 해보는 데다 한글의 철자법까지도 익숙지 못한 내게는 당연한 일이었다. 이 때문에 나는 남들보다 몇 배의 노력을 더 해야 했다. 예컨대, "네 시작은 미약하였으나 나중은 심히 창대하리로다."라는 성경 구절이 나오면 그 뜻을 알기 전에 우선 '창대'라는 말이 무슨 말인가를 알아봐야 하는 절차가 내겐 필요했다. 그런 형편이다 보니 교수가 가끔 칠판에 영어라도 몇 줄 휘갈겨 놓을 때면 눈앞이 캄캄해지는 건 당연한 일이었다. 그럴 때는 슬금슬금 옆 사람 눈치 봐가며 한 자 한 자 그리느라 또 다른 이중의 고역까지 치러야 했던 것이다. 하루는 그 고충을 하소연 삼아 김 전도사에게 이렇게 물었다.

"전도사님, 원체 학벌도 없는 데다 이런 식으로 목회자가 된다고 해봐야 이담에 웃음거리만 되는 게 아닌지 모르겠습니다."

"어째섭니까?"

"그렇지 않습니까? 남들은 다 정상적인 중·고등학교 과정을 거친 다음 일류 신학대학을 나와 목회자가 되는데, 저는…."

"그건 공연한 자격지심입니다. 하나님께서는 좋은 학벌 가진 목회자라고 특별히 더 사랑하지는 않으십니다. 문제는 누가 더 하나님의 사명을 충실하게 이행하느냐지요."

"하나님께서야 그러시겠지만, 사회 인식이 어디 그렇습니까?"

"정 배움이 마음에 걸리신다면 책을 읽으십시오."

"무슨 책을요?"

"문학서적이든, 전문서적이든 닥치는 대로 읽으세요. 책을 3,000여 권 정도만 읽고 나면 일류대학 나온 사람 이상으로 지혜가 쌓이고 슬기로워집니다."

"음… 그래요?"

그때부터 나는 학교 친구들을 상대로 가리지 않고 책을 빌려 읽기 시작했다. 김 전도사는 물론, 교회 학생들에게도 신세를 졌고, 가끔 용돈이 생기면 서슴지 않고 헌책방을 뒤졌다. 독학자(獨學者)의 훈장처럼, 시간의 계급장처럼 내 자취방의 한편에는 서서히 책이 쌓여가기 시작했다.

21

나는 정말 누구보다도 열심히 공부했고, 누구보다도 열심히 책을 읽었다. 남보다 늦게는 출발했지만, 마라톤의 결과는 끝에 가서 봐야 한다는 나름의 신념을 가지고 말이다.

그러던 어느 날, 그러니까 내가 2학년이 되던 해 여름이었다. 여의도광장에서 4일간의 '민족 복음화 대성회'라는 대규모 집회가 열렸다. 견문을 넓히기 위해 그런 자리를 빼놓지 않던 나는 그곳에도 어김없이 참석했다. 방학 중이었다. 여의도광장은 그야말로 입추의 여지도 없을 만큼 초만원이었다. 좀 더 단상과 가까운 곳에 자리를 잡기 위해 애써 틈을 비집고 들어갔다. 그렇게 해서 제일 앞쪽까지 전진한 나는 잠시 주위를 두리번거렸다. 적당한 깔개가 없을까 해서였다. 명색이 신학생이라고 어렵게 구해 입은 기성 양복이 더럽혀지면 곤란하겠기 때문이었다.

"저…, 이거 깔고 앉으시죠."

엉거주춤 서서 헛눈을 굴리는 내게 옆자리의 아가씨가 신문지를 한 장 빼주었다. 앉아는 있었지만, 한눈에도 키가 늘씬해 보였다.

"어휴! 이거 감사합니다."

필요 이상으로 황송해하는 내게 그녀는 미소를 살포시 지어 보였다. 화장기 하나 없는 청순한 용모였다. 한데 무슨 이유에서일까? 그 배꽃 같은 미소를 대하고부터 까닭 모를 관심이 야릇하게 꼬리를 치기 시작한 것이다. 이성 간에는 사소한 친절에도 엉뚱한 착각을 한다더니 그래서일까? 아니면 이것도 인연이어서일까? 지금까지 여자를 안 보고 살아온 것은 아니지만, 이처럼 느닷없는 감정은 처음이었다. 그러고 보면 나도 남자임에는 틀림없는 모양이었다. 곧 단상의 사회자에 의해 집회가 시작되었다. 그러나 나는 단상보다 옆자리의 그녀를 힐끔힐끔 훔쳐보는 것에 더 많은 시간을 할애하고 있었다.

보리싹의 풋풋한 향기가 물씬 풍겨올 것 같은, 참으로 편하고 정겹게 느껴지는 여자였다. 차 한 잔 앞에 놓고 밤새도록 얘기를 나누고 싶은 그런 소박미를 가진 여자였다. 하지만 내 쪽에서 쏟는 관심과는 달리 그녀는 나를 조금도 의식하지 않는 것 같았다. 그저 상기된 얼굴로 부흥사의 사자후(獅子吼)에 정신을 팔고 있을 뿐이었다. 이성에 정신을 팔며 보내는 시간이란 더욱 빠른 법. 시간의 절반도 안 지난 것 같은데 부흥사는 어느새 양팔을 넓게 벌리고 폐회를 알리는 축도를 시작하고 있었다. 집회가 완전히 끝나자 벌떼처럼 들끓기 시작하는 군중 속에서 그녀도 성경책과 가방을 챙겨 들었다. 나는 밑져야 본전이라는 생각으로 마른침을 한 번 삼키고 나서 그녀에게 재빨리 말했다. 적어도 여자에 관한 한 그건 평소의 나답지 않은 용기였다.

"저…, 죄송한 부탁입니다만, 내일도 이 자리에 와서 앉아주시지 않겠습니까?"

"어머, 왜요?"

일견 놀라면서도 그리 크지 않은 목소리로 그녀가 되물었다.

"내일 신문지 신세 좀 질까 해서 그럽니다. 남자는 계단에서 발이 걸려 넘어지듯 우연한 계기로 사랑에 빠진다는데, 혹시 압니까? 이런 인연을 계기로…."

그녀에게 약간 엉뚱하게 들렸을지도 모르나, 내 딴엔 참으로 멋진 말을 구사했다고 생각했다. 당신에게 끌리고 있으니 한 번 더 만났으면 좋겠다는 말을 이 이상 어떻게 더 재치 있고 천연덕스럽게 표현한단 말인가?

하지만 나는 그것이 책에서 인용한 말임을 내심 시인하고 있었다. 그즈음 나는 R. 사우디의 『의사』라는 작품을 읽는 중이었고 그 말은 거기서 따온 얘기였던 것이다.

그녀는 아까의 배꽃 같은 미소를 다시 한번 조용히 흘리며 그대로 돌아섰다. 나는 내 말이 농담이 아님을 새겨주기 위해 뒤에 대고 한 번 더 말했다.

"내일 이 자리에 안 계신다면 저 엄청나게 실망할지 모릅니다."

그날 자취방으로 돌아와서도 나는 내내 그녀에 대한 생각을 지울 수가 없었다. 책도 머릿속에 들어가지 않았다. 그녀는 어디 사는 누구일까? 무엇하는 여자일까? 물론 어떤 식으로 따져봐도 그녀가 꼭 그 자리에 다시 나와야 할 이유나 책무 같은 것은 없을 터였다. 그럼에도 그녀에 대한 미련과 실오리 같은 기대감을 떨치지 못하는 이유는 어째서일까?

'나 참, 한창 피어나는 10대도 아니고 원….'

나는 신문지 한 장의 친절에 마음을 몽땅 뺏겨버린 나 스스로가 멋쩍어서 혼자 싱겁게 웃었다. 다음 날, 주인집에서 다리미를 빌려다 양복까지 한 번 더 다려 입고 서둘러 방을 나왔다. 아직 시간이 제법 남은 편인데도 여의도광장은 어제보다 더 많은 인파로 붐비고 있었다. 어제의 그 자리를 눈대중으로 추측하며 인파를 뚫고 들어갔다. 그러나 워낙 장소가 넓은 데다 질서의 모양새가 어제와 달라서 그 자리를 다시 찾기가 여간 까다롭지 않았다. 단상에서 얼마 떨어지지 않았다는 것만 염두에 두고 부지런히 시야를 몰고 다녔다. 그러다가 불쑥 이 근방 어딘 것 같다는 느낌이 들었을 무렵이었다. 순간, 내 가슴은 반가움이라기보다 어떤 충격으로 두방망이질 치기 시작했다.

막 돋보기를 꺼내 드는 할머니 옆에서 성경책에 붉은 줄을 그어가며 묵독하고 있는 여자.

분명 그녀였다. 놀랍게도 그녀는 정말 어제의 그 자리에 와있었던 것이다. 아아! 평생을 두고 잊지 못할 그 날의 감격과 흥분이라니. 나는 뛰는 가슴을 억누르며 점잖게 다가갔다.

"나와주셨군요. 반갑습니다."

"어머, 네."

그녀가 어제의 그 은은한 미소로 목례를 했다. 하지만 내게 또다시 신문지를 빼주지는 않았다. 대신 나는 그녀를 만나면 깔끔하게 보일 양으로 준비해 왔던 손수건을 꺼내 깔고 앉았다.

"안 나오시면 어떡하나 애태웠습니다."

"왜요?"

"여자에게 끌려보기는 이번이 처음이거든요."

그녀가 풋 하고 웃었다.

"어? 정말입니다. 전 거짓말 같은 거 안 해요."

"뭐하는 분이세요?"

"예. 뭐, 신학교에 다니고 있습니다만…."

"네에…."

"댁은 어디십니까?"

"신림동이에요."

"신림동 좋죠. 거기가 고향입니까?"

"아녜요. 자취하고 있어요."

우리의 대화는 일단 거기서 멎어야 했다. 예배 시작 전에 흔히 있는 일이듯 어디서부턴가 신도들의 자율적인 찬송가 소리가 시작되고 있었기 때문이었다. 그 소리는 곧 모든 신도의 입으로 전염병처럼 급속히 옮겨지면서 여의도광장 전체에 장중하게 메아리치고 있었다. 그날 집회가 끝나고 군중들의 해산이 시작되었을 때 나는 자연스럽게 그녀 옆에 따라붙었다. 그녀도 별 거부감을 갖지는 않았다. 이처럼 격의 없이 가까워질 수 있다는 점에서 종교란 좋은 것인지도 모를 일이었다.

"고향이 어디신데 신림동에서 자취하십니까?"

"전라남도 해남이에요."

"어휴! 먼 데서 오셨군요. 서울엔 왜 오셨는지 여쭤봐도 되겠습니까?"

"저 역시 신학 공부를 하기 위해서죠."

여의도 다리 위에 피난민처럼 행렬을 이룬 군중을 바라보며 그녀가 대답했다.

"아, 그렇습니까? 거 참, 반갑습니다. 정말 반가워요. 같은 신학도로서 우리 앞으로 자주 만나야 할 필요가 있겠는데요?"

나는 별것도 아닌 일에 명분을 달아 크나큰 인연이라도 되는 것처럼 너스레를 떨었다. 그건 음흉한 늑대의 심보에서가 아니라 말주변의 한계에서 오는 공명한 헛반주일 뿐이었다. 하긴, 그리 많은 대화를 나눈 것은 아니나 지금까지 폼 나게 끌고 온 것만도 내겐 신기한 일이었다. 꽉 막힌 하수구처럼 느릿느릿 밀려 나가는 행렬 틈에 섞여서 나는 재기(才氣) 모자라는 말주변 그대로 많은 것을 물었고, 또 많은 대답을 들었다. 그녀는 자신의 이름을 김미숙(金美淑)이라고 했다. 지금은 자취하며 직장에 나가고 있으나 어느 정도 생활에 틀이 잡히면 신학대학에 입학할 예정이라고 했다. 그녀 역시 목회자가 되는 게 꿈이라는 것이었다.

고향에는 농사일하는 양친이 계시고, 자신이 서울에 올라온 지는 1년 남짓 됐다고 했다. 묻는 말에 담담한 표정으로 대답하며 걷던 그녀가 다리의 끝부분에 이르렀을 즈음 물었다.

"신학교 생활은 어때요? 재밌어요?"

"재미는요. 남 따라가느라 죽을…."

나는 아차 싶어서 얼른 말꼬리를 감췄다. 하지만 그녀는 내 말을 짐짓 해보는 엄살로 알아들은 모양이었다.

"고향이 서울이신가 봐요?"

"경기도 양평이라고 그러대요."

"네?"

"아, 아닙니다. 경기도 양평입니다."

"…."

"…."

"집안이 모두 교인이세요?"

"글쎄요. 뭐, 저뿐이라고 봐야죠."

"어머, 무슨 대답이 그래요?"

"아 참. 예, 저뿐입니다. 저만 믿어요."

나는 불성실한 대답으로 오해하겠다 싶어 황망히 대답을 고쳤다. 그러면서 속으로는 '아이고! 아가씨. 그렇게 부분적으로 물어서는 내 대답이 쉽게 이해가 안 된단 말이오.' 하고 말해주었다. 우리는 그날 연흥극장 앞까지 함께 걸었다. 오직 그녀와 함께하기 위해 자취방과 정반대의 방향으로 나는 시치미 떼고 걸어온 것이다. 그녀와 헤어지면서도 내일도 그 자리에서 만나 달라고 간곡히 부탁했다. 동시에 좀 전의 불성실한 대답에 대해 사과를 했고, 그럴 수밖에 없었노라 변명도 해두었다. 그 사과는 나중을 위해 일찌감치 깔아두는 복선의 의미도 있는 셈이었다.

그녀도 굳이 마다할 이유는 없었는지 고개를 끄덕이고 버스에 올랐다. 자취방으로 돌아온 나는 가슴 벅찬 설렘과 예정된 고민으로 또 한 차례의 홍역을 치러야 했다. 사랑의 가슴앓이란 누구에게나 이렇게 시작되는 것일까? 그녀를 놓치고 싶지 않았다. 아직 만난 지 이틀밖에 안 됐건만, 어느새 그녀는 스물일곱 해 메마른 내 가슴에 단비로 다가와 있었다.

벌써 그녀의 모습이 눈앞에 아른거리고 삼삼할 지경이었다. 그러나 문제는 형편없는 나의 과거였다. 무엇 하나 내세울 것 없는 빈 껍데기에 불과한 실체였다. 나는 또 만나면 일찌감치 모든 걸 털어놓을까, 아니면 숨기는 데까지 숨겨볼까 하고 하루 종일 고민했다. 그러다가 정 난처한 질문을 받을 경우엔 아예 모든 걸 밝히기로 그날 밤 결심을 굳혔다. 이리저리 둘러대는 불안한 곡예를 하느니 믿는 자답게 솔직히 털어놔 버리기로 한 것이다. 운명을 하나님에게 맡길 작정이었다. 다음 날, 우리는 다시 여의도광장에서 만났다. 고맙게도 그녀는 어제의 약속대로 그 자리에 나와있었다. 검정 스커트에 물빛 블라우스가 더없이 청초해 보였다. 그날의 집회가 끝났을 때 일부러 걸음을 늦춰 군중의 꽁무니를 따라 나가며 우리는 다시 얘기를 나누었다.

"만난 지 며칠 되지도 않아서 이런 말씀드리면 이상하게 생각하실지는 모르겠습니다만, 전 요즘 몸에 날개가 돋은 기분입니다. 금방이라도 하늘을 날 것처럼 몸과 마음이 들떠있어요."

"왜요?"

"미숙 씨를 만나서죠."

"…."

"솔직히 말씀드려서 여자에게 이런 말을 하는 것도 처음이고, 이런 말을 할 만큼 정이 끌리는 분을 만난 것도 처음입니다. 가능하다면 언제까지라도 친구가 되고 싶습니다."

밤새도록 준비했던 말인데도 막상 하려니 목소리부터 긴장되었다.

"이때까지 여자에게 한 번도 끌려본 적이 없다는 말씀을 어떤 식으로 알아들어야 할까요?"

"그냥 액면 그대로 해석하시면 됩니다."

"꼭 부처님처럼 살아오셨다는 얘기 같네요."

"경우에 따라선 그렇게 들리시기도 할 겁니다."

"공부에만 전념하시느라 그랬던가 보죠?"

그녀는 황당한 쪽으로 이해하려 들었다.

"아뇨. 뭐, 그런 건 아닌데…. 하여간 여자가 처음이란 건 사실입니다. 믿어주십시오."

믿어달라는 말이 우스웠는지 그녀는 어제처럼 또 풋 하고 웃었다.

"사실 전 말주변도 그리 좋은 편이 못 됩니다. 미숙 씨 앞에서 이 정도로 나온다는 게 저 자신도 신기할 정도예요. 기쓰고 책 들여다본 효과가 이제 슬슬 나타나는 모양…."

"네?"

"아, 아닙니다. 이를테면 연애소설 읽어둔 보람이 있다는 거죠."

"…."

"어쨌든 중요한 건 그게 아니라, 제가 이렇게 미숙 씨를 만나게 됐다는 점입니다. 27년 만의 행운인 셈이죠. 그래서 부탁입니다만, 어떻습니까?

미숙 씨. 여기 집회가 끝나고서도 가끔 좀 만나주실 수 없겠습니까?"

그녀가 그 말엔 대꾸도 없이 담담하게 물어왔다.

"사시는 데는 어디세요?"

"만리동입니다. 저 역시 자취를 하고 있습니다."

"자취요? 어머, 그럼 집이 서울이 아니세요?"

"왜 서울이 아니겠습니까? 만리동이라니까요."

"거긴 자취하는 곳이라면서요? 그럼 원래 집은 어디세요?"

"아, 예. 그, 그게 그러니까…."

"원래 집은 고향 양평에 있나 보죠?"

"예. 뭐, 그렇게 생각하셔도 되고요."

"네?"

"예, 예. 그렇습니다. 양평에 있습니다."

"뭔가 비밀이 많으신 분 같군요…."

나직하게 중얼거리는 그녀의 옆모습을 보면서 나는 슬며시 걸음을 멈추었다. 일찌감치 계산했던 상황이었다. 모험이긴 하지만, 어젯밤의 결심대로 모든 걸 털어놓고 시작해야 속이 편할 것 같았다. 나를 따라 그녀도 무의식적으로 발을 멈췄다. 다리의 중간쯤에서였다. 군중의 맨 뒤를 따랐던 탓에 이제 다리 위를 통과하는 사람의 수효는 그리 많지 않았다. 난간을 잡고 그 아래로 시선을 내려보내며 나는 참으로 어렵게 입을 뗐다.

"미숙 씨."

"…?"

"만난 지 사흘 만에 이런 얘기를 하는 저 자신이 우습기는 합니다. 하지만 본의 아니게 남을 속이는 것 같아 안 밝힐 수도 없군요. 사실 전 집도, 고향도 없습니다. 아니, 없는 거나 마찬가집니다."

"네?"

"어머니도 있지만, 없는 거나 마찬가집니다."

"…?"

"배운 것도 없고, 게다가 거지에 전과자 출신입니다."

"…?"

"있다면…, 주님의 은혜로 지탱하는 걸레 같은 몸 하나뿐입니다. 어차피 세상을 버림만 받으면서 살아온 팔자니 미숙 씨에게 한 번 더 웃음거리가 된다고 해서 달라질 건 없겠지요. 하지만 제가 처음으로 정을 느껴본 분이기에 내 삶이 자의가 아니었음을 한 번쯤은 변명해 보고 싶습니다."

정말로 그간 독서 효과 때문인 것일까? 나 자신도 예측 못 한 변설(辯舌)로 서두를 잡고 나서 나는 이미 레코드판이 되다시피 한 지난 세월을 하나하나 적나라하게 벗겨냈다. 아버지가 나를 죽이려던 일로 시작해서 거지 생활도 얘기했고, 선감도 탈출 얘기도 했다. 전과자가 되기까지의 내력과 18년 만에 만난 어머니의 환멸스러운 작태도 얘기했다.

그리고 한얼산에서 은사를 받고 신학교에 입학하기까지의 모든 과정을 먼지 털 듯 말하는 동안 나는 한 번도 그녀를 바라보지 않았다. 그녀의 표정을 읽기가 겁이 나서였다. 그녀에게서는 숨소리 하나 들려오지 않았다. 이윽고 내가 남은 인생 전부를 하나님께 바칠 것이라는 말로 모든 얘기를 끝냈을 때, 그녀는 나처럼 난간에 바짝 다가서서 아지랑이 같은 시선을 아래로 내리꽂고 있었다.

"실망하셨죠?"

그러나 그녀에게서는 아무런 반응이 없었다.

"이젠 더 이상 만나 달라는 소리도 못 하겠군요."

내가 약간은 후회스럽게 말하자, 그녀는 그제야 다소곳한 시선으로 나를 한번 바라보았다. 그리고 가던 길을 향해 천천히 걸음을 떼었다. 나도 자석처럼 따라 걸었다. 우리는 서로 아무 말도 하지 않았다. 그녀의 감정상태를 알 수 없다 보니 내 쪽에서 말을 걸기도 어색한 일이었다. 그렇게 땅만을 바라보며 묵묵히 걷던 그녀가 나직이 입을 연 것은 거의 연흥극장 앞까지 다다랐을 때였다.

"주님께서 보시자면 잘난 사람도, 못난 사람도 없는 줄 압니다. 배운 사람 못 배운 사람도 없고, 부자도 빈자도 따로 없을 거예요. 그러니 용기를 잃지 말고 앞만 보고 나가세요. 지금까지 살아오신 길보다 앞으로 살아가실 길이 더 멉니다. 열심히 하나님을 믿고 노력하다 보면 언젠가는 천 배 만 배 보상받을 때가 있겠지요."

"저, 저를 이해해 주시는 겁니까?"

"이해보다는 동정을 받아야 할 분 아닌가요?"

"가, 감사합니다. 미숙 씨."

내가 감격 어린 목소리로 목례를 해 보이는 사이 신림동행 버스가 맞춤하듯 들어섰다. 몸을 돌리려던 그녀가 잊은 듯이 내게 물었다.

"내일이 집회 마지막 날 맞죠?"

"예예. 그, 그렇습니다."

"그럼, 내일 그 자리에서 또 봬요."

그녀가 해맑은 미소로 그렇게 말하고 버스에 오르는 순간, 나는 하늘이 온통 보랏빛으로 물드는 것을 보았다. 전신이 근질거리도록 모세혈관의 구석구석에서 감격의 열정이 뜨겁게 끓어올랐다.

'아아, 주여! 당신은 이제부터 제게 희망만을 주시려 하시나이까? 감사하옵고 감사하옵니다.'

가로수를 붙잡고 잠시 하늘을 올려다보았다. 벅찬 감정을 추스르기 위해서였다. 카세트테이프 상인의 리어카에서 발작에 가까운 여가수의 노랫소리가 쏟아지고 있었다. 그러나 그것마저도 내 귀엔 나를 위한 축가(祝歌)로 들려오고 있었다.

22

그녀와의 만남은 여의도 대성회가 끝난 뒤에도 자연스럽게 이어졌다. 그처럼 스스럼없이 이어질 수 있었던 것은 '신앙'이라는 연결고리 덕이기도 했겠지만, 나의 어두웠던 삶과 고향을 떠나온 그녀의 외로움이 상통하는 바도 컸기 때문이었을 것이다. 후에 그녀는 내가 다리 위에서 모든 걸 털어놓았을 때 이성으로서의 거부감보다는 여자 본능의 모성애가 먼저 발동하더라고 했다. 그녀는 소박한 자태만큼이나 생활태도 또한 검소한 여자였다. 유행에 반응할 줄도 몰랐고, 비생산적인 일에 시간을 할애하지도 않았다. 각종 액세서리나 화장과도 거리가 멀어서 오히려 간소한 남방이나 블라우스 차림이 그녀를 더욱 순결하게 보이게까지 했다.

일주일에 한 번씩 만나면 우리는 늘 고궁이나 야외를 찾았다. 돈 드는 곳을 찾을 만큼 주머니 사정이 여의치도 않았고, 그녀 역시 그런 장소를 좋아하지도 않아서였다. 그토록 가난한 만남이었지만, 우리의 사이는 하루가 다르게 가까워졌다.

내가 그녀에게 최초로 청혼한 것은 낙엽이 무수히 흩날리던 그해 10월의 어느 날이었다. 그때 우리는 덕수궁의 벤치에 앉아있었다. 처음으로 바바리코트를 입고 나온 그녀는 주머니에 손을 넣은 채 발아래 뒹구는 은행잎을 묵묵히 내려다보고 있었다.

"미숙 씨…. 겨, 결혼해 주십시오."

아침부터 벼르고 나왔던 말을 한나절도 넘게 망설이다가 쥐어짜듯 간신히 쏟아냈다. 다리 위에서의 고백 때처럼 그녀에게서는 아무런 반응이 없었다. 슬며시 돌아보니 그녀는 어느새 눈을 지그시 감고 있었다. 마치 기도하고 있는 모습 같기도 했다. 그러나 귀밑으로 엷게 감도는 홍조(紅潮)와 눈에 띄게 빨라진 가슴께의 파고(波高)로 보아 내 얘기는 분명히 들은 듯했다. 순간, 나는 그 가슴에 와락 얼굴을 묻고 싶은 충동을 느꼈다. 아아! 거기서 나만을 위한 자장가 소리가 꿈결처럼 들려올 것 같았다. 잃어버린 고향, 까마득한 바다의 전설이 따뜻한 심장의 고동을 타고 새록새록 배어 나올 것 같았다. 나는 차라리 눈을 감았다. 한참 후 눈을 떴을 때 살포시 떨어진 낙엽 하나가 그녀의 어깨 위에서 재주를 넘고 있었다. 동시에 그녀도 눈을 떴다.

"추워요. 가요."

우리는 그렇게 덕수궁을 나왔다. 정문을 빠져나오면서 그녀는 내게 귀찮더라도 식사는 거르지 말라고 말했다. 습기 찬 방에서 지내면 탈이 나기 쉬우니 가끔은 연탄을 피워 방을 말리라고도 했다. 그 세심한 한마디 한마디를 나는 결혼 승낙으로 해석하는 데 조금도 주저하지 않았다. 결국 우리는 그해가 가기 전 무사히 결혼식을 올렸다. 천호동에 있는 화랑 예식장에서였다. 결혼식이 있던 날, 뜻밖에도 어머니가 동생 용운이와 함께 나타났다.

가끔 안부 전화를 드리던 양 형사에게 그날 오셔서 신랑 측 주빈석에 앉아주십사 부탁을 했더니 양 형사는 곧바로 어머니에게 연락을 취했던 것이다. 그러나 나는 그날도 어머니에게는 말 한마디 건네지 않았다. 대신 꼬박 20년 만에 만난 용운이하고만 인사치레 삼아 한마디 나누었을 뿐이었다. 현재 스물두 살로 철공소에 있다는 용운이는 그래서인지, 잘 단련된 주물(鑄物)처럼 나보다 훨씬 건강하게 성장해 있었다.

'아! 네가 바로 옛날 내 발에 채여 운 덕에 아버지 손에서 나를 구해 준 용운이로구나.'

그런 생각을 하며 손을 내밀자 용운이가 고개를 꾸벅 하고 말했다.

"어머니한테 말씀을 듣고도 여태까지 찾아뵙지 못했습니다, 형님."

"그 점에 대해선 나도 마찬가지야. 그러니 우리 피차 미안해하지는 말기로 하자. 우리에게 필요한 건 어느 정도의 시간이니까."

그것이 전부였다. 그 뒤 결혼식이 완전히 끝나고 헤어질 무렵, 어머니를 대면했다. 하지만 생각 외로 마음은 평안했다. 어머니에 대한 증오나 원망 따윈 이제 빛바랜 그림마냥 흐려져서 기억의 저편으로 멀어져가는 느낌이다. 이게 하나님의 사랑으로 변화된 나의 모습일까…?

'주님, 제가 주님을 영접하여 복음을 전하는 사람이 되었지만, 저를 낳아주신 어머니를 헤아리지 못하고 불평과 미움 가운데 살았음을 고백합니다. 그러나 주님을 알고부터 용서도 알았습니다. 이제 하나님을 증거하는 사람으로서 부끄럽지 않은, 새사람이 되게 하소서.'

그러자 내 눈이 달라진 건지, 서 계신 어머니의 모습이 다르게 보였다. 작은 체구에 나를 향해 내민 거친 손, 세월의 더께만큼 굵은 주름이 보였고, 가냘프게 떨리는 입술이 보였다. 두 손으로 어머니의 손을 잡았다. 따스한 온기가 가슴으로 전해왔다. 울컥 올라오는 감정에 고개를 떨구었고, 나도 모르게 뜨거운 눈물이 흘렀다. 어찌할지 몰라 아내와 결혼식장을 빠져나왔다.

그간 쌓인 답답함은 온데간데없었고, 아내와 걷는 길 위엔 청명하고 파란 하늘이 넓게 펼쳐져 있었다.

23

신혼 여행 삼아 천안의 한 기도원에 사흘간 다녀온 다음, 만리동 자취방 그대로에 가난한 신혼의 둥지를 틀었다. 그리고 꼭 15개월이 더 지난 1979년 3월, 나는 신학교를 졸업했고, 한 달 뒤엔 제 엄마를 닮은 딸 '지혜'도 낳았다. 그리고 또 6개월이 지나서는 내게 최초로 전도사 자격이 하나님의 사명으로 떨어지기도 했다.

같은 교단의 한 목사에 의해 개척교회의 후임자가 되기로 한 것이다. 그즈음 이미 목사가 되어있는 김준영 씨를 찾아가 그간의 은혜에 진심으로 사의를 표하고 나서 가족과 함께 임지로 떠났다. 임지는 정확하게 강원도 삼척군 하장면 추동리라는 곳이었다. 사방이 산으로 둘러싸인, 버스에서 내려 10리를 더 들어가야 하는 그야말로 첩첩산중이었다.

대한예수교 장로회 추동교회. 교회 명칭은 그랬지만, 십자가도 안 세운 열다섯 평 슬레이트 건물에 마루 대신 멍석을 깔아놓은 보잘것없는 곳이었다. 전체 가옥 수도 열일곱 채에 불과했고, 신도 수 역시 30여 명으로 그나마 대부분이 청소년들이었다. 하지만 나는 그곳이 하나님께서 나를 본격적으로 쓰시기 위한 첫 시무지(始務地)로 알고 사명을 다하고자 노력했다.

우선 믿지 않는 사람들을 찾아다니며 전도 활동부터 했다. 산속의 고립된 지역에 가구 수도 얼마 되지 않다 보니 집집을 방문하기는 친척 이상으로 쉽고 편했다. 그러나 나의 방문을 '이웃'으로서는 환영해도 교회에 나와달라는 말에는 모두 곤란한 표정을 지었다. 그도 그럴 것이, 기독교에 대한 의식도 낮은 데다 먹고살기에 급급한 생활환경 때문이었다. 고랭지(高冷地)에 감자나 배추를 심어 그것만으로 생계를 꾸리다시피 하는 그들. 쌀 한 되를 사려 해도 왕복 20리를 걸어야 하는 고달픈 생활의 그들이고 보면 정신적으로나 육체적으로나 교회에 관심을 갖기란 그리 쉽지 않았을 것이다.

하지만 나는 포기하지 않았다. 주일 낮 예배가 정 어려우면 저녁예배라도 한번 참석해 보시라는 말을 인사처럼 입에 달고 다녔다. 가끔은 밭에 나가 슬그머니 일손도 거들어주며 교리를 전파하기도 했다. 그래도 신도는 좀체 늘지를 않았다. 그렇다고 나는 내 능력에 회의를 느끼거나 초조해하지도 않았다. 노력하다 보면 언젠가는 하나님께서도 도와주실 것으로 굳게 믿었기 때문이다.

그보다는 어떤 환희와 평화로 내 가슴은 늘 충만하여 있었다. 인간폐품에 가깝던 내가 신학교를 졸업하고 목회자의 길로 들어섰다는 기적 같은 사실, 진실한 여자를 만나 어엿하게 가정을 이루고 산다는 긍지, 이 얼마나 놀랍고 분에 넘치는 변화인가? 이런 것들에 대한 대가라면 나는 이 추동리보다 더 깊고 열악한 곳으로 가서 목회 활동을 하라 해도 마다치 않을 자신이 있었다. 양식거리라고 해봐야 청년들이 가끔 가져다주는 몇 됫박의 쌀과 푸성귀가 전부였고, 아이들의 코묻은 헌금에서 할애되는 월 5,000원 정도의 생활비가 고작이었다. 한 살짜리 지혜의 분윳값도 안 되는 금액이었다. 그러나 아내와 나는 늘 하나님께 감사하는 마음을 잃지 않았다. 사명을 주심에 감사했고, 적으면 적은 대로 일용한 양식을 주심에 감사했으며, 고랭지의 기후에도 별 탈 없이 자라는 딸 지혜에 대해서도 감사했다.

한데 나에 대한 하나님의 계획에 어떤 착오가 생긴 것일까? 아니면 아직도 내가 치러야 할 업보가 남아있어서였을까? 그 조그만 평화도 잠시, 그즈음 또 한 번 감당 못 할 시련이 유령처럼 다가오고 있음을 나는 꿈에도 눈치채지 못했다. 그건 하늘이 무너져 내리는 이상의 절망이었다. 추동리에서의 목회가 5개월째로 접어들던 때였다. 그 무렵,

나는 까닭 모를 피로를 자주 느끼고 있었다. 얼굴도 마르고, 체중도 갈수록 줄어드는 것 같았다.

"가끔 육식도 좀 해야 하는데…."

아내는 영양실조로 단정하고 있었다. 하지만 내 느낌은 그게 아니었다. 때에 따라 가슴도 뜨끔뜨끔 아픈 데다 이유 없이 기침도 자주 나오는 게 단순히 영양실조 같지만은 않았다. 아무래도 병원에 한 번 가봐야 할 것 같았다. 그러던 어느 날 아침이었다. 그날따라 몸이 더없이 무거워서 나는 늦게까지 자리에서 일어나지 못하고 있었다.

"다시 눕더라도 일어나 식사는 하고 누우세요. 가뜩이나 영양 섭취도 못 하면서 굶기까지 하면 어떡해요?"

딸아이에게 우유병을 물리며 아내가 재촉했다. 그 말에 대답이라도 하듯 나는 몇 번의 밭은기침을 토해냈다. 순간, 목구멍에서 비릿한 액체가 울컥 넘어왔다. 그것을 먼저 본 건 아내였다.

"어맛, 피…!"

아내가 기겁했다. 그랬다. 그건 피였다. 입술을 비집고 나와 베갯머리를 물들인 것은 한 줌의 붉은 피였다. 나 역시 혼비백산을 했다.

"여, 여보 안 되겠어요. 병원 가보게 빨리 일어나요. 빨리요!"

아내가 핏기 가신 얼굴로 황망히 팔을 잡아당겼다. 그러나 병원을 찾을 만큼 우리에겐 돈이 없었다. 간신히 차비만을 긁어 모아들고 두 시간이 넘게 걸려 도착한 곳은 삼척군 내의 보건소였다.

"객혈은 오늘 처음이십니까? 흉통 외에 또 다른 증세는 없구요?"

청진을 끝낸 의사가 다시 목 둘레를 꾹꾹 눌러보며 물었다.

"피로감을 자주 느낍니다. 이유 없이 기침도 자꾸 나오고요."

그러나 한차례 고개를 끄덕인 의사는 좀 더 정밀 진단을 해보자며 나를 X선 촬영실로 데리고 갔다. 나는 다소 신중해 보이는 그의 표정에서 왠지 예사롭게 끝날 것 같지 않다는 예감이 들었다. 아니나 다를까? X선 촬영과 가래침, 그리고 임파선 검사까지 꼼꼼히 받고 난 일주일 후, 내게 폐결핵이라는 최종 진단이 떨어졌다. 그것도 중증(重症)이라고 했다. 벌써 폐에 상당량의 공동(空洞)이 생겼다는 것이었다.

순간, 뇌리에 번개처럼 지펴 오른 것은 아버지의 망령이었다. 지네의 살을 품고 난 나로 인하여 자신이 죽게 되었음을 추호도 의심치 않았던 아버지. 그래서 나를 살해하기 위해 내 목에 포대기 끈을 걸었던 아버지. 아아! 그렇다. 이는 필시 죽은 아버지의 장난일 터였다. 한을 못 푼 아버지의 망령이 자신이 앓았던 그 병으로 나를 끝끝내 괴롭히겠다는 뜻이었을 것이다. 무너져내리는 몸을 가까스로 가누며 보건소에서 나왔다. 버스에서 내려 10리 길을 걸어오는 동안 아내는 뒤에서 소리 없는 눈물을 뿌렸고, 나는 줄곧 하나님을 원망했다.

'하나님! 당신의 계획에 따라 저를 인도하신다더니 그 계획이 고작 이런 것이었습니까? 이 비천한 놈, 짧은 세상, 서럽고 억울하게만 살다가 뜻 한 번 펴보기도 전에 죽음으로 인도하려는 것이 그다지도 컸던 당신의 계획이셨습니까? 제발 뭐라고 변명 좀 해보십시오. 설마 당신의 힘이 아버지의 망령보다 약해서 그런 건 아니겠지요? 그렇다고 하늘나라에 제 할 일이 많아서 부르시려는 것도 아닐 테지요? 저 하나가 그토록 필요한 만큼 당신의 능력이 부족할 리도 없잖습니까? 게다가 당신은, 당신이 필요하다고 해서 내 아내와 딸은 어떻게 돼도 괜찮다 할 만큼 이기주의자도 아니지 않습니까?'

교회의 방으로 돌아온 나는 아내에게 몇 가지 주의사항부터 단단히 일러두었다. 내 수저와 식기 등은 다른 것과 섞이지 않게 별도로 취급하고, 한 번이라도 쓰고 나면 가차 없이 끓는 물에 소독하라고 했다. 옷이나 수건, 이불 등은 물론이고, 그리 중요한 것이 아니면 모두 태울 것이며, 되도록 내 옆에는 접근하지도 말라고 했다. 특히 면역성이 약한 지혜는 가급적 멀리 두라고 했다. 죽을 때 죽더라도 가족에게 병까지 남겨줄 수는 없는 일이었다.

다음 날부터 나는 교회 일을 모두 아내에게 맡겨버렸다. 의사의 지시대로 최대한 안정을 취해야 했기 때문이었다. 의사는 내가 전도사임을 알고는 설교도 하지 말라고 했다. 말을 많이 하면 피가 넘어오기 쉽고, 때에 따라서는 넘어오는 피에 질식할 수도 있다는 것이었다. 그 때문에 나는 일주일마다 보건소에 가서 무료로 항결핵제(抗結核劑) 주사를 맞거나 한 달에 한 번 X선 촬영을 하고 오는 것 외에 24시간을 누워지내야 했다. 아내는 아내대로 끼니를 걸러가며 온종일 강대상 밑에서 기도로 보내다시피 했다. 눈이 퉁퉁 부을 정도로 울면서였다.

그러나 아내의 그런 정성에도, 병은 좀체 호전되지 않았다. 호전은 커녕 갈수록 몸은 더욱 야위어 갔고 넘어오는 피의 양도 많아졌다. 결핵균에게도 귀가 달려서 정보가 샜다는 걸 알아챈 것일까? 어떻게 된 게, 몰랐을 때보다 알고 나니 그 진전의 속도가 더 빨라진 것 같았다. 입맛도 썼다. 도대체 설탕까지도 써서 음식을 입에 댈 수도 없을 지경이었다. 나는 정말 희망이 절벽이었다. 돈도 없고, 도와줄 사람도 없는 첩첩산중에서 결핵균에 속수무책으로 육신을 갉히는 신세여야만 했다. 가끔 이웃과 교회 청년들이 쌀되나 들고 찾아와 걱정을 해주곤 했지만, 그것이 근본적인 치유책에 도움이 될 수는 없는 일이었다.

어느 날 아내가 결심한 듯 말했다.

"여보, 이럴 게 아니라 우리 서울로 올라가요. 무작정 이러고만 있다가는 무슨 일 당하고 말겠어요."

"당장 먹고 잘 곳도 없이 올라가면 뭐하오? 몸 붙일 방 한 칸이라도 있는 여기가 낫지."

"노숙을 하는 한이 있어도 가야 해요. 쓰러져도 사람 많고 의료시설 많은 서울로 가서 쓰러져야 무슨 수가 생겨도 생깁니다."

하긴 옳은 소리였다. 그 뒤 아내는 내게 더 이상 상의도 하지 않고 혼자 이사 준비를 서둘렀다. 별 필요도 없이 짐만 되는 것들은 모두 버렸다. 청소년들이 대부분인 신도들에게 교회에 관한 일체도 인계했다. 그곳을 떠나기 하루 전날 교회 청년들이 인사차 찾아왔다.

"오래 같이 생활했으면 했는데 이렇게 빨리 떠나시게 돼서 섭섭하네요. 전도사님, 그간 힘이 돼 드리지 못했던 것도 죄송하고요."

"아닙니다. 그동안 여러모로 고마웠어요. 이 병이야 제가 너무 부덕해서 하나님이 내리시는 시험인 걸 어쩌겠습니까?"

"그렇게 말씀하시니 더더욱 드릴 말씀이 없군요. 아무쪼록 서울 올라가시는 대로 완쾌하시기를 빕니다."

그러면서 청년들은 여비에 보태라며 얼만가를 내놓았다. 그간 모인 헌금에서 일부를 뗀 것이라고 했다.

"고맙습니다. 제 사정이 이렇다 보니 염치를 차릴 틈도 없군요. 감사히 받겠습니다."

나는 진심으로 감사를 표하고 나서 봉투를 받아쥐었다. 3만5천 원이었다. 여비를 제하고도 며칠은 버틸 수 있는 돈이었다. 그 대화를 마지막으로 다음 날, 날이 새는 것과 동시에 우리는 추동리를 떠났다. 목회 7개월 만이었다. 서울에 도착하면서 제일 먼저 연락을 해보고 싶은 사람은 김준영 목사였다. 그러나 아내와의 상의 끝에 나는 연락을 취하지 않기로 했다. 빈털터리로 올라온 일가족 세 식구, 그리고 상대하기조차 꺼림칙한 폐결핵 환자. 이런 꼴로 그를 만나 또 무슨 부담을 주란 말인가!

우리는 먼지 털듯 미련을 털어버리고 무허가 건물이 많을 법한 서울

변두리를 찾아 발길을 돌렸다. 습지대에 지렁이가 꼬이듯 그것은 빈자(貧者)로서 일종의 회귀본능 같은 것이었다. 그러나 무허가촌이라고 해서 우리를 반겨줄 빈방이 널려있는 것은 물론 아니었다. 하지만 아내는 찾아보면 버려진 헛간이나 주인이 떠난 폐가(廢家)가 있을 것이라며 그날부터 동네 구석구석을 쓸고 다니기 시작했다. 내게 빵과 우유 한 개를 사들려 나무 밑이나 한적한 고갯마루에 기다리게 해놓고서였다. 그러나 명색이 서울 바닥인지라 그 역시 만만한 일은 아니었다.

기나긴 하루해가 열기를 꺾고 서산에 가라앉을 무렵이면 아내는 예외 없이 낙담한 모습으로 돌아왔고, 더불어 우리는 땅이 꺼지게 한숨만 쉬다가 맥없이 일어나 밤이슬의 노숙을 준비하곤 했다. 그런 식으로 며칠 동안 우리는 봉천동을 헤맸고, 대방동을 뒤졌으며, 상도동 일대를 휩쓸었다. 그래도 역시 빈털터리인 우리에게 이슬을 피할 만한 그 어느 곳도 걸리지 않았다.

나는 돈은 둘째치고 가난한 동네일수록 공간(空間)의 융통성이 더더욱 희박하다는 지극히 평범한 진리를 비로소 깨닫기 시작했다. 다 쓰러져가는 오두막에서조차 대여섯 가구씩 들어차 바글대는 것을 보고서였다. 낙담하며 그렇게 닷새를 헤매던 끝에 우리가 우연히 찾아든 곳은 강동구 문정동의 한 변두리였다. 주공아파트와 약간 떨어진 그곳은 해묵은 묵정밭이었고, 열대여섯 채의 무허가 건물이 들어서 있었다. 기운도 없고 숨도 차고 하여 그곳에서 잠시 쉬기로 했다. 연이은 허탕으로 아내 역시 기진맥진해 있었다.

"워디서… 오신 분들이유?"

보따리를 깔고 앉아 가쁜 숨을 몰아쉬고 있으려니까 지나가던 노파 하나가 말을 멈추고 물었다. 하기야, 경험 많은 노파의 눈에 우리가 심상찮게 보이지 않았다면 그게 도리어 이상한 일이었을 것이다. 첫눈에도 중병의 환자임이 분명한 남자 하나와 그 일가족, 그리고 보따리…. 아이에게 젖병을 물리려던 아내가 그 말엔 대꾸도 않고 버릇처럼 물었다.

"이 동네 사시는 할머니세요?"

"야. 그란디유?"

"그러세요. 그럼 말씀 좀 여쭙겠는데요. 혹시 이 동네 어디 방 하나 구할 데 없을까요?"

"방유? 글씨유. 그건 내 자시 모르겠네…. 하지만 뭐 돈만 있다문야 이 동네 말구래두 방이야…."

"돈이 없거든요."

"야?"

"저, 사실은요, 할머니. 저희한테 사정이 좀 있어서, 오늘 막 시골에서 올라왔어요. 빈손으로요."

"야아? 아니, 대체 워떤 사정이 있걸래 한 가족이 죄다 빈손으로 서울에 올라왔단 말여유? 더구나 애 아부지는 몸두 성치 않은 것 같은디."

"네, 환자예요."

아내는 환자라는 말 앞에 '결핵'이란 소리는 덧붙이지 않았다.

"심한 병인가 보지유?"

노파는 대단한 흥밋거리라도 발견한 것처럼 집요하게 물어왔다. 꼬박꼬박 대답했다가는 끝내 사주팔자에 조상 묏자리까지 물어올 것 같았다.

"그게 중요한 게 아니라요, 할머니. 문제는 저희들이 당장 오갈 데가 없다는 거예요. 그러니 돈은 나중에 벌어서 드리는 거로 하고 방이나 있으면 하나 소개해 주세요. 헛간이라도 상관없으니까요."

"아이구. 무허가로 발 뻗고 누울 디만 맨든 것두 조마조마한디, 누가 헛간까장 정하구 산대유? 빈 도야지 우리라문 혹 모를까?"

"네? 빈 돼지우리요? 그게 어디예요?"

"야아? 아니, 참말 도야지 우릿간에서래두 살 작정유?"

"하여간, 한번 보게나 해주세요. 할머니 부탁드려요."

아내는 그러면서 급히 아이부터 둘러업었다.

"여보, 저, 정말 가보려고 그래?"

"당신은 잠자코 보고만 계세요."

아내는 간단하게 내 입을 막고 나서 고개를 갸웃거리는 노파를 따라갔다. 아내가 종종걸음으로 돌아온 것은 한 시간도 훨씬 더 지나서였다. 표정이 환하게 바뀌어 있었다.

"여보, 됐어요. 이제 살았어요."

"뭐가? 돼지우리?"

"네. 한 30평쯤 되는데 거저다시피 빌렸어요. 깨끗이 청소하고 비닐로 지붕만 해 엎으면 그럭저럭 견딜 만은 하겠더라고요."

"아니, 그럼 정말…?"

"지금 우리 형편이 이것저것 가릴 때예요? 자, 어서 일어나요. 우리를 이리로 인도하신 것도 다 하나님의 뜻일 테니까요."

아내가 얻은 그 돼지우리는 무허가 주택에서 약간 떨어진 곳에 있었다. 여러 마리의 돼지를 사육했던 듯 장소는 꽤 넓은 편이었다. 아내는 그날부터 혼자 돼지우리를 손보기 시작했다. 삽을 빌려다 두껍게 내려앉은 오물을 걷어내고 수십 번 물청소를 했다. 그리고 헌 대나무를 구해다가 활처럼 휘어서 골조를 세우고 비닐로 지붕을 해 덮었다. 내부가 비치지 않도록 2중으로 마대포도 덮었다. 바닥엔 가마니를 깔았다.

이틀이나 걸려 그 일이 모두 끝나자, 아내는 나무 십자가까지 만들어 정면에 척 걸었다. 우리가 있는 이상 여기는 어디까지나 하나님의 집이라는 것이었다. 나 또한 하나님의 종인 만큼 목회 준비는 늘 돼있어야 한다고 했다. 그러니까 그 비닐하우스는 가옥 겸 교회가 되는 셈이었다.

그곳에 입주한 다음 날부터 아내는 부지런히 밖으로 나다녔다. 돈벌이가 될 만한 일을 찾기 위해서였다. 다행히 치료를 받을 강동보건소는 알아놓았으니 다음으로 먹고살 일을 해결해야 했기 때문이었다. 그러나 어린아이까지 달고 다녀야 하는 아내에게 안성맞춤인 일이 있을 리 없었다. 게다가 환자 수발에 지장이 없도록 입맛에 맞는 시간만 골라 일할 자리란 더더욱 흔치 않았을 것이다. 그렇다고 달리 신세를 질 만한 곳이 있는 것도 아니었다.

친정이 없는 건 아니었지만, 아내는 기대도 하지 않았다. 몇 뙈기 밭농사에 모든 걸 의존하는 친정 부모에게는 쌀 한 가마도 부담임을 아내가 아는 까닭이었다. 그처럼 별 소득이 없는 줄 알면서 그들에게 남편의 폐결핵과 돼지우리에서 사는 것을 알게 한다는 것은 차라리 죄악이었을 것이다. 그러한 사면초가 속에서 우리는 하루하루를 참으로 기적처럼 버텨나갔다.

가끔 우리 사정을 눈치챈 이웃들이 와서 쌀을 나누어주면 그것을 묽게 끓여 하루에 한 끼 정도만으로 세 식구가 연명해 나갔으니 이 어찌 기적이 아닐 것인가! 하루는 아내가 너무 가엾고, 한편 미안하기도 하여 이렇게 사과했다.

"여보, 미안하오. 다른 곳에 시집갔더라면 이런 고생 안 하고 편히 살 텐데, 괜히 나한테 와서 생배만 굶기는구려."

그러자 아내는 쓸쓸하게 웃으며 대답했다.

"전 먹는 욕심이 많아서 금식기도를 못 하는 성민데 잘됐지 뭐예요? 이럴 때 금식기도나 실컷 해두는 거죠 뭐."

아아! 참으로 착한 여자였다. 그리고 현명한 여자였다. 끝끝내 이 여자만은 지켜주리라 천 번 만 번 가슴속에 다짐하고 있었다.

다시 태어나다

24

그야말로 쇠심줄보다 질긴 게 사람의 목숨인 모양이었다. 그토록 먹는 것 없이 피만 쏟아내면서도 나는 1년 반을 버텨왔으니 말이었다. 그즈음 나는 거의 매일 깡통에 피를 쏟아내고 있었다. 뼈와 가죽만 남은 몸속 어디에서 그렇게 많은 피가 나오는지 그것이 기이할 지경이었다. 한바탕 피를 토하고 나면 나는 또 금방 술 취한 것처럼 몽롱한 상태로 되돌아갔다. 보건소에서 타다 먹는 약 때문이었다. 자칫하면 병신이 될 수도 있다는 그 약의 독성이 나를 하루 종일 술에 취한 것처럼 만들었던 것이다.

자리에 눕기라도 했으면 좋겠으나 그럴 수도 없었다. 눕기만 하면 가슴이 견딜 수 없이 아파지기 때문이었다. 그래서 나는 늘 기둥에 비스듬히 기대서 하루를 보내야만 했다. 나는 이제 삶에 대한 모든 미련을 버리기로 했다. 운명에 순종하기로 한 것이다. 목회자이기 이전에 사로(死路)에 선 시한부 목숨이란 사실만으로도 그래야 했을 것이다.

흉악무도한 살인범들도 사형 선고를 받고 나면 지푸라기 잡듯 성경을 찾고 십자가를 찾는 판에, 아는 게 하나님밖에 없고 정식으로 배운 게 하나님밖에 없으며, 목회자의 신분인 내가 하나님마저 원망한다면 그 무엇에 의지하여 꺼져가는 생명에 위안을 얻고 사후에 대한 불안을 이겨낼 것인가? 물론 발병 후로 하나님을 원망 안 해본 것은 아니지만, 솔직히 말해서 그것이야말로 불치병 환자로서 더욱 하나님께 집착하고 의지하려는 희원(希願)의 역표현이었다고 봐야 할 것이었다.

무엇 하나 얻은 것 없는 이 땅에서 잠시 잠깐이나마 내게 부랑아의 신분을 면케 해주시고, 사랑하는 아내와 딸자식을 보내시어 사람대접을 해주신 하나님, 그리고 무엇보다 목회자라는 황감한 직분을 주시고 계획에 따라 인도하신다던 은사의 말씀까지 내리신 하나님. 이제 그 계획의 참뜻이 무엇이든 간에 죽음을 목전에 둔 나로서 가장 현명한 일은 내 평생 유일하게 의지해 본 하나님의 말씀을 옛날 부랑아 시절의 질긴 의리와 근성으로 끝까지 믿고 좇는 것, 그리하여 죽은 뒤 내세(來世)의 구원이라도 기대해 보는 일밖에 없었을 것이다.

'주여! 2년이 다 되도록 병마와의 싸움에서 저를 구하려 하지 않으시니 이는 필시 저를 부르시려는 뜻으로밖에 해석할 수 없나이다. 하오니 주여, 이왕에 부르시려거든 죄 없는 아내와 딸아이의 장래를 위해서라도 이 걸레 같은 몸 조속히 데려가 주소서. 이 한 많은 땅 위에 아무런 미련도 없나이다.'

나는 매일매일 하루가 시작될 때마다 그렇게 기도하기를 잊지 않았다.

어느 날 밤이었다. 어느 정도 약 기운이 가셔서 한결 머릿속이 맑아오는 참인데 밖에서 가벼운 인기척이 들렸다. 누군가의 중얼거림 같기도 하고, 신음 같기도 한 소리였다. 아내와 딸은 저만치 끝에서 세상 모르게 잠들어 있었다. 가만히 귀를 기울여보았다. 틀림없이 누가 있는 것 같았다. 엉금엉금 간신히 기어가서 문을 밀었다. 그곳에 내 또래의 어떤 사내 하나가 술병을 든 채 비틀거리고 서 있었다. 독한 소주 냄새가 확 풍겨왔다.

"누구…십니까?"

내가 힘겹게 묻자 사내는 한참이 지나서야 반쯤 혀 꼬부라진 소리를 띄엄띄엄 떨어냈다.

"여긴, 교, 교횝니까, 가정집입니까?"

아마도 밖에 걸린 십자기를 보고 그러는 모양이었다.

"예. 여긴 하나님의 집입니다."

"예에…."

그가 말꼬리를 흐리며 고개를 끄덕였다.

"왜… 그러십니까?"

"아, 아닙니다. 전 그저…."

"…?"

"전 그저 비닐하우스에 거, 걸린 십자가를 보고 주인이 누군가 그게 궁금했던 겁니다. 여, 여기도 나랑 신세가 똑같은 사람이 있구나, 그런 생각을… 하면서 마, 말입니다. 목사님 되십니까?"

"아닙니다…. 전도삽니다."

"예…. 그러시군요."

비록 술에 취했지만 나는 한눈에도 그가 막돼먹은 사람은 아니란 것을 알 수 있었다. 그리고 뭔가 사연이 있다는 것도 눈치챘다.

"저…, 누구신지는 모르지만 하실 말씀이 있으면 들어오시지요."

나는 목소리에 신중을 기해가며 나직이 말했다. 되도록 숨이 덜 차게 하기 위함이었다. 그 말이 나와주기를 바랐던 것처럼 그가 빠르게 되물었다.

"저, 정말… 그래도 실례가 안 되겠습니까?"

"뭐, 어떻습니까? 여긴 하나님의 집인 걸요."

"그, 그럼 잠시 신세 한탄이나 좀… 하고 가겠습니다."

그는 술병을 발밑으로 슬그머니 내려놓고 나서 비틀걸음으로 들어섰다. 그가 앉기를 기다려 손을 내밀었다. 우리에게 있어서 최초의 손님이 되는 셈이었다.

"임용남 전도삽니다."

"예, 임채호라고 합니다."

"형제님도 임 씨십니까? 그럼 우린 같은 성씨로군요."

"아, 그렇게… 되나요?"

"하여간 반갑습니다. 이 근방에 사십니까?"

"아닙니다. 조금 멉니다."

"그래요? 그런데 이 시간에 여긴 어떻게…?"

그러자 그는 고개를 푹 숙이며 한숨부터 깊이 내쉬었다.

"무슨 걱정거리라도 있으십니까?"

"예. 있습니다…. 걱정거리가 아니라 끝장거리지만요."

"음…. 뭔지는 모르지만 안됐군요. 어디 한번 들어나 볼까요?"

나는 더욱 목소리를 낮게 해서 물었다. 어지간히 신중을 기했음에도 서서히 숨이 차기 시작했기 때문이었다.

"예. 그러지요. 어차피 누구에게 하소연이라도 해야 속이 풀릴 것 같아서 들어왔으니까요."

그는 다시 한번 한숨을 쉬고 나서 이른바 자신의 '끝장거리'를 얘기하기 시작했다. 그는 사업을 하는 사람이라고 했다. 나와 동갑의 젊은 나이였지만, 그동안 벌였던 사업만도 대여섯 개가 된다고 했다. 한데 어찌 된 영문인지 하는 족족 실패했다는 것이다. 서점도 그렇고, 양복점도 그렇고, 공구상을 해도 그랬다고 했다. 몇 번을 그러다 보니 나중엔 좌절감보다 오기가 더 생기더라고 했다. 그래서 작년에는 생의 마지막 승부로 각오하고 빚이며 사채를 끌어들였다는 것이다. 평소 꿈꿔 왔던 레저 스포츠용품 제조·판매업체를 해볼 생각에서라고 했다. 그런데 그것마저 이번에 또 실패했다는 것이었다.

빚도 빚이지만, 집까지 남의 손에 넘어간 관계로 이제는 가족과 함께 길거리에 나앉게 됐다는 것이었다. 쓸 만한 가재도구 하나 건사할 입장이 못 된다고 했다. 흔히 들을 수 있는 얘기였다. 그러나 얘기야 어떻든 간에 당사자인 그로서는 눈앞이 캄캄한 일임이 틀림없을 터였다. 그 심정 충분히 이해하고도 남음이 있었다. 나는 이제 절망과 비관을 안고 하나님의 집에 들어온 그에게 용기를 심어줘야 할 차례임을 깨달았다.

"듣고 보니 참으로 딱한 일이로군요. 하지만 그 정도 가지고 비관하기엔 아직 좀 이르지 않을까요?"

"예?"

"제 말씀은 형제님보다 더 비참한 사람들이 이 땅엔 많다는 겁니다."

"물론 그렇기는 하겠지요. 하지만…."

"저를 똑바로 보십시오."

"…?"

"형제님께서는 제가 정상적으로 보이십니까?"

그는 그제야 미간을 모으고 게슴츠레 풀린 눈알에 힘을 주었다. 가뜩이나 취한 데다가 희미한 호롱불빛 속이어서 그는 아직까지 상대방이 비정상임을 감지하지 못했던 것이다. 나는 좀 더 확실히 알 수 있도록 상의를 가슴 꼭대기까지 끌어올렸다. 그러고는 빨래판 같이 드러난 늑골 사이에서 참새처럼 할딱이는 가슴을 보여주었다. 그의 눈에서 취기가 싹 걷히고 있었다.

"보셨습니까?"

"호, 혹시…"

"그렇습니다. 폐결핵입니다. 그것도 말기지요."

그의 안색이 이번에는 검은색으로 변하고 있었다.

"제 얘기를 들어보시면 그래도 형제님은 행복한 편이라는 걸 알게 되실 겁니다. 사업이든 뭐든 최소한 해보고 싶은 일은 마음껏 하시면서 사셨을 테니까요."

그렇게 못을 박고 나서 나는 그에게 지금까지 내가 걸어온 얘기들을 낱낱이 들려주었다. 너무나 숨이 차서 중도에 몇 번씩 그만두고도 싶었지만, 이것도 목회자의 사명이라는 생각에 끝까지 밀고 나갔다. 수위(水位) 높은 절망에 빠진 사람을 그대로 보고 말 수는 없기 때문이었다. 얘기가 진행되는 동안 그의 눈망울은 여러 가지 형태로 변화되었다. 너무나도 다양한 변화여서 눈만 가지고도 대화가 가능하다는 말이 실감 날 정도였다. 그러나 내 얘기가 모두 끝났을 즈음, 어느새 그 눈은 표류하는 해초처럼 허공에 멍하니 떠있었다. 할 말을 안전히 잃었음을 뜻하는 동공이었다.

"어떻습니까? 이런 삶을 형제님께서는 꿈이라도 꾸어보셨습니까? 그처럼 한평생을 기구하게 뒹굴어오다가 결국엔 이렇게 돼지우리 속에서 폐병으로 죽어가게 됐으니 형제님 같으면 어쩌시겠습니까?"

생각했던 대로 그는 묵묵부답이었다.

"전 지금 형제님이 그렇게 부러울 수가 없습니다."

"…?"

"왜냐구요? 바로 건강하다는 사실 때문입니다. 그처럼 의욕을 가지고 사업을 위해 뛸 수 있다는 건강, 그렇게 독한 술을 마음껏 마시고도 견뎌낼 수 있다는 건강…. 그렇습니다. 형제님에겐 아직 최고의 밑천인 건강이 남아있습니다. 그런데 무엇을 비관하십니까? 그까짓 사업이야 건강이 있으니 언제라도 다시 시작할 수 있지 않습니까? 집도 마찬가집니다. 이렇게 돼지우리에서 사는 사람도 있는데 당분간 야산에 텐트 치고 살면 어떻습니까?"

"…"

"부디 용기를 잃지 마십시오. 문제는 어떻게 마음먹느냐에 달린 겁니다. 다섯 번, 여섯 번 사업에 재도전했을 때의 그 용기, 그 기백만 있다면 형제님은 얼마든지 다시 일어서실 수 있습니다. 자, 기도합시다. 절망을 안고 이 누추한 하나님의 집에 찾아오신 형제님에게 제가 해드릴 수 있는 건 단 한 가지, 기도뿐이군요."

내가 자세를 고쳐 잡자 그도 엉겁결이다시피 손을 깍지끼었다.

"전능하신 하나님 아버지. 지금 이 자리에 길을 잃고 방황하는 또 하나의 어린 양이 무릎 꿇고 고개 숙였나이다. 수십 번, 수백 번 일어서려 했으나 안 되더라 하나이다. 건전한 투지로 소박한 꿈 이뤄보려 했으나 안 되더라 하나이다. 주여, 용기를 주시옵소서. 지혜를 주시옵소서. 가족에게도 태산 같은 은혜를 베푸시와 모든 고통과 절망이 안개처럼 걷히게 하여 주시옵소서. 모든 행복의 근원은 가정에서부터 비롯됨을 아나이다. 이 밤, 가정으로 돌아가는 대로 먼저 아내의 따뜻한 격려와 반김이 있게 하여주시고, 아이의 사랑스러운 입맞춤이 있게 하여주시옵소서. 그처럼 가정에 사랑과 이해가 충만한 가운데 하는 일마다 복되게 하여 주시옵소서…"

나는 정성을 다해 기도했다. 어쩌면 그것은 그를 위해서라기보다 우리를 위해서 하는 것인지도 모를 일이었다. 기도하는 동안 나는 줄곧 내 아내와 아이를 머릿속에 떠올리고 있었기 때문이었다. 가쁜 숨을 초인적으로 참아내며 나는 제법 긴 기도를 드렸다. 그리고 마지막에 "우리 주 예수그리스도의 이름으로 간절히 기도드렸사옵나이다. 아멘!" 하는 소리로 끝을 맺었을 때였다. 비신자라도 다 아는 '아멘'이라는 응답의 소리가 상대방의 입에서는 나오지를 않았다. 천천히 눈을 뜨고 그를 바라보았다. 그는 울고 있었다. 뜨거운 눈물을 빗물처럼 흘리고 있었다. 그가 소매로 눈물을 훔치며 느릿느릿 입을 연 것은 한참 뒤의 일이었다.

"전도사님…. 솔직하게 고백…합니다만, 전 사실 죽으러 가는 길이었습니다. 산에 올라가 소나무 가지에 올가미까지 걸어놓고…, 맨정신으로는 용기가 나질 않아서…, 이렇게 다시 내려와 술에 취해 올라가는 중이었습니다."

"…!"

"하, 하지만…, 부끄럽습니다. 세상에 이런 삶을 사시는 분도 계신데, 하물며 사지육신 멀쩡한 제가…. 아, 알겠습니다. 전도사님, 제 처자식을 생각해서라도 다시 힘을 내겠습니다. 용기를 갖겠습니다."

그는 내 대답도 듣지 않고 지그시 입술을 깨물며 일어섰다. 그러고는 한 덩어리의 찬바람을 방 안에 선사하며 어둠 속으로 사라졌다. 그가 떠난 뒤 나는 곧 빠개지는 것처럼 아파오는 흉통으로 하여 소변까지 지리며 한바탕 방바닥을 설설 기어야 했다. 무리하게 말을 많이 한 탓이었다. 그러나 그토록 고통스러워하면서도 나는 한 사람을…, 아니 한 가족을 살렸다는 사실에 가벼운 희열을 느끼고 있었다. 그의 가정에 무궁한 행복이 깃들기를 진심으로 빌었다.

25

우리의 비닐하우스에 작은 사건이 일어난 것은 그로부터 닷새가 지난 일요일 아침이었다. 뜻밖이라고밖에 말할 수 없는 그 사건이란 다름이 아니라 임채호 씨의 방문을 말함이다. 자살까지 기도했던 그가 예배를 드리기 위해 성경책을 끼고 찾아온 것이었다. 그것도 자신의 아내를 동행하고서였다. 자기들도 이제부터 하나님을 믿기로 했다는 것이었다. 실패만 거듭하다 보니 전생에 무슨 죄업이 있지 않나 싶은 게 하나님을 믿어보고도 싶었고, 내가 여러 가지로 고맙기도 해서 이리로 나오게 됐다는 것이었다. 나의 지나온 과거는 물론, 그토록 절망적인 삶 속에서도 전도사로서의 도리를 다하는 데 많은 감동도 받았다고 했다.

또 서로가 절망의 막장까지 다다랐다는 점에서 어떤 숙명적 인연이라는 생각도 들더라고 했다. 여기서 나간 뒤 자신은 천호동에 골방 하나를 얻어 가족들과 함께 이사했다고 했다. 숟가락 세 개로 다시 시작하기로 했다는 것이었다. 나는 이 반갑기 그지없는 손님들을 어떻게 맞아야 할지 몰라 한동안 당황해해야 했다. 그 마음은 아내도 마찬가지인 모양이었다. 별 이상도 없는 딸아이를 붙들고 바지를 추어준다, 소매를 걷어준다, 공연히 엉뚱한 동작만 되풀이하고 있었다.

나는 교칙대로 정상적인 예배를 시작하기로 했다. 물론 설교도 할 생각이었다. 위험한 일이기는 하지만, 그렇다고 처음 온 신도들 앞에서 적당히 넘길 수는 없는 일이었다. 더구나 설교 하나 자제한다고 해서 내 병이 나을 것도 아닌 바에야 내 할 도리 다하다 죽는 게 백 번 현명한 일이었을 것이다. 그래야만, 조만간 하나님 앞에 불려가도 할 말이 있겠기 때문이었다. 아내에게 성경책과 찬송가를 가져오라고 일렀다. 그리고 세 사람을 상대로 예배를 시작했다. 예배에 임하는 임

다시 태어나다

채호 씨 부부의 모습은 참으로 진지했다. 모르면 모르는 대로 성심껏 찬송을 따라 하느라 노력했고, 가쁜 숨으로 나직나직 풀어내는 설교도 귀 기울여 경청했다. 아마도 모르는 사람이 본다면 오래전부터 독실한 기독교 집안인 것으로 믿어 의심치 않을 그런 태도였다.

가벼운 흥분과 감사 속에서 첫날의 예배는 그렇게 무사히 끝났다. 예배가 끝난 뒤에도 그들 부부는 한참을 더 앉아서 얘기를 나누다가 다음 예배 때 또 뵙겠다며 돌아갔다. 한데 그들의 결심이 그만큼 컸던 것일까? 정말 그들 부부는 그 뒤로 주일예배와 수요일 저녁예배를 한 번도 거르지 않고 참석했다. 어찌나 성의가 대단한지 어떤 때는 환자라는 이유로 설교 준비를 충실하게 해놓지 못한 나 자신이 민망스러울 정도였다. 게다가 그들은 올 때마다 꼬박꼬박 쌀이나 그 밖의 찬 종류들을 그릇에 담아 들고 왔다.

우리와 피장파장인 형편에 매번 이래서 어떡하느냐고 하자, 부자는 망해도 3년 먹을 건 있는 법이라며 웃기까지 했다. 실제 임채호 씨는 사귈수록 정이 끌리는 사람이었다. 성격이 쾌활하고 모진 데가 없었으며 솔직했다. 내가 언제 죽을지 모르는 폐병 환자임에도 그는 별로 꺼리지도 않았다. 필요하다면 언제든지 다가와 가슴에 베개를 받쳐 주거나 무거운 성경책을 대신 펴주기를 서슴지 않는 것이었다. 나는 고맙고 착한 그 두 부부를 위해서라면 목숨이 끊어질 때까지라도 설교를 계속할 생각이었다.

그 두 사람의 신자가 있는 이상 나는 제아무리 큰 교회도 부럽지 않았다. 실제로 나는 그들 앞에서 설교하다가 피를 토한 적이 한두 번이 아니었다. 그때마다 세 사람의 동작은 늘 정해져 있었다. 아내는 기겁해서 깡통을 받쳐주었고, 임채호 씨는 침통한 얼굴로 방바닥을 내려다봤으며, 그의 부인은 돌아앉아 소리 죽여 흐느끼는 것이 그것이었다. 그러나 나는 두려워하지 않았다. 설교를 멈춰야 할 이유도 없었다. 이미 죽음에 초연해진 내게는 오직 두 사람의 독실한 신자가 있다는 사실만으로 기쁘고 감사할 따름이었다. 하지만 그것은 어디까지나 삶을 포기한 나만의 생각일 뿐, 아내 처지에서의 현실 문제는 또 달랐을 것이다. 그 무렵 아내는 내심 중대한 결심을 하고 있었던 듯, 하루는 조용히 일어나더니 구석진 곳에 빨랫줄을 걸고 담요로 휘장을 쳐서 한 평쯤 되는 별도의 공간을 만들기 시작했다. 수요일 저녁예배가 끝나고 임채호 씨 부부가 막 돌아간 직후였다.

"당신, 지금 뭐하는 거요?"

방안에 웬 포장마차를 설치하나 싶어 가늘게 묻자 아내는 돌아보지 않고 대답했다.

"저 내일부터 금식기도를⋯, 시작할까 해요."

"금식기도? 그거 핑곗김에 실컷 한다고 당신도 말했잖소? 우리에게 매일이 금식이지, 특별히 금식기도 따로 챙긴다는 게 무슨 의미가 있단 말이오?"

나는 교인들이 가끔 하루 이틀씩 하는 그런 관습적 차원의 금식을 말하는 건 줄 알고 반사적으로 반문했다.

"아뇨, 제 얘기는 40일⋯."

"뭐요? 4, 40일 금식기도?"

나는 깜짝 놀라지 않을 수 없었다. 40일 금식기도란 유대의 광야에서 예수가 했던 것으로, 말 그대로 하루 대 여섯 잔의 물만 마실 뿐 40일을 꼬박 굶고 하는 기도였다. 따라서 한 달쯤 지나면 체중이 20킬로 이상 빠져 혼수상태의 중환자에 이르고, 하나님이 도와 다행히 죽지는 않는다 하더라도 그 극심했던 기아의 후유증이 3, 4년은 간다는, 그야말로 위험하기 짝이 없는 일인 것이다. 그것을 평소 몸 안에 자양분 하나 축적해 둔 일 없는 아내가 겁 없이 하겠다니, 이 어찌 놀랄 일이 아닌가!

"당신 지금 40일 금식기도란 게 뭔지 자세히 알고 하는 소리요?"

"물론 어려울 거라는 건 알아요. 하지만 우리로선 이런 식으로 하나 님께 매달리는 것 외에 기댈 만한 방법이 없잖아요?"

내가 잠시 할 말을 잃고 바라보자 아내가 말을 이었다.

"그리고 솔직히 얘기해서 전 지금껏 세 치 혀로 인위적인 기도만 올 렸지, 과연 얼마나 진실하게 간구했는지 반성이 돼요. 믿음도 정성이 없는 믿음은 믿음이 아니라는데 말예요. 40일 금식기도야말로 제 정 성을 증명해 보일 수 있는 최선의 방법이라고 생각해요."

"글쎄, 당신이 나를 위해 그런다는 건 잘 아오. 하지만 이제 와서 내 병이 나을 것도 아니고, 무엇보다 이건…."

"이건 당신만을 위해서가 아니라 병고와 가난의 험곡에서 시달리는 우리 식구 모두를 위해서 하려는 겁니다."

"…."

"그리고 제가 아는 상식으로 사람은 물만 먹고도 40일 정도는 견딜 수 있다고 들었어요. 또 어차피 풀죽 한 그릇으로 연명하는 목숨, 더 굶어봐야 그게 그거기도 하고요."

아내는 그러면서 기도는 매일 새벽과 오전 오후 세 차례로 나누어 총 여섯 시간을 하고 나머지 시간에는 성경을 볼 것이니, 화장실 문제 등 다소 불편한 일이 생기더라도 그중 기도하는 시간만큼은 참아달라 는 주문까지 달았다.

"글쎄, 다 좋소. 하지만 지혜도 생각해야지. 나야 아무래도 상관없 다지만, 당신이 빈사지경에까지 이르게 되면 그때 가서 지혜는 누가 보살피고…?"

"이 사정 저 사정 다 재면서 하는 기도가 무슨 효험이 있겠어요? 그것도 제가 기도하는 틈틈이 하는 데까지 해볼 테니 염려 마세요. 뜻 있는 데 길 있다고 했으니 무슨 수가 생기겠지요."

"아니, 그렇게 간단….."

"됐어요. 모두 제가 알아서 할 테니 얘기 그만하세요. 그러다가 흉통 도지겠어요."

아내는 잘라 말하고 그대로 일어나 밖으로 나갔다. 나는 착잡한 마음으로 곰곰이 생각해 보았다. 내가 들은 바에 의하면 40일 금식기도는 그 과정 자체도 물론 위험하지만, 정작 위험한 건 그것이 끝난 뒤 보식(補食)을 할 때라고 했다.

다행히 목숨을 부지했다 하더라도 40일 후에는 극심한 빈사 상태에 이르니만큼 엷게 쑨 미음에 동치미국물을 한 가지만 가지고 굶은 그 기간 만큼 서서히 몸조리를 해줘야 하는데, 워낙 오래 비워둔 마른 위장인지라 그 과정에서 약간만 무리를 해도 자칫 대단히 심각한 결과가 초래될 수 있다는 것이었다. 하기야, 체중이 20킬로 이상 줄고 그 후유증이 3, 4년을 간다니 그 위중함이야 더 말해 무엇할 것인가? 아무리 믿는 사람들이고 기도도 좋다지만, 그처럼 무리한 일에 아내가 대책 없이 뛰어들려는 것을 남편으로서 방임할 수는 없는 일이었다.

우리가 '신앙인'이라는 것과 신앙인이기 때문에 기도에 관한 한 제아무리 무리한 짓을 해도 간섭하지 말아야 한다는 것은 다르다. 아니, 신앙이 돈독할수록 중간에서 포기하는 불미한 일이 생기기 전에 더욱 신중히 생각해서 실행해야 하는 것이 금식기도의 참된 자세이며, 하나님에 대한 예의라는 게 나의 소견인 것이다. 나는 방 걸레를 짜들고 들어오는 아내를 향해 다시 한번 말했다.

"여보. 평소 당신이 영양이나 제대로 섭취하고 살았거나 아니면 나중에 몸조리라도 제대로 하게 될 거란 보장만 있어도 내 말리지 않겠소. 하지만 몸조리는커녕 나중에 당신 옆에서 수발을 들어줄 사람조차 우리에겐 없잖소? 그러니 다시 한번 잘 생각해 보도록 해요."

그러자 아내는 강경한 소리로 잘라 말했다.

"충분히 생각하고 내린 결정입니다. 그리고 제가 금식기도를 하고 안 하고는 어디까지나 저 개인적인 신앙문제이니 당신은 더 이상 개의치 마셨으면 해요."

다시 말해서, 부부 이전에 한 사람의 신앙인으로서 믿음대로 행하려는 것이니 남편이라고 옆에서 감 놔라 대추 놔라 하지 말라는 뜻이었다. 나는 한동안 더 멀뚱거리고 바라보다가 무너지는 듯한 신음과 함께 시선을 거두었다. 이쯤 되면 더는 반박할 수도 없는 일이었고, 나 또한 언제까지 아내와의 승산 없는 입씨름에 맞설 만한 육신도 못 되는 탓이었다.

'휴! 다 썩은 몸뚱이 하나가 이젠 처자식 운명까지 물고 늘어지는군.'

나는 무기력한 나 자신을 향해 그렇게 탄식할 수밖에 없었다. 결국, 다음 날 새벽으로 아내의 신념 어린 금식기도는 시작되었다. 아내가 그처럼 뜻을 굽히지 않는 한 나로서도 이제는 무사히 끝나기를 빌어주는 수밖에 도리없는 일이었다.

'전능하신 하나님 아버지, 힘들고 어려울수록 주님을 믿고 의지하는 것이 하늘나라 백성의 도리임을 아나이다. 두드리고 간구하면 열린다는 주님의 말씀을 믿사오니, 주여! 하루빨리 저희를 병고와 가난과 슬픔의 고통에서 구원하여 주시옵소서. 어둡고 무거운 신음으로만 가득 찬 하루하루가 심히 견디기 어렵나이다…'

휘장 안에서 하루 세 차례 어김없이 들려오는 아내의 기도는 언제나 오열로 덮여있기 일쑤였고, 병고, 신음, 가난, 고통 등 온통 극빈성 단어들로만 점철돼 있기 마련이었다. 다행이라면 그러한 제 엄마를 꽤 성가시게 할 줄 알았던 지혜가 뜻밖에 무덤덤하다는 것이었다.

어느덧 네 살 나이로 엄마의 분위기가 심각하다는 걸 나름대로 감지한 것인지, 간혹 울음소리 들리는 휘장 쪽을 멀뚱거리며 바라볼 뿐 굳이 그쪽으로 가서 휘장 한 번 들춰보려고도 하지 않았다. 인근에 제 또래가 없어 집을 멀리 벗어나지 않는 것 또한 다행이었다. 아내는 하루세 차례의 기도와 성경 묵독을 쉬지 않고 해 나가는 틈틈이, 나의 병수발과 지혜의 뒤치다꺼리 또한 열심히 했다. 아내 자신이 알아서 하는데까지 해보겠다고도 했고, 또 당연히 아내 외에는 할 사람도 없는 일이었지만, 내가 무엇보다 미안하게 생각하는 건 식사 문제였다. 자신은한 숟가락도 입에 대지 못할 처지이면서 그 손으로 우리를 위한 한 줌풀죽이나마 끓여야 하니 음식물에 대한 그 갈등이 어떠할 것인가?

참으로 금식기도를 하는 아내보다도 하루하루 그 미안함을 참아야하는 나의 고통 또한 아내 못지않다 싶었다. 그러나 아내는 내색하지 않았다. 그보다는 여러 가지 잡념을 떨어버리고 에너지 소모를 막기 위해서인 듯 갈수록 말수는 적어졌고, 휘장 속으로 사라지는 시간만 빨라졌다. 그처럼 주린 배를 하고 휘장 안으로 들어가는 아내를 볼 때마다 나는 그 시커먼 휘장이 상여의 사면에 드리워진 보장(寶帳) 같다는 음습한느낌을 불쑥불쑥 받곤 했다. 아직은 초기 단계지만, 가엾은 아내가 저런식으로 내색 없이 열흘을 굶고 한 달을 굶다가 어느 날 갑자기 휘장 속을 상여 삼아 영영 안 나올지도 모른다는 그런 방정맞은 생각이었다.

"어? 이게 뭡니까?"

아내가 기도를 시작한 지 나흘째가 되는 일요일 낮, 임채호 씨가 들어서자마자 구석에 늘어진 담요 휘장을 보며 물었다.

"예. 제가 한 며칠 들어가서 기도하느라고요."

조금 전까지 휘장 속에서 성경을 읽다가 나온 아내는 오늘 아침까지 꼬박 열 끼를 굶은 표시가 얼굴 전체에 역력하건만, 간단히 그렇게만 말하며 나를 힐끗 바라보았다. 내게도 굳이 말하지 말라는 신호였다. 예배를 보기 위해 오는 신도들 마음에 조금이라도 부담이 되는 얘기는 안 하는 게 좋다는 생각에서였을 것이다. 그러나 남편으로서의 내 마음이 어찌 그리 한가할 수 있을 것인가? 나는 유비무환의 차원에서라도 그들에게 어느 정도 얘기는 해둘 필요가 있다고 생각했다. 하기야 금식기도 한다는 걸 광고하고 다녀서 좋을 것도 없겠지만, 그렇다고 굳이 숨기면서 할 필요 또한 없지 않은가? 나는 아내의 눈짓을 무시하며 그에게 슬쩍 물어보았다.

"형제님, 사람은 도대체 얼마나 오랫동안 굶고 견딜 수 있을까요?"

"왜요? 양식이 떨어지셨습니까?"

나의 직선적인 질문에 그 역시 직선적으로 반응했다.

"아니요. 제 얘기는 인간 능력의 한계 측면에서 묻는 것입니다."

"글쎄요. 1967년도던가요? 양찬선 씬가 하는 광부가 갱도에 매몰되어 16일을 굶다가 구출된 적은 있습니다만, 그 외엔 별로 아는 게…."

1967년도라면 내가 선감도에서 꼼짝달싹 못 하고 있을 때였다.

"16일요?"

"그렇습니다. 쉿내 나는 지하수를 몇 모금씩 받아 마시며 연명했다나요? 처음 며칠이 견디기 어렵지, 한 일주일 정도만 지나고 나면 그땐 굶주림의 고통도 거의 느끼지 못한다고 합니다."

"흠…."

"헌데 갑자기 그런 건 왜 알려고 하십니까?"

나는 더 이상 질질 끌어야 할 이유가 없다고 생각했다.

"사실 저 사람이 엊그제부터 40일간의 금식기도에 돌입했거든요. 해서 참고삼아 알아두려는 겁니다."

"예에? 40일 굶고 기도한다 그 말입니까?"

약속이나 한 듯 그들의 네 눈동자가 내게서 아내의 얼굴로 옮겨졌다.

"뭐 그리 놀라실 일은 아닙니다. 신앙인들에게 금식기도란 그만큼 각별한 의미가 있는 것이니까요."

"그래도 그렇지요. 일주일 정도라면 몰라도 40일을 어떻게…?"

임채호 씨가 벌린 입을 다물지 못하고 있었다. 쉽게 믿어지지 않는다는 표정이었다. 옆에 있던 부인이 직접 아내를 향해 물었다.

"그래서 그렇게 눈이 퀭하시군요. 근데 위험하지 않을까요?"

"글쎄요. 하나님께서 지켜주시겠지요, 뭐. 다른 것도 아니고 하나님 당신한테 기도드리는 일인데 설마하니 별일이야 있게 하시려구요."

아내가 빙긋이 웃으며 대답했다.

"정말 40일 동안 물 한 방울 입에 대지 않고 기도를 하는 건가요?"

"아뇨. 하루 서너 잔씩 물은 마시며 합니다."

"기도는 하루 몇 시간씩이나…?"

"새벽부터 저녁까지 두 시간씩 하루 세 차례 하기로 했습니다."

"네에?"

부인이 고개를 끄덕였다. 그러다가 가장 중요한 현실 문제를 끄집어낸 건 역시 임채호 씨였다.

"사모님 의지가 그러시니 다른 건 다 놔둔다 치고, 앞으로 계속 굶게 되면 머잖아 거동이 어렵게 되실 텐데 저희가 뭐 도와드릴 일은 없겠습니까?"

아내가 공연히 신경 쓰게 만들어 미안하다는 듯 조그만 소리로 말했다.

"말씀은 고맙지만, 됐어요. 이것도 다 저의 의지를 시험하는 일인데 편하게 남의 도움까지 받아가며 할 수야 있나요?"

"아니, 뭐 다른 건 말고요. 기도가 끝날 때까지 지혜만이라도 저희가 데려가 보살피도록 하면 어떻겠습니까?"

"임 선생님 댁 형편도 뻔한데 어떻게…? 하여간 알았어요. 나중에 정 어렵겠다 싶으면 도움을 청할 테니 그때 도와주세요. 아직은 제 손으로 할 만하니까요."

아내도 그 정도에서 더 이상 사양하지 않았다. 그날 예배를 마치고 임채호 씨 부부가 돌아가자, 아내는 머잖아 자연히 알게 될 것을 미리부터 말해서 그들에게 마음의 짐을 준 게 아닌지 모르겠다며 걱정했다.

"당신의 고지식한 마음을 모르는 건 아니오. 하지만 그것도 정도가 지나치면 괴벽이 된다는 걸 알아야지."

나는 아내의 지나친 결벽이 답답해서 그렇게 핀잔을 주었다. 한데 진실로 나의 폐결핵은 하나님의 뜻에 의한 또 한 차례 담금질의 과정이었던 것일까? 참으로 믿기 어려운 복음이 내 귀로 날아든 것은 아내가 금식기도를 시작한 지 닷새째로 접어들던 바로 다음 날 아침이었다. 아마도 이처럼 장난 같은 게 운명이어서 신 외엔 아무도 운명의 진실을 알지 못한다는 어록(語錄)이 생겼는지도 모르겠지만, 어쨌든 그것은 내가 선뜻 받아들일 수 없는 기적, 그것이었다.

다음 날 새벽, 잠결에 이상한 소음을 들었다. 마치 고장 난 스피커의 지글대는 잡음 같기도 했고, 멀리 학교 운동장에서 가물가물 들려오는 아이들의 아우성 같기도 한 소리였다. 나는 잠결임에도 바짝 신경을 모으고 그 빛과 소음의 정체를 알아내려고 노력했다. 점차 소리가 또렷해지면서 그 출처 또한 확연히 살아나고 있었다.

'아 참, 요즘 아내가 금식기도 중이지.'

나는 순간적으로 그렇게 생각하며 눈을 번쩍 떴다. 예상대로 소음은 휘장 속에서 흘러나오는 아내의 오열 섞인 기도 소리였고, 한 줄기

환한 빛이 비닐 문을 투과해 들어오는 새벽빛이었다.

'벌써 이렇게 밝았나? 그리고 보니 오늘따라 아내의 기도가 꽤 긴 것 같군.'

나는 고개를 돌려 방안을 휘둘러 보았다. 한데 야릇한 일이었다. 늘 천지가 흐리멍덩하고 생기 없게 보이더니 오늘따라 벽에 걸린 옷가지 며 바닥에 뒹구는 집기들이며, 저만치 잠든 지혜까지도 신기하리만치 크고 선명하게 눈에 비쳤다. 나는 다시 뿌옇게 먼동이 터오는 문 쪽을 바라보았다. 마찬가지였다. 갑자기 내 눈에 없던 서기(瑞氣)라도 돋는 것인지 비닐 문을 가로지른 대나무 문살 하며, 그 옆에 매달린 빗자 루와 쓰레받기 하며, 모든 사물이 활짝 갠 아침 화단의 꽃잎처럼 그 렇게 싱싱하고 명료하게 보일 수가 없었다. 몸 또한 전에 없이 가벼워 진 듯했다.

'아! 사람은 죽기 전에 한 차례 정신이 맑게 돌아온다더니 드디어 때 가 되긴 한 모양이구나.'

기도가 끝나가는 것인지 휘장 속에서의 격정이 급격히 꺾여 들고 있 었다.

"언제 깨셨어요?"

휘장을 나오던 아내가 나를 향해 물었다. 아내의 얼굴이 어제보다 도 훨씬 수척해 보인다고 생각했다. 하기야, 어제저녁까지 꼬박 열두 끼를 굶었으니 그 허기가 오죽할 것인가? 그러나 미안하지만, 아내의 금식은 이제 겨우 시작일 뿐이다.

"여보, 오늘따라 이렇게 몸과 마음이 안락하게 느껴지는 걸 보니 때 가 오긴 온 모양이오."

"말씀 삼가세요. 말은 함부로 하는 게 아녜요."

아내는 가볍게 나무라며 물수건을 가져와 얼굴을 닦아주었다. 아내의 손목이 미세하게 떨리고 있었다.

"아무래도 당신 고생하는 걸 못 보도록 주님께서 일찍 부르시려는 모양이오. 앞으로 한 차례 예배는 더 치를 수 있을는지…."

"아니, 이이가 정말…?"

아내가 손을 멈추며 밉지 않게 눈을 흘겼다. 한데 그날 아침 아내와의 실랑이는 생각 외로 길어지고 있었다. 이번에는 다름 아닌 약 때문이었다. 그즈음 나는 별로 효력이 없는 데다 24시간 취한 상태로 있는 것이 지긋지긋해서 며칠째 약을 등한시하고 있었다. 한데 그것을 눈치챈 아내가 그날 아침 강제로 먹이려 들었던 것이다.

"저는 당신 병 낫게 해달라고 40일 금식기도를 하는데, 당신은 그나마 약 먹는 성의까지 저버리니 손발 한번 기가 막히게 잘 맞는군요."

아내는 그렇게 중얼대며 약봉지를 펼쳐 들었다.

"여보, 부탁이오. 편하게라도 있게 제발 나 좀 내버려둬요."

"아니, 당신한테 치료수단이라고는 기도랑 이 약 한 가지뿐인데, 이제 이것마저 마다하면 그럼 어쩌시겠다는 거예요? 저 조금 있다가 보건소에도 다녀와야 하고, 또 오전 기도도 해야 하고 할 일이 많습니다. 그러니 사람 힘들게 하지 말고 말 좀 들으세요."

"글쎄, 효과도 없는 걸 매일 먹어서 뭐하냔 말요? 그저 편히 있다 죽게…."

"또…. 도대체 왜 그래요? 왜 자꾸 죽는단 소리만 하시느냐고요. 그게 저하고 딸 앞에서 할 소리예요?"

"아니, 난 그저 예감이란 게 있어서…."

"그리고 전혀 가망이 없다고 쳐요. 그렇더라도 옆에서 애쓰는 사람 생각해서 자신부터 살겠다는 의지 같은 것 좀 보여주면 안 되나요?"

"…."

"하여간 모르겠어요. 아픈 사람 계속 말 시킬 수는 없으니까 이 약 알아서 드세요. 진짜 드셨는지는 취한 상태만 보면 아니까 거짓말하실 생각은 말고요."

그러면서 아내는 딸아이를 데리고 밖으로 나갔다. 허기진 몸을 이끌고 강동보건소를 가려는 것이었다. 기력이 더 소진하기 전에 한 번이라도 더 가서 약을 타오고 열흘 전 마지막으로 찍고 온 X선 촬영의 결과도 알아보기 위해서였을 것이다. 아내가 나간 뒤 나는 약봉지를 앞에 놓고 한동안 고민했다. 도무지 먹을 마음이 생기지 않았다. 온종일 취해 있어야 하는 육신도 고달팠지만, 그로 인해 머릿속에 떠오르는 각종 상념에 방해받고 싶지도 않았기 때문이었다. 그렇다고 나를 위한 아내의 여러 가지 정성을 생각하면 약을 버릴 수도 없는 일이었다.

'이제 피까지 말라붙었으니 길어봐야 앞으로 며칠인데, 그동안을 취한 상태로 산다는 게 말이나 되는 소리인가?'

나는 곧 약 먹기를 포기해 버렸다. 그러고 보니 아내가 금식기도를 시작한 그 날부터 목구멍에서는 피도 넘어오지 않던 참이었다. 이제 더는 나올 피도 없을 만큼 말라버린 모양이었다. 나는 기둥에 등을 기댄 채 하나님 앞에 불려가면 제일 먼저 무엇부터 항의할까를 생각해 보았다. 왜 다른 부모에게서 태어나게 해주지 않으셨는가를 따질까? 그리고 이왕 빨리 부르시려거든 결혼도 하기 전에 부르실 일이지, 어째서 굳이 아내와 딸이라는 또 다른 피해자까지 만들어 놓고 나서야 부르시는 거냐고 따질까? 그런 것들을 따지고 든다면 하나님께서는 뭐라고 이유를 대실까? 과연 그때마다 절묘하게 받아칠 기상천외한 대답들이 준비되어 있는 것일까? 아니면 '그건 내 맘이다.'라는 간단한 말로 묵살해 버리실까? 나는 전도사답지 않은 궁금증들을 끝없이 일구어내며 그렇게 죽음으로 향하는 시간을 소비하고 있었다.

시간이 얼마나 흘렀을까? 갑자기 하늘이 보고 싶어졌다. 음지에서 자란 식물처럼 맑은 하늘과 찬란한 태양이 못 견디게 보고 싶어졌다. 그건 너무나도 갑작스럽게 일기 시작한, 참으로 강렬한 욕망이었다. 그 찬란한 햇빛을 가득히 받으며 마음껏 기도를 해봤으면 원이 없을 것 같았다. 힘겹게 바닥을 엉금엉금 기어 밖으로 몸을 돌릴 때였다.

　"여보! 여보!"

　밖으로부터 아내의 격정 어린 고성이 두 번 연거푸 들려왔다. 그리고 거의 동시에 비닐하우스의 문이 활짝 열리며 아내의 모습이 나타났다.

　"여, 여보…!"

　아내는 울고 있었다. 그러나 표정은 분명히 웃고 있었다. 나는 그 상반된 부조화의 진의를 헤아리기 위해 한동안 멍청하게 쳐다보고 있어야만 했다.

　"여보, 당신…, 당신 병이 나아간대요. 상당히 많이 나아졌대요. 뚜렷한 이유도 없이…. 이건 기적이래요, 기적!"

　아내는 말을 잇지 못하고 있었다. 나는 내 귀를 의심했다. 필시 뭔가를 잘못 들었을 것이다. 그토록 엄청난 양의 피를 쏟게 한 병, 육신을 장작개비처럼 만들고 가쁜 숨으로 하여 의사전달 하나 쉽게 할 자비도 베풀지 않던 병, 조금만 말을 많이 해도 가슴이 난도질당하는 듯 아픔을 주던 병, 그리고 2년을 끌어온 질기디질긴 병, 천상 죽음 외엔 대안이 없을 것 같던 이 잔인한 병이 뚜렷한 이유도 없이 낫는다니, 분명 내가 잘못 들었거나 아내가 실성했거나 둘 중 하나였을 것이다.

　그러나 아내는 내 미심쩍어하는 얼굴에 하나하나 새겨주기라도 하려는 듯 울음 섞인 소리로 또박또박 다시 한번 설명을 해주고 있었다.

　"결핵균이 죽어간대요. 빠르게요. 당신은 이제 산 거예요. 이제 산 거라구요."

아내는 그 말을 마침과 동시에 바람처럼 뛰어들어 왔다. 그러고는 넘어지듯 바닥에 엎드리며 눈물로 감사의 통성기도를 시작했다. 우웅! 동시에 내 귓속에는 고전압의 모터 소리 같은 이명(耳鳴)이 고막을 때리고 있었다. 눈앞이 뿌예지면서 아무것도 생각나는 게 없었다. 있다면 심장을 타고 한바탕 전류가 찌르르 지나가는 것 같다는 그 한 가지 느낌뿐이었다. 그러나 그것도 지극히 순식간, 그것은 곧 뜨거운 열이 되어 무서운 속도로 전신에 퍼지면서 내 영육을 신열로 달구기 시작했다. 명치 끝이 뻐근해지면서 하늘을 향해 머리털이 한 올 한 올 일어서는 것 같았다.

아아, 빛! 빛이 보이고 있었다. 진실로 하나님께서 나를 버리지 않으셨음일까? 진실로 이것도 당신의 계획이셨을까? 뿌옇던 시야가 돈짝만큼 트이면서 강렬한 빛이 정수리를 향해 쏟아지는 것을 비닐하우스 속에서도 나는 분명히 느낄 수가 있었다. 걷잡을 수 없는 눈물이, 양 형사 집에서 어머니와 헤어진 뒤 다시는 보이지 않으리라 다짐했던 눈물이 참으로 뜨겁게 뜨겁게 흘러내리고 있었다. 여태껏 살아오면서 흘렸던 것과는 전혀 다른 눈물이었다. 아내의 격정 어린 기도는 계속되고 있었다. 나는 충만한 은사의 감회 속에서 하나님을 향해 중얼거렸다.

"주여! 보잘것없는 이 몸을 거듭나게 하여 주심에 감사하나이다. 저를 더 큰 그릇으로 만드시기 위한 당신의 시험으로 알고 마지막 생명의 불꽃이 꺼질 때까지 소명에 따르겠사오니 지켜주시옵소서."

열린 문틈으로 들어오는 하늬바람이 유난히 시원스럽다고 느껴졌다. 나는 아내의 기도에 격정이 가라앉기를 인내심 있게 기다렸다. 그리고 그 뒤에 대고 조용히 말했다.

"여보, 고맙소! 이 모두가 당신의 정성 때문이란 걸 난 추호도 의심치 않소. 아무래도 이제부터는 내가 당신을 지켜줄 차례라는 하나님의 뜻인가 보오."

아내는 대꾸 없이 어깨만을 들먹이고 있었다.

"여보, 목사 안수를 받아야겠소. 마음먹었던 일이긴 하지만, 왠지 서둘러야겠다는 생각이 드는구려. 나 대신 필요한 서류를 구비해서 교단에 제출해 줘요."

그리고 나서 나는 엉금엉금 밖으로 기어나갔다. 생각대로 밖은 눈부신 양광(陽光)에 싸여 있었다. 어디선가 참새떼들의 재잘거림이 들려오고 있었다. 나는 새털처럼 포근한 햇빛의 따사로움에 감사하면서 옥수숫대로 쌓아 올린 뒤편으로 돌아갔다. 그리고 조용히 무릎을 꿇었다. 뜨거운 가슴으로 기나긴 묵도의 시간을 갖기 위함이었다. 산다는 게 무엇인가? 시편에 사람은 한낱 숨결에 지나지 않는 것, 한평생이라야 지나가는 그림자라고 했지만, 나 살아온 세월은 족히 수백 년은 될 듯싶었다. 그러나 새삼 억울해하지는 않기로 했다. 어차피 인생이란 땅 위에서의 고역이요, 생애는 품꾼의 나날이 아니던가! 산타야나의 말처럼 그것은 구경거리이거나 향연이 아니라, 역경 그 자체가 아닌가!

그저 하나님이 이렇게 들려주신 나머지 목숨, 하나님을 위해서 열심히 힘쓰다가 죽음으로써 그에게 바칠 견적서에 보란 듯 적자(赤子)를 가득 채워두는 것만이 내가 해야 할 일인 것이다. 상처투성이의 이 세상에서 내게 남은 유일한 희망이란 "네가 죽도록 충성하라. 그리하면 내가 생명의 면류관을 네게 주리라." 하는 말씀을 믿고 따르는 것일 뿐이었으므로….

나는 참으로 오랜 시간 묵도를 계속했다. 내 남은 생명을 위해서 했고, 착하디착한 아내를 위해서 했고, 끝없는 우환질고(憂患疾苦) 속에서도 오염되지 않고 야생초처럼 튼튼하게 커주는 딸아이를 위해서 했다. 내가 묵도를 끝냈을 때는 어느덧 옥수숫단의 그림자가 전봇대만큼이나 길어져 있었다.

나는 마지막으로 "발가벗고 세상에 태어난 몸, 알몸으로 돌아가리라. 야훼께서 주셨던 것 야훼께서 도로 가져가시니, 다만 야훼의 이름을 찬양할지어다." 하는 성경 구절을 조용히 되뇌며 자리에서 물러났다.

그날 저녁, 나는 처음으로 편지라는 것을 써보았다. 시리도록 충만한 감사와 감회를 가슴 하나만으로는 삭이기가 벅차서 종이 위에 쏟아놓기 위함이었다. 첫사랑에 눈뜬 사춘기의 설렘처럼 무언가 끄적거리지 않고는 견딜 수가 없었기 때문이었다. 백지와 연필을 찾으면서 나는 잠시 누구를 대상으로 하여 쓸까 생각해 보았다. 정말로 보내고자 하는 것은 아니지만, 그대로 편지란 대상이 정해져 있어야 쓸 맛도 나고 내용에 중심도 잡히는 법이 아닌가. 하나님을 대상으로 해서 쓸까? 하지만 쓰지 않아도 주님은 내 속을 뻔히 아실 테니 의미가 적고…. 아내를 수신인으로 해서 쓸까? 그러나 그 또한 서로를 뻔히 아는 부부지간에 쑥스러운 일이 아닐 수 없다. 나는 지나온 내 삶의 자취들을 하나하나 되짚어가며 스쳐 간 얼굴들을 떠올려 보았다. 그러다가 문득 13년 전 선감도의 똥자루, 아니 정확하게 '김홍주'라는 이름을 떠올리고는 가볍게 놀랐다. 나는 곧 백지를 끌어당겼다. 그러고는 그를 머릿속에 그리며 장문의 편지를 써내려 갔다.

형!

지금 어디에 계십니까? 아직도 생의 어두운 뜨락에서 저주스런 나날들을 서글프게 곱씹고 계시지는 않겠지요? 형의 도움으로 선감도를 나온 뒤에도 저는 너무나 많은 시련의 파도를 타야 했습니다. 어떤 삶을 살았는가는 묻지 말아주십시오. 생각하기도 괴롭습니다. 이 편지를 쓰는 지금 이 순간도 폐결핵의 사신(死神)에게 목숨을 저당 잡혔다가 2년 만에 풀려나와 쓰는 것이니까요.

형.

저는 머지않아 목사가 됩니다. 하지만 결코 제가 성직자의 신분으로 이 편지를 드리는 것은 아닙니다. 그냥 옛날 선감도의 말썽 많던 그 임용남의 신분으로 드리는 것이지요. 그것이 형의 식성에도 맞는 줄 아는 까닭이며, 저 또한 목사가 되기 전에 다시 한번 옛날의 임용남으로 돌아가 형과 얘기해 보고 싶기 때문입니다. 설사 취급되는 얘기가 하나님에 대한 것이더라도 말입니다.

형.

우선 이 얘기부터 밝히고 넘어가야겠군요. 제가 마음먹은 앞으로의 계획들에 대해서 말입니다. 그러니까 이것은 형께 드리는 제 양심의 맹세인 동시에 저 자신에게 내리는 엄숙한 사명이기도 한 것입니다. 좀 전에도 말씀드렸다시피 전 이번에 하나님에 의해서 두 번째 생명을 얻었습니다. 예수님께서는 그 옛날 마구간에서 태어나셨다지만, 저의 두 번째 생명은 돼지우리에서 태어난 겁니다. 아니, 지금까지 살아온 저의 인생이 거의 무(無)에 가깝다고 본다면 이번에 다시 태어난 것이야말로 진정 저의 첫 번째 출생이 될지도 모르겠습니다. 어쨌든 중요한 것은 어떻게 태어났느냐가 아니라, 어떤 일을 어떻게 하다가 죽느냐 하는 것이 되겠지요.

따라서 제가 하고자 하는 맹세는 첫째, 때가 되는 대로 불쌍한 자들을 위한 갱생의 집을 지을 계획이라는 것입니다. 저처럼 부모에게 버림받은 아이, 오갈 데 없는 노인, 폐결핵 환자 등등을 위해서 말입니다. 예수께서는 그들에게 병을 낮게 해주셨다지만, 저는 그런 능력이 없으니 어쩌겠습니까? 그리고 둘째는 마지막 날에 내 몸의 모든 장기(臟器)를 필요한 사람에게 남겨주겠다는 것입니다. 예수께서는 보혈을 남겨 세상 사람들에게 죄 사함을 주셨다지만, 제 피는 보혈이 되지 못하니 그렇게라도 해야 하지 않겠습니까? 그리 대단한 일은 아니나, 여태껏 살아온 인생의 대차대조표가 마이너스인 저로서는 이만큼의 능력이 존재한다는 자체만으로도 감격스러울 따름입니다.

형.

이제 그 어떤 시련이 제게 또 온다 해도 다시는 더 비관하거나 절망하지 않기로 했습니다. 폐결핵이 아니라 그보다 더한 것이라도 말입니다. 왜냐하면, 저는 이승보다도 저승에 영원히 안주할 나라가 준비되어 있음을 믿으니까요. 하루를 살다 죽으나 이틀을 살다 죽으나 내가 세운 계획에 따라 열심히 살다 죽으면 그게 바로 행복인 줄을 아니까요. 돼지우리면 어떻고, 비닐하우스면 어떻습니까? 마음먹기에 따라 천국도 되고, 지옥도 되는 것 아니겠습니까? 그렇습니다. 지난 세월을 돌이켜보면 아내와 딸아이가 옆에 있는 이 돼지우리는 제게 있어 더없는 천국입니다. 그리고 에덴입니다.

형.

생전 처음 편지라는 걸 쓰다 보니 알맹이 없는 말로 공연히 시간만 잡아먹었군요. 할 일을 남겨두고 말입니다. 할 일이 뭐냐구요? 실은 아내가 아침에 그렇게 성화를 부리고 나간 약을 전 아직 안 먹고 있었거든요. 부지런히 먹고 하루라도 빨리 나아서 이젠 내가 금식기도 하는 아내의 건강을 보살펴 줘야 할 차례인데 말입니다. 어느 하늘 아래 계시든지 아무쪼록 건강하십시오. 인연이 닿으면 서로 만날 때가 있겠지요. 저는 여태껏 형을 한 번도 잊어본 적은 없으니까요.

참, 어머니는 용서했느냐고요? 글쎄요. 용서고 뭐고가 어디 있겠습니까? 알고 보니 그 양반도 이만저만 불쌍한 분이 아니더군요. 그동안 양 형사님께 들은 바를 종합해 보면, 그때 서울역에서 나를 버리고 평택으로 내려간 뒤에 어머니는 곧바로 또 어떤 남자를 만났다고합니다. 건달 출신의 유부남이라나요? 손찌검과 술버릇 고약한 그 남자에게 몇 년간을 짐승처럼 끌려다니다가 그와의 사이에 딸만 하나더 낳고 또 헤어졌다지 뭡니까? 죗값을 받은 것이지요. 자기 배로 낳은 자식을 어느 것 하나 제대로 거두지 못하는 고통이 어디 작은 고통이겠습니까? 그리고 그것이 금수의 삶이지, 어디 참 인간의 삶이라고 할 수 있겠습니까?

아내의 금식기도가 무사히 끝나고 내 몸이 완쾌되는 대로 우선 어머니부터 찾아뵐 생각입니다. 옛날 서울역에 일곱 살짜리 자식을 팽개치고 사라졌던 그 저주스러운 뭉치가 아니라 나를 낳아주신 진정한내 어머니를 말입니다.

혈륜의 의무를 저버린 죄인이 되어 어느 한 곳 안주하지 못하고 떠도는 바로 그 가엾은 어머니를 말입니다. 그 발 앞에 엎드려 한바탕통곡이라도 하고 나면 과거의 서럽던 기억들이 멀리멀리 먼지처럼 날아가 버리겠지요. 서산 위로 깔리기 시작하는 진홍빛 노을이 아름답군요. 마치 나의 힘찬 새 생명을 암시해 주려는 듯합니다. 건강히 지내십시오. 형과 나를 아는 모든 분 머리 위에 하해(河海)와 같은 하나님의 은총이 함께하길 빕니다. 그럼 안녕히!